死囚

崔隐尘　崔隐墨◎著

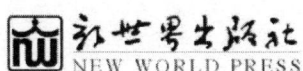
新世界出版社
NEW WORLD PRESS

图书在版编目(CIP)数据

死囚/ 崔隐尘,崔隐墨著.—北京:新世界出版社,2012.10
ISBN 978-7-5104-3375-7

Ⅰ.①死… Ⅱ.①崔… ②崔… Ⅲ.①历史小说-中国-当代
Ⅳ.①I247.5

中国版本图书馆CIP数据核字(2012)第219935号

死囚

作　　者:崔隐尘　崔隐墨
责任编辑:邓　婧
责任印制:李一鸣　黄厚清
出版发行:新世界出版社
社　　址:北京市西城区百万庄大街24号
总编室电话:＋86(10)68995424　68326679
发行部电话:＋86(10)68995968　68998705
本社中文网址:http://www.nwp.cn
本社英文网址:http://www.newworld-press.com
版权部电子信箱:frank@nwp.com.cn
版权部电话:＋86(10)68996306
印　　刷:三河市文阁印刷厂
经　　销:新华书店
开　　本:787×1092　1/16
字　　数:300千字　印张:20
版　　次:2012年10月第1版　2012年10月第1次印刷
书　　号:ISBN 978-7-5104-3375-7
定　　价:32.00元

新世界版图书　版权所有　侵权必究
新世界版图书　印装错误可随时退换

楔　子

公元1935年。

一个晴朗的下午，中国押解犯人的历史上出现了罕有的一幕：五辆全副武装的装甲汽车和三辆架着机枪、满载着宪兵的卡车，组成了一个蔚为壮观的车队，它们护卫着一辆囚车，飞快地驶向了南昌的方向。

大路两边也站满了国民党驻军和地方的保安团，每隔几米就能看到一个士兵，每个士兵都端着枪、瞪着眼睛，如临大敌一般，他们把整条大路都戒严了。围观的百姓都被隔离得远远的，近前不得。

这个场面让周围的人们禁不住议论纷纷，大家都猜测着囚车中关着的人物。有人说，那里关的不是能上天入地的孙大圣，就一定是能腾云驾雾、撒豆成兵的金甲天神。否则，蒋委员长岂能摆出这么大的架势？一个有些见识的乡绅带着不屑的表情告诉大家，他们这些猜测根本不对，车里关着的应该是共产党的大官。这年头难道还有比共产党更让上头在意的人吗？最后，一个带队的军官透露，这么大的排场的确是为了押送一个共产党要犯，可这个共产党的姓名他也不知道。一时之间，众说纷纭。

武装到牙齿的押解车队继续前行。在围观的人群里，一个神情冷峻的汉子目送走了绝尘而去的押解队伍，迅速地消失在人群中。

原来，车里那个被劳师动众押送的人，正是共产党赣东北苏区的创建者、三省苏维埃的最高领导方志敏。方志敏号称"赤胆农王"，威震南方三省。他在奉中共中央之命率队北上抗日的途中遭到了国民党的重兵偷袭，不幸被捕了。

方志敏被捕时，蒋介石正在武汉指挥剿共。他听到这个消息后兴奋异

常，特别严命南昌行营主任顾祝同亲自督办，尽快把这个共党要犯解送到第一军人看守所。

第一军人看守所在南昌城外的百花洲，方志敏将在那里被严密看押。顾祝同得到委员长的命令后不敢怠慢，当即便下令派了重兵押解方志敏。

随着囚车不停地飞驰，一场营救方志敏的行动也就此拉开了序幕……

1

根据安排，押解方志敏的车队会在途经弋阳县时暂作停留。因为弋阳是方志敏的家乡，行营主任顾祝同特意在这里准备了一次"方志敏被擒庆祝会"，想让这位威名远播的"赤胆农王"在他的桑梓之地好好出出丑，看他家乡的那些泥腿子还会不会以他为傲，总是跟着他对抗政府了。

接到南昌行营的通知后，整个弋阳县一下子忙了起来。县长张潇然先是在最热闹的文昌庙前搭起了一座台子，又让县里的警察局和保安团倾巢出动，把县里所有的交通要道都警戒了起来。按照事先的约定，弋阳方面将派人前往城外迎接，并把押解车队直接引至搭好的台子前。为了表示对押解方志敏的国军将士的敬意，县里还选派了几个乡绅带着茶水和糕点参加了欢迎队伍，想制造出"箪食壶浆以迎王师"的感人场面来。

弋阳的十几名警察和那些奉命来迎的乡绅代表在离城三里的地方刚刚做好了准备，随着一声吆喝，一队身穿国民党正规军制服的士兵突然出现在他们的身后，围着他们，端着枪布起了岗哨。为首的一名军官领子上缀着一副一杠三星上尉军衔的肩章，他神气活现地叉着腰站在那里，望着等待迎接车队的众人，傲慢地开口叫道："你们这儿谁管事儿？过来一个！"

负责带队的县警察局局长汤胖子和县党部的副秘书长楚问天听了此话不禁面面相觑。愣了足有半分钟，二人才肩并着肩慢慢地走到那个趾高气扬的军官面前。

一向很看不起丘八的副秘书长楚问天不悦地皱起眉头，看着那个上尉开口说道："兄弟是弋阳县党部的，奉行营顾主任之命，在此等候押解共党要犯方志敏的囚车到来。不知长官您是？"

那上尉"哼"了一声，不屑地瞟了楚问天一眼，打着官腔儿回答道：

"我们是奉了我们旅座的命令来加强这里的警戒的。"说完在他面前把手一挥,带着不耐烦的表情说道:"行了,你们忙你们的去吧!"

楚问天心里这个气呀,忍不住道:"你个芝麻绿豆大小的军头猖狂什么?我这会儿顾不上你,等会儿这里完了事儿,我非得跟你的长官好好理论理论不可!"

一向惯于抹稀泥的警察局长汤胖子不想招惹这个是非,赶紧拉着满脸怒容的副秘书长轻声说:"好了,好了!咱们赶紧过去准备吧,过不了一时三刻,囚车也就该来了。走吧,走吧……"

楚问天也不想在这个节骨眼上多事儿,正想就坡下驴转身回去,却冷不防被那个上尉劈手抓住了脖领子,抬手就是一记耳光,大骂道:"妈的,你这贼皮还敢骂人?真他妈欠打!"

楚问天哪吃过这种亏,反手就是一拳。这一下可坏了,两人扭在一起,不停地咒骂、厮打着。弋阳的警察局长汤胖子和手下的乡绅、警察全都投入了劝架的行列,场面混乱不堪。

不知什么时候,一个年轻的女人带着几个人也出现在了人群当中。这个女人不但身材匀称,标致的脸上还透着一种说不出的沉着和干练。她分开众人,挤到了那个边招呼着拳脚边兀自怒骂不休的楚问天跟前,掏出一把驳壳枪。她把枪管往这家伙的太阳穴上一杵,大声喝道:"不许动,你的架该打完了吧?"

别说,她这句话还真管用,她带来的那几条汉子和那些国民党士兵闻声而动,立即发难,制服了弋阳县政府派来的警察和乡绅。

汤胖子眼看着一块堵嘴用的破布就要塞进自己嘴里,赶紧挣扎着问道:"你……你到底是……是什么人?"

拿着驳壳枪的女人望了他一眼,冷冷地回答道:"我就是你们要抓的共产党,红军游击队长徐凤姑!"

这场突然袭击只持续了大约五分钟的光景,欢迎的队伍很快又出现在大路边儿了。只不过这时带领着乡绅准备迎接囚车的人已经被换上新行头的游击队员所取代。那些冒充国民党士兵的队员们倒是省事,依旧回到各自的岗位上继续端枪放哨,就好像什么也没发生过一样。原来,这一切都是徐凤姑在得到了方志敏被捕的情报后精心策划的。她要在这里拦截囚车,救出方主席。

　　游击队做好了一切准备,很快就等来了押解的队伍。庞大的车队在装甲汽车的护卫下,渐渐映入大家的眼帘。按照事先商量的办法,一名化装成国民党士兵的游击队员跑到了大路中间,拼命地挥动着手里的彩旗,示意车队减速。躲在伪装成乡绅的队员中的徐凤姑果断地对身后一个浑身上下透着机灵劲儿的小伙子——警卫员徐少艾低声命令道:"准备!"

　　随着徐凤姑命令的下达,所有的人都紧张起来,那些"乡绅"慢慢地拧开了糕点篮子里暗藏的手榴弹,还有那些"国民党军警"也都拉动枪栓,做好了射击前的最后准备。

　　在出发前,徐凤姑已经反复交代过了:车队一停下来,她便会借着劳军的名义走上前去,相机劫持车队的指挥官。那些化装成国民党兵的战士迅速行动营救方志敏。至于那些随车的宪兵,徐凤姑也给他们作了安排:那些"乡绅"会用手榴弹代替茶点,好好地表现一下弋阳父老的"盛情"。眼看着车队越来越近,转眼间已经开到了离队伍还有二百米左右的地方。徐凤姑的额头上已经布满了汗珠儿,她心里清楚:最多再过两分钟,营救行动就要开始了。

　　可就在这时候,突然出现了变故,押解的车队忽然间加快了速度,疯魔般地全速冲了过来。徐凤姑定睛一看,顿时被眼前的景象惊呆了:原本静悄悄的公路两旁不知什么时候奇迹般地涌出了成千上万的老百姓,他们手里拿着锄头和木棍,潮水般地尾随着猛然间加速的车队,一边高声叫嚷,一边奋力地投掷着石块。

　　徐凤姑猛然明白了,这是弋阳的老百姓想要从敌人手中抢回方志敏。她还没来得及做出反应,押解车队已经风驰电掣般地来到了她的面前。在这间不容发的当口,徐凤姑把牙一咬、心一横,当即下达了开火的命令。

　　游击队员被眼前突然发生的这一幕给惊呆了。听到命令后,立即向狂奔中的车队开了火。但一切都已经太迟了,密集的子弹虽然打中了几个押车的宪兵,但整个车队转眼间已经从他们的面前冲过,很快就消失在不远处的拐弯处。

　　枪声惊动了附近的敌人,徐凤姑的周围也传来了密集的枪声。眼看着营救行动已经变成了泡影,徐凤姑气得把脚一跺,心有不甘地大声命令道:"撤!"随着她的命令,那些游击队员只得迅速地撤离,消失在附近的山脚下……

　　几乎被包了饺子的车队哪里还敢停留?只得一路不停地沿着公路向前

狂奔。这一情况很快通过电话报告给了正在南昌行营作战室的上将主任——顾祝同。

此时的顾祝同正听着周围幕僚们的一片阿谀之声，等待着汇报沿途庆祝大会胜利召开的好消息。他自负地指着墙上的地图，想象着很快就能弭平南方数省共产党武装的美好前景，趾高气扬地高谈阔论。

一个副官悄悄地走到他的身后，用忐忑不安的神情望着他说道："顾主任，刚才接到电话报告说，押解共匪首领方志敏的车队在经过他的家乡弋阳时，数万名通匪的百姓妄图劫夺该犯。车队只得强行驶过弋阳县境，原本准备在那里举行的庆祝大会被迫取消了……"

副官这句话声音虽然不大，却像是往冒着烟的油锅里泼进了一瓢凉水似的，马上引起了强烈的反应。刚才还在这儿高调阿谀的幕僚们全都变成了没头苍蝇，嗡嗡地低声议论开了。

尽管大家都尽量压低了嗓门儿，但还是有些听起来让人非常扫兴的话传进了顾祝同的耳朵。这位行营主任忽然又心悸起来。别看他手提雄兵二十万，但这个方志敏却始终令他如骨鲠在喉，连刚才意气风发的样子也有很一大部分是装出来的。自打这次方志敏被俘了之后，顾祝同更是时时有一种不寒而栗的感觉，生怕因此会引起南方几省的共产党对方志敏的拼死相救。现在数万百姓妄图劫夺囚车、游击队公然现身营救的消息果然验证了他之前的想法，这让他忐忑不安，恨不得马上下令把方志敏就地处决了。

循着这个思路，顾祝同马上联想到了即将在南昌举行的"生擒方志敏庆祝大会"。他真不敢想象共产党会听任他这么摆布他们的"赤胆农王"方主席，也不敢相信南昌的老百姓不会像弋阳的老百姓那样闹出故事来。老百姓能像想象中那样安安生生地看着他们追捧的"农王"上台亮相吗？是不是应该取消这次大会？顾祝同的脑海里刚刚闪过这个念头，立即被向他提出各种建议的人围住了。

江西省党部的书记长俞伯庆担忧地说道："顾主任，这个方志敏具有极大的煽动力，莫不如一进南昌立即明正典刑。那样可让四乡愚民和暗中窥伺的共匪绝了念想……"

顾祝同的亲信幕僚——行营参议熊志辉也赶紧附和道："是呀，这个庆祝大会如果照常进行，恐怕我们的精力会受到极大的牵扯，您不如当机立断、就地处置了他吧。"

顾祝同几乎要脱口答应下这个请求，也让自己彻底地放下心来。但一

想到处决这样一个人如果没有蒋介石的同意,那位刚愎暴戾的委员长定然不会答应、甚至怀疑自己的忠诚。就连委座身边那些一直在觊觎着自己这把行营主任交椅的家伙们也会趁机大放厥词,说自己怕了共产党或是别有用心。而这两条罪状无论哪一条都会断送了自己的前程。蒋介石绝对不能容忍他身边有人在共产党面前胆怯,至于不忠呢,那就更犯忌讳了。

再者说,他顾祝同现在已经在世人面前宣布了自己靠偷袭红军得来的功绩,并给参加庆祝大会的各界嘉宾都下了请柬,现在岂能自己打自己耳光?退一步讲,重兵防守的南昌又岂是活跃在山林中的共产党游击队敢来问津的?想到这里,他又恢复了自信狂妄的神情。顾祝同用略带嘲讽的眼神环视着身旁众人说道:"诸君放心,共产党断不敢来南昌铤而走险,我们祝捷大会不但要开,而且要开好!"

顾祝同的这番话立即赢得了一片言不由衷的赞扬声。

车队终于进入了南昌市区。这里和城外一样,沿途都设置着岗哨。按照顾祝同的要求,两个装备优良的步兵团已经在南昌四周按照野战的要求进入了警戒状态,以便应付任何突如其来的攻击。知情的知道这是为了防止共产党强行解救被俘的方志敏,不知情的仍在议论纷纷。

进入市区的十字马路中央后,一名早就等在那儿的宪兵少校站在临时设置的路障前,伸手拦住了车队。看见车队里带队的军官钻出装甲汽车的驾驶室,那名少校立即敬了个标准的军礼,大声说道:"兄弟是南昌警备司令部宪兵队的队长,奉行营顾长官之命来给车队带路!"

从装甲汽车上下来的那位军官也赶紧立正还了个礼,回答道:"那就有劳老兄了。"说到这里,他带着如释重负的表情苦笑着补充道:"到了这儿总算是真的安全了,这一路折腾得不善啊。"

宪兵少校很理解地望着他一笑,转身命令士兵打开了路障,向他做了个"请"的手势。

在路障的另一边儿,一队满载武装宪兵的摩托车发动了起来。带路的宪兵少校坐上了头一辆,摩托车队立即引导着押解车队向省立图书馆前的广场开去。

省立图书馆前的广场上,"庆祝生擒方志敏大会"早就准备就绪,专等着主角儿方志敏的到来了。广场上一大早便已经是人头攒动,军警林立。数万名赶来争睹方志敏的老百姓把这里挤了个水泄不通。据南昌城里一位年近百岁的老寿星讲，这天的规模已经远远超过了当年大清朝的钦差大臣奉旨来迎接江西巡抚的女儿入宫时的场面。

在邻近广场的街角，守卫在那里的一辆装甲汽车看到押解的车队开了过来，立即奉命拉响了警报。刺耳的警报声中，原本有些嘈杂的广场上立即安静了下来。

为了防止共产党的武装营救，南昌行营进行了周密的安排：南昌的警察倾巢出动，数百名穿着黑制服的警察组成了一道人墙，挥舞着警棍挡在了围观的老百姓面前。在警察的身后，是顾祝同特意调来的步兵第34旅最精锐的一个团，一千多名士兵手里拿着上了刺刀的步枪，以连为单位列成了一个个方队，警惕地注视着周围的动静。

不仅如此，广场的四个角上还停了几辆架起了机枪的汽车，把黑洞洞的枪口对准了人群。那场面绝对是弓上弦、刀出鞘，紧张到了极点。而在这些明面上的阵势之外，顾祝同还密令警察局的侦缉队穿便衣混杂到了人群里，四处搜寻着可疑分子。

凄厉的警报声让广场上所有的人情不自禁地循声看去，把目光齐刷刷地投向了空无一人的街口。在众人的目光注视下，那支庞大的车队缓缓地驶进了会场，停在了临时搭起的主席台前。

看着车队停了下来，顾祝同下意识地挺直了腰杆。他用带着白手套的手扶了扶腰间的"中正剑"，那张本来就冷冰冰的脸上，好像又挂上了一层严霜，显得更加冷酷。说实话，今天的这个场面既是他一直期待着的时刻，也是他近来寝食难安、心神不宁的主要原因。在和共产党、特别是方志敏的较量中，他深深地知道，这个叱咤闽浙赣三省的苏维埃主席可不是个善茬儿，就算是眼下已经被捕，也是虎死余威在，仍旧十分的可怕，把这样一个人握在手里很难说是福是祸。

就在顾祝同胡思乱想的时候，一名斜披着红色绶带的中校军官小跑着来到了他的面前，举手敬了个礼大声报告道："报告顾主任，共党要犯方志敏押解到！"

顾祝同的脸上露出了一丝若有若无的笑意，他用眼角的余光瞟了一眼戴着手铐脚镣、刚被押下囚车的方志敏，咬着牙用冰冷的声音吩咐道："把他押到台上来示众！"

看着自己的命令被不折不扣地执行，顾祝同的脸上浮现出得意之色。这次大会是顾祝同思考了很久的结果：他打算示众一开始就宣布方志敏祸

乱三省、对抗中央的罪行，待方志敏羞愧、战栗之时便宣布大会结束，把方志敏押走游街。这一连串的胜利一定能好好灭一灭共产党的气焰，树树国民政府，特别是他顾祝同的威风。

由于方志敏的名声实在太大了，随着他的出现，围观的人群开始了骚动。许多人不由自主地开始往前挤，想要亲眼看看这个早闻其名未见其面的大人物。到最后，人群里又"嗡嗡"地响起了嘈杂声，现场的秩序一片混乱，最外围的警察好一阵弹压，才勉强使人群恢复了平静。

见此情景，顾祝同微微转过脸去，对身边的一个参谋小声吩咐道："快让方志敏站到主席台中间来，好让大家都好好看清楚。"顾祝同认为，这既是一种折辱，也是一种震慑。无论在哪个中国人的眼里，被官府押解示众总不是件光宗耀祖的事情吧？他相信方志敏也不会例外。

随着一阵"稀里哗啦"的脚镣声，全场再次奇迹般地静了下来。在两名士兵的拖曳下，身穿灰色棉衣棉裤、长着一头乱蓬蓬黑发的方志敏出现在了大家的面前。许多细心的人很快发现，方志敏脚下戴着的脚镣最少有三四十斤重，每挪动一步都会发出一阵让人听了心悸的响声。他身上半旧的灰色棉衣已经被刮开了好几个口子，露出了里面的棉花。

方志敏是一个身材高大的人，眼睛里闪动着倔强和自信的光芒。此时他就像是一位被请来观瞻盛会的贵宾一样，没有半点惶惶不安的样子。广场上的目光全都聚焦在方志敏的身上，周遭呈现出死一般的沉寂。不知过了多久，人群中突然有人扯着脖子叫了声好，引得周围的百姓接连发出一阵雷鸣般的喝彩声。看到这场面，站在主席台一侧的宪兵司令赶紧拔出手枪"啪啪"地对着天空连开了两枪，热烈的场面才又重新平静下来。

顾祝同故意摆了个在他自己看来很威风的架势，用挑衅的口吻对方志敏说道："方志敏，你也想不到自己有今天吧？"

方志敏慢慢地转过身来，望着腆胸叠肚的顾祝同微微一笑，回答说："顾主任，给你添麻烦了。"

顾祝同听了大感不解地问道："你……你这是什么意思？"

方志敏哈哈一笑大声说道："我这几年给顾主任添了那么多的麻烦，这个就不提了。你现在又把我请到了这里，我可能还会给你不断地添麻烦的，在这里我得先跟你说声对不住啊！"

顾祝同一听脸都气白了，嘴唇哆嗦着一时想不到该说什么才好。倒是他的副官反应得快，走上前来指着方志敏厉声喝道："方志敏，你还不赶紧当着台下的民众认罪伏法？"

方志敏用不屑的眼光盯着他看了一眼，把头一昂高声说道："好，那我就跟大家说说！"说完这句话，他已经拖着沉重的脚镣"哗啦哗啦"地走到了主席台的中央。

好不容易才缓过劲儿来的顾祝同用眼睛盯着台中央的方志敏，挖空心思想要出言讥讽几句，方志敏却率先开了口。他对台下黑压压的人群鞠了个躬，用略微有些沙哑的嗓音大声说道："我知道大家都是赶来看我的，我让大家失望了！"说这话时，台下静得连掉根针都能听见，所有的人都屏住呼吸，很想听听这位镣铐加身的共产党大官到底想要说些什么。

方志敏面带微笑、气定神闲地继续说着："让各位失望的是，我方志敏不像是报纸上说的那样长着红胡子蓝眼睛，而是普普通通的人，和你们一样的人，没什么看头。"

这句话立即博得了台下一阵笑声，许多人的目光里已经带上了敬佩的神色。顾祝同苦心营造起来的萧杀气氛在不知不觉中被冲淡了许多。

方志敏稍稍地移动了一下位置，提高了声调继续说道："不过，我也有跟普通人不一样的地方，那就是为了咱老百姓的平等自由，我不怕死。咱除了是个老百姓，还是个革命者，一个在北上抗日途中被国民党卑鄙偷袭的革命者！"

方志敏慷慨激昂的开场白牢牢地吸引住了在场的每一个人。顾祝同彻底失望了，因为围观的南昌市民看到的不是一位魂飞魄散、黯然神伤的俘虏，而是一名正气凛然、慷慨激昂的勇士。最糟糕的是大家从方志敏的话中，知道了他是在带队抗日的途中被国民党设伏陷害的。顾祝同看见群众带着义愤已经开始了议论。

霎那之间，顾祝同感到了一股无形的压力。自己苦心举办的庆祝大会却让方志敏占了上风。他有些气馁了，决定赶紧结束这次大会，让手下押着方志敏去游街。

人群中有个汉子，一直冷着脸默默地注视着现场。他一路跟随着囚车来到了这里。此时他解下了头上的青布盘头，用力地抖动了几下。随着这个动作，十几条剽悍的身影开始慢慢地向主席台的方向挤了过去。

主席台上，方志敏的声音仍在继续着。由于激动，方志敏的声音中带上了悲愤的颤音："我很想问问，国民党当局和那个高高在上的蒋委员长自己不抗日，为什么也不许我们共产党人抗日？为什么不让我们奋起抗击那

些杀我同胞、辱我姐妹、占我疆土的日本鬼子？是害怕？是懦弱？还是有什么不可告人的目的？"

顾祝同实在听不下去了，他皱着眉站起身来，咬牙切齿地叫道："让他住嘴，不许他再攻击领袖……"

几名宪兵听了立即冲上前去把方志敏拽到台下。但方志敏的讲演已经深深地打动了周围的百姓，霎时间嘘声四起，还有人低声咒骂起来。那些新闻记者一拥而上，把这个场面收入了镜头。

顾祝同的心里突然掠过了一丝不祥的预感，面对已经失去了控制的场面，他不安地想："这样继续下去会出乱子的……"

真是怕什么来什么，顾祝同正在盘算着该如何收场，就真出事了。随着一阵惊呼，几个头上戴着青布缠头的人已经动起手来。为首的那个壮汉拿着一支驳壳枪向主席台走来，他一连打死了两个维持秩序的警察，大声嚷道："方主席，我们救你来了！"

那些刚才还气势汹汹的警察惊呆了，全都眼睁睁地看着十几个青布缠头的汉子一边射击一边凶猛地朝着主席台扑去，自己却畏畏缩缩地朝后边挪去。在主席台四周担任警戒的士兵也跟着乱了起来，慌乱中不但没了队形，还给袭击者让出了一条人肉胡同来。

突如其来的变故使现场一片大乱，眼看着那些动手救人的汉子们已经来到了主席台前，此时的顾祝同已经完全没有了刚才的威风，惊得面如土色、不知所措，下意识地闪身躲到了一群军官身后。

就在这一愣神儿的工夫，汉子们已经冲到了距离主席台还有十几米的地方。看那架势，只要再发起一次猛冲，就能如愿以偿地救走方志敏了。

主席台上，一个带着上校军衔的人终于第一个反应了过来，他猛地踹了一脚身边的机枪手，喝道："发什么愣？打呀！"这个上校军官正是时任南昌行营特务处处长，也就是日后杀人不眨眼的军统魔王戴笠。

被踹了一脚的机枪手这才回过神儿来，对准了那些猛打猛冲的汉子扣动了扳机，黢黑的枪口喷出了一道长长的火舌。

捷克轻机枪编织起的火网立刻把那些来营救方志敏的人打倒了三四个。剩下的几个尽管仍旧义无反顾地向前猛冲，但速度却明显慢了下来。那一队从攻击一开始就处于极度震惊中的警备团也调整好，做出了反应，在军官们的指挥下，那些士兵一边开枪，一边从两边包抄了过来。

看到自己人已经开始了行动，主席台上的那挺机枪才从刚才的疯狂扫射变成了近距离的拦阻射击。不到一袋烟的时间，身穿黄色制服的士兵便形成了铁桶般的包围圈，把那些青布缠头的汉子围在了当中。

这时不远处围观的人群也终于反应了过来，老百姓哭爹喊娘地四散跑去。刚才还拥挤不堪的广场上很快就变得空无一人，只留下了那些穿着黑制服的警察，不知所措地傻站在那里。

在广场的另一侧，上千名国民党士兵端着枪咬牙切齿地慢慢围拢了过来，双方之间的距离在不断地缩短，彼此之间甚至已经能感觉到对方的心跳。那些汉子发起的营救显然是不可能成功了。尽管已经被重重地围在当中，但他们却迅速地聚拢到了为首的壮汉身边，拿着短枪和手榴弹做好了拼死一搏的准备。

台上的顾祝同这时才缓过神儿来，躲在部下组成的人墙后高声叫道："告诉那些共匪，投降免死！"但他的话有些迟了，他的部下还没来得及领会这个命令，身陷重围的为首壮汉已经给部下们下达了攻击的命令。只见他圆睁着双眼使劲儿吼道："同志们，别让敌人小看了我们，冲啊！"随着这一声振聋发聩的怒吼，剩下的五六个人没有丝毫的迟疑，在上千名士兵形成的包围圈里发起了义无反顾的冲锋。然而，这悲壮的冲锋很快就结束了。在密集的枪弹里，他们全都倒在了血泊之中。

说时迟那时快，刚刚围过去准备查看战果的国民党士兵猛地停住了脚步，受了惊似的猛退了几步。原来，那个领头的壮汉虽然身负重伤却勉强地站了起来。汉子身上好几处伤口都淌着血，他却仍向着被四五个军官牢牢按住的方志敏走去。在场的人都惊呆了，没有人去阻拦他，就这么眼睁睁地看着他步履艰难地向前走着，汉子的身后拖出了长长的血迹。

那个壮汉走到了方志敏身边，慢慢地回过身坐在了方志敏前面，用身体护住了他。在他身后，是一段十几米长的距离。除他之外，同来的人全都已经牺牲在了这段不算长的距离外。

顾祝同的副官用枪指着这个已经到了生命最后一刻的汉子，气急败坏地嚷道："快！快把他抓住！"几个卫兵张牙舞爪地抓住了这名壮汉，把他按倒在地。

顾祝同忍不住大步走了过来，他慢慢地俯下身，厌恶地望了几眼那个已经到了弥留之际的汉子，恨声喝问："你也是共产党？"

汉子艰难地睁开眼睛，冷冷地回答道："没错！老……老子是……红军赤卫队……"

顾祝同用仿佛来自地狱般的声音说道:"你不知道这他妈的就是死路一条吗?"

那汉子拼尽了全身最后一点力气回答道:"老子就是变成了鬼也……也不许你碰我们方……方主席……"这次对话就此画上了句号,汉子眼里的光泽已经慢慢消失了。

顾祝同气急败坏地让几个仍旧死死地按住方志敏的军官放开了手,用质问的口气指着方志敏声嘶力竭地喝道:"看见了吗,要不是你蛊惑这些无知的农民,他们还有活命,不会到这儿来替你卖命送死!他们会在家老老实实地种地,守着老婆孩子过日子。就是你害死了他们!你这个贼喊抓贼的刽子手!"

方志敏没有理睬歇斯底里的顾祝同,他用含满热泪的眼睛久久地凝视着为拯救自己而牺牲的赤卫队员。他认识那个为首的汉子,他是一个活跃在南昌附近的赤卫队长,人们都叫他老李,却从没叫过他的名字。这位被闽浙赣三省数百万农民称为"赤胆农王"的方志敏,望着老李的尸体,在被捕之后第一次湿润了双眼。

顾祝同看见方志敏不说话了,以为自己点到了对方的死穴。他很是得意,冷哼了一声追问道:"要不是你蛊惑,他们怎么会心甘情愿地替你卖命?说,你到底许给他们什么好处,让人连命都不要了?"

方志敏把目光转向了广阔的天空,说出了顾祝同等待的答案:"要说许下的好处嘛,确实是有的,而且非常实际。那就是共产党给了他们做人的尊严,还给了他们活下去的希望。"

顾祝同没想到方志敏此时还有狡辩的余力,他足足愣了好几秒才猛地转过身去,声色俱厉地对身后的宪兵喝道:"把方志敏给我带走!"

如狼似虎的宪兵把方志敏拉下了主席台,顾祝同苦心炮制的祝捷大会也在方志敏的冷笑声中草草收场了。

方志敏再次被押回到囚车里,那支庞大的押解车队很快便又出发了。仍旧是在那一队摩托车的引导下,逃也似的离开了一片狼藉的省立图书馆广场,在已经恢复了警戒的街道里飞快地穿行着。

现在的省立图书馆可不是旧日学者们做学问的地方了,现在这里是委员长蒋介石专门设立的剿共大本营——南昌行营的所在地,是顾祝同的老窝。

顾祝同看着押解的车队消失在街角,内心轻松了许多。他一边往行营里走，一边不由得想着：方志敏究竟是给那些水牛似的泥腿子施了什么魔法、灌了什么迷魂汤，让他们敢在南昌最大的衙门前公然行事？尊严和希望，那是老百姓需要的吗？他实在不想让自己再纠结这个问题了，可是不知道为什么，耳边总是萦绕着这么几句古话："发如韭割复生，头如鸡割复鸣，小民从来不可轻！"简直是挥之不去。

良久，顾祝同自我解嘲地说道："这人要是不怕死了，也就没什么不能解释的了……"

南昌第一军人看守所是座青石和水泥的建筑，它矗立在绿树丛中，既像是一座城堡，又像是一只蹲伏在那里等着吃人的野兽，或者说更像沟通阴阳两界的鬼门关在人间的入口。押解的车队最终在落日的余晖里来到了它的门前。

看守所那两扇大铁门平时不怎么开启。门外，两排荷枪实弹的宪兵表情凝重地肃立着，眼睛紧紧地盯着庞大的武装车队周遭。囚车的窗帘被拉得严严实实的，那里就关着让他们紧张了一天的共党要犯。

一名佩戴着少校军衔的军官在两名尉官的护送下跳下车，走到看守所门前。他拿着方志敏的审讯材料走到几个军官面前，如释重负地开口问道："哪位是行营军法处的钱副处长？"

少校对面站着两名军官，一个是脸上挂着笑意的胖子上尉，一个是长着一张既无生气又无表情的死人脸的中校。中校冷冷地回答道："在下就是钱景民！人犯平安地解送到了？"

来人"啪"地一个立正，敬了个标准的军礼，大声报告说："报告处长！犯人已经奉命解到，请验明收押！"

说着话，他双手把那个档案袋递到了钱景民的面前。钱景民接过档案袋简单地翻看了一下，便递给了身边站着的胖子，用吩咐的口吻说道："凌所长，接收人犯吧！"

被称为凌所长的胖子就是看守所的所长凌风梧，他极力掩饰着心中的不满，笑着对那名前来交接的少校做了个"请"的手势，随后与他一前一后地朝着囚车走去，四名膀大腰圆的看守紧紧地跟在他们身后。

众人在囚车前站定，两名守卫的宪兵立即打开了囚车上的锁，拉开了紧闭的车门。那名负责押送的少校对车里的犯人喊道："下来吧，方主席！咱们到地方了！"

随着一阵"稀里哗啦"的脚镣声,方志敏在两个宪兵的帮助下走下了囚车。看守所长凌风梧抬头望去,只见方志敏那蓬乱的头发下,一双眼睛非常有神。那双正在默默注视着自己的眼睛里既没有阶下囚的惊恐不安,也没有犯人眼中常有的那种讨好和乞怜的眼神。方志敏就那样平静地看了凌风梧几眼,然后把眼神从他的脸上移开,朝绿树丛中的看守所投去。

和南昌看守所门前萧杀的气氛截然不同,在弋阳县城西北一座气派不凡的大宅子里,正在上演着一场精彩的好戏。庭院里到处洋溢着欢乐的气氛。不久前发生在县城外的那场劫囚车的事情也被大家抛到了脑后。就连趁乱侥幸捡了条命跑回来的副秘书长和那个倒霉的警察局长,这会儿也全都跟没事人一样,坐在那里抽烟品茶,摇头晃脑地看起戏来。

台上演的是弋阳腔的经典戏目《铁树传》。戏台下,一个身着笔挺的藏蓝色中山装、胸前别着一枚国民党青天白日党徽的中年人正和许多缙绅兴致勃勃地欣赏着台上的演出。他的身边有个军装笔挺的上校军官更是看得聚精会神,手里端着盖碗茶,碗盖子早就掀开放在桌子上了,可他好半天都没顾上喝,泥塑木雕般地瞪着眼睛盯着台上。

《铁树传》是这一带流行的弋阳腔中最热闹好看的神仙戏,讲的是道教里的神仙许真人经过苦修终成正果的故事。随着剧情的发展,戏台上得道之后的许真人正在施展法术,大战幻化成美女的千年狐妖,刀来剑往煞是好看。那个演狐妖的名旦金彩云真是出彩儿,她先是千娇百媚地诱惑许真人,一计不成又变脸拔刀,生死相搏,把一个妖媚阴狠的千年女妖演到了极致。精彩的表演赢得了台下一阵阵喝彩。

花红热闹的《铁树传》终于落下了帷幕,新的剧目又接着上演了。军官这才醒过神儿来,他喝了一口已经变凉了的盖碗茶,对身边那个文官打扮的中年人笑道:"潇然兄,真要感谢你呀!这个金彩云曾经在最红的时候离开弋阳,莫名其妙地失踪了好几年,谁也不清楚她的下落。米某多年未能找到,没想到你今天能请到她,可真有本事呀……"

那个被称作"潇然兄"的人叫张潇然,是国民党弋阳县的县长。他眼睛里闪动着愉快的光,微微一笑回答说:"我怎么敢在您这个南昌行营军法处处长面前谈本事呢?横行闽浙赣三省的方志敏被俘虏了,这对我们县也是一件大好事儿啊。我就想借花献佛庆祝一下,也好找个机会叫老兄一起高兴高兴。没想这戏对了您的胃口,真是侥幸得很啊!"

那个军官笑着反问道:"听这话,潇然兄对方志敏的兴趣,比我对弋阳腔要浓呀?"

张潇然正色道:"谁让他也是咱们弋阳人呢?我身为这里的父母官,一想到本县出了这么个土匪,嗓子眼里就跟扎了根鱼刺似的,别提多不舒服了。这多年的鱼刺总算是拔了啊……"

在旁边一直没吭声的县党部书记长接口说道:"米处长您有所不知,咱们张县长把弋阳治理得好,在咱们整个江西那可都是响当当的!标准的抚琴而治啊!就是这方志敏,可一直是县长的一块心病啊。"

被叫做米处长的军官正是南昌行营的军法处长米占山,他也是弋阳本地人。他听了县党部书记长的话凑趣地笑了笑,一边笑,一边顺嘴说道:"这回方志敏被捕,潇然兄应该没有什么心事了吧?"

张潇然闻听立即收起了笑容,望着米占山轻轻地摇着头回答说:"不然,不然!我的心事还没有就此完结。"

米占山不解地问道:"敢问潇然兄还有什么心事?"

张潇然望着米占山的眼睛严肃地说道:"我想去见见方志敏……"

米占山惊讶地问道:"见方志敏?见他干什么?"

张潇然接过话头说道:"在我治理的弋阳境内竟然出现这样的共党渠魁,与我周旋了多年,如不能当面辱之、屈之、用三民主义感化之,我又怎能心事尽了呢?"

张潇然在弋阳已经当了将近十年县长,无论才干和胆识都很出色,也不像别处的官员那样穷奢极欲、敲骨吸髓。很多老百姓都说他是位清廉正直的官员,可这位好官儿就是不受上司待见,一直得不到升迁。好在张潇然并不看重升迁与否,他认定了自己信仰的三民主义是救国救民的唯一真理,很想通过自己的努力使方志敏幡然悔悟,回到政府一边。张潇然相信,一个能让闽浙赣三省为之震动、数百万百姓趋之若鹜的人肯定是很有能力的。现在官场腐败、政治黑暗,不就是缺少这样的人才吗?自己如果真能劝降方志敏,对自己信仰的三民主义是个良好的交代,对蒋委员长也是个当用的大礼。

基于这种想法,方志敏被捕的消息一传来,他马上就欣喜若狂地办了这个堂会,还特意请来了回乡给老太爷办 60 大寿的南昌行营军法处处长米占山,为的就是请他疏通关系,好去亲眼看看敌对了十年之久却未曾谋面的方志敏,并想办法说服他。

弄懂了这位桑梓父母官的想法之后,米占山心里虽然觉得张潇然不但迂腐,还有些异想天开,但按照官场上的惯例,他还是笑着应承道:"潇然兄放心,能效劳之处占山我一定尽力……"

随着台上锣鼓家伙和伴唱的响起,人们的眼光又被台上正式拉开了序幕的《凤仪亭》吸引住了。这一回扮演貂蝉的仍旧是弋阳腔名伶金彩云,她扮演的貂蝉脱去了刚才扮演狐妖时的妖气,更显得仪态万千,美艳不可方物。

张潇然又说了几句,也察觉到了米占山已经是心不在焉了,但还是郑重地小声嘱咐道:"占山兄可要记住啊,能够让方志敏被捕后亲往辱之并屈之,可是我最大的愿望啊……"

米占山随口敷衍道:"放心吧,我的潇然兄!你这父母官开了金口,占山我岂敢儿戏?"

北上抗日的红十军被国民党动用了包括飞机和装甲车在内的二十万重兵偷袭,损失惨重。整个南方数省的革命暂时处于低潮,红十军化整为零在敌后坚持游击战争。

夜幕降临后,江西境内的共产党游击队再次围绕着营救方志敏,以各自的方式采取了行动。

在铅山县境内的一个镇子里,几十名戴着印有镰刀和犁头旗帜红袖标的赤卫队员,秘密地朝着一座有团丁守卫的大宅子摸去。他们要生擒这座宅子的主人——江西省党部副书记长马纯仁的老爹,想用这个恶霸换回他们的方主席。

这一晚,许多类似的行动在各地相继展开。土豪劣绅和国民党的基层政府一夜三惊,处处闻警。

第二天的早上,国民党江西省党部的副书记长马纯仁气急败坏地闯进了南昌行营,他向顾祝同报告说,他的父亲被共产党抓走了,想用方志敏换人。

顾祝同当然不会答应,因为他已经接到了十几起类似的报告。

2

　　随着新剧目《凤仪亭》的开始，大多数看客又被金彩云吸引去了目光。扮演貂蝉的金彩云在悠扬的伴唱声中上了场，第一个亮相便赢得了满堂彩，全场的看客全都被她俊美的扮相折服了。

　　米占山当然也不例外，他马上带着满脸陶醉的表情专心致志地看起戏来。这位赶回家给父亲祝寿的军法处长早上接到请柬时还声称不大愿意看戏，但从金彩云一上台就显得有些魂不守舍，特别是当金彩云挥舞着水袖扭动着腰肢唱道："不敢独立月光下，只恐嫦娥妒姿容……"她那双秋水般的眼睛里迷离的眼波更使得米占山三魂飞走、七魄不全，连张潇然说的话也听不见了。

　　其实米占山倒不是真喜欢弋阳腔，他的一双眼睛始终直勾勾地望着台上身段优美、眉目传情的金彩云，眨都不肯眨一下。原来，他很早就开始觊觎这位誉满弋阳周边各县的弋阳腔名角了，当年他正是怀着要娶金彩云的理想去从军的。发迹后米占山还专门托人回弋阳打听过她的踪迹。只不过这时他的理想已经变了味：他为了谋取进身之阶早就娶了祝司令的女儿为妻，只是念念不忘想把金彩云娶回去当姨太太了却心愿。可让他失望的是，弋阳已经好几年没了这个美人的消息。米占山没想到自己的梦中情人今天居然会在这里出现，在这个巨大的惊喜前，他高兴得抓耳挠腮全然不顾自己的身份。

　　这一切被在一旁小心伺候着他的一个身穿青色长衫、头戴瓜皮小帽的汉子看在了眼里，他悄悄地走到了米占山的身边，带着恭谦的表情陪着笑小声说道："这戏米长官看着还过眼吧？"

　　米占山不耐烦地点了点头，斜着眼上下打量着那个人，漫不经心地问道："你是干什么的？"

　　那人赶忙低声下气地自我介绍说："小的就是台上这个戏班的班主，江湖上的朋友叫小的金麒麟。眼下我们正想到南昌去唱戏，日后还求米长官您多多关照呢……"

　　听了这番话，米占山脸上的表情一下子缓和了下来，他的眼睛盯着台

上翩翩起舞的金彩云，带着满脸爱屋及乌的表情笑吟吟地答道："好说，好说！"

金麒麟麻利地递上了一支烟，一边点火，一边连连道谢。米占山看着面前笑弥勒似的金麒麟、压低了声音颇有深意地说道："你手下有了金彩云这样的摇钱树，难道还要找人罩着？"

金麒麟更加笑容可掬地回答道："金彩云虽然有些个捧场的，但水再大终究也漫不过桥去，不找您这样的擎天大树遮风避雨又能找哪个？"

米占山听了这话，脸上带着满足的表情微微点了点头。金麒麟顺势凑过去在这位军法处长耳边小声说道："谁不知您是咱们弋阳混得最风生水起的大人物，不仅小班晚上想设宴招待，金彩云还想给处长您把盏呢……"

米占山闻言顿时美得满脸放光，喜形于色地答应道："多谢金班主，这酒米某还真要叨扰！真要叨扰啦……"

弋阳这边台上台下喜气洋洋、声色犬马；南昌那边的方志敏却已经被押进了隔绝人间烟火之气、一片萧杀的看守所内。

望着绝尘而去的押解车队，胖子所长凌风梧正要下令把方志敏收监了事，却没想他身边的军法处副处长钱景民开口说道："来呀，把这个共匪的首领押回去，按照一般犯人的程序给我走上一遍！"

看守们闻言并没有马上行动，而是答应着架起拖着脚镣行走不便的方志敏，把询问的目光投向了脸上略显不悦的凌风梧。

别看凌风梧长得身体肥胖，可脑子却转得不慢。他一边朝着身边的看守假意喝道："耳朵聋了是怎的？赶紧按钱副处长的意思办呀！"一边看着钱景民低声问道："老钱，这可是共产党的三省主席啊！要真是有个一差二错的，可怎么交代啊……"

钱景民把嘴一撇，阴冷地笑道："这个凌所长尽管放心，一切自有我钱某人担待。"

凌风梧一看自己已经成功地把责任撇清，当时便放下了心来。他打着哈哈盯着钱景民问道："老钱啊，这个方志敏跟你有什么过节？是不是分过你家的田地啊？"

钱景民冷笑着回答说："钱某跟他倒没什么个人恩怨，我只是想看看是共产党主席的骨头硬还是咱们国府蒋主席的鞭子硬！"

这番对话方志敏当然不会听见。他这会儿已经神色如常地走过看守所门前牛头马面般的岗哨,来到了看守所的大门里。此时,他情不自禁地回过头想再看一眼身后正在西沉的夕阳,然而,看守所那两扇铁皮包裹的厚重木门"轰隆"一声关闭了起来,挡住了他眼前的一切,周围的光线骤然间暗了下来。

一条黑乎乎的甬道出现在了方志敏的面前,方志敏在突然出现的黑暗里稍稍地放慢了脚步。他举起了戴着手铐的手艰难地揉了揉眼睛,慢慢适应了黯淡的光线。

他身边的一个看守"哼"了一声,不怀好意地催促道:"走吧,到了这儿你就算是看不见日头了。"

另一个看守则猛地推了方志敏一把,用讥讽的语气说道:"这会儿后悔了吧?早干什么去了……"

方志敏没有任何表示,既没有反驳也没有说话,而是拖曳着沉重的脚镣继续朝着甬道的尽头走去。那个说话凶巴巴的看守更加得意,不酸不淡地又来了一句:"我就知道你后悔了,下辈子别再当什么共党了……"

方志敏听见,头也不回地说道:"我后什么悔?你们以为外边比里边就亮吗?"

两个看守听了摸不着头脑地互相看了看,左边那个忍不住对着方志敏的背影狐疑地问道:"你是不是吓傻了?怎么连天亮不亮都分不清楚了?"

方志敏听了纵声大笑,转过身对他们大声说道:"我看你们才傻呢,不知道如今世道暗无天日,老百姓已经活不下去了吗?"

在方志敏声震屋瓦的笑声中,刚才讥笑方志敏是吓傻了的那个看守情不自禁地打了个冷战,他低声对同伴说道:"妈呀,能在这地方笑得出来的肯定不是凡人……"言语之间已经不自觉地带上了几分敬佩。

另一个看守下意识地点了点头不再言语,眼睛里蒙着不解的神情。他真不知道在这里都能笑得出来的人还有什么地方能让他哭。

又走了几步,他们便来到了甬道尽头的一扇包着铁皮的木门前。看守们指着那扇有个装着铁栏杆的小窗户的门,伸手拍了拍方志敏的后背说:"到了……"

方志敏被押送到南昌第一看守所的同时,一个神情凝重的汉子正豹子般地急速穿行在铅山县境内的林莽中。这个长着一身腱子肉、满脸焦急的汉子叫李水生,是红军游击队的侦察参谋,也是个让大半个江西的敌人闻

名丧胆的孤胆英雄。

想当年方志敏主席带领大家两条半枪闹革命的时候，李水生曾经赤手空拳地摸进了赣南一个恶霸的家里，把那个恶霸杀死在了他的12个家丁的眼皮子底下。从那以后，他的名字传遍了整个苏区，他成了大家眼中带有传奇色彩的英雄。几天前方志敏被俘的消息传到了营地，红军游击队的大队长徐凤姑就派他去探个虚实。

远处游击队营地所在的山峰已经遥遥在望，李水生禁不住停住脚步，抬起袖子擦了擦头上的汗。随着一声吼叫，两个穿着保安团制服的匪兵突然端着枪出现在他的面前。李水生刚要伸手去摸腰里的枪，一阵轻微的响动使他立即放弃了这个打算。因为他已经凭着多年的经验判断出，身后最少还有三个敌人正蹑手蹑脚地朝自己走来。面对着越来越近的危险，李水生反倒气定神闲地停住了脚步，站在了那里。

为首的匪兵显然是个头目，他手里拿着一支驳壳枪，头上歪戴着灰色的大檐帽，不可一世地对李水生喝道："干什么的？"

李水生一边装出害怕的样子，一边悄悄地打开了腰里那把手枪的保险，故意大声回答道："走路的，没听说这里的路归了谁家呀？"

那个保安团的头目一听就火了，横眉怒目地把枪伸到了李水生的鼻子前恶狠狠地骂道："妈的，敢跟我这么讲话，你莫不是山上那个共匪婆徐凤姑手下的红脑壳（红军）？"

李水生瞅准了时机正要伸手制服这个家伙，一个清脆的声音突然伴着一串银铃般的笑声清晰地传了过来："你要找徐凤姑？我这不来了？"

李水生闻声看去，只见一个英姿飒爽的女子不知什么时候已经出现在不远的一块巨石后，在她那张英气勃勃的脸上，一双不怒而威的眼睛正瞪着那个发威的保安团小头目。这个女子正是闽浙赣三省苏区的副主席、红军游击队的大队长徐凤姑。趁着面前那个小头目一愣神的工夫，李水生已经敏捷地抓住了他的枪管，拔出自己腰间的手枪对准了他的脑袋，笑着说道："老子不但脑壳是红的，连骨头里都红透了！"

说时迟那时快，十几名游击队员像从地底下冒出来似的，团团围住了那几个保安团的士兵，逼着他们扔下枪高高地举起手来。

那些保安团的士兵正要哀求饶命，徐凤姑却把手里的枪往腰带上一插，大声命令道："把这几个家伙拉到一边去，没有血债的几个留下名字让他们快滚，罪大恶极的给我把脑袋砍了！"

看着那几个匪兵垂头丧气地被押走了，徐凤姑立即走到李水生身边望着他关切地问道："没伤着吧？"

李水生得意地把刚缴获来的那支驳壳枪往腰里一别，笑着回答道："就凭这几个毛贼，奈何不了我……"

李水生望着徐凤姑奇怪地问："你今天怎么下山来了？"

徐凤姑微微一笑，回答说："我起先一直在山上等着你带回方主席的消息，今天不知道怎么，再也坐不住了，就带人下山来接接你，不想还真赶上了这出好戏……"

提起徐凤姑来，闽浙赣三省更是无人不知无人不晓。这是一个被国民党10万大洋悬赏人头的传奇女子，她当年为了手刃出卖自己丈夫的叛徒而夜行上百里，终于提回了他的人头。这件事让她不仅受到了大家的尊重，也引起了方志敏的注意。在正式参加了游击队之后，徐凤姑由于屡立奇功被推选为三省苏区的副主席。也就是从那时开始，这个带兵打仗的女丈夫，开始带领着苏区的游击大队活跃在敌占区，让周围各省的国民党大为头疼，一来二去简直成了三省土豪劣绅的噩梦。

有一次，徐凤姑率队去攻打一个土豪家防备森严的宅子。方志敏本来还担心她会遇到困难，结果到了那儿一报出她徐凤姑的名号，那个土豪家的家丁自动扔下枪就逃跑了。这位巾帼英雄的威力也由此可见一斑。正是基于这些原因，这次组建以红十军为主的抗日先遣队时，方志敏特意把她留在苏区坚持敌后斗争。方志敏的这个决定，确实给三省苏维埃保留下了一支强有力的游击武装。

徐凤姑和李水生两个人边说话边并肩沿着小路往山上走去。徐凤姑问道："方主席有消息了吗？敌人没对他下毒手吧？"

李水生摇了摇头，带着沉重的表情回答道："没有……"

徐凤姑听到这两个字总算是放下了一直悬着的心，但等了半天没听到下文，她不禁用充满了焦虑的眼睛望着李水生，催促道："敌人到底把他怎么样了？你倒是快说啊！"

面对迫不及待等待着答案的徐凤姑，李水生叹了口气回答说："敌人把他关进了南昌第一军人看守所。"

"南昌的第一军人看守所？"徐凤姑自言自语地嘟囔着，她焦急地猛转回身，满脸都是担心地望着李水生问道："那里的情况搞清楚没有？"

李水生赶紧从衣服的下摆里掏出了一个小纸卷，对徐凤姑说道："里边

的情况还不清楚,周围的情况全在这里了!"

徐凤姑打开了那个纸卷,盯着这幅画在烟盒纸上的草图仔细地看了起来。李水生走到她的身旁指着图上的看守所的位置说:"方主席就被关在这里!"

看了一会儿,徐凤姑抬起头望着头顶上的天空自言自语地说道:"方主席,你放心!我徐凤姑绝不会让你在那个鬼地方呆得太久……"

此时的看守所里,方志敏已经在那两名看守的押送下来到了审讯室的中央。一个家伙敞着缀有少尉领章的军装,叼着一支烟,一条腿蹬在一张桌子后的板凳上,恶狠狠地瞪着眼上下打量着方志敏,用恶毒的语调说道:"你就是那个方志敏?听说还是共产党的什么三省主席?"

这个满脸横肉的家伙叫张彪,是看守所专门负责接收犯人并给他们下马威的刑讯组长。这小子是个粗人,几乎所有的学问都来自书场里的说书先生。别看他大字不识几个,但要是说起什么《三国演义》或是《水浒传》里的故事来,倒是知道不少。或许是由于这个缘故,他很敬重硬汉子,想从过手的犯人里检验出几个硬汉来。为了这个变态的理由,他变着法地折磨犯人,但可惜的是,他过手的犯人至今也没有谁符合他心里那硬汉的标准。

因为张彪心狠手辣,用起刑来花样百出,所有的犯人都在背后管他叫张判官。尤其是他阴狠的目光,至今也没几个看了不赶紧避开的。张彪很喜欢这个绰号,还经常以张判官这个绰号自居。

张彪今天感觉很不一样,对于凶神恶煞的他,那位共产党的三省主席根本没产生他预想中的反应。方志敏自打一进门就镇定自若地站在那里静静地望着他,没有丝毫害怕的意思,眼睛里还居然带着一丝不屑和责备的意味,就像是一个大人在盯着一个恶作剧后被捉住的坏孩子一样。不知怎的,一向凶横的张彪忽然间感到脸上挂不住了,他暴怒地跳了起来,对周围几个负责接收犯人的宪兵嚷道:"他爹的亲娘姑老子!给这个共党的主席大人好好伺候一下!看他是不是真的皮肉不知道疼?"

那几个宪兵吆喝一声一拥齐上,二话不说就把方志敏拽了过去,用一根麻绳绑穿过房梁上的一个大铁环,一起用力把他吊了起来。张彪在一旁看着,兴奋地叫道:"给他来个初春过河!"

几个宪兵听了接着使劲,把方志敏吊到了他们满意的高度,这才七手八脚地把绳子的另一头在柱子上拴好。什么叫"初春过河"？原来这是一种很阴损的刑法，是说在把人吊起来的时候绳子只捆住两根手指并把绳子拉得不是很直，犯人既不能踩地，两根手指又不能承受被悬空吊起的重量，只能用脚尖点着地来支撑自己的全部体重，那姿势就像一个人要匆忙走过初春还未融化完全的冰面一样。一般人连这个都忍受不了，就别说再上别的刑了。

张彪扔掉了手里的烟头，坏笑着朝方志敏问道："怎么样？我的方主席，方先生！这个滋味儿还不错吧？"

方志敏脸上仍旧平静如常地看着张彪说道："这滋味儿的确不怎么样，你是不是该往下进行了？"

张彪狞笑着回答："你真聪明……"说着话猛扑上去，三把两把扯掉了方志敏身上的破棉衣，然后从水桶里拎起一根皮鞭抡圆了抽去。

审讯室外，看守所的所长凌风梧看着里面的情景担忧地对身边的钱景民说道："我说老钱，这可是上峰反复交待的重犯，万一打死了可怎么好啊？"

钱景民像在欣赏着什么精彩的表演似的透过门上的小窗户起劲地看着，头也不回地说道："放心吧，我自有分寸。只要方志敏在里边一喊疼，我马上就让他们住手。"说到这里，钱景民回过头来，望着凌风梧不无讥讽地说道："你有什么不放心的？就是出了事，上头第一个也找不到你的头上。"

凌风梧掏出一支烟叼在嘴里，默默地点上了火不再吭声，眼角的余光望着又开始观赏起拷打方志敏的钱景民，无声地做了个"呸"的动作。别人可能不明白身为看守所长的凌风梧和他的顶头上司——常驻看守所的军法处副处长钱景民怎么总是别别扭扭的，原来这两个人之间还真有点解不开的龃龉。

其实，钱景民和凌风梧都是军校的学生出身，不仅是一个班的同窗，毕业后也是一起来到了看守所任职。但看上去有些玩世不恭其实干事很卖力气的凌风梧却始终比不过擅长溜须拍马的钱景民。数年之后，整天钻营的钱景民被破格提升成了军法处副处长，中校军衔，可凌风梧连个少校也没混上，至今还是上尉所长。再加上钱景民天生傲下媚上，让凌风梧很是看不起。不管在什么场合，凌风梧从不叫他钱副处长只以老钱相称。官瘾十足的钱景民心里很不舒服，但也无可奈何。

门外两个人正在转这个小心思的时候，屋里的方志敏已经挨了张彪十

几鞭子。用牛皮编成的鞭子打在肉上的滋味跟被人用火猛地烫了一下似的，被鞭打的地方还会肿起老高，渗出血来。普通人最多挨上三鞭子就会惨嚎起来，光是那种求生不得求死不能的叫声，就能迅速瓦解自己的忍耐和自尊的极限，所以这是历来官府逼供时惯用的伎俩。

张彪用鞭子抽打犯人的技术那就更精熟了，不仅鞭鞭到肉，让犯人痛苦不堪，还能把鞭子挥得山响，更加重威慑的作用。但凡是进入看守所的犯人没有一个能在他手下坚持上三五鞭子的。

眼看着方志敏裸露的上身已经布满了血淋淋的鞭痕，张彪自以为火候已经到了，便停住手得意扬扬地望着方志敏大声吼道："说！还敢不敢再当共产党了？说句软话爷就放你一马！"方志敏仍旧一声不吭地用带着蔑视的眼神注视着他。别说是惨叫，就连呻吟也没发出一声。

在这无声的对峙中，靠着拷打犯人为职业的张彪反倒被激起了凶性。因为他根本就不相信天底下还有不怕打的人。想到这里，张彪咬牙切齿地从炭火盆里拿出一把烧得通红的长柄烙铁，还带着灼人的热浪。他厉声对方志敏叫道："你给我说句实话，到底怕疼还是不怕？"

方志敏忍着身上的剧痛，竟然展颜一笑，对张彪和周围的宪兵们说道："我跟你们一样，也是人生父母养的血肉之躯，怎么会不怕疼？"

张彪终于找到了聊以自慰的地方，他笑得跟花儿似的炫耀地对周围的宪兵们说道："怎么样？我早就说过吧？天底下就没有不怕打的人！"说到这里，他把那块通红的烙铁往方志敏胸前一比划，大声威胁道："识相的还不赶紧求饶？你只要开口求饶，老子我就放过你，要知道这烙铁一挨上你的肉，就是大罗金仙，魂儿也飞了，别说你们吃五谷杂粮的共产党了……"

门外的钱景民望着眼前的一幕一下子激动了起来，他头也不回地对身后的凌风梧说道："别担心，他只要一求饶，意志就算垮了。咱们今天要是把他的意志整垮了，日后降服起他来也就容易多了！"

凌风梧把嘴一撇，小声回答说："我看未必。"

就在这时，方志敏的声音传了过来："求饶？我们共产党人的字典里没有这个词！你有什么本事就使劲儿招呼吧。进到你这里，我方志敏根本就没想着要囫囵着出去……"

张彪被彻底激怒了，他嚎叫着把烙铁按在了方志敏的胸膛上。烧红的烙铁在裸露的皮肤上发出了一阵吱吱的怪响，一股人肉的焦糊味儿顿时飘满了整个审讯室。然而钱景民和张彪等人期待中的求饶声和惨叫声却仍没有传来，传进他们耳朵里的只有方志敏那极度痛苦却带着轻蔑的哼声。张彪看见，方志敏为了忍受这极大的苦楚，紧咬的牙关已经流出了鲜血。

穷凶极恶的张彪忽然间感到了一阵莫名的心悸，他"咣朗"一声扔掉了手中的烙铁，声嘶力竭地对身边那些目瞪口呆的宪兵嚷道："再给他换一套，我就不信拿不下这个共产党的主席！"

钱景民也处在极度的震惊中，他还没来得及做出任何反应，凌风梧却已经推开门冲着张彪喊道："行了！你看这个人，打他会有用吗？真是蠢货！"

钱景民这时也终于反应了过来，他指着一声不吭、咬牙硬挺着的方志敏说道："张彪，把他收监！"其实他也怕把这个上峰再三交待的犯人打坏了没法交代，只得草草地结束了这场妄想摧毁方志敏意志的较量。毫无疑问，这场较量中的失败者不是方志敏，而是作为审讯者的他们。

尽管张彪整天以折磨人为乐，但他还是在不知不觉间对这个共产党的大官产生出一丝敬意，因为他今天真的见到了想象中的硬汉子。

按照惯例，方志敏应该被关进过渡监室。所谓过渡监室，就是专门为初进看守所的犯人而设立的。在这里，老犯人会教会新进来的犯人看守所的规矩和一些在犯人中如何生存的技巧，让看守所的看守们日后管理起来也会轻松一些。

于是凌风梧对张彪说道："把他送到过渡监室，待会儿让狱医给他上点药……"

可钱景民冷不防的插话改变了凌风梧的命令，他阴冷地说道："不，还是关进四号监室！"

凌风梧听了大感不解地问道："为什么？那可是专门羁押刑事重犯的监室呀？"

钱景民瞟了一眼凌风梧，用开导的语气说道："我知道，他们共产党不是很能唤起民众吗？我倒想看看他是怎么把那些人渣唤起来的……"

在南昌行营特务处的办公室里，戴笠正捏着一叠文件，心事重重地在屋里走来走去。半小时前，他刚结束了各地负责情报收集的军官们参加的特务处通气会。在那些手下提供的情报里，戴笠意识到共产党最近的活动全都紧紧地围绕着一个主题——不惜一切代价全力营救被俘的方志敏。想到这里，他的眼前仿佛又出现了那个身穿破棉衣、在乱蓬蓬的黑发下有着

倔强而决绝神情的方志敏。他脚下那副沉重的脚镣发出的好像不再是单调的哗啦声，更像是蕴藏着一阵从天边隐隐传来的风雷之声。

戴笠情不自禁地打了个冷战，他把那叠文件往桌上一放，伸手抄起了桌上的电话，对接线员低声命令道："给我接顾主任办公室……"他想劝说顾祝同赶紧下令处决方志敏，这个人一天不死，南方几省的共产党就一天不会安生。

其实顾祝同此时心里也很不踏实，早上庆祝大会上的那一幕早已深深地刻在了他的脑海里。他现在总算明白什么叫"擒虎容易伏虎难"了。听完戴笠的建议后，他感到十分恐慌，生怕万一方志敏被成功救走，他将无法承担后果。如果真是那样，先把责任放在一边儿，光是那些整天在委座面前搬弄是非的家伙就能让他万劫不复、前程尽毁。而背负这一切沉重后果换来的，仅仅是为了把方志敏抓在手里、炫耀自己那靠调动了二十万大军偷袭取得的功绩，这值得吗？

从早上那次庆祝会上和方志敏的直接接触中，顾祝同心里已经把方志敏列为了不可征服的那一类人。跟一个不可能征服的人较劲，这岂是他一个聪明人的选择？想到这一层，戴笠的建议终于在顾祝同的心里占据了上风。他犹豫了一下，最终还是拿起了电话，通到了蒋介石的办公室。

在这一刻，顾祝同已经铁下了心，要向蒋介石建议尽快处决方志敏，免得夜长梦多、自毁前程。正在胡思乱想的当口儿，蒋介石那口宁波官话已经清晰地从听筒里传进了他的耳朵。顾祝同下意识地站直了身体，毕恭毕敬地问起好来。

蒋介石今天的心情显然不错，随口称赞了顾祝同几句之后，还没等这位南昌行营主任把处决方志敏的要求说出口，他便问道："墨三，那个方志敏现在怎么样了？你这位黄埔军校的教官是不是已经把他说服了？"

蒋介石这么一说，顾祝同赶忙把下面要说的话咽了回去，试探地问道："请恕卑职愚钝，正要向您请示这件事呢。那个方志敏是共产党中的死硬分子，我看让他归顺政府简直没有可能……"

"我让你看《曾文正公全集》，有什么心得吗？"没等顾祝同把话讲完，蒋介石突然没头没脑地问了这么一句。蒋介石很赞赏清末的名臣曾国藩，经常把他的《曾文正公全集》赠给部下，让他们带回去研读，平时引经据典时也多有提及。顾祝同听了马上不假思索地回答道："我按照您的教诲时时研读，还算是颇有心得的……"

蒋介石可不买他这个账，立即毫不留情地说道："墨三，你还谈不上什么心得！"

这句话让顾祝同不知所措、满头是汗，他结结巴巴地答不上来了。电话那头的蒋介石当然不会知道顾祝同此时此刻的窘态，而是循着自己的思路继续说着："曾文正公当年说过'伏一人不如伏一心'，你懂这是什么意思吗？"

根本没有仔细研究过《曾文正公全集》的顾祝同张口结舌答不上来了。蒋介石"哼"了一声说："现在共匪被国军一路追击已经疲于奔命了，消灭他们只是一个时间上的问题。而消弭南方几省的赤化已经成了当下不容忽视的要务！"说到这里，蒋介石又用开导的口气说道："你抓住的那个方志敏先好好地关上一阵儿，日后要找机会让他脱离共党为政府出力！如果能这样，南方几省的共产党也就会烟消云散。这样浅显的问题，墨三你不会想不到吧？"

顾祝同一边暗自庆幸没说出处决方志敏的话题，一边对着电话连连答道："卑职正是要请示这件事的，请委座放心！"

蒋介石显然很满意这个回答，高兴地称赞道："墨三能想到这一层很好，你先不忙跟那个方志敏正面接触，他祸乱了南方数省这么久，也该让他先冷静一下了。"

跟蒋介石通完电话之后，顾祝同又想起了戴笠提供的那些情报，他暴怒地把副官叫进了办公室大声命令道："告诉34旅，让他们再派一个团进城，给我在看守所附近驻防，严防共产党采取营救方志敏的行动！"

看着副官转身要去传达命令，顾祝同又把他叫住补充道："再通知南昌警备司令部，强化治安，彻底清查共党嫌疑分子……"

就在顾祝同气急败坏地加强方志敏所在的看守所周围的防务时，战斗在崇山峻岭中的红军领导人黄道也意识到了事情的严重性。

近来由于各地游击队和赤卫队频繁袭扰，敌人不仅加强了对红十军残部和游击队的清剿，还对有通共嫌疑的老百姓进行了残酷的屠杀。面对骤然严峻起来的局面，这位毕业于北京高等师范学院、学运领袖出身的领导人当即对形势作出了明确的判断。

黄道对身边的邵式平说道："赶紧派人制止根本没有成功可能的小规模营救，以防敌人狗急跳墙，反而加害方志敏同志。"

邵式平不解地问:"那方志敏同志怎么办?"

黄道回过头去望着这位著名的红军战将,使劲地把手一挥说道:"方志敏同志我们当然要救,而且还不能太迟!"说到这里,黄道用征询的口吻望着邵式平问道:"我看咱们赶紧召集各地的游击队干部开个会吧。得制定一个严密的营救计划,你看怎么样?"

邵式平点了点头,回答道:"好,就这么办!"

3

钱景民下令把方志敏关进了关押刑事犯的牢房,其实是包藏着极大的祸心的。他想借着四号牢房那群天不怕地不怕的家伙好好折磨折磨方志敏。

在钱景民看来,在这些无法无天的家伙手里,就是铁人儿也能给磨亮了,木头人儿也能给磨酥了,说不定天界的大罗真仙也能给整治服帖了,何况方志敏一个血肉之躯的常人?钱景民眼瞅着张彪指挥着宪兵,半拖半架地拉扯着方志敏朝着四号监室的方向去了,他的脸上掠过了一丝阴冷的笑容。

这四号牢房里关的都是穷凶极恶的家伙。监室的老大"闯塌天"就是十里八乡最出名的土匪头子,据说光是他亲手撕的肉票就已经十几、二十个了。难怪只要分到他所在的这个四号监室,不管什么刺儿头滚刀肉,没几个不被他收拾得服服帖帖的。有的犯人曾经透露过,"闯塌天"发明的那些私刑绝不比张彪刑讯的工夫差。

方志敏昏昏沉沉地被两个宪兵押进了四号监室,"扑通"一声被扔在了地上。一个宪兵从兜里摸出了一支烟,顺手抛给了正在墙角享受几个新犯人按摩的"闯塌天",说道:"闯爷,给你送来个大人物,好好伺候着吧!"

"闯塌天"接住了那支烟,走到宪兵的身旁借着他的火点着,懒洋洋地望着地上昏迷不醒的方志敏问道:"长官,这家伙什么案子?"

那个宪兵还没答话,和他同来的那个宪兵却把大拇指一挑说:"别管什么案子,这人绝对比你骨头硬,挨了一顿鞭子一声不吭不说,挨了张头儿一烙铁也没牙崩半个字,啧啧……"

"闯塌天"贪婪地抽着手里的烟,眼睛重新打量起地上的这个人来。直到他手里的烟已经吸得只剩下个烟头时，"闯塌天"才把它递给了身边一个满脸期待的家伙，用不容置疑的口吻吩咐道："赶紧把他扶起来！"

那个家伙猛地嘬了一口烟屁股，这才讨好地问道："闯爷，抬到哪儿？"

"闯塌天"把眼一翻，不耐烦地回答道："当然是我旁边了，这还用问？"

几个新来的犯人羡慕地看着方志敏被安置在了"闯塌天"的身边，那可是整间牢里最干燥最通风的地方，而他们不知要在恶臭难忍的马桶旁待到什么时候呢。

方志敏睁开双眼之后已经是后半夜了。他看着周围那些衣衫褴褛、呼呼大睡的囚犯，舔着干渴的嘴唇慢慢地坐了起来。

窸窸窣窣的声音惊醒了方志敏旁边的"闯塌天"，"闯塌天"不耐烦地张嘴问道："哎！新来的，你叫什么名字？到底犯了什么事儿？"

方志敏没有直接回答他的话，却带着笑意试探着问道："能不能给点水喝？"

"闯塌天"听了立即从身边拿起了一个小铁皮桶，冷冷地递到了方志敏的面前。方志敏接过了铁皮桶"咕咚咕咚"地喝了几口，这才用带着感激的目光看着面前的"闯塌天"说道："我叫方志敏，是个共产党……"

连方志敏也没想到，他这里刚一报出名字，"闯塌天"就像遭了雷击似的浑身一震，瞪大了眼睛。他端详了方志敏足足有半分钟之后，才不敢相信自己耳朵似的再次开口问道："你说你叫什么？"

方志敏镇定自若地回答道："我叫方志敏，是个共产党。"

"闯塌天"听了不由得坐直了身体，望着方志敏继续追问道："你就是那个共产党的三省主席，江湖上人称'赤胆农王'的那个方志敏？"

方志敏郑重地点了点头，算是回答了他的问题。"闯塌天"得到了这个肯定的答复后猛地站起身来，他一边用脚踢着身边那些熟睡的犯人，嘴里一边低声叫道："别他娘的睡了，全都给老子挤挤，让方主席躺得舒服些！"

作为这个监室里说一不二的铁腕人物，"闯塌天"的话立即得到了不折不扣的执行。在伤痛和疲劳的折磨下，方志敏还没来得及阻止"闯塌天"去骚扰那些犯人，就昏昏沉沉地睡了过去。

钱景民很快就知道自己的如意算盘落空了。值班的看守报告说，那个方志敏不仅没有受到四监室犯人们的虐待，还成了这间牢房里的老大，就连原本对谁都是凶神恶煞的"闯塌天"也老实了起来，没事儿总是缠着方

志敏讲那些掉脑袋的话。

钱景民无可奈何地挥了挥手打发走了看守,自我嘲般地自言自语道:"行,你真行!那你就继续在那里当你的老大吧!我看你能安稳几天。"

别看钱景民嘴上这么说,其实他的心里充满了疑问,他想不明白这个方志敏到底有什么魔力,能把个凶神捋顺了,于是他假借视察走到了四号监牢的门外。果不其然,那些囚犯都跟学生似的围在方志敏跟前听他讲话,还时不时地插上一句,态度极为恭谦。

钱景民当然不会明白,囚犯们的这种态度不仅是因为方志敏说的道理句句都能引起共鸣,更重要的是,这些人总算知道了什么是剥削、什么是压迫。正是由于方志敏的到来,他们知道了许多从没听说过的事情和没想过的道理。在他们心中,这个穿着露棉花的破棉衣、永远带着自信的微笑的人哪里是什么囚犯,简直就是救苦救难的菩萨。

更让钱景民心惊的是,有这种想法的人不光是四号监室的犯人,有些身为宪兵的看守也对方志敏奉若神明,见了面总是恭恭敬敬地叫他一声"方先生"。

方志敏入狱的消息很快便在整个看守所内传开了,当这件事传到了甬道另一头的十一号牢房里时,引起了不小的震动。一个穿着红军特有的灰色棉服的人,正在跟他旁边一个只剩下了一只胳膊的大汉悄悄地议论着这件事情。

独臂大汉嘴里叼着一根草棍儿躺在床地上的乱草里,出神地望着墙上的一只壁虎。灰色棉服那人操着一口浓重的湖南口音对他说道:"畴西,你说他们说的那个人真是老方吗?"

被称为畴西的人正是红军中有名的独臂将军刘畴西,是闽浙赣军区的司令员兼红十军军长。和他说话的那个人叫王如痴,是红军中屡立战功的骁将,同时也是闽浙赣革命根据地的创建者。在这次北上抗日的过程中,他担任由红七军团改编的红十九师师长。和方志敏一样,他们也是在率队北上抗日的途中遇袭被俘的。

刘畴西望了王如痴一眼,若有所思地回答说:"我看这消息八成是真的,除了老方谁又能引起这么大的动静?敌人把他关进了四号牢房,那里可都是些亡命徒啊,他们会不会……"说到这里,刘畴西担心地叹了口气,打住了话头。

两个人互相望了一眼,都没再开口说话。最后还是王如痴率先打破了沉默，他用胳膊肘捅了捅身边的刘畴西，开口说道："我们要想办法让老方和我们的人关在一起！"

刘畴西闻听猛地坐了起来，由于动作太猛牵动了身上还没有愈合的伤口，疼得他倒吸着冷气点着头说道："是呀，我们不能没有他，看守所里的同志们更不能没有他啊！可敌人能听我们的吗？得想个什么办法吧？"

王如痴咬着牙用坚定的语气说道："咱们现在不是已经建立起了临时党组织吗？我看就来一次集体绝食，坚决要求他们把老方关到咱们这儿来！"

看守所里负责普通监区的看守号称"聋子老潘"。就在这个时候，"聋子老潘"耳朵上夹着一根烟慢慢地走到了牢门前，似笑非笑地望着他们开口说道："两位聊什么呢？不是又琢磨着鼓动你们的那些手下闹事吧？"

王如痴抬眼望着他没好气地问道："你听见了？"

"聋子老潘"似笑非笑地反问道："你说呢？"

王如痴戏谑地说道："不是说你的耳朵重听吗？怎么现在这么灵了？"

"聋子老潘"听了丝毫不以为忤，哈哈一笑回答道："要不怎么说，你关在里边，我却在外边看着你呢？你就是没活明白！"说到这里，"聋子老潘"得意洋洋地说道："我家祖祖辈辈都给官府出力，祖训就是不该听见的就得变成聋子，该听见的时候就得耳聪目明，晓得了不？"吹嘘完之后，他又换了一副嘴脸追问道："我没猜错吧，是不是又想闹腾什么？"

王如痴不屑地"哼"了一声转过头去，刘畴西却笑着对老潘说道："我们连饭都吃不饱，哪还有闲心闹事？"

"聋子老潘"听了灿然一笑，很慷慨地把夹在耳朵上的烟拿下来递给了刘畴西，讨好地说："来抽支烟吧！只要你们二位不砸我的饭碗，咱们没啥过不去的。"说着话，他还摸出火柴给刘畴西点上了火，神秘兮兮地小声说道："还不知道吧？你们那个方主席也进来了！"

王如痴一听老潘提到了方志敏，不由自主地转过脸来，问道："听说四号牢房那帮小子没有为难他，是真的吗？"

老潘一看平日里从不对自己多废话的红军大官发问了，顿时带着卖弄的神情说道："怎么不是真的？那可不是凡人！他一进来就挨了张彪一顿伺候，又是鞭子又是烙铁的，啧啧……"说到这里，老潘把大拇指一挑，继续说道："可他愣是连哼都没哼一声，真他妈的有种！跟书场里说书先生说的岳飞岳元帅真有一比，想当年岳元帅下了狱也动了大刑……"

刘畴西生怕老潘把话扯远，赶忙见缝插针地问道："他现在怎么样了？"

老潘被拦住了话头，多少有些不满地说道："坐牢呗，还能怎样？"说到这里他又自顾自地说道："可人家现在比你们滋润，连四号关的闯爷都成了他的手下，甘心情愿地听他支使！"说到这里，老潘的话痨又犯了，文不对题地说道："那闯爷可不是善茬，想当初一夜之间抢了南昌好几个大户，要不是最后去抢柴旅长的家，把他们家……"

刘畴西和王如痴飞快地交换了一个眼色，两人悬着的心一下子放回了肚子里。他们知道方志敏暂时不会有危险了。心思缜密的刘畴西默默地把抽了一半的香烟递给了王如痴，心里暗自盘算道："下一步要办的事就是要尽快跟老方接上关系了……"

刘畴西的想法很快就变成了现实：他们通过专门给各个牢房送饭的犯人跟方志敏取得了联系。因为那个犯人是"闯塌天"的手下，也住在四号牢房。这个便利条件使方志敏和看守所里临时建立起来的党组织有了沟通渠道。在这几天里，方志敏还办了一件大事：那就是让"闯塌天"弄明白了共产党和他信奉的劫富济贫有什么不同。

一连好几天过去了，钱景民没听到一点关于方志敏在四号牢房受整治的消息。困惑中的他终于沉不住气了，他把张彪叫到了自己的办公室里，顺手扔过去一支烟，斜着眼望着满脸横肉的张彪说道："张彪你这个鬼见愁怎么搞的？听说那个方志敏现在过得很滋润呢。你想不想再给他点儿颜色看看？"

张彪把嘴一撇，苦着脸回答道："处长，我看还是算了吧，这个人可不一般。"

钱景民不得要领地望着专以折磨人为乐趣的张彪，不解地问道："算了？为什么？"

张彪掏出火柴点上了烟，吞云吐雾地回答说："钱处长，那天你也看见了，他连烧红的烙铁按在肉上都能扛住，我们真的没什么好办法了。再说……"

看着欲言又止的张彪，钱景民皱起眉头追问道："你到底想说什么？"

张彪抬起头望着钱景民运了口气，像是下定了决心似的说道："处长你别见怪，也不知道是怎么了，从那天开始，我忽然很怕见到那个方志敏。直到现在，他那双眼睛我一想起来还浑身不自在。这种人不怕打的，动刑也没用！"

钱景民听了此话勃然大怒，他指着办公室的门对张彪低沉地吼叫道：

"出去！你这个废物，给我滚出去！"

钱景民骂跑了张彪，他没想到自己手里这张狠牌没把方志敏收拾服帖了，自己倒没了锐气。钱景民越想越气，他一屁股坐在了写字台后的椅子上，望着墙上蒋介石的画像发起愣来。

作为蒋介石忠实的信徒，钱景民一心想要把方志敏制服。好像不这样就显示不出他这个军法处副处长的威风。经过一番苦思冥想，钱景民终于想到了一个好主意。他推开门，让卫兵把看守所的文书段存仁叫到了面前。

作为一个堂堂的中校长官，钱景民自然不能对只有上士军衔的段存仁太客气。想到了这一层，钱景民摸出一支烟叼在嘴上，点上了火慢慢地抽了一口，然后回到办公桌后摆了一个很威严的姿势，静静地等待着段存仁的到来。

原来，钱景民想出的新办法也没什么特别的，就是想把看守所里几个名声最不好的犯人调去和方志敏同住。他觉得这次只是碰巧了，他还真不相信这个共产党的主席能让顽石点头、猛虎让路。他觉得他一定能找到方志敏的弱点，想让他在受了折磨之后慢慢地软化下来。

就在他反复地琢磨这个阴损的主意的时候，桌上的电话突然间急促地响了起来。被打断了思路的钱景民没好气地抓过听筒随口问道："谁呀？"

"怎么？你连我的声音也听不出来吗？"电话那边传来的声音立即让钱景民变了个人似的，不但人精神了起来，语气也变得恭顺多了，连原本的一副跷着二郎腿、吊儿郎当的架势也变成了挺胸收腹的军人姿态，好像是生怕电话那头的人挑出什么毛病似的。电话里传出的是他的顶头上司米占山的声音，米占山用显得有些拘谨的声音告诉钱景民："钱副处长，顾主任要跟你直接讲话……"

南昌行营建于 1928 年 10 月，它的全称是"海陆空军总司令南昌行营"，是江南五省剿匪总部，被称为"第二首都"。当时一向视共产党为心腹大患的蒋介石，刚从中原大战中收身便亲临南昌，来此指挥"剿匪"事宜。南昌行营的地位之重可见一斑。这个机构的日常工作就是由顾祝同来主持的，地位相当重要。

这个顾祝同也绝非等闲之辈，他是江苏省安东人，保定军校第六期毕业。曾任黄埔军校教官、教导团营长、国民革命军第一军师长，素有"驭将之才"的声誉。先后参与东征、北伐、军阀混战，深受蒋介石器重，是眼下督促南方五省军马围攻红军的急先锋，也是手握生杀大权的钦差大臣。

钱景民听到他的名字感到一阵紧张。

顾祝同一般从不跟级别相差很远的部下直接通话,但他刚才又接到了蒋介石的电话,催问他方志敏的情况,这使得顾祝同不得不破例了。

在电话里,顾祝同直截了当地告诉钱景民:"你听好了,根据委员长的指示,对方志敏一定要善待,不准打骂侮辱。我不日就要到你们那里去,按照委员长的意思劝他洗心革面为政府效劳!你做好准备吧。"

钱景民正想向顾祝同表白一番,那边的顾祝同说完了自己要说的话,已经打住了话头,把电话递给了侍立在一旁的米占山。顾祝同自己则望着墙上巨幅的军用地图,盘算起该如何跟方志敏见面的事情来。

米占山的声音再次清晰地传进了钱景民的耳朵里:"记住,顾主任说的善待……"

钱景民马上明白了米占山话里的含义,赶紧满口答应道:"是,是,是!请处长和顾主任放心,我会安排好的!"放下电话之后,钱景民马上像川剧里的变脸演员一样,把笑僵了的脸一绷,对一直在面前傻站着等他盼咐的段存仁说道:"去,把你们凌所长给我叫来!"有了这个变故,他再也不敢有调犯人收拾方志敏的想法了。

四号监室的犯人们正围在方志敏的身边津津有味地听他讲述着红军打土豪的故事,冷不防铁门一开,看守所的所长凌风梧陪着钱景民急匆匆地走了进来。

钱景民从兜里掏出一块白手绢捂住了鼻子,看了屋里的犯人一眼,最后把眼光落在看到他进来竟然无动于衷的"闯塌天"等人身上,声色俱厉地喝问道:"你们不好好反省以求自新,在这里还拉帮结伙的想干什么,要造反吗?"

在他阴狠的目光逼视下,有些胆小的犯人默默地低下头去,只有"闯塌天"还是漫不经心地斜眼看着他,一副满不在乎的样子。

钱景民正要继续发作,方志敏却艰难地从人堆里站起身来,他忍着伤痛对钱景民平静地说道:"不要责怪他们,是我在跟他们聊天……"

钱景民立刻把脸转向了方志敏,眯起了眼睛不无威胁地问道:"方先生,能告诉我你跟他们谈了些什么吗?你该不会是在这里还想要赤化他们吧……"尽管这句话说得挺厉害,但他对方志敏的称呼却已经变成了方先生。一向很会察言观色的钱景民心里比谁都清楚,这个蒋委员长亲自关照过的犯人身上蕴藏着很大的能量，绝不是自己一个小小的副处长能够抗衡的。

在众人的注视下，方志敏淡淡地一笑，用坚定而倔强的目光迎着钱景民望去，从容不迫地说："我只是在告诉他们穷人不是生下来就该受穷的，这怎么能说是在进行赤化呢？"

钱景民哪儿能在凌风梧面前自认下风，当下便带着满脸讥讽的神情望着方志敏，狞笑着问道："那你说说，穷人不该一生下来就受穷，那么谁又该受穷呢？"

方志敏紧紧盯着钱景民的脸，毫不迟疑地正色答道："该受穷的当然是那些压迫农民的寄生虫，他们五谷不分却要霸占田地、欺压农友。该受穷的还有那些官老爷和为富不仁的商贾和官僚，他们敲骨吸髓榨取工友，盘剥百姓养肥了自己。这样的人要不受穷，天下还有公理吗？"说到这里，他略一停顿，又提高了声音继续说道："你说这样的人该不该被打倒？这样的世道该不该有人来拨乱反正？"

钱景民在方志敏凌厉的功势下显得有点心虚，他回避开方志敏那灼人的目光，干笑了两声不服气地说道："方先生别装糊涂了。这还不是赤化？我警告你，这就是赤化宣传！我看你还是多为自己想想，别再什么农啊工啊的了。"

方志敏微微一笑，把两手一摊说："革命的先行者孙中山先生早年就曾多次强调联俄、联共、扶助农工，你说说看，这难道也算是赤化宣传吗？"

钱景民哪里是方志敏的对手，当场被问了个张口结舌，涨红着脸连句话也说不出来了。他身后的凌风梧一看心里这个解气呀，忍了好几忍才没有笑出声来。

望着正气凛然不可侵犯的方志敏，凌风梧赶紧笑眯眯地走上前来说道："方先生，方先生！我和老钱今天是特意来给你道喜的……"

方志敏还以为敌人要对他下毒手了，当下便把头一昂，镇定地问道："什么时候动手？刑场在哪儿？"

凌风梧一听知道方志敏误解了他的话，赶忙笑着解释道："方先生真是会开玩笑，大白天的说什么刑场不刑场的，多不吉利？"

方志敏懒得和他斗嘴，站直了身体望着他冷冷地说道："我很难想象这里能有什么吉利的事，还请有话直说吧！"

凌风梧正要回答，好不容易缓过劲来的钱景民却抢先插嘴了。他想到

顾祝同的交待，便也硬挤出一丝假笑来说道："方先生对我们的误会真是太深了，我们是来请方先生换个清静些的地方去住。行营顾长官有令，要我们善待您呢……"

凌风梧因为打心里感激方志敏刚才给了钱景民难堪，赶忙补充道："是蒋委员长和顾主任爱惜人才，让我们给方先生换个清静些的地方，咱们这就走吧。"说完话也不等方志敏回答，便大声对等在门外的看守吩咐道："把方先生送到优待牢房最里边的那间，让我的勤务兵找身干净些的衣服给方先生换上！"那殷勤的样子看起来不像是看守所的所长，倒像南昌街头拉客住店的小二。

方志敏没有理睬凌风梧这番殷勤，断然拒绝道："多谢所长的好意，我现在这身衣服就很好，不劳费心了！"说着话，方志敏扭过头去深情地望着相处了好几天的难友们，把手一拱，微笑着说道："弟兄们，咱们再会了。记住我跟你们说过的话，那不是台上演的戏文，只要大家齐心协力、共同奋斗，那些早晚会变成现实的！"

在众人的注视下，方志敏拖着沉重的脚镣往甬道的另一头走去，第四监室的犯人们不约而同地涌到了重新关起来的铁门前，默默地注视着方志敏那越走越远的背影。钱景民不安地发现，犯人们的眼神里充满了虔诚和期待。

就这样，方志敏来到了单独关押他的一号牢房。他惊奇地发现，在他进到屋里之后，看守虽然随手带上了门，却没有锁上挂在门外的那把大锁。

在方志敏隔壁的另一间优待牢房里，一个身穿青布长衫的人慢慢踱着步，走到了连接各个牢房的甬道里。他就是曾经担任过国民党军事法官和数所监狱长的胡逸民。

胡逸民从兜里摸出一盒香烟，抽出一支点上火，悠闲地吸了一口之后，顺手抓住了一个从身边经过的看守问道："一号监室新关进去的是什么人？"

看守听见问，赶忙毕恭毕敬地回答道："那是个共产党，听说叫方志敏，原来还是什么三省主席呢。"

胡逸民若有所思地点了点头，掏出一支烟随手抛给了看守，自顾背着手在甬道里溜达了起来。那个看守把那支烟往耳朵上一夹，望着那人远去的背影小声咕哝道："娘的，这哪儿是犯人？简直就是他娘的天王老子……"不料，他的这句牢骚话被正巧巡视到这里的所长凌风梧听见了。凌风梧那张胖脸上带着不屑的神情上下打量着他低声训斥道："天王老子？

跟你比他还真是天王老子！"

凌风梧说到这里，依旧笑弥勒似的背着手低下了头，把脸伸到了那个看守的鼻子前如数家珍地说道："知道他是什么人吗？他可是国民党的元老。大清朝有皇上的时候，人家就追随国父孙中山先生反清举事！前几年还当过国民革命军军事法官呢！你还真得把他当成天王老子给我敬着，听清了没有？"

在凌风梧咄咄逼人的目光下，那个倒霉的看守赶紧"啪"的一个立正，回答道："听清了！"

凌风梧脸上变得更加灿烂，他抬起脚照着那个看守的屁股就是一下，嘴里嘟嘟嚷嚷地笑骂道："听清了就滚，还等着领赏吗？"

为了营救包括刘畴西和王如痴在内的红军领导人，临时苏维埃的书记黄道特地召开了一次紧急会议。

这一天早晨，分散在江西境内坚持游击斗争的干部们全都风尘仆仆地赶到了。大家围坐在窝棚里简陋的会议桌旁边，黄道看着那一张张焦急的脸，清了清嗓子开口说道："同志们，今天请大家来是为了讨论营救方志敏和其他同志的方案。我们只有尽快行动，才能抢在敌人的前头，让他们来不及对咱们的同志们下毒手！"

说到这里，黄道的眼光再次从参加会议的那些人的脸上掠过。突然，他收回了目光，朝盯着本子正在做记录的邵式平问道："徐凤姑怎么没来？"

邵式平抬起头来，用担忧的眼神看着黄道回答说："派去的通讯员昨天就已经回来了，她会不会是在路上遇到了麻烦？"

黄道听了默默地点了点头，转身对守在窝棚口的警卫员徐少艾说道："去通知李水生，叫他带几个人下山接应一下！"

看着警卫员敬了个礼转身去了，黄道重新转过身来不容置疑地说道："好了，我们就不等徐凤姑了，现在开会……"

4

方志敏的到来让胡逸民产生了浓厚的兴趣，他很想去跟这位威震天南

的共产党要人聊上一会儿。自己也能好好见识一下，这位被数百万泥腿子追捧为"赤胆农王"的特殊人物，到底有什么不同。他想问问对方究竟用的是什么法术，能在蒋委员长的眼皮子底鼓捣出那么多事情来，才短短的几年，就把包括蒋委员长的老家在内的闽浙赣三省给赤化了一大块。

这天一大早，刚开过早饭，胡逸民就溜溜达达地走出了自己的牢房，通过优待牢房中间的小天井，慢慢地向方志敏的牢房走去。

这里说是小天井，其实还不如说是牢房之间的一块小空地更为确切，因为这里根本就看不见天，抬起头也只能看见黑黝黝的顶棚。空地的周围有六间优待牢房：东、西、南每边两间。北边是一条冗长的甬道，通向人间地狱般的普通监区。因为还要一连拐上两个弯才能把这里跟普通监区连接上，所以那边的疾苦几乎被完全隔绝掉了。

一般说来，优待牢房的犯人非富即贵。在犯人面前凶神恶煞般的看守在这里也改行成了跑堂的，一会儿给这位出去买点酒肉，一会儿给那个到妓院去送个条子，殷勤得不得了。因为这里的犯人早晚是要逃出生天的，说不定哪天再回来就是他们的顶头上司，谁也不能得罪。更何况这些大爷都很爽快，打赏的小费往往比他们的军饷还高。因为这些缘故，这里的看管也是内松外紧，除了在通往普通监区的甬道口有两名武装宪兵昼夜执勤，这个小空间里的六间牢房平时连门也不锁。

方志敏被押进来的时候，这里除了一个因贪污军饷被关进来听候处理的师长和一个帮着几个高级军官倒卖军用物资的奸商江老太爷，就是专门跟蒋委员长对着干的胡逸民了。加上方志敏，还有两间空房。但方志敏却不像那几位那么自由，身后总有耳朵眼睛的在暗中盯梢。

看守走后，方志敏开始默默地打量起这间优待牢房来。这里的环境的确不错，迎面一人多高的墙上有一扇二尺大小的窗户，外面凉爽的风缓缓吹来，使得室内的空气比较清新。一张单人床上还铺着草垫子，更重要的是这里还有一把椅子和一张破旧的书桌。正在打量的时候，牢房的门"哗啦"一声被推开了，一个年纪大约五十上下的人走了进来。从他身上那套油渍麻花的军装和手里的托盘不难看出他火头军的身份。

说话之间，那个火头军已经把托盘里一碗加了几根咸菜的糙米饭放到了桌上。他从兜里掏出了一双筷子往桌上一放，略显歉意地看了看方志敏笑着说道："方先生，我知道你在共产党那边是个大官，这些肯定吃不习惯的。你就……就凑合着吃上几口吧，嘿嘿……"

方志敏蹚着沉重的脚镣"稀里哗啦"地走了过来,他往桌前一坐,抄起了筷子端详着碗里的糙米饭笑着称赞道:"不错了,已经很不错了!"

那火头军是个健谈的人,看着方志敏已经狼吞虎咽地吃起饭来,不相信自己的眼睛似的陪着笑问道:"看来您前几天是受了罪,要不这样的饭您怎么能吃得下去?"

方志敏有滋有味地嚼着米饭,上下打量着笑眯眯的火头军微笑着回答说:"罪倒是受了一些,但那算不了什么。"说到这里,方志敏把饭碗端起来,用筷子指着碗里的饭说道:"这样的饭食在我们那里已经算是很好的了,有些时候想吃还吃不到呢……"

那火头军听了大摇其头,一脸不相信的样子。方志敏转眼之间已经把米饭吃下去了一大半,正端起桌上粗瓷碗里的凉水大口喝着,忽然瞥见那火头军的样子,禁不住笑着问道:"怎么,老哥你不信?"

那火头军听了连忙摆着手说:"别,别!方先生别这么称呼,我哪里受得起呀?小的姓谷,您要是高兴就叫我一声老谷吧。"说完这句话之后,厨子老古又接着说道:"不瞒您说,我们这里就是一个班长也是餐餐有肉,就更别说您这么大的官长了。您平时鸡鸭鱼肉的肯定是不会少了的吧?"

这时候,胡逸民在强烈的好奇心驱使下正好走到了方志敏的门前,正要伸手推门,听到了老谷说的这句话,不禁停下了脚步,他也想听听这位共产党的三省主席是如何回答的。

方志敏风卷残云地吃光了碗里的饭菜,心满意足地望着瞪大了眼睛等着回答的老古说道:"你说的不错,我们那边倒是有些鸡鸭,但我已经很长时间没吃过了……"

老古听了更加不解地看着方志敏,狐疑地问道:"那……那是为啥?忌口?"

方志敏回答说:"不,我可不忌口挑食。不过我们共产党是要让所有的种田人都能吃上饭。现在他们连粮食都不够吃,我要是餐餐都弄些鸡鸭来吃,跟你说的那些人又有什么区别呢?"

老古听了更加糊涂了,他搔着脑袋喃喃地咕哝道:"那当官还有什么用?"

方志敏听了哈哈大笑,好半天才止住笑,对仍旧是满头雾水的老古说道:"这就是我们共产党和你们这边的不同了,我们可不像你们那些当官的,个个有钱。我们当官是为了让人人有饭吃,有衣穿,有田耕,不为自己。"说到这里,方志敏又看了一眼老古笑道:"你想啊,要是天底下的老

百姓都过上了好日子，全可以吃上鸡鸭，我们这些当官的不也就跟着水涨船高了吗？"

虽然方志敏的这一席话里有很多老古一时之间难以理解的东西，但他还是从心里喜欢上了这位方先生。他望着方志敏不好意思地一笑，便动手收拾起了桌上的碗筷。

胡逸民抓住这个机会推门走了进来，笑眯眯地望着方志敏大声称赞道："好！方先生说的真是太好了！先天下之忧而忧，后天下之乐而乐，足见境界啊……"

方志敏闻声看去，只见胡逸民身穿一件黑色的绸子长衫，头发梳得整整齐齐地站在那里，一时搞不清他的身份，便冷冷地问道："你是？"

一旁的老古看见胡逸民进来也赶紧鞠了个躬，笑眯眯地对方志敏介绍说："这位是胡先生，就住在您的对面！"

胡逸民微笑着点了点头，随手把一支烟抛给了老古，目光依旧望着方志敏笑着回答道："我是来跟方先生打个招呼的……"说到这里，他笑吟吟地用手指了指自己和方志敏说道："谁让我们同是天涯沦落之人呢？"

老古谢过了胡逸民的烟，端起了托盘跟方志敏打了个招呼，转身走了。方志敏目送着老古走出了牢房，这才再次把目光投向胡逸民，上上下下地打量着没有开口。

胡逸民是个聪明人，当时就明白了方志敏的意思。他哈哈一笑，开口对方志敏说道："方先生，我是跟你一起坐牢的犯人，你可别把我当成蒋介石那个光头派来的说客啊！"

方志敏听他这样一说，不由得想起了老古刚才说的住在对面是什么意思了，马上展颜一笑望着胡逸民说道："噢！果然是天涯沦落人啊。"

胡逸民此时此刻显然是对自己这个身份很满意，他马上微笑着把头一点，回答说："方先生说对了，我也是个囚犯！"

方志敏听了哈哈一笑，用眼睛盯着胡逸民说道："你也是阶下之囚，跟我这个共产党的要犯交谈，就不怕他们不高兴吗？"

胡逸民当然知道方志敏说的这个他们是谁了，当下就把头一昂满不在乎地说道："怕我就不来了！"

通过这几句交谈，方志敏已经对胡逸民产生了好感，他伸手请胡逸民坐在牢房里那把唯一的椅子上，笑着又加重了语气幽默地说道："我可是革命的哟，说不准长着红头发绿眼睛……"

40

胡逸民大大咧咧地回答道："革命？我也是干革命起家的！"

方志敏很有兴趣地问："那倒要请教了。"

胡逸民带着自负的神态站起身来望着屋里唯一的小窗户说道："我还很年轻的时候就追随国父孙中山先生闹革命，我还跟黄兴将军在广州参加过暴动呢。你说算不算革命呢？"

方志敏笑着点了点头回答道："算，没想到你还是个老革命！"

一阵大笑过后，牢房里的气氛也跟着变得融洽了起来。胡逸民望着方志敏说道："真是想不通啊，你们这些干革命的倒被蒋委员长这靠革命起家的关起来了。"

方志敏打断了胡逸民的话说道："这问题其实并不复杂，你们的蒋委员长从一开始就是投机革命，他是为了个人的利益。这一点从他当年大肆屠杀在北伐中屡立战功的共产党人时就已经暴露出来了。"

胡逸民默默地点了点头，陷入了短暂的沉默当中。在深深地吸了一口烟之后，他把烟头往脚下一扔，用脚使劲地踩了踩，才抬起头来看着方志敏说道："实不相瞒，北伐时我就是军法官。不过在蒋委员长下令清党的时候，我帮助过你们……"胡逸民看见方志敏礼貌地用鼓励的眼神回应着他，便又继续说道："我看见被抓起来的共产党都是打仗勇敢的好汉，又都是年纪轻轻的，杀了实在可惜，就全都判了个开除军籍了事。"

方志敏听了由衷地称赞道："感谢你为我们保留了一批难得的人才啊！谢谢了！"

听到方志敏的话，胡逸民感到十分高兴，他摆着手说道："哪里，哪里，这只不过是做人应有的良心罢了……"

方志敏听了正色道："不管是出于什么动机，这样的恩德，我们共产党是不会忘记的，老百姓也不会忘记！"

说完这句话，方志敏突然话锋一转，望着胡逸民笑着问道："敢问你是怎么被关进来的？"

胡逸民不无得意地一笑，指着包着铁皮的牢门和坚固的墙壁说道："不瞒方先生，这座监狱就是在下主持修建的……"

方志敏正要开口，胡逸民却深深地叹了口气，接着说道："时至今日，我已经给蒋委员长修建了好几座这样的监狱了。"他自我解嘲地接着感慨道："我年轻时追随国父革命，一心想着律政救国，原本希望这些监狱能帮助他严肃法制，警奸惩恶，谁知……唉！"

方志敏听了苦笑着接口说道:"看来先生你真的想错了!监狱在人民的手中的确是能警奸惩恶,可一旦到了独裁者手里那就是禁锢自由、扼杀真理的所在了。"

胡逸民看着方志敏,突然间没头没脑地问道:"方先生进来的时候觉得这座看守所外边的景色如何?"

方志敏想了想,不解地回答道:"这里背靠大河,四周花木丛生,倒真不像个关押犯人的地方!难道你当初选址时没有注意到这些?"

一看方志敏问到了这个问题,胡逸民的脸上又恢复了自负的神色,他望着牢房内唯一能看见外面花红柳绿的世界的那扇小窗户,幽幽地说道:"恰恰相反,我当初是故意这么做的。我原本以为这样会唤起那些奸恶之徒心里求生的欲望,哪料想现在却徒增了我辈的烦恼啊!"

方志敏随着胡逸民的目光望去,轻轻地摇了摇头,笑着问道:"聊了这么半天,我还是没搞清先生你姓甚名谁,为什么被关进了自己铸就的牢笼啊?"

胡逸民听方志敏这么一问,有些不好意思地回答道:"我是因为口无遮拦跟蒋委员长要拉拢的人发生了些争执,这才被关进来给别人消气的……"说完这句话,他飞快地抬眼瞟了方志敏一下说道:"至于姓名,我在这里叫胡永一!"

方志敏不解地重复着胡逸民的话:"在这里叫胡永一?那肯定不是你的真名了?"

胡逸民自负的神态又回到了脸上,他笑着对方志敏说:"是呀,因为我那贱名还颇有些影响,说出去不光蒋介石面皮上不好看,我自己也丢人呀。"

方志敏知道胡逸民不愿意再就这个话题过多地探讨了,便带着理解的神情说道:"那好,我就叫你永一先生了……"

正说着话,一个看守走进屋里急匆匆地说道:"两位先别聊了,行营的熊参议来了!"

胡逸民起身告辞后不久,军法处的副处长钱景民和看守所长凌风梧就陪着一个身穿古铜色长衫、胸前别着一枚青天白日党徽的人走到了优待牢房前。

凌风梧还没开口,又是钱景民抢先推开了方志敏的牢门,大声对方志敏说道:"方志敏,行营的熊参议来看你了!"

方志敏闻声抬头一看,来人倒是有几分面熟,定睛一看,原来是在伟烈大学时的同窗熊志辉。他马上从钱景民嘴里报出的官衔中判断出了他的来意，知道自己迎来了第一个劝降的人。他冷冷地望着熊志辉说道："我一个阶下囚有什么好看望的？你恐怕是衔命而来的吧？"

熊志辉自知方志敏不是易与之辈，来时已经有了充足的思想准备。因此被点破了心思后倒不尴尬，他把嘴一撇两手一摊，苦笑着回答说："老同学你果然厉害，连这一点都看出来了，呵呵……"

方志敏嘲弄地望着自己这位昔日的同窗笑道："可是我会令你这位老同学失望的。"

熊志辉听了郑重地点了点头，以退为进地回答说："这一点我已经想到了。"

方志敏往桌前的那把椅子上一坐，依旧用嘲弄的眼神望着他问道："那你还来？"

熊志辉丝毫不以为忤地迈步走进了牢房，满脸堆笑地回答道："志敏啊，这可怪不得我！如果你不来到这里，我也没这个差事，再说平时我想见你方主席那简直比登天还难，难道你是怪我当初没去你建立的共区造访？"说完这句话，他把自己的目光迎着方志敏望去，正巧方志敏也在目不转睛地盯着他看。四目相对，两个人不禁哈哈大笑起来。

其实熊志辉是很不愿意来的，他知道方志敏是个有信仰的人，完全不是能凭借三寸不烂之舌劝动的。但他作为顾祝同的亲信幕僚，无法推辞这份信任，只得硬着头皮答应下来。经过仔细思考，熊志辉忽然又感到自己其实也并非全无胜算。他不相信方志敏对共产主义的信仰能让他超脱生死，因此打定了主意，先用生的希望瓦解方志敏的信心，再作打算。

钱景民看到熊志辉已经和方志敏面对面地坐到了一起，赶忙捅了捅身边的凌风梧，走出门去。来到牢房外，钱景民挥手让看守搬过一条板凳，坐着竖起耳朵听着牢房里的一切。凌风梧恼他托大，干脆一屁股也坐到了他的身边，还使劲儿往里挪了挪。

熊志辉带着一脸痛惜的表情望着他的老同学开口说道："志敏啊，我不得不告诉你一个对你来说很不好的消息。你们的主力红军已经被国军压迫到了穷山恶水之中，你们的领袖朱德和毛泽东只怕授首之期不远了……"

方志敏自打熊志辉一进屋就一直拿眼睛盯着他，听了这句话之后既没显露出惊慌也没表现出震惊的样子，只是波澜不惊地回答道："尽管我不知道你说的消息是否属实，但我也必须要告诉你，这其实对你们来说也不是

43

什么好消息！"

熊志辉微微一愣，回避开方志敏那犀利的眼光讪讪地问道："国府在蒋委员长的带领下戡乱救国取得了战果，对我们来说怎么不是好消息？"

方志敏回答道："当今日本人大举入侵，你们的蒋委员长不赶紧救亡图存，却为了一党之私处心积虑地忙着消灭共产党、消耗中国的国防力量。这难道能算是好消息吗？"

熊志辉听了一时语塞，只得避开了这个大逆不道的话题，叹了口气站起身来。他来回走了几步之后才以退为进地回答道："我知道你的口才，辩论起来我肯定不是你的对手。但我要问一句，你信仰的主义在中国唯一的寄托就要彻底失败了，你难道就一点儿也不替自己着想吗？"

方志敏轻轻地摇了摇头，望着熊志辉说道："要是我当初一心只为自己打算，那就不会选择当共产党了。"

熊志辉显然是没听懂方志敏这句话的意思，以为方志敏终于产生了动摇，赶紧伏下身，双手按住桌子，装出一脸关切的表情说道："你现在脱离共产党也不晚啊？希望还是有的！"

方志敏仰起头，把自己的目光迎着熊志辉的目光望去，严肃地说道："告诉你，我从宣誓加入共产党的那一天就没想过要脱离。当初如此，现在也是这样！"

熊志辉没话可说了，他尴尬地搓着手苦笑着，打量着简陋的牢房和方志敏脚下那副沉重的脚镣无可奈何地说："志敏啊，不要再像顽石一样固执了！我劝你还是不要放弃最后的希望吧！生命总是值得珍惜的啊……"

方志敏不想再跟这位同窗啰嗦下去了，索性站起身来对熊志辉说道："生命虽然可贵，但死亡却威胁不了我这样的人！"

熊志辉还想再劝，方志敏却把手一挥拦住了他的话头，用毅然决然的神情望着他说："好了，不要再说了，我这块顽石不是你能点化得了的。"说到这里，他看着已经灰心丧气的熊志辉不屑地问道："顾祝同派你来的吧？"

熊志辉无力地点了点头，算是回答了方志敏的问题。方志敏略一沉吟，用坚定地目光望着熊志辉说道："你回去告诉他，不要再枉费心思了。我是不可能改变我的信仰的！"

熊志辉慢慢站起身做好了告辞的准备，在即将挪动身体之前的那一瞬间，他忽然间又改了主意，沉吟着对方志敏说道："我刚才就已经说了，我们今天不谈你的信仰。你难道就不能登报声明宣布解甲归田,不再跟政府为敌了吗?"

方志敏听了冷冷一笑,开口说道:"解甲归田?要是革命哪天真的成功了,这甲我是一定要解的!但眼下嘛,只怕我方志敏是断无可能解甲。"

熊志辉抱着最后一线希望拍着胸脯许诺道:"如何不能?只要你宣布跟政府合作,最起码也能解甲还乡,安度余生。这一点我还是能够担保的!"

方志敏冷笑着站起身来,用决绝中透着悲愤的语气告诉熊志辉说:"眼下日寇入侵,大片疆土沦丧。要不及早抗日救亡,不管是你们的蒋委员长还是我方志敏,就是解了甲也是无乡可归了。"

熊志辉叹了口气站起身说道:"既然志敏你如此决绝,我也不好再说什么。还望你好自为之吧……"

方志敏淡淡一笑回答说:"我还能谈什么好自为之?你的蒋委员长在这民族危亡之秋仍在穷兵黩武,不遗余力地剿杀我们共产党人,这只能令亲者痛、仇者快,令天下人不齿!国破尚如此,我何惜此头?"说到这里,方志敏索性转过身去不再理睬他了。熊志辉知道自己绝对无法说动方志敏,便重重地叹了口气,悻悻地转身向牢房的门口走去。

在优待牢房的小天井里,钱景民和凌风梧赶忙站起身来,陪着垂头丧气的熊志辉往甬道里走去。钱景民没好气地指着方志敏的牢房,恶狠狠地对看守说道:"把门锁上,对这个冥顽不灵的共匪头目一定要给我严加看管!"

凌风梧听了,立即本着只要钱景民说话就抬杠的原则不咸不淡地接口说道:"要不回头我再给他加把锁?老钱你说呢?"

钱景民知道凌风梧是在讥讽他,不满地"哼"了一声,便不再说话了。

正在这时,一个穿着一件做工精细的旗袍的女人出现在了甬道的转弯处。女人看见他们三个人并肩走来,赶紧微微一笑闪身让出了路。她那高挑而苗条的身材、顾盼有神的大眼睛立即吸引了这三个男人的目光。

熊志辉压低了声音问道:"两位,你们这深牢大狱之中怎么竟然会有这般人物?该不会是狐仙显灵吧?"

钱景民听了立即带着谄媚的笑容回答道:"熊参议玩笑了,这哪是什么狐仙,是那个胡永一先生的姨太太。"

原来,这个美丽的女人是胡逸民的三姨太向影心,她今天碰巧来狱中探望丈夫,不想却跟三个人碰了面。熊志辉和钱景民的对话被向影心听见

了,她忍不住"扑哧"一声笑出声来,扭动着纤细的腰肢向优待牢房的方向走去。

就在钱景民等人走出了甬道出口的时候,方志敏隔壁那间闲置牢房的门被轻轻地推开了。戴笠身穿笔挺的凡尔丁毛料军服、带着一副上校军衔,从里边走了出来。其实他已经来了很久了,一直在隔壁听着熊志辉和方志敏之间的对话。他之所以尾随熊志辉来到这里,一来是想看看熊志辉想要说些什么,是不是真的尽心尽力;二来是想观察一下方志敏对劝降的态度。就在他想要离开这里的时候,只觉得一股如兰似麝的香气扑鼻而来,立即不由自主地向着这股令人心荡神驰的香风望去,只见一个美丽的倩影正施施然地向一间牢房走去。

巧的是,戴笠打开牢门时发出的响动也惊动了向影心,她的一张俏脸也下意识地朝这边望来。就在戴笠惊叹着这张精致的脸庞时,向影心轻轻一笑,便鬼魅般地消失在牢门前。

尽管如此,戴笠还是在这惊鸿一瞥之间,记住了这个美艳的女人。一向心底冷酷波澜不惊的戴笠心里禁不住泛起了一层涟漪,有些心猿意马、魂不守舍了。

围绕着营救方志敏的问题,黄道等人最终商定采取近距离突击的方法展开营救。

黄道神情凝重地望着与会的众人,说道:"同志们的心情我很理解,但营救方志敏同志的计划必须要制定得天衣无缝才行。要知道,敌人现在正打算利用这件事大做文章,稍有失误反倒会逼得敌人狗急跳墙的。"

邵式平坐在黄道身边一直没开口,但听到这里立即接口说道:"黄道同志说的没错,眼下最重要的是派人潜入南昌,把那个看守所附近的情况摸清才是……"

"那我去吧!咱们不能眼看着方主席呆在那种鬼地方呀!"一个身材魁梧、长着满脸络腮胡子的大汉站起身来,大声地打断了邵式平的话。大家闻声看去,这正是活跃在弋阳和横峰一带的游击队队长蓝火东。

提起这个蓝火东来,可是大有来头。矿工出身的他早在1927年就和著名的红军英雄蓝长天一起带领楼底蓝家村的煤矿工人举行了抗税暴动,从而引发了弋阳和横峰一带的武装起义。自从1928年的4月,原来的游击队大队长蓝长天在青板胡家墩牺牲后,他就被正式任命为这支以矿工为主的游击队的队长。游击队纵横在弋阳、横峰等县，让国民党闻之色变。由于他天生一副急脾气，同志们便送给了他一个绰号"霹雳火"。

黄道一看"霹雳火"站出来了，便笑着挥了挥手，用调侃的语调说道："我们这位霹雳火又沉不住气了，你先坐下，有事慢慢说嘛！"

蓝火东一看黄道发了话，只得不情愿地坐了下来，嘴里却小声地咕哝道："坐就坐！但这一次去南昌救方主席可不能少了我……"

黄道笑吟吟地看着他说道："当然不能少了你！"

蓝火东顿时来了精神，又火烧屁股似的站了起来，对周围的游击队长们大声叫道："看！还是黄书记偏向我。我就说嘛，这事还能少了我？"

黄道再一次挥了挥手，让蓝火东重新坐下，这才"唰"的一声展开了地图对大家说道："大家要知道，目前的形势是敌强我弱。我们既要保证营救行动能成功，又要保证方主席他们获救后能迅速离开南昌这个反共大本营。不摸清敌人的虚实是绝对不能轻易行动的。"说到这里，他看了一眼急不可耐的蓝火东，继续说道："我看咱们应该这样，整个计划要分两步执行。第一步由徐凤姑他们负责侦查南昌敌人的看守所，并设法展开营救。营救一旦成功，方主席就要在他们的掩护下先到弋阳和横峰的游击区，那里既是方志敏同志的家乡，又是敌人力量最薄弱的环节……"

本来蓝火东一听去南昌救人没有他的份儿，正要站起来发脾气，但听了这句话之后便硬生生地又坐了回去，不再吭声了。

会议结束时，各地的游击队长们全都纷纷地告辞回去了。因为在黄道的计划里，每个人都要发挥重要的作用，从沿途掩护到阻击追击的敌人，人人都有任务。

目送着大家离开之后，将要在这次行动中唱主角的徐凤姑却还没有出现。黄道的眉头不由得紧紧地拧在了一起，生怕她在来开会的路上出现什么意外。

就在黄道忧心忡忡的时候，李水生带着一个人满头大汗地跑了过来。黄道仔细一看，原来是徐凤姑的副队长，忍不住开口问道："徐凤姑呢？她怎么没有来？"

那个副队长一边擦着汗，一边对黄道报告说："徐副主席她……她……"

望着吞吞吐吐的副队长，邵式平立即瞪起了眼睛问道："徐凤姑究竟怎么了？快说！"

那个副队长在黄道和邵式平的逼视下只得开口道出了实情："那天她听

李参谋说了方主席的事情之后,就带着一个游击小组下山去了,说是去南昌救方主席了……"

邵式平一听,当时就恼了,气得把脚一跺失声叫道:"无组织无纪律,真是乱弹琴!"

黄道的心里也十分着急,但他很快就冷静了下来,伸手拍了拍邵式平的肩膀说道:"老邵,你先别急。事已至此,光着急是没有用的。"

邵式平叹了口气,用征询的眼神看着黄道问:"那你说该怎么办?"

黄道平静地回答道:"那就将错就错吧……"

经过一番紧急商议,黄道和邵式平决定派李水生立即出发,带人去追徐凤姑,并在暗中观察她将要采取的行动,生怕她贸然采取行动会引起敌人的警觉,反而会促使敌人对方志敏下毒手。

临行前,黄道还特别对李水生强调说:"记住,你到了南昌后要尽快找到徐凤姑他们。在他们采取行动之前你先不要暴露自己,随时把他们的情况向家里汇报。留给我们的机会是不会太多的!明白吗?"

李水生听了郑重地点了点头。

与此同时,位于江西省中部偏北鄱阳湖畔的进贤县张家镇区发生了状况。

富庶的张公镇上今天特别平静,和往常一样,天刚一擦黑各家各户就全都关上了大门,镇上的街道上除了吊儿郎当地背着枪四处巡逻的镇丁,就再也看不见人影了。

由于这里离南昌很近,已经好久没有共产党活动了,镇丁们干脆聚拢在镇前的关岳庙前闲聊了起来。就在这时,在通往县城的大路上突然出现了两个人影,急匆匆地奔着镇里走了过来。等走近了一看,才看出那是一个妇女挽着个小包袱跟一个小伙子正急匆匆地朝镇里的主街上走。

一个镇丁看见了,马上虚张声势地拉动枪栓大声喝问道:"站住,干什么的?"

那个妇女马上停住了脚步,怯生生地回答道:"找……找亲戚的……"

几个正在云山雾罩瞎聊着的镇丁一看是个女人,全都不怀好意地围拢过来,一个一副痞子相的镇丁嬉皮笑脸地问道:"找亲戚?不是找我吧?"

在哄堂大笑声中,那个女人害羞地低下头去。和她同来的那个小伙子却带着一脸不满的表情对镇丁们说道:"这是镇长刘大爷的亲戚,来给刘大爷报信的，识相的赶紧带我们去，误了事你们小心自己的皮肉！"

小伙子这番话果然起了作用，镇丁们一听是镇长的亲戚来了，全都住了嘴，争先恐后地要给他们带路。最后还是那个一脸痦子相的家伙抢到了这份差事，点头哈腰地带着两个人朝住在镇公所的刘大爷家去了。

望着三个人远去的背影，镇丁们正要缩回墙边继续神聊，冷不防黑影里窜出了五六条脸上蒙着黑布的大汉，用手里的驳壳枪对准了他们的脑袋。那些镇丁其实全是镇上的无赖和懒汉，吓唬几个老百姓还行，哪里见过这个场面？面对乌黑的枪口，一个年龄最大的镇丁当时就做出了反应，把手里的长枪往地上一扔，"扑通"一声跪倒在地，哆里哆嗦地说道："好汉饶命，好汉饶命呀！"

他这么一跪不要紧，剩下的几个镇丁也全都跪了下来，低声哀求起那几个蒙面大汉来。为首的一个大汉看着跪在地上不停讨饶的镇丁冷笑一声，开口说道："都给我住嘴，谁再咧咧我就弄死他！"那几个镇丁还真老实，都被这个大汉的一嗓子给镇住了，老老实实地跪在那里连大气也不敢出了。

蒙面大汉制服了那些镇丁，并把他们身上的衣服剥光，堵上嘴、捆好塞进了关岳庙的供桌下。此时，那两个自称是刘镇长亲戚的人也已经见到了他们要见的人。

正躺在烟榻上让丫环伺候着烧烟泡的刘镇长挥手打发走了那个带路的镇丁，他狐疑地看着面前的那个女人问道："你是来找我的？"

那个女人平静地望着他点了点头，没有直接回答他的问题。

刘镇长更加糊涂了，瞪大了眼睛上下打量着那个女人说道："你找我有事儿？"

那个女人还是平静地点着头一言不发。

刘镇长有些恼怒了，直起身子来骂道："你他妈哑巴了？我问你呢！"

这回那个女人说话了："我是来讨债的！"

刘镇长莫名其妙地问道："讨债？讨什么债？"

女人回答说："你去年不是还扬言要给保安团带路，要我们家当家的人头吗？今天我们自己送上门来了。"

望着脸色已经变得毫无血色的刘镇长，那个女人瞪着她那双闪着寒光的眼睛，不紧不慢地继续说道："还有，你前些日子不是把我一个手下的亲戚抓走连坐了吗？这笔债也到时候了……"

刘镇长终于明白面前站着的是什么人了，他一骨碌爬起来，推开身边

的丫环就想去拿挂在墙上的驳壳枪,但那女人身边的小伙子已经窜了过去,他一把把枪抢到手里,又一脚踢翻了刘镇长。

刘镇长还要挣扎,却看见五六个壮汉已经端着枪从外边走了进来。他只得放弃了徒劳的抵抗,哆嗦着求告说:"这位大姐,不,不!大奶奶,我知道你是鄱阳湖里的好汉,您就饶了我吧!我今后不再跟你们为敌,我……"

这个被称为鄱阳湖好汉的女人,看着哆嗦成一团已经瘫软在地的刘镇长,毫无表情地对身边的几个汉子命令道:"把这个家伙的嘴堵上,拉到后院去宰了,为被他害死的兄弟报仇!"

那个汉子听完点了点头,立即去执行这个命令了。女人这才回过头来,指着那个已经被吓得快要晕倒的丫鬟说道:"你过来,我有话问你!"

一直到第二天吃完早饭的时候,进贤县的警察局才接到报告,说张公镇的镇长被杀死在了家里。他手下的镇丁也全都被人剥得赤条条的塞到了镇口关岳庙的供桌下。据这些镇丁和刘镇长的贴身丫环报告,这一切全是附近鄱阳湖里的湖匪所为。他们早就跟刘镇长结下了梁子,这回终于找到了报仇的机会。

县长闻听之后勃然大怒,当即便命令手下的保安团立即出动,前往剿匪。但那么大的鄱阳湖哪里去找湖匪的踪迹?保安团一百多号人对着湖面胡乱放了几枪之后,便回去交差了。

就在进贤县的保安团在湖边折腾得不可开交的时候,那个女人已经是一副阔人家女眷打扮、骑着一匹高头大马出现在了通往南昌的官道上了。她身后,那个小伙子也换上一身绸子裤褂,斜挎着一支驳壳枪紧紧地跟在马后,一看就是乡下土财主家的管事。在他们身后,五六个身穿黑色裤褂的汉子背着长枪吊儿郎当地跟在后面,直奔南昌城而去。

原来,她根本就不是什么女土匪,而是游击队长徐凤姑。这次奇袭张公镇只不过是她为混进南昌展开营救行动做的铺垫罢了。出发前,徐凤姑考虑得很周密,没有这些弄来的行头,他们还真不好在军警林立的南昌开展工作呢。

最冤枉的就要数那个被她处死的刘镇长了,他到死也没明白,杀他的人根本不是什么鄱阳湖里的好汉,也完全没有替同伙报仇的事,而是徐凤姑要他为曾经活埋过农会干部付出应有的代价。

徐凤姑望着遥遥在望的南昌城，目光随着漂浮在南昌上空的云彩移动着，喃喃地说道："方主席，我徐凤姑来了！"

5

顾祝同在电话里听着蒋介石不满的声音，大气也不敢出，他下意识地挺直了身体仔细谛听，生怕漏掉了其中的一个字。

"墨三，你这么久了却只派了一个幕僚去劝说方志敏，是没领会我的意思还是现在的架子大了，已经不把我的话往心里去啊？"

在得知了方志敏的近况后，蒋介石大为不满，立即对顾祝同发泄起来："要知道，军事必须服从政治的需要。这个道理你还不懂吗？我看你的头脑真是越来越简单了！"说这句话时，蒋介石的声音里已经带上了恼怒。

电话这边的顾祝同一边不停地答应着，一边掏出一块白手绢擦着额头上不断渗出来的汗珠。他万万没有料到，远在南京的蒋介石竟然对劝降方志敏的事情如此上心。其实蒋介石一直在等待着顾祝同这里的回信，他期待着对方给自己传来方志敏投降的消息。尤其是最近一段时间，这种期望竟然随着红军的行动变得越来越迫切了。

红军前不久打下了遵义，并在那里召开了一次重新决定红军领导权的会议，蒋介石的老对手毛泽东又重新领导了红军，使他消灭红军于贵州的打算变成了泡影。在这种形势下，如果方志敏这样的人能跟他携手合作，就意味着他有可能在短期内把南方数省的共产党一股荡平。那样一来，他就可以抽调出大量精锐的中央军去专心对付毛泽东和他领导的红军了。

蒋介石尽情地发泄了心中的不满后，语气又变得柔和了许多，他改用告诫的口气对顾祝同说道："墨三的能力我是清楚的，我就在南京静待你的好消息了。"

顾祝同听了这话不敢怠慢，当时便大声地回答道："委座请放心，我一定时刻牢记您的教诲，把收服方志敏的事情当成第一件大事来办！"

顾祝同的这番话起到了作用，蒋介石满意地"嗯"了一声鼓励道："记住，在跟方志敏的较量中你肯定会遇到许多困难。这就跟在战场遇到了一个强劲的对手一样，既不要畏惧，也不要轻视！"

顾祝同赶紧用茅塞顿开的语调回答道:"多谢委座提点,我全都记下了。"此时蒋介石"啪嗒"一声挂断了电话。顾祝同听着话筒里的忙音"嘟嘟"地响了好久才颓然地挂断了电话。他此时深深地感到了来自蒋介石的压力,对劝降方志敏的事情无比重视起来。想到这里,他马上拿起电话把熊志辉叫到了办公室里。

铩羽而归之后的熊志辉一直心怀忐忑。很快,他就出现在顾祝同的面前,正琢磨着说几句责备自己的话,顾祝同却没有给他这个机会,连句寒暄的话都没啰嗦,就单刀直入地开口说道:"跟我说说方志敏,我想了解一下这到底是个什么样的人?"

熊志辉听到这,稍一迟疑,便郑重其事地回答道:"钧座这句话卑职还真不好回答,但是我可以负责任地告诉您,这是一个固执而倔强的人,他认准的事情绝不会放弃。"

顾祝同并没有对熊志辉的话作出回应,而是摆出了一副专心致志、侧耳聆听的姿态,目不转睛地盯着熊志辉,眼睛里充满了鼓励眼神。

熊志辉轻轻地叹了口气,又接着说道:"他像一块坚硬的岩石,又像一个固执的殉道者,似乎没有什么能打动得了他。"

顾祝同站起身来,把双手背在身后,慢慢地走到了熊志辉的面前轻轻地摇了摇头,自言自语般地说道:"不,这个世界上没有打动不了的人,只是我们还没找到他的弱点而已!"然后,顾祝同猛地转过身挥动着拳头大声肯定起自己刚刚得出的结论来:"我能,我一定能找出他的弱点!有的人贪财,有的人好色,还有的人沉迷于宗教,我就不信他完美得无懈可击!"

熊志辉注意到,顾祝同说这句话时,眼睛里充满了自负和狂妄。

随后,顾祝同把米占山叫到了办公室,要他立即通知看守所,说自己将要驱车前往会见方志敏。身为南昌行营主任的顾祝同是何等身份,简直就是蒋委员长亲口御封的南昌王。一听他要亲自前往看守所,整个军警系统当时就手忙脚乱地活动起来,沿途警戒弄得鸡飞狗跳。

看守那边,钱景民和凌风梧也接到米占山的电话。面对这个动动手指就能要了命的煞神,两人赶紧指挥着手下把看守所里里外外彻底打扫了一遍,还特意在通向优待牢房的甬道里加设了岗哨。

看守所里正在使劲折腾的时候,优待牢房里的方志敏正在和胡逸民聊天。随着这段时间的接触,听方志敏谈天说地已经成了胡逸民必不可少的生活内容。

52

两人谈兴正浓的时候，冷不防钱景民一头撞了进来，他朝胡逸民微微一欠身，抱歉地说道："请永一先生先暂时回避一下，一会儿行营的顾主任要来看望方先生。"

胡逸民对钱景民一笑，站起身来伸了个懒腰，然后望着方志敏调侃地说："方先生，你的威力可真是不小啊，连咱们蒋委员长委派的钦差大臣都赶着要来拜见你了，我还是赶紧回避回避吧。"

方志敏也站起身来，在床边笑着摇头戏谑地说："真羡慕永一先生你呀！"

已经走到了牢房门口的胡逸民停住脚步，回过头来笑着问道："你我全都是身陷囹圄，连起码的自由也没有，我又有什么可羡慕的？"

方志敏苦笑着回答道："你起码有回避的自由，我这儿可是无论什么毛神都会随时驾着云彩飘下来的，想不见都不行。你说我怎么能不羡慕你呢？"

钱景民抬起手腕看了一下手表，焦急地打断了他们之间的对话，他瞪起眼睛用隐含着威胁的口吻对方志敏说："今天来的可是顾祝同顾主任，你可要注意自己的态度啊！惹恼了他，你不会有好果子吃的！"

方志敏往床上一靠，冷冷地回答说："你觉得我是爱吃好果子的人吗？"

钱景民正要对方志敏发怒，甬道里已经隐隐传来了一阵杂沓的脚步声，看守里的值星军官声嘶力竭地喊道："敬礼！"

钱景民意识到顾祝同已经来了，赶紧狠狠地瞪了方志敏一眼，手忙脚乱地退出牢房，顺手关上了厚重的铁门。

果然是顾祝同来了，他在一大群衣着笔挺的军官簇拥下来到了优待牢房的小天井里。凌风梧看见在一旁陪同的米占山给自己使了个眼色，正要走过去打开方志敏的牢门，冷不防钱景民一个箭步抢上前去，手脚麻利地拉开了刚刚关上的牢门，大声向顾祝同报告说："共匪要犯方志敏在押无误，请顾长官视察！"

凌风梧看在眼里心中暗暗地骂道："这个王八蛋处处抢先，真不嫌丢人！"

顾祝同抬眼往牢房中看去，只见方志敏正坐在屋里唯一的一把椅子上，他轻蔑地看着外边发生的一切，一点儿也没有别人见到自己时那种诚惶诚恐的样子。心高气傲的顾祝同心里忍不住腾地窜上来一股怒火，打消了原本想要迈进牢房去的打算，他冷冷地对站在牢门边的钱景民命令道："把方志敏带出来！"

　　钱景民就像一只听到了主人命令的猎狗，马上闻声而动，窜到方志敏的面前，声色俱厉地喝道："顾主任要见你，赶快出去！"

　　顾祝同是带着傲慢和轻蔑的心态来见方志敏的。在他看来，被关进了笼子里的猛虎再也不是百兽之王，只要彻底打掉他的威风，剩下的事情也就好办多了。这位南昌的土皇帝攒足了架子之后，趾高气扬地对蹚着脚镣走出牢门的方志敏冷笑着说道："方志敏，你在国军的看守所里也住了好几天了，有什么悔悟没有啊？"

　　方志敏站在那里轻轻地摇了摇头，说："我人在这里，心却已经飞到了抗日救亡的前线。我一个在抗日途中被俘的共产党人，在这里只能让我悲愤，又有什么可悔悟的？"

　　碰了个软钉子之后，顾祝同呵呵一笑，掩饰住心头的不快，再次冷冷地开口说道："抗日前线？这可不是你这个犯人该想的。你现在只有好好反省自己祸乱三省、传播赤祸的罪责，那才是正途。那样你也许还有可能获得政府的谅解，你不要自误啊！"

　　方志敏笑了，他提高了嗓音对顾祝同说道："我不需要你和你的政府谅解，我们共产党人一向光明磊落，何罪之有？"言语之间一股凛然之气，让顾祝同感到很不自在。

　　顾祝同当然不能在部下面前丢面子，立即大声申斥道："别口口声声以共产党自居了！我知道你们有个规定，只要一被俘就算是脱党了，你现在只是一个囚犯！"说到这儿，他缓和了一下，轻轻地咳嗽了一声之后，故作幽默地转身朝身后的那些军官望去。那些军官一看自己的上司抛出了杀手锏，全都谄媚地大声讥笑起方志敏来。

　　方志敏听了顾祝同的话，却没有像顾祝同想象的那样张口结舌，反而望着他纵声大笑了起来。在方志敏的笑声中，那些军官全都止住了笑，大眼瞪小眼的不知该如何是好了。顾祝同也被方志敏突如其来的笑声弄懵了，沉吟了片刻，他才缓过神来恼怒地望着方志敏喝道："你觉得有什么好笑的？"

　　方志敏止住了笑，用他那双眼睛里惯有的执着而倔强的眼神望着顾祝同说道："我笑你一点常识都没有，就算我不是共产党了，难道就不能关心国家的命运吗？你当年开蒙的时候，先生没教过你'国家兴亡匹夫有责'吗？这么浅显的道理你还要问，确实可笑！"

　　顾祝同被方志敏说住了，张口结舌好一会儿才反应过来，他狠狠地盯着方志敏，咬牙切齿地说道："方先生倒真是个豁达的人啊，你就要为自己犯下的罪责引颈受戮了，竟然还能笑得出来，顾某真是佩服！"

米占山抓住了这个机会帮腔道："是呀，你难道心甘情愿地为了共产党殉葬吗？要知道，一个人想死容易，但要想再活过来就不可能了！"

钱景民当然不会示弱，也赶紧顺势补充道："是呀，你不是读过书吗？'千古艰难唯一死'的道理不会不懂吧？"

方志敏不屑地瞟了钱景民众人一眼，从容地回答道："殉葬？我为了真理而死，那应该叫殉道！倒是你们置国家危亡于不顾，倒行逆施，最后只能落得个为少数人殉葬的下场！"

方志敏说完后，现场出现了一阵难耐的沉寂。不仅米占山和钱景民闭上了嘴，就连顾祝同一时也不知道该如何作答了。

因为今天一开始就完全出乎顾祝同的意料，方志敏表现得完全不像是个阶下囚，一连串义正词严的质问反倒令他有些狼狈。他今天在来看守所的路上已经想好了对策：打算先是以气势压人，当方志敏受不了他这种藐视和轻蔑时再开口劝降。但他很快就意识到自己已经完全陷入了被动，继续劝降的打算也只得被迫放弃了。

顾祝同知道，再这样下去只会自取其辱，讨不了半分好去。正在进退维谷的当口，进来之后就一直没开口讲话的戴笠悄悄地凑到了他的身边，趴在他的耳朵边小声地嘀咕了几句。

听了戴笠的话，顾祝同那张已经失去了血色的脸上才又慢慢地恢复了正常，他抬头望着方志敏说道："方先生受共产党的毒害真是太深了！看起来你的思想一时半会儿还真的是很难转过弯来。"说到这里，他停顿了一下，换上了一副宽宏大量的样子对方志敏说道："这样吧，你先把在共产党那边犯下的罪行好好交代一下，等思想上彻底轻松了咱们再谈不迟……"

顾祝同说完这句话之后便转身走了。

方志敏也被重新押进了牢房里。就在他刚要躺下身舒展一下腰肢的时候，一名看守走进来对方志敏说道："方先生，要提你过堂了！"

方志敏默默地站了起来，向门外走去。他知道，这是敌人又要耍新花招了。

走过那条漫长的甬道，方志敏来到了一间审讯室的门口。当他走进这间光线很暗的审讯室才发现，两名佩戴着军法官标志的军官已经坐在那里等他了。更让方志敏震惊的是，他透过身后的铁门看见刘畴西和王如痴也

在宪兵的押解下朝着这里走来。方志敏正要跟这两位分别了很久的战友打声招呼,他身后的那个宪兵已经关上了审讯室的门,走了出去。

就在这时,一束强烈的光线猛地照到了方志敏的脸上,在强烈光线的刺激下,方志敏下意识地抬起手挡住了眼睛。原来,是一名军法官故意把刺眼的台灯扭向了方志敏。

在光线幽暗的审讯室里,强光的照射会使绝大多数犯人产生一种畏惧的心理。并且在强烈的光线下,犯人看不到审讯者,而犯人在审讯者眼里却是纤毫毕现、暴露无疑。很多人会在这种压力下心理崩溃,就顾不上掩盖什么想要刻意回避的问题了。这些办法对付一般的犯人往往很有效,但方志敏却丝毫也不理会,他只是带着平静的表情慢慢地闭上了眼睛。

"你认识刘畴西吗?"一个军法官的声音像是从虚空中传进了方志敏的耳朵里。面对这个问题,方志敏坦然点了点头回答说:"认识。"

"你们是什么关系?"看不清面孔的另一个军法官紧接着开口问道。"革命同志!"方志敏毫不犹豫地回答道。

第一个军法官又插嘴问:"那王如痴呢?认不认识?"方志敏回答说:"认识,也是我的同志。"

军法官显然对方志敏配合的态度感到很满意,他移开了直射着方志敏的台灯,继续发问道:"你们是为什么被捕的?"

方志敏略微提高了声音回答道:"在北上去抗日的途中被你们伏击,所以被俘的。"

那个军法官冷笑着问道:"你们不是很能打么?怎么会被我们打败了?"

方志敏睁大了眼睛望着那个军法官,用老师教导学生时常用的那种口吻说道:"你也是个军人,你们用二十万大军再加上飞机大炮在对付我们。"方志敏的语气变得更加严厉了起来:"更何况你们还是采取了卑鄙的偷袭!"

那个军法官迟疑了一下,心虚地对方志敏说道:"我问的不是这个,说说你们当时有多少人吧!"

方志敏叹了口气回答说:"一万多人……"

那个军法官显然是不愿意方志敏说出别的什么,赶忙打断了他的话说:"一万人,那粮饷一定不少吧?你把它藏到哪儿了?"

方志敏坦然回答道:"是有一部分钱,我把它们交给突围的同志们了。"

那个军法官听了立即挑衅地说道:"钱都能让突围的人带出去,你为什么不突围?是不是没跑了啊?"

方志敏摇了摇头回答说:"当时我是突围了的,但后来又回去了。"

一个军法官带着不相信的语气说道:"讲鬼话!哪里有突围了又自己回去送死的道理?"

方志敏轻蔑地一笑,回答说:"我是突围之后又带着九个战士回去,我们去寻找被你们包围的部队,后来走散了……"

那两个军法官不吭声了,"哗啦哗啦"地翻看了一阵资料后才有一个开口问道:"这个也可以先不谈,说说你个人的财物藏匿在什么地方了?也让突围的人带走了吗?"

方志敏笑了笑说:"没有。"

自以为终于找到突破口的军法官立即感兴趣地追问道:"都是些什么?藏在哪儿了?"

方志敏微微一笑,回答说:"你们恐怕要失望了,我根本就没什么财物,就连身上指挥作战的怀表、一支钢笔和仅有的两个铜板也被你们的士兵搜去了。不信你们可以去查呀。"

这个回答当然不会得到那两个军法官的认同,在一阵低声交头接耳后,其中一个军法官带着嘲讽的语气问道:"你在匪区不是还办了银行吗?你还能少捞了?"

方志敏回答说:"那是国家的钱,跟我有什么相干?"

另一个军法官立即大声更正道:"国家的钱?国家是你们的吗?"

方志敏听了立即用坚定的口气回答说:"现在还不是,但以后一定会是的!"

军法官冷笑着问道:"你凭什么这样说?谁告诉你的?"

方志敏一字一顿地对那个说话的军法官说道:"我的信仰早就告诉了我这一点!"

两个军法官对信仰这类的话题根本没兴趣,其中一个马上用质问的口气说道:"要论官职大小,你在共匪那边应该跟我们顾长官差不多,你难道真就没有一点私人财产吗?要没有你还替共产党卖什么命?"

方志敏眼睛里闪动着一种神圣的光彩,他望着已经有些倦怠的军法官说道:"我们共产党不像你们国民党,当官的个个有钱,我们都是很清贫的。"说到这里,方志敏望着军法官们的眼睛说道:"你们可以打听一下,我曾经因为一个司务长贪污了两块银元枪毙了他,你说我们有钱还至于吗?"

军法官对方志敏失去了兴趣,例行公事地问道:"你说的我们会去调查

的！还有什么要说的没有？"

方志敏略微沉吟了一下。缓缓地开口说道："我刚才说了，我是个清贫的革命者。"

一个军法官心有不甘地望着方志敏，冷笑着说道："清贫？能告诉我清贫是什么吗？"

方志敏点了点头，缓缓地开口说道："清贫是一种精神，但我们并不是要厮守贫穷，而是在特定的情况下，贫贱不移、矢志不渝，不去追求过分的物质享受。"方志敏顿了顿，又接着说道，"清贫不是贫困，而是富有，清贫是精神的富有。摆脱了物欲的缠绕，是充实。清贫是一种人生信仰，更是一种崇高的思想境界，是'先天下之忧而忧，后天下之乐而乐'的情操……"

军法官简直要崩溃了，他们无论如何也想不到一个犯人居然会在这种场合下镇定自若地侃侃而谈。两个人对视了一眼不约而同地站起身来，其中一个飞快地整理着桌上的文件说道："好了，好了！你不要再说了，今天就先谈到这儿吧！"

看着两个军法官逃也似的离开了审讯室，两个宪兵立即走进来对方志敏说："你的堂过完了，回去吧！"

一场审讯就这样草草地收场了，方志敏蹚着脚镣"稀里哗啦"地重新回到了甬道上。他看见刘畴西独自一人站在那里等待着审讯，旁边的一间审讯室里，王如痴的大嗓门清晰地传进了他的耳朵里："告诉顾祝同赶紧枪毙我吧，老子已经等得不耐烦了……"

方志敏正要凑过去跟刘畴西说话，身后的宪兵立即大声吼叫了起来："审讯重地，不许说话！"

眼看着方志敏被两名宪兵拉扯着向通往优待牢房的甬道走去，刘畴西突然挣脱了身边的宪兵，高声叫道："老方你放心！我们都很好！就是王如痴身上的枪伤发炎了，他们不肯给治疗……"

接下去的话已经变得含糊不清了，方志敏明白，这是刘畴西被宪兵堵住了嘴巴。尽管如此，方志敏还是接收到了刘畴西想传达给自己的信息。

回到了优待牢房里，方志敏心潮起伏，久久不能平静。从怀玉山被敌人伏击直到自己伤重被俘的一幕幕全都涌现在了他的眼前。他决定把这些全都写下来，好让更多的人了解到这段时间所发生的一切。他甚至已经想好了这篇文章的题目，就叫《清贫》……

顾祝同回到了自己行营的办公室之后，心神不宁地担心蒋介石再来怪罪自己。正在胡思乱想之际，一阵轻轻的敲门声突然传进了他的耳朵里。顾祝同不耐烦地说道："进来！"

门一开，特务处的处长戴笠走了进来，他给顾祝同敬了个礼之后，便望着心事重重的顾祝同开口说道："卑职斗胆问一句，钧座是不是还在为方志敏的事情发愁？"

顾祝同朝戴笠苦笑了一声，点了点头算是默认了。

戴笠望着顾祝同，用肯定的语气说道："钧座不必烦恼，依卑职之见，那个方志敏是不可能跟政府合作的，不如及早……"

顾祝同闻言坐直了身体，看着一脸莫测高深的戴笠说道："那怎么行？他可是委座点名要感化的……"

戴笠不假思索地回答说："钧座也看见了，这个方志敏是个有信仰的人，官职和钱财根本不可能打动得了他。对付这种人只能从肉体上消灭他，除此之外不可能再有其他的办法了。"

顾祝同听戴笠这么一说，不禁连连叫苦道："那可如何是好？委座对这件事的重视程度根本不容我们失败……"

戴笠听了，一时间也不知道该如何是好。他皱着眉头想了半天，终于开口说道："依卑职愚见，钧座可以采取迂回战术，不再逼他放弃信仰，也不要用死来威胁他。"

顾祝同听了大惑不解地问道："那我又该如何？"

戴笠沉吟了片刻回答说："您可以从乡情和亲情入手试试，就算最后没有结果，也是尽了力，委座应该就不会怪罪您了。"

顾祝同一听大喜过望，他站起身来笑眯眯地望着戴笠亲热地说："雨农啊雨农，多亏你的提醒。"说完，他的脸上又掠过了一丝阴云，自言自语似的嘟囔道："可咱们究竟该从哪里入手呢？"

戴笠莫测高深地回答说："卑职昨日与军法处的米处长闲聊，他提到了弋阳县的县长张潇然曾主动请缨要去劝说方志敏。您要知道，那方志敏正是弋阳人，这不是最佳人选吗？"

顾祝同听了默默地点了点头，眼睛里又重新燃起了希望。他一边使劲点头一边说道："好，我要尽快见见这位张县长……"

一心要往上爬的钱景民终于想出了一个好主意,他想借着方志敏这样的重犯关在自己主管的看守所的机会好好露上一手,以此博得顾祝同的垂青。在这个念头的驱使下,钱景民叼上了一支烟,信步走到了关押方志敏的优待牢房前,推门走了进去。

正在构思文章的方志敏听见门响,抬起头见是钱景民,便索性靠在墙上闭目养神不再去理他。钱景民无视这个尴尬的场面,他清了清嗓子,兀自装出一副关心的样子对方志敏说道:"方先生今天真够忙活的,又是跟顾主任谈心,又是被提去过堂,是不是很累了?"

方志敏把眼睛微微睁开了一条缝,冷冷地反问道:"钱处长到底想说什么?"

钱景民被点破了心思,只得讪讪地回答道:"没什么,没什么!上峰一再让卑职优待方先生,我特地来问问看您有什么需要没有?"

方志敏冷哼一声说:"请转告你的上峰少来烦我就是了。"

钱景民想了想,嘻皮笑脸地避开了方志敏的话题说道:"方先生真看得起我,您说那事我可做不了主!其实这有什么?顾主任不就是让您把在共匪那边的事说说嘛!这有什么难的?"

方志敏冷冷地回答说:"我参加革命很久了,那么多事情怎么可能全都想得起来?"

钱景民想了想觉得方志敏说的倒也不无道理,想了一下后自作聪明地说道:"那方先生何不写个《自白书》?有些想不起来的东西,写着、写着,也许就清楚了呢?"

钱景民的如意算盘是想骗着方志敏写个《自白书》,好凭着这份颇有分量的《自白书》向上峰表示他的功绩。不想,这个提议居然得到了方志敏的回应。

方志敏这时正为找不到纸笔写文章而发愁呢,当下便把手一摊对钱景民说道:"我这里连手纸都不够用,你让我拿什么写?"

钱景民以为方志敏真的要写《自白书》呢,马上一叠声地答应道:"方先生放心,我这就安排!"

心急如焚的黄道和邵式平终于等来了李水生的情报。在情报里,李水生告诉他说,徐凤姑已经成功地混进了南昌,正在想办法接近百花洲附近的看守所。在这封用烟盒写成的情报下边,李水生还精心地绘制了一幅看守所附近的地形图。黄道通过这副寥寥数笔的地形图发现，这个看守所附近的后墙紧挨着江边。其余三个方向全都是开阔地，如果采取行动很难瞒过敌人的眼睛。他轻轻地叹了口气，把这封情报递给了正用焦急眼神盯着自己的邵式平，陷入了深深的沉思之中。

邵式平站起身来，把目光聚焦在地图上看守所的位置，他用红铅笔重重地画了一个圈，沉声说道："老黄，现在最重要的是弄清楚看守所周围敌人的情况，这比了解看守所内部还要重要得多啊！"

黄道被邵式平的话从沉思中拉回了现实。他赞同地看着邵式平点了点头，回答道："是呀，我们不仅要把方志敏同志从狱中救到外面，还要保证他平安地离开南昌。我看不如这样……"

邵式平听了黄道的话连连点头，他马上找来一张纸笔走龙蛇地写了几句，递给了黄道。黄道看了看，赶忙抓过身边李水生派回来传递情报的那个交通员，用命令的口气说道："把这个交给李参谋，让他尽快把这些情况侦察清楚！"

那个交通员郑重地接过纸条，叠好藏进自己的斗笠里，大声地答应道："首长放心，保证完成任务！"

看守所的所长凌风梧晚饭时领着文书段存仁来到了方志敏的牢房。凌风梧一进门就伸出了大拇指，带着由衷的欣慰对方志敏说道："听老钱说方先生要写《自白书》了？真是可喜可贺啊！我前两天还跟永一先生谈起了你，生怕你真的走上绝路呢。"

方志敏看见段存仁手中拿着一叠信笺和笔砚，不由得大喜过望，他微微一笑，没有正面回答这个问题。

凌风梧看着方志敏的样子心里多少明白了一些，一想到自己一向看不惯的钱景民很可能又要被这位方先生戏耍，马上心花怒放地对段存仁吩咐道："小段，把东西给方先生留下，再交代一下。我去旁边看看那个江老太爷最近怎么样了。"说着话，凌风梧正要抬腿往外走，突然又停住了脚步笑容满面地对方志敏说道："方先生你爱写什么就写什么吧，我作为这个看守所的领导，只要您能做点事情稳住心神就好，呵呵……"

看着凌风梧吊儿郎当地走出了牢房，段存仁冲方志敏一笑说："钱处长吩咐过了，给您的纸是50张，每一张最后都是要收回的。就是写坏了的您也别撕，不够再找我要就是。"

死囚

方志敏看着这些纸笔,笑着点了点头,对段存仁说道:"谢谢你了,段文书,我一定会好好利用这些东西的。"

段存仁用钦佩的眼光望着方志敏压低了声音说:"方先生,我真的很佩服您。"说完这句话,段存仁突然像想起了什么似的指着桌上的纸轻声叫道:"哎呀,我差点忘了!我给您的纸好像是四十五张,有五张下午我已经用了。真不好意思,明天再补给您吧。"

方志敏在这一瞬间弄懂了段存仁话里的含义。他带着感激的神情望着段存仁,诚恳地说道:"谢谢你段文书,你说的话我都明白了,我一定不会让你为难的。"

入夜时分,跟第一看守所遥遥相望的一条小街上,一个团丁打扮的汉子伸手敲开了一户中等人家的大门。他晃着手里的一张招租帖子,大大咧咧地问道:"你们的房子是要出租吗?"

门里,一个商人模样的中年人上下打量着那个团丁,点了点头说:"是呀,是有这回事。但不知是哪一位要租房啊?"

"团丁"伸手往后一指,说:"我们朱团总的太太来省城办事,就是她相中了你的房子!"

房东顺着手指的方向一看,看见一身阔太太装束的徐凤姑正站在不远处朝这里望着,赶忙满脸堆笑地点着头说:"好好,那就赶紧请太太进来看看吧,要是中意,房租咱们好商量。"

徐凤姑刚迈步走上这户人家大门前的石头台阶,一条迅速消失在附近的人影引起了她的警觉。她趁着主人抢先进到院里去开门的工夫,轻声对化装成跟班的通讯员说道:"你在外边候着,小心尾巴!"

6

从米占山口中,顾祝同得知弋阳县县长张潇然自告奋勇要去劝降方志敏。想着这几天来两次和方志敏接触的场面,顾祝同情不自禁地摇了摇头,他觉得想让一个不惧死、不贪生的人让步,希望渺茫。想到这里,他缓缓地站起身,默默地望着窗外。那里有一只叫不上名来的小鸟正在枝头欢快地跳跃，享受着一种无拘无束的自由。

顾祝同好像悟出了什么似的转身走到桌前拿起了电话，有些迫不及待地对接线员说道："我是顾祝同，给我接军法处米占山……"在这一瞬间他已经打定了主意，决心让那个张潇然去试一试。

尽管蒋介石一再给顾祝同施加压力，但他却始终不肯在方志敏面前露出谦恭诚恳的态度。他既不敢违背蒋介石的意思，却又固执地有自己的打算。在他看来，让一个人放弃自己固有的信仰，除了暴力压迫之外根本就没有别的途径。方志敏也许是一个不怕死的人，但却未必不怕精神和肉体上的折磨。为今之计，就只有赶紧给这位在铁锅里的"赤胆农王"加把劲：除了劝降的文火之外再来点霸道的武火。顾祝同就不信蒸不熟、煮不烂他这个共产党！

要说这顾祝同的确是个人才，能在倾轧频仍的国民党内部始终荣宠不衰，自然有着他的过人之处。想到了双管齐下的毒计之后，顾祝同当即又给戴笠打了个电话，让他火速准备应对，万一张潇然劝降未果，就立即行动，突击审讯方志敏，让他在精神的折磨中逐步丧失心中的信仰。面对这份特别的信任，戴笠犹豫了一下，最终还是答应了。

张潇然意气风发地来到了南昌，在顾祝同的办公室里见到了这位大人物。顾祝同上下打量着站在面前的这位县长，沉吟片刻终于开口问道："顾某很想知道，张县长为什么对方志敏这么感兴趣？"

张潇然目光炯炯地望着顾祝同开口说道："顾主任，卑职治下虽然发生了上次的劫囚事件，但依卑职看来，我弋阳的百姓还是淳朴善良的。只不过是如今……"

说到这里他"嘿嘿"地笑了两声，打住了话头。顾祝同能爬到现在这个位置上自然不是等闲之辈，哪里会不明白张潇然的这两声"嘿嘿"里饱含着的许多内容，什么政治腐败、民生凋敝……

顾祝同望着这位敢讲真话的张县长宽容地一笑，示意他继续讲下去。张潇然笑了笑，抬起头看着顾祝同继续说道："时下百废待兴，人民嗷嗷待哺，如果没有了内忧外患，国家兴旺那肯定是指日可待的事情。为此，卑职一直想让方志敏幡然悔悟，回到政府这一边来，造福桑梓。"

顾祝同从张潇然的眼睛里看到了一种曾在方志敏眼中见过的神情。那是一种对自己信仰的坚定不移。在这一瞬间，顾祝同忽然对张潇然充满了

信任,很想让他们两人进行一场信仰与信仰之间的论战。

想到这里,顾祝同对侍立在身后的副官命令道:"叫米占山好好配合张县长,尽量提供一切方便!"

在米占山的安排下,张潇然第一次来到了看守所,终于如愿以偿地见到了久闻大名的方志敏。见面之后,方志敏还没等张潇然把事先准备的开场白说完,就打断了他的话,淡淡地一笑开口说道:"我认识你,弋阳的父母官张县长嘛!"

张潇然听了微微一愣,随即便揶揄地笑着回答道:"想不到张某人还能入得了你方主席的法眼,真是荣幸之至呀,呵呵……"

方志敏听了也跟着笑了起来,可他接下去的话却让张潇然感到有些尴尬。方志敏慢慢地转过身,笑眯眯地望着他直截了当地说:"张县长肯定也不会知道,我曾不止一次地在你召开的那些大会上见过你,听过你的训示呢!"

张潇然干笑了两声改变了话题,他依旧笑容满面地望着方志敏道:"不知道方主席能不能让我坐下再聆听教诲呢?"

方志敏的脸上也再次浮现笑意,他伸手指着牢房里唯一的一把椅子,幽默地说道:"赶快请坐吧,按年龄我该叫你一声大哥,按眼下这局势我是主你是客,是我怠慢了。"

张潇然放下礼帽,又把一个事先准备好的竹篮放在桌上,笑吟吟地打开竹篮说道:"还是方主席坐这里吧。你若不嫌弃,我待会儿就坐在你的床上了。我带了几样家乡的小吃,想先请方主席回味一下咱弋阳的风味。"

说着话,张潇然把篮子里的几样菜肴摆在了桌上,如数家珍地对方志敏说道:"看,上好的弋阳年糕,还有弋阳炖干菜!为了让方主席你吃着顺口,我来之前专门去了你们湖塘村,向你族人打听了你的喜好,连厨子也是我特地从咱们弋阳带来的。你的乡亲父老可是让我转告你,他们很想你,不愿眼睁睁地看着你就这样枉送了性命啊……"

方志敏坐下来,看着桌上的菜肴轻轻地叹了口气,拿起了筷子却迟迟不肯下箸。坐在床边上观察着他的张潇然,看到这一幕不由得心中暗喜。他以为此举牵动了方志敏的乡情,赶紧殷勤地劝道:"方主席在想什么?还是请用一些吧,这是潇然的一番心意,也是家乡父老的一片深情啊。俗话说:美不美,故乡水。我想就是龙肝凤髓恐怕也比不了家乡的小菜吧?"

方志敏抬起头，目光中带着无限的期许对张潇然说道："张县长的美意我心领了。我只是在想，什么时候咱弋阳的老百姓全都能吃上这样的食物啊……"

张潇然听了心里不禁一热，他怎么也没想到，方志敏在这生死关头心里想的竟然不是自己，而是弋阳的父老。

方志敏接着说道："张县长，刚才您说什么'坐下聆听教诲'。我没什么'教诲'，眼下就是跟家乡人叙叙乡情。但张县长能不能'聆听'满意，要看你的来意了。"

张潇然盯着方志敏开口说："怎样的来意才能够满意地'聆听'方主席你的'教诲'，还请明示。"

方志敏放下筷子站了起来，望着张潇然严肃地说道："张县长如果是来跟我探讨怎样让弋阳的父老过上好日子，志敏一定知无不言。但你如果是顾祝同派来劝降的，我劝你还是省省力气，免开尊口了吧。你在弋阳当了那么多年的县长，我方某人是何等样人，你心里大概比较清楚，又何必白费力气呢？张县长，你是不是顾祝同派来劝降的？"

张潇然一本正经地点了点头，随后又轻轻地摇了摇头说："方先生，我的确是来劝降的，但却不是顾主任的差遣，而是兄弟我自己争取的。因为我想借着这个机会来见见你，说说自己的看法。"

方志敏看了张潇然一眼，淡淡地说道："劝降我这种事的结果就是费力不讨好，我看你也是个明白人，咱们先不说了。不知道你除了劝降还有什么要说？"

张潇然张了张嘴，没有回答方志敏的问题，却用手指着桌子上的饭菜说道："方主席还是先吃点东西吧。我敬佩方主席是一条好汉，就算是为了那些追随你的百姓，你也该保重身体。"

张潇然的这几句话，让方志敏听了心里也是百感交集。他默默地看着张潇然沉默了好一会儿，最后终于拿起了筷子，夹起了一块年糕，深情地咀嚼起来。

张潇然自打一进牢房后就一直正襟危坐，直到看见方志敏开始品尝他带来的家乡风味时，才暗暗地出了口气，悄悄换了个比较舒适的姿势。在不知不觉之中，他原本想先折辱、再劝慰方志敏的想法已经产生了动摇。在这个衣衫褴褛的同乡面前，他的心里有点不忍。

方志敏很快便放下了筷子，目光炯炯地看着张潇然说道："张县长，志

敏已经领了你的心意，咱们是不是该进入正题了？"

通过和方志敏这短短的接触，张潇然已经对方志敏产生了好感。他打定主意要劝说自己这位老乡别再固执，一定要先保住生命。这个念头使张潇然的心里充满了勇气，他迎着方志敏那锐利的目光望了过去。略一思索，说道："好，那咱们就步入正题吧！除了劝降、希望方主席与政府合作的使命之外，我张某人还有一件事想要一吐为快……"

方志敏稳如泰山地坐在那里，点着头沉声答道："那你说吧，我倒是想听听张县长你除了劝降，还有什么要说的！"

张潇然终于鼓足了勇气，他站起身来指着方志敏高声说道："我还要代表弋阳的父老责你以大义！"

方志敏听了先是一愣，继而马上报之以一阵大笑："责我以大义？好，你就责吧。但我想问一句，张县长你确信大义真的在你们那一边吗？"

张潇然是个三民主义的忠实信徒，尽管也对黑暗的官场和政府的腐败颇有看法，但却始终坚信只要通过改革，当年驱逐鞑虏、恢复中华，结束了五千年封建帝制的国民党，终究会凤凰一般浴火重生的。他要用自己的信仰争取方志敏，为国家保留这个难得的人才。但作为一个坚定的共产党人，方志敏也已经做好了准备，要用自己信仰的真理来驳斥张潇然所谓的大义。

一时之间，牢房里原本已经缓和下来的气氛再次变得紧张起来。在无形的压力中，张潇然稍稍稳定了一下自己的情绪，用仍旧略显激动的声音说道："你裹挟无辜百姓群起倡乱，不仅让闽浙赣三省兵祸连结，连自己的桑梓之地弋阳也不放过。祸乱清平世界，颠倒朗朗乾坤。大义如果不在我们这边，难道大义反在你的那一边了？"

方志敏站起身盯着张潇然，一字一顿地说道："既然这就是张县长的看法，那我倒想先请教你几个问题。"

张潇然听了毫不犹豫地回答道："请吧，兄弟我一定做到知无不言、言无不尽！"

门外，米占山和钱景民等人看着段存仁记录着两人的对话，听到这里不禁互相对视了一眼。钱景民小声说道："这位张县长好像很有信心。"

凌风梧在一旁小声嘀咕道："上峰不是总说共产党是红胡子绿眼睛的山大王吗？我怎么觉得方先生和刘畴西他们全都是知书达理的读书人，说得也很有几分道理……"

米占山听了马上低声呵斥道:"凌所长,同情共匪可是要不得的!"

又听了两句,钱景民忍不住带着谄媚的表情望着米占山轻声说道:"但愿张县长好好地教训、教训方志敏,先灭了他的威风再说!"

米占山还没开口,凌风梧又小声嘀咕道:"我看他也未必占得了上风……"说到这里,他看见米占山向他投来一个严厉的眼神,赶紧闭上了嘴,低下头去。

牢房内,方志敏背着手面对着斑驳的墙壁提出了他的第一个问题:"请问县长大人,弋阳百姓至今仍旧食不果腹、衣不遮体,整日劳作却一无所获,更有甚者,为了缴纳你们的苛捐杂税,还要卖儿卖女,这是为了什么?这难道就是你说的清平世界、朗朗乾坤吗?"

张潇然明显地踌躇了一下,但马上又理直气壮地说道:"我承认你说的那些事的确是发生过,但政府并没有置之不理啊?如果没有你们的祸乱,假以时日,政府何愁不能做到抚琴而治,百姓安居乐业?再说,哪一届政府不会遇到饥民?这和你公然倡乱有什么关系?希望先生不要管中窥豹、顾左右而言他。"

方志敏冷冷一笑,眼睛里的目光变得激越起来。他义正词严地按着桌子大声否定了张潇然的话:"你说的不对!如果百姓有田种、有衣穿,他们还会反抗官府的暴政吗?我们又如何能祸乱民心?"说到这里,他换成了一种语重心长的声调继续说道:"百姓要真是能安居乐业,就算我方志敏为了个人利益,非要领着他们跟政府作对,你觉得还会有人响应吗?"

张潇然听了并不服气,他"哼"了一声反驳道:"从国父驱逐鞑虏、恢复中华、创立民国至今,才不过几十年的光景,满目疮痍亟待恢复,没想到你们共产党不想着如何协助政府建设,却把建国初期的艰辛当成了蛊惑民心、聚众作乱的理由!请问你们真正关心百姓的疾苦吗?"

方志敏苦笑着摇着头,像乡村私塾先生面对冥顽不灵、怎么教导也不开窍的学生那样缓缓地开口说道:"张县长,没想到你身为一县之长竟是如此的糊涂啊!"

张潇然诧异地望着脸上带着痛心疾首表情的方志敏,不知为什么忽然感到有些心虚,但他仍然直视着方志敏冷冷地问道:"张某虽然愚钝,但自问遇事还不算糊涂。请方先生不吝赐教……"

方志敏朗声说道:"当年孙中山先生南天拔剑,结束了满清的统治,也结束了中国五千年的封建帝制。他的三民主义让人民全都憧憬着即将到来

的美好生活。但自打他去世以后,蒋介石虽然口口声声说自己是孙先生的继承人,可他是怎么奉行孙先生联俄、联共、扶助农工的三大主张的?他带来的是民不聊生、军阀混战、争权夺利!"

张潇然显然不敢沿着这个敏感的话题继续说下去,他知道门外有很多双耳朵,紧摆着手急赤白脸地阻止道:"方先生慎言!不要诋毁领袖……"连张潇然心里都弄不明白,自己怎么会在不知不觉中用上了方先生这个称呼,心里还替他的安危担起心来。

方志敏可没有他那么多顾忌,继续带着坦然的神色说道:"不,张县长,你还是听听我的感悟吧!"

张潇然还没来得及张嘴,方志敏已经滔滔不绝地说了起来:"蒋介石在共产党人和广大工农的帮助下取得了北伐的胜利,但他回过头来就制造了骇人听闻的反革命事变,并举起屠刀大肆屠杀他昔日的盟友。现今东房入口,大好河山沦丧,他非但不奋起抗战,还排斥我们这些要为国家抵御外侮的共产党人,这样的人也配自称领袖、这样的人也配让大家尊重吗?"

张潇然已经感到有些理屈词穷了,他讪讪地反驳道:"你说你们共产党抗日,但凭什么说蒋先生不抗日?"

方志敏冷笑一声反问道:"张县长你可知道我是怎么被捕的?"

张潇然尴尬地笑了一声,回答道:"你是因为领兵造反、啸聚山林,被政府出兵剿灭抓捕的。"

方志敏听了突然仰起头来纵声大笑,那笑声就像是一只猛然发威的雄狮发出了怒吼一样,令张潇然感到不寒而栗。笑罢之后,方志敏扭过头来对张潇然说道:"告诉你吧!我方志敏是在率领一万多红军北上抗日的途中,被顾祝同调集的二十万大军偷袭后被俘的。悲哀啊!一万多热血儿郎没死在抗日战场上,却死在你们的枪弹下,这简直是我们这个民族的悲哀!"

屋外的钱景民终于沉不住气了,连忙对米占山轻声说道:"处座,叫张县长出来吧!别再让方志敏把张县长赤化了……"

米占山面无表情地摇了摇头,用不耐烦的手势打断了他的话,回答道:"顾主任有令,我们只是旁听,不必干涉。至于张县长嘛,你大可放心。他跟你不同,他是个有信仰的人。"

钱景民涨红了脸不言语了,一旁的凌风梧看在眼里,心里高兴得比吃了蜜还甜。他这个人其实心地不坏,为人也比较随和,但有一条,就是时时与钱景民较劲,只要有人让钱景民出乖露丑,他就会感到心满意足。

68

面对着已经身陷囹圄仍旧不肯屈服的方志敏，张潇然一厢情愿地拿着自己的信仰劝说道："请教方先生，难道你认为国父亲自参与制定的三民主义也有缺陷吗？"

方志敏正色道："那倒未必，三民主义是一本真经，只是现在的和尚把这部好经念歪了！"

张潇然在这一瞬间不经意地低下了头。他嘴上没说话，心里却觉得方志敏的话有些道理是他认同的。他觉得这位共产党的三省苏维埃主席现在要不是身陷囹圄而是省亲弋阳，他一定会倒屣相迎引为知己，好好地和他畅谈一番。

而现在，张潇然觉得自己有点无法继续表演下去了。他只得悻悻地站起身来对方志敏说道："方先生保重，潇然受教了，就此告辞了。"

方志敏笑吟吟地看着神情有些失落的张潇然问道："我还想问您一句话：张县长可想知道当年我为什么没打过弋阳吗？"

张潇然愣了一下，顺口笑道："我想是先生不忍桑梓涂炭吧？"

方志敏听到这个答案后带着庄重的表情摇了摇头说："张县长，你错了。我之所以不攻打弋阳，是因为你政绩尚好，我希望你继续善待百姓。"

张潇然此时听到对手的赞誉感到有些崩溃，愣了半响，他神情黯然地挤出了一丝笑容对方志敏说道："方先生的话潇然全都记下了，回去之后我定当勉力为之！"

张潇然站起身来微微地朝方志敏拱了拱手，又面色凝重地说："方先生放心，潇然自幼便懂得'下民易虐，上苍难欺'的道理，定会尽心竭力把弋阳治理好的。"说完，便向门口走去。

张潇然走到牢门前又停住了脚步，他回转身来，用真诚的眼光望着方志敏说道："走出这牢房之前，潇然我还有一言相告……"

方志敏看他微笑着说道："张县长请讲！"

张潇然郑重地说："为了你的性命，也为了眼巴巴盼着你回归故里的弋阳父老，潇然我还会再来的。"

南昌警察局局长正在暴怒，他把一张报纸往几个高等巡官脸上扔去："都给我好好看看！你们平时说对付不了共产党倒也罢了，现在怎么连个盗墓贼也奈何不了？真是一群废物！"

原来，省党部的汤处长家祖坟被盗，据说价值不菲的金丝楠木棺材被

死囚

打开，里面的金银被洗劫一空不算，那个盗墓贼临走还在墓室里拉了泡屎。气得汤处长当场昏死了过去，送进医院抢救了好几个小时，才勉强保住了命。这件事记者们都添油加醋地写了，一大早就登上了各大报纸和花边小报。

汤处长十分震怒，把这个压力层层传递了下来。因此警察局长被省党部俞书记长叫去骂了好一顿。他回到自己的一亩三分地之后，当即便把手下负责治安的几个高等巡官叫到办公室里，一边亲娘姑奶奶地破口大骂解气，一边勒令他们尽快破案。

发了一通邪火之后，警察局长冷静了下来。他扫视着面前一个个噤若寒蝉的手下，愁眉苦脸地说道："别赖我骂你们，加上这件事最近已经是第三起了。你们也知道，那个不长眼的盗墓贼先是挖了21军张军长岳母的坟，紧跟着又盗了南京委座秘书处刘秘书父母合葬墓，都是要了命的人物，简直是太猖狂了！你说他真是不长眼，还是诚心跟咱们过不去？这回可好，党部俞书记长说了，要破不了这个案，非砸了我的饭碗不可！你们记住，在他砸我饭碗之前，我非把你们的、连带上你们家亲戚的饭碗子都砸了不可！"

停了一会儿，警察局长的眼睛盯在了打头的一个巡官身上，有气无力地问道："你说说看，这案子怎么破？"

那个巡官听了"啪"的一个立正，开口回答道："局座息怒，卑职经多方查访，已经有了一些线索……"

局长一听这个气呀，忍不住张嘴骂道："你这个背时的东西，要是有了线索，刚才我去省党部时为什么不早说？害得我……"说到这里，他赶紧收住了嘴，硬生生地把下边的话咽了回去。刚才一生气，他差点脱口而出，把刚才被骂得狗血喷头的事情说出来。

那个巡官看见局长停了嘴，赶忙解释道："局座息怒，卑职也是刚才获悉，这件事似乎是南昌附近一个祖传的盗墓贼'逃三圈'干的。不过这个家伙居无定所、行踪飘忽，一时很难抓获。卑职已经派出了便衣队四下撒网，估计这几天就能一举抓获……"

局长听了这才点了点头，用满意和鼓励的眼神看着那个高等巡官说道："好，那就尽快行动吧！"说完这句话，他又赶忙叫来了自己的秘书，吩咐道："你在南昌的各大报纸上发布通缉令，悬赏一千大洋捉拿这个'逃三圈'，赶紧去吧！"

那个巡官看秘书领命就要出去，急得一把抓住了秘书的袖子，朝局长恳求道："局座，你这一登报，那个'逃三圈儿'还不趁机跑了？这……这……"

已经恢复了常态的局长听了立即换了教训的口气，对那个巡官说道："你懂什么？我这叫打草惊蛇、引蛇出洞！不搅浑这潭水，你怎么能抓住他的尾巴？再说，案发这么久了，我要连嫌疑人是谁都不知道，俞书记长还不把我吃了？"

随着这则消息的见报，南昌城里的大街小巷到处都议论起这个神秘莫测的"逃三圈"来。特别是一些跟黑道有联系的小报说得就更为详细了。

据说，那个"逃三圈"是盗墓世家的子弟，他的祖父年轻时还单身入京，成功地盗掘过前清王爷的坟墓。到了他这一代的传人，技艺更为精湛，一夜之间能掘洞百尺。就凭这手绝活，他就是到了阎王殿前也能逃上三圈两圈的，因此人送绰号"逃三圈"。

蛰伏在南昌看守所附近的徐凤姑也听说了这个消息，她不由得眼前一亮，立即把身边的几个游击队员叫到了面前，拿出一份特意买来的报纸，让一个念过私塾的队员把关于"逃三圈"的消息从头到尾给大家念了一遍。末了，徐凤姑劈手拿过了那张刊登着通缉令的报纸，用手敲打着上面的字，对大家说道："大家听着，这几天通过观察，对面这看守所防守得实在是太严密了。咱们无论如何都不可能在越过看守所周围的空地时不被发现。现在我终于有了主意，从今天开始，咱们全都去找这个'逃三圈'！"

一个队员听了不解地问道："咱……咱……找这家伙干啥呀？难道是要挖开看守所的大墙？"

徐凤姑听了伸出手指使劲地往那个队员的脑袋上一戳，说："你真傻还是假傻？敌人能眼睁睁地看着你带着人去挖他们的墙脚吗？"

在周围那些队员的哄笑声中，徐凤姑用手里的报纸又在他头上使劲地拍了一下。她看着周围那些期待的目光，恨铁不成钢地指着自己脚下的地面胸有成竹地说道："找到了他，咱们就可以给敌人来个土遁，从地皮下面躲过周围的开阔地。"

大家听了全都兴奋了起来，觉得这真是一招出奇制胜的好棋。徐凤姑指着刚才的那名队员问道："蛮牛，你说说该到哪里去打听这个家伙的下落？"

那个叫蛮牛的队员一听当时傻了眼，他搔着后脑勺不好意思地摇起头

来。徐凤姑正想借着这个机会给大家点拨一下，一看蛮牛果然没了主意，便压低声音对那几个队员说道："记住，你们的任务是看看南昌哪些官宦人家这几天有人要出殡，坟地在哪里。"说到这儿，徐凤姑抬起头来望着远处，仿佛自言自语般地说道："等咱们找到了吸铁石，我就不信吸不出他这根洋钉子……"

正说着话，徐凤姑的警卫员徐少艾打开门闪身进到屋里。他走到徐凤姑跟前趴在她耳朵上小声地说道："大队长，那个跟踪咱们的尾巴进了西边的悦来客栈，你看咱们是不是……"

徐凤姑听了连连点头，用赞许的眼光看着自己的警卫员徐少艾说道："你这件事干得漂亮！今天晚上我要亲自去看看这个家伙是何方神圣！"

张潇然在和方志敏的辩论中铩羽而归，但他不知怎么，心里却对本该是对手的方志敏隐隐产生了一丝说不清、道不明的敬意。张潇然心里暗暗打定主意：想办法劝他保住自己的性命，为国家留下有用之身。走出了看守所那两扇厚重的大门后，张潇然笑着对米占山说道："今天就算是初次交兵吧，不谈胜败！请您回去禀报顾主任，就说卑职还要再到看守所去会会方志敏。就算不能替顾主任分忧，也算是有始有终吧。"

米占山一看这位刚才显然是没占上风的张县长竟然还准备再去，心里不由得暗暗佩服起他的韧劲儿来。当下就把大拇指一竖，满脸堆笑地称赞说："潇然兄果然了得，颇有曾文正公当年屡挫屡战的风范，真令我辈汗颜！请张兄先回行营的客房休息，兄弟这就把您的意思转达给顾主任。"

张潇然听了郑重地向米占山道了谢，并拉住他的手说道："我倒真希望方志敏能悬崖勒马，跟政府合作。这人要是把全身的本事用在弋阳，何愁不能造福一方啊！"

入夜时分，徐凤姑带着手下的几个游击队员装出一副悠闲的样子来到了附近的悦来客栈。悦来客栈收拾得干干净净，客栈前边搭着一个挺大的席棚子，下边摆了五六张桌子，卖些饭食和茶水，供大家歇脚打尖。这里毗邻着大路，过往的行人挺多。

徐凤姑带着警卫员徐少艾大摇大摆地走到了席棚子下找了张桌子坐了下来。跑堂的一看她的穿着打扮显得很阔绰，赶忙跑过来殷勤地招呼道："这位太太，您是住宿还是打尖？要住宿咱们这里有上好的客房，被褥全新。要打尖咱们这里有各种小菜任您挑选……"

徐凤姑把手一摆,拦住了那个喋喋不休的堂倌,神气十足地吩咐道:"我们就住在附近,今天是随便出来走走,你就给我们上些茶水点心吧!"

堂倌答应一声正要转身去张罗,冷不防又被徐凤姑开口叫住了。徐凤姑从兜里摸出了几个铜子往那堂倌手里一塞,说道:"这是赏给你的!过两天我有个远房亲戚要来,家里住不下。你领我这管事去看看你们这儿的客房,要是果真干净,回头我让他把人给你领来。"

那堂倌面对从天而降的赏钱喜得眉开眼笑,连连称谢。他带着谄媚的表情对徐凤姑说道:"您放心,肯定包您满意!"然后赶紧伸手做了个请的手势,带着徐凤姑的警卫员徐少艾看房去了。

工夫不大,警卫员徐少艾就回来了。他悄悄地对徐凤姑说道:"咱们要找的那个人不在……"

徐凤姑听了眉头微微一皱,压低了声音说道:"你就盯在这里,一有情况就通知我。"

其实,徐凤姑要找的那个人现在就在客房里,他就是奉命暗中协助徐凤姑他们的李水生。刚才他一眼看见了正领着警卫员徐少艾四处转悠的堂倌,立即闪身躲在了阴影里。这个时候他还不想暴露身份,黄道要他在徐凤姑最需要他的时候再现身。更何况,这两天他已经在经常光顾前边席棚的客人里发现了一个让他很感兴趣的人。

顾祝同听了米占山的汇报后沉吟了半天没有开口。他一边翻看着米占山带回来的那份谈话记录,一边琢磨着张潇然提出的请求。要是张潇然彻底认输前来谢罪,他也许倒感到意外。反倒是听了他还要继续去劝说方志敏这件事,让他感觉这也是个应付蒋介石的说辞。想到这儿,顾祝同再次把目光停留在张潇然和方志敏的谈话记录上,用很随意的语气问道:"那位张县长有什么具体的打算没有?"

米占山立即欠了欠身,毕恭毕敬地回答道:"他说想回去找几个弋阳的父老一起来劝说,您看……"

顾祝同听了毫不犹豫地回答道:"可以,你来安排吧。"

米占山的背影刚刚消失在门口,副官就领着特务处处长戴笠走了进来。顾祝同挥手打发走了副官,示意戴笠坐在了自己身边的沙发上。

戴笠迫不及待地开口说道:"顾主任,您不是让卑职找个合适的人现身

说法,击碎方志敏的信念吗?这个人卑职还真找到了……"

顾祝同一听不由得大喜过望,马上追问道:"不知雨农说的是什么人?"

戴笠缓缓地说出了这个人的名字:"孔荷宠。"

顾祝同听了眼睛一亮,猛地一拍大腿失声叫道:"对呀,我怎么没想起他来呀?"

这孔荷宠到底是什么人?怎么会令顾祝同产生这么大的反应?原来,这是个被称为红军第一叛徒的变节分子,时任南昌行营少将衔"特别招抚专员"。

孔荷宠也曾经有过一段光荣的历史。他早在1926年就参加了著名的平江起义,后来参加农民运动,还担任过农民自卫军队长,先后担任过中华苏维埃共和国中央执行委员、中央革命军事委员会委员,任湘鄂赣边区总指挥兼红十六军军长。

随着职务的变化,孔荷宠身上隐藏着的坏毛病也渐渐地显露了出来。1932年,他因为犯了盲动主义的错误受到了朱德总司令批评,被撤销了职务。孔荷宠不仅不思悔改,还暗暗怀恨在心。后来,他被调入中国工农红军大学学习,学习期间又因为不接受批评,对革命悲观失望。毕业后,他便利用去外地巡视工作之机叛逃。投靠国民党后,他不仅供出了湘鄂赣边区的中共、红军和苏维埃政权组织情况,还帮助国民党军制定"围剿"红军和革命根据地的计划,成了死心塌地为国民党卖命的叛徒。对顾祝同来说,这样一个人无疑是最佳的人选。

激动之余,顾祝同连忙打电话给蒋介石,不仅把米占山推荐张潇然劝说方志敏的功劳一股脑地算在了自己头上,还把戴笠想到了孔荷宠这件事也当成一块金箔贴在了自己的脸上。

蒋介石听了十分高兴,立即称赞道:"墨三,你这回是真的用心了,很好,很好!"

顾祝同一听蒋介石居然连着说了两个很好,不由得心花怒放。电话那边的蒋介石也很兴奋,他立即指示顾祝同说:"记住,要给方志敏好好许个愿,要让他知道自己的出路远比这个孔荷宠远大得多!"

顾祝同实在想不出什么样的许诺能比已经官居少将的孔荷宠还要前程远大,只得期期艾艾地问道:"您到底想给方志敏什么许诺,卑职不敢妄自猜测,还请委座明示……"

蒋介石想也没想便大声说道:"我看当一个南昌行营副主任不算是委屈

他了吧？他原来在共产党那里不就是闽浙赣三省的主席吗？这三个省还归他管就是了。"

顾祝同万万没想到蒋介石居然肯下这么大的本钱，他满怀着醋意言不由衷地回答道："委座高屋建瓴，真是大手笔！"

在戴笠的建议下，顾祝同亲自召见了孔荷宠，要他去执行这个劝降任务。孔荷宠倒是很爽快，马上表示同意。他决定派人把方志敏秘密带到自己家里去。他的理由是，家里的感觉会比较轻松，有助于唤起方志敏对自由生活的渴望，那里的反应才最能体现方志敏的真实内心。同时监狱以外的平等对话也能显示出政府招纳他的诚意。

顾祝同听了稍一犹豫，还是答应了这个请求。他一边命令43旅派出两个团对空宁寺方圆五里实行戒严，一边让戴笠派遣特务严密监视方志敏的一举一动。

43旅连夜调兵赶往了孔荷宠家附近，为第二天的劝降做铺垫。此时，在南昌城里一座车马店后院的厢房里，一个长得花容月貌中略显野性之美的女子，正在跟一个穿着青布长衫、身材高大的男子在灯下低声地交谈着。

那女子用坚定的目光望着面前的男子说："我看现在时机已经差不多了，咱们也可以依计行事了。"

她对面的男子听了深以为然地点了点头，回答道："好，我明天就去探探他的口风……"

屋里的这两个人正是弋阳腔的名角金彩云和班主金麒麟。自打在弋阳张潇然举办的那次堂会上，他们和米占山拉上了关系，金麒麟便领着全部人马，一路跟着这位行营军法处的处长来到南昌。

随着金彩云演出的成功，名不见经传的"飞花班"终于在南昌这个大码头立住了脚跟。他们便开始商量着一件酝酿已久的事情："飞花班"的大戏终于要拉开序幕了。

凌风梧一大早便把张彪叫到了办公室，吩咐道："张彪啊，一会儿领人去把方先生的脚镣取下来，听见了没有？"

张彪随口答应了一声，带着茫然的表情望着凌风梧问道："所长，方先生上的可是死镣，上面到底是要干什么呀？"

说到这里，很有必要简单介绍一下当时的刑具。一般人都知道手铐；

两个连在一起的金属圈上各有机簧，往手上一套，"咔啪"一声就完事大吉。可脚镣却不是这样，普通的重刑犯在关押期间通常都会被戴上脚镣，一来限制犯人的活动，二来可以让"稀里哗啦"的脚镣声随时提醒犯人，自己犯的事很大，绝不是三年五载就能了的。这种人带的就是所谓的活镣：脚下的大铁环上都带着锁眼，跟手铐一样"咯嘣"一锁就可以了，这种脚镣的重量通常在十几斤到二十斤之间不等。

而方志敏戴的脚镣足有三四十斤重，也就是常说的大镣。据说历史上唐朝酷吏来俊臣曾经发明过五十斤的，犯人带上以后根本就是寸步难行。方志敏脚上的那一副虽然没有突破这个记录，但也足有四十来斤，已经是大镣里的大镣了。戴上这种脚镣后必须要在两脚之间的铁链上拴一根绳子挂到脖子上或是提在手里分担重量，即便如此，带脚镣的人走路还得跟在水面下跋涉一般，先迈出一只脚然后再移动另外一只，按照监狱里的行话叫做蹚脚镣。

历史上，这种脚镣针对的对象都是江洋大盗或是行将处决的死囚。在国民党统治时期却是经常被用来对付革命志士，意在瓦解他们的斗志，在精神和肉体上加重这种折磨。而这样的脚镣全都是在套住脚脖的大铁环上穿了孔，把铆钉穿过两边对应的小孔，再用大锤使劲敲击，让变形的铆钉把小孔堵死，很难再取下来，因此被称之为死镣。

这次为了执行顾祝同的命令，凌风梧只得派张彪去给方志敏下掉死镣。下脚镣也是件力气活：要有一人拿着錾子对准铆钉，再由另一人掌锤，抡动大锤把变形的铆钉硬砸出来。因为这种情况少之又少，难怪张彪一听让他带人去给方志敏下脚镣，会感到很不理解了。

凌风梧整理着桌上的文件心不在焉地回答说："听说是行营的孔专员要见他，肯定又是想劝方先生投降……"

张彪显然是对凌风梧说的这个人有点陌生，忍不住问道："哪个孔专员？怎么没听过有这么一号长官？"

凌风梧把嘴一撇，不屑地回答道："就是从共匪那边自己跑过来的孔荷宠嘛，连这个都不知道。记住，一会儿见了方先生可别说这些，顾主任强调了好几回不许泄露的……"

张彪尽管对这位孔专员还是没弄清楚，但也不好再问，只得懒洋洋地朝着门口走去。他一边走一边按照自己衡量人和事的标准嘟囔道："我管他国军还是共匪，但能自己跑到别人那儿就不是什么硬骨头……"

被去掉了脚镣的方志敏在凌风梧和张彪的陪同下走出了看守所的大门。被强烈的阳光一照，方志敏不禁抬起手遮住眼睛问道："你们这是要把我带到哪儿去？"

凌风梧指了指门前，那里等着一辆已经发动起来的卡车，车前站着一大排宪兵，不远处还有一辆黑色小轿车。凌风梧说道："上边嘱咐不让我们多嘴，你一会儿到了就知道了。"

方志敏听了也不再问，任由凌风梧给自己戴上了手铐，来到了车前。两名尉官军衔的副官看见他们过来，马上恭恭敬敬地拉开了车门，做了一个请的手势。

看到方志敏上了车，车旁的那些宪兵立即飞快地爬上了卡车，机枪手还把子弹上了膛的机枪架在了车头上。凌风梧和张彪一左一右地把方志敏架在了中间，三个人坐稳后，汽车便飞快地开动了起来。

方志敏看着前排左座位上的副官问道："要见我的人是哪个？"

那个副官笑着回过头来说道："方先生还是别问了，那个人你肯定是认识的。"说完这句话，他便转过了头去，再也不肯张嘴了……

汽车很快便驶入了一条铺着青石的街道，停在了一座有着四五层台阶、门廊下悬挂着大灯笼的朱漆大门前。方志敏下了车，朝着眼前那站着哨兵的大门看了看，对身边的副官微微一笑问："这就是那个要见我的人的衙门？气派不小啊……"

那副官笑了笑回答道："这不是什么衙门，而是您那故人的府邸。"

方志敏知道再问得到的也还是这样模糊的回答，索性不再说话，在凌风梧等人的陪同下，跟着副官走进了门里，来到了陈设精美的客厅里。

副官指挥着丫鬟仆役给大家上了茶点后，便恭恭敬敬地站到了一边。方志敏四处打量着客厅里的陈设，希望能够解开心中的疑团。

就在这时，方志敏突然发现客厅后面的帘子被掀开了一条缝隙，隐约有个人正在帘子后观察着自己，便提高了嗓音叫道："出来吧，我方志敏已经来了！"

随着方志敏的话音，帘子一挑，后边的人大笑着走了出来。只见这人长得人高马大，身穿一套凡尔丁毛料军装，脚蹬一双擦得黑亮的军用皮鞋，领子上赫然带着一副满金一个豆的少将领章。

方志敏马上认出了对方，当下就变了脸对凌风梧喝道："带我回去，这个人我不想见！"原来，这个人就是时任南昌行营"特别招抚专员"的孔荷

死囚

77

宠。孔荷宠在自动叛变投敌前就已经活跃在共产党红军武装的高层了，因此被称为"红军第一叛徒"。

看到方志敏勃然变色，孔荷宠非但不以为意，还趾高气扬地走到了方志敏的面前，嘿嘿一笑说："方主席，我知道你很讨厌我，但既然来了何妨谈上一谈呢？"

凌风梧虽然也很看不起孔荷宠，但迫于这家伙目前的权势，也只得小声劝道："方先生请息怒，既来之则安之吧……"

方志敏没好气地瞪了孔荷宠一眼，又坐回了椅子上，用他那锐利的目光直视着对方，像两支利箭般死死地钉在了孔荷宠的脸上。孔荷宠在方志敏的目光逼视下顿时感到浑身不自在，他马上避开了，转头对副官嗔怪道："真不晓事，不知道方先生从牢里来吗？赶紧上碗莲子羹给方先生补补！"

只见副官把手一招，便有一个小丫鬟用托盘端来了一碗莲子羹，恭敬地放在了方志敏的面前。方志敏抬手把那个盖碗轻轻地推开，带着憎恶的表情说道："你孔荷宠的莲子羹再好我方某人也不敢享用啊，还是拿回去吧。"

孔荷宠干笑了一声，走到了方志敏身边，指着装莲子羹的盖碗殷勤地说道："来吧方主席，这莲子羹用了上等的银耳和莲子，为了给你补气，我还特意让他们加了红枣，都是好东西……"

他的话还没说完，方志敏便冷冷地回答道："不对，你还少说了一样好东西。"

孔荷宠一听摸不着头脑地问道："少说了一样？不会呀？那方主席你说出来听听……"

方志敏"啪"的一拍桌子猛地站了起来，怒视着孔荷宠喝道："告诉你吧，这里还有太多的工农的鲜血，只有你这样的人才吃得下去！"

方志敏在孔荷宠的宅子里怒斥着这个叛徒时，离这里并不算太远的另一条街上，金彩云婷婷袅袅地走进了一家木器行，大声问道："老板，你们这里能打箱子吗？"

已经快步走过来的老板一听，用略带嗔怪的语调回答道："看这位小姐说的，我们恒泰木器行可是这南昌城里的老字号！无论是雕花还是选材都是江南最上乘的。"说完这番话之后，老板的脸上笑成了一朵花似的殷勤地问道："不知小姐要做些什么？"

金彩云听了并没答话，而是把屋里陈设的家具一件件看了一遍，一边看还一边敲敲打打的，一副内行的样子。

老板一边陪着笑介绍着她所看到的每一件木器，一边试探地问道："小姐，一看你就是内行。怎么样，还满意吧？"

金彩云终于停止了挑选，回过头说道："老板，你别一口一个小姐的叫，我只是个戏子，想跟你定做一些戏班子用的衣箱，既要结实又要体面……"说到这里，她又迅速补充道，"当然，价格嘛，也不能贵了。"

老板听了有点失望，但他转念一想，大宅门的小姐谁会亲自出门挑家具。他怕放跑了这笔生意，连忙发誓赌咒地说道："我说小姐你怎么如此美丽非凡呢。你放心，我肯定让你满意。我做的箱子你就是带着过府穿州也不能有丝毫差池，要不你摘了我的牌子！"

金彩云听了灿然一笑，从手提袋里拿出了两张图纸递给了老板说："那好！你先看看图纸吧！"

老板接过图纸看了看，他拿起其中一张说道："这位小姐，这些箱子外表全都一模一样，怎么这只箱子的里边要弄成这样呢？这工艺以前可是没见过。"

金彩云不满地看了老板一眼，不耐烦地回答说："老板这可就是你的不对了，没见过还不会做啊？箱子的外观一样是为了看起来气派，我们搬搬抬抬的也方便，省得演戏的时候不好看管。至于这个箱子呀，那可是要装要紧的行头家什，做特殊了就扎眼了。你问得多了吧？"

那老板生怕金彩云反悔，赶忙把图纸攥在了手里，一叠声地陪着不是说："小姐误会了，我也就是好奇多问一句。您放心，这样的箱子我们做得来。"

金彩云继续抢白道："不光得做得出来，做出来以后还得说没做过这样的箱子。要不然我们丢了要紧的东西，可饶不了你！"

木器行老板没见过这样的顾客，他看着金彩云那张霸气的俏脸，谄媚地笑着说道："小姐你放心，这样的箱子我没做过，永远都没做过。"

尽管被方志敏一声怒喝弄得十分尴尬，但心地狠毒、厚颜无耻的孔荷宠还是在愣了几秒钟之后反应了过来。他不仅不怒，反而伸出双手使劲地给方志敏鼓起掌来，并假戏真唱地叫了一声："好！"

在满屋人惊诧的目光中，方志敏依旧用冰冷的目光注视着孔荷宠，说

道:"好?我知道你投靠了新主子之后脾气也跟着涨了,没想到你现在连廉耻都不顾了,听见骂还能叫出好来,真是佩服!"

听完这句话,刚才还高声叫好的孔荷宠一下子拉下了脸,脸上浮现出狰狞的面容,看着方志敏大声喝道:"醒醒吧,我的方主席!你知道你现在的处境吗?你只是个待死的囚徒,还有什么好神气的?我孔某人在你的眼里再不济,我也是个国军的将领,这一点你要想清楚!"

方志敏听完孔荷宠野兽咆哮般的喝问,用轻蔑的眼光望着身穿笔挺的少将军服的孔荷宠揶揄道:"要不是怕费力气,我倒真想也给你这位国军将领鼓鼓掌。你这套行头就是卖身投靠后的赏赐吧?我真替你感到可悲……"

孔荷宠怒极反笑,他猛地走到了客厅当中,指着宽大轩敞的客厅大声叫嚣着:"睁开眼睛好好看看这里的一切吧!别再活在你那虚无飘渺的马克思的世界里了!你告诉我,那个德国老头给了中国什么?给了你什么?就算你看不起我今天得到的一切,但你有能力给我吗?叛变?卖身?别用这些肮脏的字眼糟蹋人了,不跟着你们一起对抗政府,不接受你们的蛊惑就是叛徒吗?呸!"

凌风梧和张彪对视了一眼,正想拉住势如疯虎的孔荷宠,却听见旁边的方志敏已经开口说道:"不要诡辩了,不要再自欺欺人了。现阶段的革命者是很清贫,但我们的心里却是富有的。只要我们一想到眼前这个黑暗的世界即将被推翻,一个让所有的人全都幸福富裕的新世界就快被建立,那种满足的感觉,绝不是你这样的人所能领会到的!这是蛊惑吗?不是!这是千万老百姓的心愿!你不要再挑剔我给你的字眼肮脏了,是你这样的人使得这些原本不是褒扬的词语更加污秽!"

孔荷宠听了方志敏排山倒海般的指责,忽然仰起头哈哈大笑了起来,好像刚才方志敏不是在驳斥他,而是给他讲了一个很好笑的故事。笑罢之后,孔荷宠收敛起刚才的狂态,用阴冷的目光注视着方志敏开口说道:"方主席讲得的确精彩。但这能改变得了现实吗?从三皇五帝至今,造反的有几个有好下场的?我知道你不怕死,但你能要求所有的人都跟你一起心甘情愿地去死吗?"

发出了这些质问后,孔荷宠顿了顿,又带着恨恨的表情继续说道:"赏功罚罪自古亦然,我跟着你们干了那么多年,功劳应该不少了吧?你们给了我孔某人什么了?一顿像样的饭菜还是一件像样的衣服?"

说到这里,孔荷宠煞有介事地拽着军服上衣的下摆,恬不知耻地望着方志敏说道:"告诉你吧方主席,你们那些永远也实现不了的梦想,还抵不上蒋委员长给我的这身军服实在!"

说到这里,孔荷宠又快步走到了方志敏的面前,把衣服的下摆托到他的面前连声叫道:"看看呀!这样的衣服你们的主义里有吗?我只不过看破了你们鼓吹的神话,用在你们那边的辛苦换回了应得的报酬!这怎么让那些骂人的字眼变得污秽了?你说,你说呀!"

望着张牙舞爪的孔荷宠,方志敏再也抑制不住自己的愤怒,他猛地一拍桌子站起身来,大声喝道:"孔荷宠!这身破皮就是你出卖同志、背叛革命的报酬吗?我真替你不值!你简直是太可耻了!"

在方志敏那双几乎要喷出怒火来的眼睛前,气势汹汹的孔荷宠还是情不自禁地退了一步,他脸上青一阵白一阵了好半天,才结结巴巴地用和解的语气说道:"方……方主席请息怒,我是救您来了!"

方志敏听他这么一说,忍不住冷笑着看着他说道:"救我?你还是先替自己想想吧,我真替你发愁,革命胜利后,你到底跑到哪里才好呢?"

虽然又被方志敏讽刺了一句,但孔荷宠想到了顾祝同的不惜一切代价劝说方志敏的命令,终于控制住了自己的怒火,涎着脸避开了这个无法回答的话题,装出了一副真诚的样子关切地说道:"方主席啊,我真的是想救你呀!"

方志敏厌恶地打断了他的话,轻蔑地一笑说:"你才不想救我,你只不过是看着我对你的主子还有些价值,想再用我换一根骨头吧?"方志敏的目光再次犀利地投向了孔荷宠。

被说中了心事的孔荷宠在方志敏锐利目光的逼视下,浑身都不是滋味。他过了好久才再次鼓起勇气开口说道:"方主席,您不要再固执了。朱德和毛泽东的主力红军现在已经陷入了绝境,中央的二十万大军很快就要把他们消灭干净了,还是赶紧悬崖勒马吧!就算革命胜利后我不会被轻饶,可是就眼前的情形来看,他们怕是不会让您等到胜利那一天了。识时务者为俊杰啊!"

孔荷宠说这些话的时候,声音越来越小,底气明显不足了。因为他心里清楚,铁骨铮铮的方志敏绝当不了他说的那种俊杰。孔荷宠说到这里停了下来,他偷眼朝方志敏望去,只见方志敏背着双手转过身去没有理他。

孔荷宠搜肠刮肚地又想了半天,他发现之前脑子里想好的长篇大论已经一片空白了。冷场了许久,孔荷宠只得硬着头皮继续说道:"我来时,顾

主任向我传达了蒋委员长的意思,委座他可是很慷慨的,他所提出的条件那可真是太优厚了……"

方志敏铁青着脸回过头来,仍旧一动不动地站在那里,用讥讽的眼神冷冷地看着他。孔荷宠以为有机可趁,赶忙用讨好的声调说:"方主席,蒋委员长说了,您只要肯脱离共产党跟政府合作,他不但不追究你犯下的罪行,还愿意委任您为南昌行营的副主任,主管闽浙赣三省呐!"

出乎孔荷宠的意料,方志敏这回没有发怒,静静地思索了一会儿,神秘兮兮地望着孔荷宠问道:"你觉得这顶乌纱够大吗?"

孔荷宠赶紧点着头用肯定的语气说道:"方主席,你好好想想吧!这样的职务是多少人做梦都不敢想的,救人得先救己,您就赶紧答应了吧。"想到了方志敏的个性,他又小声补充道:"您一旦接受了这个职务,三省之内您就说话算数了。不光是我,那些在山里苦熬的游击队依旧是您的下属,谁也不敢说三道四的……"

方志敏平静地望着孔荷宠,继续问道:"要是我答应了,咱们俩恐怕也待不到一块儿。你费这么大力气能有什么好处?"

孔荷宠没听懂方志敏的意思,他愣了一下,说道:"我知道您看不上我,就是当了官也不会重用我。我这么卖力气可全是为方主席您的安危着想啊!再说,您要真的答应了,对国家也是有利的……"孔荷宠仔细地斟酌着用词。

方志敏把脸凑近了孔荷宠,不带任何感情色彩地再次问道:"你真想让我接受这条件吗?"

孔荷宠还以为自己就要大功告成了呢,心里不由得松了一口气,他下意识地点了点头说:"方主席,答应吧!上天堂还是下地狱,可就在您一念之间了。"

方志敏看着孔荷宠那副令人作呕的样子,缓缓地点头说道:"好吧,要是真对国家有利,我倒还是可以答应的。"

一阵巨大的喜悦从孔荷宠的脚底直冲头顶。孔荷宠做梦也没想到,连顾祝同都办不成的事今天居然让自己给办成了。他带着不敢相信的表情又一次确认道:"方主席,我没听错吧?您……您真的答应了?"

方志敏一本正经地点了点头,回答道:"回去告诉你的主子,只要满足我一个愿望,我就答应他的条件!"

孔荷宠忙不迭地点头笑着,用阿谀的媚态说道:"您说吧,别说是一个，就是十个、百个也没问题！这个时候，正是谈条件的好时机。您可得想全了。"

方志敏盯着孔荷宠热切期待的眼睛说道："我的条件很简单，而且正如你说的，对国家有利，他们肯定答应。"

孔荷宠心急火燎地追问道："方主席，您就别卖关子了，赶紧说出来吧！"

方志敏轻蔑地一笑，回答道："我的条件就是，让我在上任前，亲手处决了你这条断了脊梁的癞皮狗！"

孔荷宠傻了，他用畏惧的眼神盯着凛然不可侵犯的方志敏，半天说不出话来。孔荷宠的心里很明白，要是方志敏真的向蒋介石提出这个条件，他就算是活到头了。想着、想着，孔荷宠的身上冒出了一层冷汗，他带着惊恐的神情情不自禁地往后退去，刚才那气势汹汹的样子一下子跑到爪哇国去了。

方志敏看在眼里，不禁哈哈大笑起来。他用嘲讽的语气催促道："孔少将、孔专员！赶紧去给你的主子传话啊？"

孔荷宠气急败坏地站直了身子，指着方志敏声嘶力竭地叫道："你不要再自误了！要不跟政府合作，你的死期就不远了！"

方志敏扭过头去不屑地回答道："你死了这条心吧，我方志敏怎么可能跟一个和自己的人民为敌，却对侵略者视若罔闻的政府合作？这样的政府想想都让我恶心！"

孔荷宠正在不知所措、无言以对的当口，方志敏已经怒视着他发出了这次谈话中的最后一句话："滚开！别脏了我的眼睛！"

方志敏说完这句话便站起身来大踏步地往外走去，慌得凌风梧和张彪赶紧小跑着跟了出去。

方志敏的身影刚刚消失在门外，客厅后的门帘一挑，特务处的处长戴笠手里拿着孔荷宠刚才和方志敏的谈话记录走了出来。

戴笠傲慢地看了一眼被方志敏那一声怒吼惊得不知所措的孔荷宠，笑着安慰道："算了，别再跟方志敏白费力气了。我就知道他不会……"

顾祝同在方志敏被押回看守所的途中，已经得知了事情的全部经过。他暴怒地从椅子里跳了起来，扑到桌前拿起了电话，拨通了米占山的电话。

等米占山刚喂了一声之后，顾祝同立即恼怒地命令道："告诉看守所，

把方志敏这个不识好歹的共党顽固分子……"

顾祝同本想说让看守所把方志敏好好地收拾一番，借此好好地出出胸中的恶气，但就在这个时候，他无意中瞥见了墙上蒋介石的画像。一想到蒋介石上回跟自己说的那些话，话里透着对招降方志敏的热望，顾祝同一肚子的无名火顿时化为了乌有，他赶紧改口说道："让看守所给方志敏这个不识好歹的共党顽固分子把脚镣戴上，让他自己好好地反省反省！"

米占山刚答应了一声，还没琢磨好如何详细再问，那边顾祝同的语气已经平和了起来："跟你那位朋友，就是弋阳的张县长说，让他务必多费些心思，准备好了再去劝劝方志敏……"

凌风梧放下了米占山的电话之后，立即把张彪叫到身边，吩咐道："张彪，方先生又把顾主任惹恼了，一会儿方先生回来，你再辛苦辛苦把脚镣给他戴上吧……"

张彪听了不满意地对凌风梧说："所长，我看你还是另外派个人去吧，这事我可不愿意干！"

凌风梧听了狠狠地瞪了张彪一眼："张彪，你是不是以为我在求你啊？不就是戴副脚镣嘛，这有什么可难的？"

张彪期期艾艾地望着凌风梧回答道："所长，咱不是外人，我就跟你实话说了吧！自打上次钱处长让我给方先生动了刑，我这心里就一直别扭着呢……"

凌风梧看着张彪不解地问："你不就是负责刑讯犯人的吗？这回是怎么的了，动了菩萨心肠？"

张彪看了一眼凌风梧说："所长你不知道，我张彪最佩服英雄好汉了，像人家方先生那么硬的骨头的，我还真没见过！所以我就不太想再动他。"

两人正说着话，钱景民风风火火地从门外走了进来，他趾高气扬地对凌风梧命令道："快，派个人把咱们这儿最重的脚镣找出来，一会儿方志敏回来了立即给他戴上！"

凌风梧听了很不高兴，他头也不抬地问道："我说老钱，这是谁的命令啊？"

钱景民一听，恼怒地走到凌风梧的面前大声质问道："凌风梧你这是什么意思？你没听见这是我——这个主管看守所的军法处副处长——正在给你下命令吗？你还想让蒋委员长直接给你下命令是怎么的？"

凌风梧一看钱景民急了，立马换上了一副笑弥勒似的样子对钱景民说："你看你老钱，怎么说急就急了？我这不是随口一问吗？"

钱景民没好气地说了句："你是所长，你就看着办吧！"说完便转身走出了凌风梧的办公室，气哼哼地走了。

钱景民前脚一出去，凌风梧便使劲地朝地上啐了一口，恨恨地骂道："狂什么狂？溜沟舔腚的东西！"骂完之后，他转过脸对张彪说道："你也别傻站了，赶紧拿脚镣去吧！"张彪听了只得不情愿地走了。

方志敏回到了看守所，刚刚戴上脚镣，胡逸民便带着他的姨太太向影心来串门了。

胡逸民指着方志敏重新戴上的脚镣，开玩笑地说道："方先生啊方先生！你就不会编个瞎话骗骗他们，让自己也好受些？"

方志敏一边伸手请胡逸民坐下，一边跟向影心点了点头打了个招呼，他微笑着回答道："永一先生，我方志敏从小就是这个脾气，现在想改也改不了了。"说着话，他故意歪着头欣赏着脚镣幽默地说道："反正早就戴习惯了，这轻松了一天反倒走路轻飘飘的，有些不自在呢。"

胡逸民也仔细地看了看，他皱着眉头心疼地嘟囔道："哎呀，你看你的脚面都被压肿了，真是的，啧啧……"

向影心嫣然一笑，轻轻地推搡了胡逸民一把，娇嗔地说道："你看人家方先生多开朗，哪像你一发愁就喝酒发牢骚……"

胡逸民听了哈哈大笑，望着风情万种的向影心说道："你呀，就会当着方先生揭我的老底。莫不成是有了相好的嫌弃我不成？"

向影心听了俏脸通红，带着娇羞使劲晃悠起胡逸民的肩膀来。不知怎的，胡逸民这句话倒真让她想起了上次那个偶然遇到的年轻上校。

当晚，方志敏便又开始了写文章的工作，直到第二天快要开早饭的时候，他才匆匆地收起了稿件，躺到床上闭目养神。

过了没多久，文书段存仁推门走了进来。他望了望躺在床上的方志敏，麻利地数了数桌上没写过字的白纸，发现少了几张，便不动声色地从包里掏出一叠白纸，数了几张悄悄地塞回桌上。

这一切被假寐的方志敏看在了眼里，他慢慢地翻身坐了起来，用感激的目光看着段存仁开口说道："让你费心了……"

段存仁淡淡一笑,避开了这个很容易给自己招惹是非的话题,轻声对方志敏说道:"现在连报纸都不敢讲真话了,想知道点什么就只能从报纸上的只言片语里瞎猜了。"

方志敏听了眼睛一下子亮了起来,他极力压抑着迫切的心情,装出若无其事的样子问道:"有红军的消息吗?"

段存仁微微一笑,把声音压得更低了一些说:"有倒是有一些……"说到这里,他机警地用眼睛往牢房外望了望,才又继续说道,"你们的红军渡过了赤水河,说是已经逃出了国军的包围,蒋委员长已经亲赴贵阳督战去了。"

方志敏从段存仁那里了解到红军的动向,知道主力红军已经突破了重围,心里不由得十分高兴。他正要开口道谢,段存仁却已经带上了牢门轻轻地走了出去。方志敏心里明白,段存仁刚才是借着闲聊故意把这个消息透漏给他的,不由得从心里喜欢上了这个颇有些正义感的年轻人来。

方志敏抑制不住兴奋之情,他悄悄地把这个消息写成了一个简短的纸条,并在午饭时把它交给了来送饭的老古。方志敏小声地请求道:"老古,请帮忙把这个带给刘畴西行吗?"

老古略一迟疑接过纸条,飞快地塞进了兜里,嘴上嘟嘟囔囔地说道:"方先生,干这事情是要担风险的,除了我老古你可别再找别人了,不牢靠的……"

老古果然牢靠,晚饭时他又神神秘秘地凑到方志敏面前小声说道:"方先生,刘畴西让我告诉你,你的人都知道条子上的事了。"说完这句话,也不等方志敏道谢,他便哼着弋阳腔、拿着碗筷走了。看那得意的模样,就跟刚刚做了一件天大的事情一样。

这一晚,方志敏心潮澎湃、彻夜难眠。在和他隔着一条甬道的普通监区里,几乎所有的共产党人全都无一例外地失眠了,红军打破了包围圈的事情成了大家最好的慰藉,在这巨大的幸福感的包裹下,大伙舍不得入睡。

在看守所对面的那条小街里,还有一个人辗转反侧、彻夜未眠。她就是徐凤姑。徐凤姑这几天正在满城寻找着那个著名盗墓贼"逃三圈",这件事让她整天坐立不宁、茶饭不思。正当徐凤姑焦虑烦躁的时候,她听见了一长三短四下敲门声。徐凤姑知道是自己人找她,赶紧闪身躲在门后,拔开了门栓。

门刚一打开,她的警卫员徐少艾便一头攒了进来,激动地对徐凤姑说道:"大队长,今天又有好戏看了。银行行长的爹要出殡了……"

7

蒋介石又一次打来电话询问方志敏的情况,顾祝同虽然对结果感到心里发虚,但一想自己这几天毕竟没有闲着,便把孔荷宠失败的消息详细描述了一遍。

当蒋介石听到曾经担任过红军高级将领的孔荷宠被方志敏痛斥了一番之后再次无功而返,马上用教训的口吻对顾祝同说道:"墨三,你还是糊涂啊!"

顾祝同听罢用充满疑惑的语调小心翼翼地问道:"委员长请恕职部愚钝,难道让孔荷宠去现身说法有什么不妥吗?"

蒋介石"哼"了一声,开导顾祝同说:"是呀,此举确实不妥。你想啊,作为一个信念坚定的人,方志敏对孔荷宠这样的人首先会产生出强烈的反感,然后便会由反感变成厌恶甚至是仇恨,他怎么会在这样的人面前低头呢?你想啊,让他看见了孔荷宠优越的生活现状,而不是他为国效力的认识和抱负,那不是激发他的反感吗?"

顾祝同听了赶紧连连点头谢罪。好在蒋介石却话锋一转,又赞赏起主动请缨的张潇然来:"墨三,那个张县长跟孔荷宠就不同了,他是方志敏的老对手。要知道,真正的对手之间往往还是会有些敬意的……"

放下电话,顾祝同立即把米占山找来,故弄玄虚地对他说:"米处长,委座对张潇然很是赞赏,你让他再辛苦一趟吧!"说到这里,他特意加重了语气,充满诱惑地对米占山补充道:"当然,事成之后这也有你的功劳。"

米占山听了大喜过望,立即眉开眼笑地回答说:"主任放心,卑职明白,卑职这就去办!"

这时的张潇然虽然对劝降方志敏不如以前那么有信心了,但却仍旧不想就此罢手。自打他跟方志敏接触后,他再也不幻想着自己那套责以大义、趁机收伏的方案能奏效了,而方志敏的话也已经深深地印在了他的心里,动摇了他一直引以为傲的信仰,让他开始思索起一些原本从没想过的问题

来。但他也正是通过这次接触才坚定了去劝降方志敏的决心，因为他真不想看着这样一个优秀的人消失在这个世界上。基于这种思想，张潇然回到弋阳后又重新调整了思路，把方志敏的亲属找来参加了劝降队伍。

米占山听了张潇然的打算之后大为赞赏，马上向顾祝同作了汇报。顾祝同听了也深以为然，立即告诉米占山说："这个张县长果然是实心办事，一切照他说的办吧！"

米占山现在已经把张潇然当成了自己的进身之阶，赶紧亲自跑到看守所，把钱景民和凌风梧叫到面前，如此这般地嘱咐了一番，让他们到时候好好地配合张潇然。

在城里，徐凤姑的警卫员徐少艾尾随着一支颇具规模的出殡队伍，机警地观察着周围的动向。

这支大殡的队伍可真是了得，在两名壮汉举着的一人来高的纸扎开道神的引导下，缓缓地向前走着。壮汉身后拿着篮子用力向天空中抛洒纸钱的仆人有十好几个。一片片纸钱玉蝴蝶似的迎风飞舞，就像下着一阵漫天的大雪。

这是南昌的财神爷——银行行长的老太爷出殡，各界捧场的人很多。撒纸钱的身后是抬着挽联、匾额和花圈的一拨汉子，人人腰里都系着一根巴掌宽的白腰带。

冥衣铺糊成的纸匾，内容都是对死者的赞誉和哀悼之词。一块特大的宝蓝底金字匾额放在扎成的彩亭里，由四名大汉抬着，构成了大户人家出殡时必不可少的一匾一亭。在装着匾额的彩亭后面，捧着花圈跟在后边的人足有百十号人。

他们身后，就是这支队伍的关键部位——棺材了。行长家使用的是六十四人抬的大杠。据知情人透露，这六十四名杠夫全是南昌城里各大杠房的领军人物。为了今天的场面，他们三天前就已经在大司仪的带领下来回练了好几趟了。

这六十四人的大杠真是气派，浩浩荡荡颇具声势。抬棺的杠子全用红漆涂成。杠夫分前后各一半，每走一百八十步便会熟练地换上另一半人。不管途中怎么频繁地换人或是上坡下坎，棺罩里的楠木棺材始终纹丝不动，平稳前行。光是他们的这份工夫和换人时齐声吆喝的口令每每都会得到围观者的喝彩声。

走在杠前的是一个穿白丧袍的杠头,也就是庞大的杠夫队伍的总指挥。只见他手拿响尺,沉着地指挥着全体杠夫和执事。棺材后面,是一大群披着袈裟的和尚跟全副披挂的道士,各做各的法,各念各的经,煞是热闹好看。

蒙着棺罩的棺材旁,身为孝子的银行行长亲自扶着棺材上那用红缎绣花制成的棺材罩,身后带着两个亲属护卫。要说这副造价昂贵的棺材罩也特别讲究,罩架那四个上角,雕刻出四个龙头"吞口",吞口下挂着四个编织的花穗,被称之为"绺穗",四个近支亲戚手拉黄绸子一路嚎哭。

他们身后不远,排列着披麻戴孝的亲属,凄厉的哭声使气氛变得哀伤压抑。最奇的是,这支队伍后面还有好多身穿黑色制服的警察,神气活现地背着枪,斜披着白布跟着护送,显示着行长大人官场上的特殊面子。

警卫员徐少艾按照徐凤姑的盼咐,仔细地打量着整支送殡的队伍,寻找着可疑的目标。可看来看去,谁都不像是那个传说中的盗墓贼"逃三圈"。就在送殡的队伍快要走完时,终于有一个人引起了警卫员徐少艾的怀疑……

正在伏案疾书的方志敏听到了段存仁的声音:"方先生,先歇一歇吧,张县长带着好几个人来了,说要在所长室里请您品茶呢。"

方志敏闻言抬起了头,望着不知什么时候走到牢房里的段存仁微微一笑,放下笔舒展了一下腰肢,问道:"噢?都来了些什么人?"

段存仁回忆了一下,回答道:"那两个倒是普通有钱人的样子,不晓得是干什么的……"

方志敏听了,一向平静如水的脸上显出了少有的激动,情不自禁地站起身就要往外走。

段存仁见状赶忙轻轻地咳嗽一声,意味深长地看着桌上的纸笔说道:"方先生,我先出去了,你赶快收拾一下吧。"

方志敏猛然醒悟过来,正要道谢,段存仁却已经走出了门。方志敏刚匆匆把几张写好的纸藏好,张彪已经带着两个宪兵来到了门口。一向凶神恶煞的张彪见了方志敏竟然有了些扭捏,笑了笑对方志敏说道:"方先生请吧,您的乡党来了……"

方志敏迈步走出了牢房,向着甬道的另一头走去。原本应该在背后押送的宪兵被张彪一声"带路"吼到了前面,他则趁着这个机会带着一脸忏

悔的表情对方志敏小声说道:"方先生,上回真是得罪了……"

方志敏诧异地看了他一眼正要说话,张彪又迅速地补充道:"我……我是个粗人,对方先生您这样的硬骨头很是……很是佩服,我……"

方志敏明白了他的意思,宽容地一笑,回答道:"你不必内疚了,这没什么。"说完这句话,方志敏便继续蹭着脚镣向前走去,冷不防张彪从兜里掏出了一个小纸包飞快地塞到了他的手里说:"这是市面上很难弄到的消炎药,请方先生笑纳……"

方志敏感激地看了他一眼,又把小纸包塞了回去。张彪接住药包正要张嘴,方志敏却已经凑到他的耳边急切地说:"张先生请帮我一个忙,把这包药送到王如痴那里,我会很感激你的!"

张彪迟疑了一下脱口而出:"那方先生你?"

方志敏冲张彪眨了眨眼,幽默地回答道:"你上回给我留下的纪念已经好了。"

张彪用毫不掩饰的敬佩的眼神看着方志敏,使劲地点了点头。

当方志敏走到所长凌风梧的办公室门前的时候,张潇然已经笑吟吟地站在门口等他了。方志敏礼貌地跟他点头打了招呼,微笑着问道:"张县长又是来劝我投降的吗?"

张潇然倒是毫不掩饰,郑重地点了点头说:"没错!"

方志敏淡然一笑,摇了摇头望着张潇然的眼睛说道:"我虽感你的盛情,但还是要扫你的兴。你赶紧回去吧,不必再白费力气了。"

张潇然真诚地迎着方志敏的眼神望去:"但我这回不是想再用大义责你,而是想为国家保存一个人才,为弋阳留住一个乡亲。"

方志敏深情地望着张潇然身后那扇门,说道:"张县长,你身后的门里很可能就有我方志敏想见的亲人,但我在感激之余还是要告诉你,要我背叛信仰绝不可能!"

张潇然哈哈一笑,闪身让到一旁,做了个请的手势说:"你这个号称'赤胆农王'的人这是怎么了?咱们就简单地谈一谈,是否能在保存你的信仰的基础上另辟蹊径也未可知呀……"

方志敏原本带着笑容的脸一下子变得严肃起来,他用一种很有穿透力的目光盯着张潇然说道:"张县长你错了,通往真理的道路永远只有一条,可能很坎坷很曲折,但绝不会出现岔道!"

米占山答应了金彩云来给她新排演的剧目《战洪州》捧场。为了兑现这个诺言,他派人早早地定了城西"婺江茶园"里最好的座位,只等张潇然那边的事一完就立即赶过去。

由于时间还早,金彩云和金麒麟站在台边假装看着演员们熟悉剧情,悄悄地商量起他们已经计划了很长时间的事情来。

金麒麟一只脚蹬在台口放着的一个小凳子上,另一只手支在膝盖上托着下巴,直视着金彩云说道:"彩云,那米占山肯定是迷上你了,上回喝酒的时候还转弯抹角地跟我露出了要讨你做姨太太的意思呢……"

金彩云嗔怪地看了金麒麟一眼,打断了他的话说:"他那点心思我早就看出来了,只是不知道他敢不敢接咱们的招。我心里现在很矛盾,就怕他不但不肯帮忙,还坏了咱们的事。"

金麒麟沉思了片刻摇了摇头说道:"你只是悬在半空中的香饵,让他看得见摸不着。但咱们不还是想给他一笔富贵吗?现在当官的有几个不爱财的?"

金彩云听了脸一红,翻着眼皮瞪了金麒麟一眼,轻声啐道:"什么香不香饵的?难听死了!就算他肯答应,咱们许给人家的那笔富贵呢?难道也是悬在半空中的香饵?"

金麒麟抬起头望着金彩云回答说:"那当然不能,不跟他套上这样的交情,哪个敢跟他说出实情?"说到这里,他压低了声音带着神秘的表情说:"知道吗彩云,那笔富贵我已经有了着落。"说到这里,他连忙警惕地四下里张望了一番,小声地说出了打算。

金彩云听了不禁一惊,睁大了眼睛问道:"这个办法能行吗?"

金麒麟决绝地回答道:"我说行就行!咱们的人已经混进去了,今晚……"

方志敏进到办公室里,看见一个须发皆白的老者拄着拐杖正襟危坐在正中。他的身边,一个身穿绸子马褂、头上戴着瓜皮帽的中年人正在点火抽烟。米占山和钱景民站在一旁正跟凌风梧小声地说着什么。看见他来,众人全都把目光聚焦在他的身上。特别是那个老者,马上站起身来,嘴角颤动着好像要说什么,过了好半晌才略显迟疑地叫了声:"来的可是志敏?"

方志敏旁若无人地扫视了屋里的几个人之后,径直走到那个老者面前,伸出手轻轻地扶住老人的手臂,深情地叫道:"先生你怎么来了?我正是你

的学生方志敏……"原来,这个老者也姓方,是方志敏故乡弋阳县湖塘村的私塾先生,当年给方志敏开的蒙。

张潇然一看火候差不多了,连忙使了个眼色。米占山看见,对钱景民和凌风梧一努嘴,三个人便挑起帘子进到了里屋。

方老先生打量着方志敏脚下拖着的三四十斤重的脚镣,心疼地叹了口气,顿足捶胸道:"志敏啊,你自幼家境贫寒,好不容易才从新式学堂里学出来,搞的哪门子革命哟!"

方志敏微微一笑,安慰方老先生说:"先生不必替我担心,我现在吃得香,睡得着,好得很呢。"

方老先生颤巍巍地在方志敏的搀扶下坐回到椅子上,用责备的口吻对方志敏说道:"不要再一意孤行了,志敏!你好歹也读过几天圣贤书,要明大义、识大体呀!"

方志敏还没顾上回答,他身边的那个绸马褂男子笑嘻嘻地走过来插嘴说道:"志敏,咱们既是祖辈住在一起的乡邻,又是一起从《三字经》学起的同窗,也不跟我说句话吗?"

方志敏看了看那个男子,笑着对方老先生说道:"先生,您看!您教的那些读过圣贤书的弟子里,除了我不明大义、不识大体之外,这不还有一个?"

那男子一听脸上就挂不住了,带着不服气的表情朝方志敏嚷道:"你猖狂什么?我现在好歹已经是湖塘村的团练,而你却已经成了阶下囚,你怎么还不醒悟?"

方志敏听了哈哈一笑回答说:"难怪你这么大的脾气,原来已经当了这么大的官。志远,你现在还抢男霸女、鱼肉乡里吗?要记住我给你的那封信,那上边虽然没有什么圣人的言论,却有着做人的道理!"

那个叫志远的男子被气得满脸怒容,因为有张潇然在场又不敢发作,他指着方志敏结结巴巴地叫道:"你……你……"你了半天终于没说出下边的内容来。倒是方老先生跺着脚喊了声:"志敏!不要再固执了!"才算给他解了围。

张潇然一直面无表情地在一边冷眼旁观,直到这个时候才笑着过来打起了圆场。"好了,好了,方先生!既然话不投机就先说到这里吧。"然后转过身对方老先生和那个男子笑着说道:"方先生现在身陷囹圄,心情不好也是情理之中的事情。你们先下去休息一会儿吧,我再跟方先生谈谈。"

那个被称为志远的男子听了如逢大赦，连连陪着笑点起了头，扶着连连摇头叹气的方老先生走出门去。

望着那两个人的背影消失在门外，张潇然走过去关上了门，坐到了方志敏的对面，轻轻一笑开口说道："本想让方先生你跟同宗同族的乡亲见见，谁知竟然搞成这样。呵呵……"

方志敏正色回答道："张县长的一番苦心我方志敏心领了，请你以后还是不要再白费力气了。"

张潇然苦笑一声说道："我亲自到湖塘村去了一趟，可一说要找你方志敏的亲属，竟然没人出来响应。动员了好半天才把这两位好歹请来，谁知又不对方先生的脾胃，唉！"

方志敏笑道："张县长有所不知，我小时候就经常家无隔夜之粮，当然没有什么阔亲戚了。再说我参加革命多年，那些跟我沾亲带故的人准是以为你又要抓人去顶罪，当然没人肯应承了。"

张潇然默默地点了点头，算是同意了方志敏的说法。过了大约半分钟左右，他忽然开口问道："刚才那两位跟方先生到底有什么过节吗？"

方志敏不假思索地回答道："你手下的那个方团练跟我个人倒是没什么仇怨，只是他是乡里的一霸，平日里抢男霸女无恶不作。我知道后曾派人给他送去了一封信，警告他再胡作非为就要严厉地惩罚。收到我这封信之后，他倒还真是老实了一段时间。"说到这里，方志敏看了看张潇然，才又继续说道："我估计这段时间他准又故态萌生了……"

张潇然没有回答，而是报以一个无可奈何的苦笑。

方志敏站起身来说道："至于方老先生嘛，我倒是很尊重的。但我在他老人家的眼里恐怕是最冥顽不灵的学生了。"

方志敏便给张潇然讲述起他上私塾时的一段往事来：

"我自幼家里就很穷。七岁的时候，家父为了让我读书识字，便向那位方团练的父亲借高利贷让我上私塾。从那天开始，我就高高兴兴背上书包去上学了。开始的几天，我还觉得挺新鲜，方老先生摇晃着脑袋，子曰诗云地念，学生们也摇头晃脑地跟着读，就跟鹦鹉学舌差不多。"

张潇然注意到，方志敏说这番话时，眼睛里闪动着异样的光彩，完全沉浸在对往事的回忆中。特别是在提到他的父亲的时候，眼睛里分明流动着隐隐的泪光。张潇然心里一热，暗暗叹道："这可真是一个至情至性的汉子！"

方志敏抬头望着天花板幽幽地继续着他的讲述:"时间长了,我也就不耐烦了。一方面是觉得没什么意思,另一方面是他讲的这些东西里边根本没有我想要的。一来二去,我就总是坐在那儿打瞌睡。有一天,我又在打瞌睡的时候,方老先生见我不好好念书,走过来揪着我的耳朵问:'我刚念的是哪一句?'我当时便直着脖子对他说:'不知道!还不是老掉牙的旧书,我懒得听!'方老先生气得胡子都翘起来了,他拿起戒尺就朝我的手心打,一边打还一边骂:'我让你不学圣人的书!我让你不学圣人的书!'那天,我的手被打得又红又肿,方老先生也认定我肯定成不了大器。"

张潇然笑了,他跟拉家常似的看着方志敏问道:"那后来怎么样了?"

方志敏笑了笑回答道:"那天我回到家里,母亲看着我的手,心疼得流下了眼泪。我就跟她说:'我明天不上学了,我放牛拾柴去!'我父亲原本抽着旱烟一直没吭声,一听我嚷嚷不上学了,马上接口说道:'哪有上学不挨老师打的,学还得上。供你念书,我受苦受累还有个盼头。不然,你也和我一样当个睁眼瞎,咱家这穷日子还有什么指望改变呢!'就是这句话又让我回到了学堂。那个时候我的想法倒也单纯,我想:只要父母高兴,这书还得好好念。"

趁着谈得投机,张潇然赶忙劝道:"方先生,我已经知道你是一个什么样的人了。你其实很渴望自由,很渴望亲情。您难道就不能折中一点,先把信仰暂且放在一边,尝试着跟政府合作?"

方志敏一边摇着头一边看着张潇然说:"信仰虽然看不见摸不着,但它是最神圣的。别说是暂时背弃,就是对它产生一丝一毫的动摇,那也是无法弥补的亵渎啊!我实在无法做到你说的那样,还请多多谅解吧。"

张潇然当然不肯就此罢休,立即跟上了一句问道:"方先生,事情没有绝对。坚持信仰当然是为了实现理想。可你想,如果你在眼下的形势继续这样做的话,你的信仰和理想就会随着你的生命一同逝去,什么结果也不会有了。你只要稍稍退一步,跟政府合作,然后再按照你的理想去做,这跟你的信仰没什么抵触,反倒会干出一些实际上的成果来,这不是很好吗?"

方志敏用倔强而又诚恳的眼神看了看眼前一脸期待的张潇然,沉声说道:"就像你说的,事情是没有绝对的。不光是我,就是整个共产党也不是没有跟你说的那个政府合作的可能……"他这句话一出口,不仅张潇然一下子激动起来,躲在屋里的三个人也全都竖起了耳朵仔细听起来,真的认为方志敏的思想活动了。

米占山得意地想:"快点答应跟政府合作吧！张潇然立了大功不说,我也要跟着沾光了!"

钱景民不无醋意地琢磨:"方志敏啊方志敏,这么大的功劳你怎么不给了我?"

只有凌风梧怀着众人皆醉我独醒的心态想:"等着吧,这位方先生很快就该让你们失望了!"他猜得一点也不错,方志敏下边的话果然给大家泼了一瓢凉水。

方志敏说:"你可以告诉顾祝同,只要他能劝说蒋介石放弃反共主张,跟共产党一起携手抗日,我方志敏就马上跟他合作!"

张潇然知道自己这回又不会有结果了,心有不甘地说道:"方先生,我们都是血肉之躯,你就算心里的信念再坚定,也不妨考虑一下进一步灰飞烟灭、退一步唾手可得的亲情啊!"

方志敏缓缓地摇了摇头:"你错了,现在国民党政治黑暗,统治腐败;日本强盗大举入侵,哀鸿遍野。我方志敏不能在这个民族危亡的紧要关头过多地顾及狭义上的亲情,而取代我们共产党人把所有中国人作为亲人的情感。我恳请你去劝说顾祝同,叫他不要再在我身上白费力气了!"

张潇然站起身来,深深地望着方志敏说道:"方先生,我今天又失败了。但我不会就此放弃的,我要继续努力,直到保全了你的生命,为国家保住了你这个难得的人才为止!"

顾祝同还不知道方志敏的信仰保卫战又取得了胜利,正在琢磨着南京方面要他迅速清剿共产党武装的命令,正在武汉督战的蒋介石很有可能莅临南昌。他正揣摩蒋介石来南昌的意图,桌上的电话突然间响了起来。接起来一听,电话原来是戴笠打来的。

戴笠在电话里向顾祝同报告说,根据情报显示,共产党近期很可能要采取行动营救狱中的方志敏,请他务必加强防范。顾祝同听了当时就是一激灵,生怕在这个时候节外生枝,被蒋介石看作无能之辈,断送了前程。他立即打电话给南昌的警备司令,要他在南昌附近实行十家连坐的保甲制度。

顾主任下了令,警备司令部当然不敢怠慢,立即出动了所有的特务、警察和宪兵,挨家挨户地展开了地毯式的大清查,闹得鸡飞狗跳,人心

惶惶。

这天一大早，胡逸民吃罢早饭便晃晃悠悠地走进了方志敏的牢房，往屋里唯一的一把椅子上一坐，笑眯眯地说道："方先生这几天是贵客盈门，今天倒是难得的清静啊……"

方志敏笑道："永一先生那里才是真的清净，哪像我这里，真是不胜其烦啊！"说到这里，方志敏忽然剧烈地咳嗽起来，咳到最后，竟然像要把胸膛撕开了一样，痛苦的样子令胡逸民很是担忧。他赶紧倒了一杯水递到方志敏的面前关切地问道："方先生这是怎么了？是哪里不舒服？"

方志敏终于止住了咳嗽，他重新坐直，微笑着连连摆手。由于刚才剧烈的咳嗽，整个人已经是毫无力气，大口大口地喘息着，苍白的脸上带着两抹潮红。

胡逸民把手里的水杯塞到了方志敏的手里，看着他小口喝了起来。过了好半天，方志敏终于望着胡逸民抱歉地一笑："又害得永一先生你担心了，我没什么，在到这儿之前就得了肺病，估计这几天一累，又厉害了起来……"

胡逸民听了并没有回答，而是转身走到了牢房门口，挥手把值班的看守叫到了面前，大声说道："待会儿你告诉凌所长，给我太太打个电话，让她赶紧过来一趟。"

那看守听见赶忙点头哈腰地回答说："放心吧，我这就去！"

最多也就过了个把时辰，向影心那苗条的身影便出现在了优待牢房的小天井里。由于胡逸民整天泡在方志敏的牢房里，向影心进到他的牢房一看没人，便立即熟门熟路地找了过来。

胡逸民一看向影心到了很是高兴，得意地指着她对方志敏说道："怎么样方先生？你看我这老婆来得比耳报神也不慢吧？"

向影心把她那张樱桃小嘴儿一撅，用捏着手绢的手轻轻地推搡着胡逸民，娇嗔道："你看，你看！又当着人家方先生的面胡说八道，什么耳报神不耳报神的，怎么跟我像呀？"

方志敏看着眼前的这一幕不好插嘴，只得笑着对向影心点了点头。

胡逸民带着炫耀的得意享受完向影心的推搡，笑着拉住了向影心的手，把她拉到了自己的面前小声吩咐道："待会儿赶紧出去买点儿治肺病的西药来，方先生最近身体很不好，要快去快回……"

向影心点头答应着，朝方志敏投去了同情的一瞥，婷婷袅袅地走到了牢房门口，又回过头来忽闪着她那双水灵灵的大眼睛说道："这件事我这就去办。你和方先生还需要点别的什么吗？"

胡逸民听见问，立即大大咧咧地回答说："这还用问？弄点补品来给方先生补补身体！"

方志敏听了急忙摆着手说："永一先生，千万不要这样，我每多过一天就已经是赚了，用不着这个。"

胡逸民马上竖起一根手指做了个嘘声的动作说："方先生我不许你这样说，这多不吉利呀？听我的，买些好吃的，不需再跟我客气！"

方志敏真诚地望着胡逸民说道："永一先生，我在苏区的时候就过惯了苦日子，这里餐餐都能吃饱，我已经很知足了。"

说到这儿，他忽然想起了什么似的不好意思地笑了笑望着胡逸民说："要不请尊夫人帮我买一点消炎的药吧，我的战友王如痴身上的伤……"

胡逸民很仗义地把手一摆说："这算什么，还用这么客气？"

一旁的向影心听见，马上善解人意地说道："放心吧，内服外用的我都给您买点，您就别操心了。"

方志敏刚要道谢，向影心已经带着一股香粉的气味闪身出了牢房，胡逸民赶紧追到门口小声嘱咐道："要是碰见别人就说……"

向影心打断了他的话头，半撒娇地说道："就说你的老毛病又犯了对不对？"说着话，她已经扭动着腰肢走到甬道里去了。

办事一向利索的向影心雇了辆洋车，直奔城里外国人开的大药房买了药，又在街上选购了一些食品，还顺手买了张报纸。她正打算再找一辆洋车回去，一辆军用吉普车轻轻地停在了她的面前。车门里，一位身穿笔挺军装的上校伸出头来望着她笑着问道："胡太太这是要上哪里呀？"

向影心闻声抬头一看，正是上回曾经有过一面之缘的那个人，马上嫣然一笑，风情万种地把手里的东西一举说道："我那死鬼丈夫老毛病又犯了，这不是忙着给他买药呢吗？"

向影心举手投足之间已经把从上回就一直对她念念不忘的戴笠看痴了，戴笠忙不迭地跳下车来殷勤地说道："夫人不必辛苦了，我开车送你回去吧。"说着话，也不等向影心答应，便麻利地拉开了车门。

向影心并没有推辞，大大方方地坐到了副驾驶的位置上。戴笠立即伸手"啪"的一声关上了车门，向影心用那双秋水含烟般的大眼睛望着戴笠

笑盈盈地谢道:"上校你可真是个好人,小女子真是感激不尽了。"

戴笠偷眼看了一眼近在咫尺的芙蓉面,他一边发动着汽车,一边自我介绍:"我叫戴笠,是行营特务处的处长,夫人日后有什么用得着的地方只管去找我!"

向影心报以一个如丝的媚眼,说道:"别夫人、夫人的了,我只是胡永一的如夫人罢了……"

戴笠开着车,毫不犹豫地用挑逗的语气说道:"永一先生真是福气,娶妻如你,夫复何求啊!"

回到看守所时,胡逸民已经回到了自己的牢房。他迅速地把给方志敏的药品和一盒饼干用报纸包着拿在手里,推开牢门大步向方志敏的牢房走去。

正在伏案疾书的方志敏闻声抬起头来,见是胡逸民来了,赶紧放下了笔站了起来。两人正要开口说话,只听见门外隐隐地传来了钱景民说话的声音,方志敏赶紧把桌上写过字的几张纸藏进了怀里。胡逸民意识到方志敏肯定是在写很重要的东西,也不禁转身往门外看去。好在钱景民并没有进牢房来视察的意思,只是跟外边的看守交代了几句便又走了。

方志敏松了口气刚要开口,胡逸民却理解地一笑,把手中报纸包的东西往他面前一放说:"你要的东西全在里边了,你先忙着吧,等白天你不好写东西的时候咱们再聊。"说着话,他微笑着转身便走。方志敏打开报纸一看,立即指着那盒铁盒饼干说道:"永一先生,这个就请拿回去吧,我真的用不着……"

胡逸民停住脚步,回过头来一本正经地说道:"不,你真的用得着。"说完,胡逸民指着那盒饼干意味深长地说道:"吃完饼干后你可以把你写的那些东西藏在里边,往床下一放,防潮防老鼠,很难发现的。"看着方志敏若有所思地点着头,胡逸民满意地转身走了。

胡逸民走后,方志敏简单地收拾了一下东西,信手拿起了那张报纸。当他在第二版找到了一则红军突破国民党好几道防线的消息时,不禁心潮澎湃,久久不能平静。他站起身来把目光透过墙上那扇小窗户,凝望着已经黑起来的天空,眼前仿佛出现了无数跋山涉水的红军战士,正在冒着敌人的枪林弹雨顽强地行进着……

放下报纸,方志敏马上坐到了桌前,开始构思起一篇新的文章来。《清贫》之后的另一篇闪烁着忠诚和信仰的战斗檄文,已经在他的脑海里渐渐地清晰了起来。他在简陋的墨盒边上舔了舔笔,写下了这篇文章的题目——《可爱的中国》。

方志敏满怀激情地写道:"朋友!中国是生育我们的母亲。你们觉得这位母亲可爱吗?我想你们是和我一样的见解,都觉得这位母亲是蛮可爱、蛮可爱的。以言气候,中国处于温带,不十分热,也不十分冷,好像我们母亲的体温,不高不低,最适宜于孩儿们的偎依。以言国土,中国土地广大,纵横万数千里,好像我们的母亲是一个身体魁大、胸宽背阔的妇人……"

入夜,茶园里传出了一阵阵悠扬的弋阳腔,金彩云主演的新戏引来了很多戏迷。由于她精彩的表演、优美的唱腔,短短的时间内已经在南昌拥有了很多忠实的观众。今晚偌大的茶园里已经座无虚席,借机会讨生活的小贩和指望着多挣几个小费的伙计们全都忙了起来,蝴蝶穿花般来来往往,忙个不停。

当扮相俊美的金彩云背插护背旗,手持绣绒刀出场亮相时,前场顿时响起了震耳欲聋的喝彩声。在这些喝彩的人里,坐在第一排穿着全套上校制服、带着勤务兵的米占山喊得最响。

此时,银行行长家里,正在举办酒宴答谢各方亲朋好友。可能是白天声势浩大的葬礼耗费了人们太多的精力,大家只是低头吃着东西。谁也没有注意到,两条黑影悄无声息地从围墙上跳进了院里,敏捷地躲过家丁的视线,藏进了院内养金鱼的荷花缸后的竹林。

8

第二天一早,张彪一到看守所就兴奋地想传达一个爆炸性的消息。他第一个碰到的是火头军老古,于是忙不迭地告诉他:"知道吗?银行的那个行长家出事了!"

老古不明就里地问道:"啥行长哟?我原来怎么没听说过?关在哪个号里?"

张彪不屑地把嘴一撇,讥讽道:"行长就是替中央政府管钱的大官,关

死囚

在哪个号里干吗？他家昨天遭了飞贼，他家老太爷出殡时收的礼金全他妈不翼而飞了，足足一千多大洋呢！"

这个巨大的数字立即引起了包括老古在内的宪兵们的兴趣，在一片惊叹声中，大家全都围拢了过来，七嘴八舌地要求张彪讲得再详细些。张彪一看自己带来的新闻已经吊起了大家的胃口，更加得意地说道："告诉你们吧，昨天那可是鸡飞狗跳墙，热闹得很。先是不知哪路毛神闯进了行长家，在后院放火引起了大乱，然后趁着所有的人全都乱成一团救火的时候，那飞贼就盗走了放在厅里充门面的大洋！"

老古在一旁惊叹道："乖乖，一千大洋啊，在乡下已经是三个老财的家产了……"

张彪其实也就知道这些，还是来时零零星星地从街上的好事者嘴里听说的，再讲也讲不出什么了。他眼见着大伙有的幸灾乐祸，有的扼腕叹息替别人担忧，正在七嘴八舌地议论不停，赶紧溜溜达达地走向了通往优待监区的甬道。原来，他是要去见方志敏，准备把已经把消炎药给了王如痴的事告诉他一声。通过这段时间的接触，方志敏在张彪的心里再也不是什么共匪要犯，而是不折不扣的汉子了。张彪虽然文化不高，但从小就打心眼儿里最敬仰英雄好汉，他一想起自己居然对这样的人动过粗，心里就感到万分惭愧，总想帮方志敏做些事情来弥补自己的过失。

张彪来到了方志敏的优待牢房，方志敏很友善地跟他点了点头，问了声早安。受宠若惊的张彪感到很不好意思，红着脸对方志敏说道："方先生您千万别跟我这么客气，我张彪是个粗人，受不起的。"

方志敏听他这么一说，忍不住笑了起来。张彪越发局促地说道："方先生，我是特意来找您的……"

方志敏停住笑看着张彪问道："张先生，你找我有事儿？"

张彪点了点头四处看了看，压低了声音回答说："那药我已经按您说的给了王如痴，您放心好了。"

方志敏听见，充满真诚谢意地对张彪说："谢谢你，张先生！"

张彪藏在心底里的那股江湖义气一下子被激发了出来，当下便拍着胸脯对方志敏说道："蒙方先生您看得起，今后有这种事情尽管交给我张彪去做！"

方志敏看着他回答道："张先生能帮我这一次我已经很感激了，再麻烦你我也不好意思……"

张彪一听就急了，低头小声嘀咕道："您是信不过我吧？"

方志敏听了忙笑着说道："张先生误会我的意思了。"说着话，他从棉衣兜里拿出了自己撕下来的一小块报纸说："如果张先生方便，就把这个交给王如痴或是刘畴西吧……"

张彪一看，顿时喜形于色地接过那一小块报纸，连声答道："您放心，您放心！这对我张彪来说，就是小事一桩！"

有了方志敏送来的药，始终被伤痛困扰着的王如痴终于及时地得到了治疗。张彪果然也把方志敏交给他的那块登着"红军已经打破了重围"消息的报纸给了刘畴西。在巨大的鼓舞下，刘畴西和王如痴立即行动，通过各种渠道把这振奋人心的消息告诉了狱中的难友，极大地鼓舞了他们抗争到底的决心。

由于顾祝同亲自下达了命令，南昌城里一片恐慌。不仅是军警宪特满大街乱转，一些百姓还被迫组成了民防团，每十户便派出一人拿着铜锣甚至是脸盆坐在门口，看见可疑的人就大声叫喊。弄得南昌的老百姓连上街都目不斜视，生怕惹上什么祸事，搞得自己倒霉不算还要连累附近的十户邻居。一看穷人全都老实了，城里的达官贵人或是商贾富户倒全都抖了起来，自以为共产党就此被吓住了，再也不敢来南昌了。

心急如焚的李水生终于在郊外截住了准备进城的黄道，焦急地对他说道："您还是赶紧回去吧，这里有我们呢！敌人现在每天都挨家挨户地搜查，很容易暴露的……"

黄道自信地看着李水生说道："你放心吧，我倒认为这是一个绝好的机会。因为敌人只是按照他们的想法，把目光盯在他们看来可疑的目标上。越是这样，敌人越容易产生麻痹思想。我们就利用这个机会，用敌人看来合法的身份混进南昌！"

黄道那充满自信的情绪感染了李水生，他不好意思地笑了笑，便不再劝阻了。

接下来的事情果然如黄道预料的那样，经过一番巧妙的安排，黄道和同行的游击队员们全都顺利地混进了城。进城之后，黄道马上要求去见徐凤姑。李水生点了点头："好，跟我来……"

钱景民无意中得到了一个重要的消息：方志敏的妻子缪敏也被捕了，

现在就押在南昌女子监狱。一心想要借着方志敏这个敏感的大人物向上爬的钱景民马上从这件事里嗅出了味道。他立即打电话给南昌女子监狱的典狱长，要对方马上派人送一张缪敏的照片来。

南昌女子监狱归南昌警察局管辖，专门关押地方上的普通囚犯，根本没有像第一军人看守所那样受重视。女子监狱的典狱长接到了军法处派驻看守所中校副处长的电话，马上安排监狱里的照相师傅给缪敏照了相，派人送了过去。

弄来了缪敏的照片，钱景民自以为有了制服方志敏的法宝。他如获至宝地拿着照片来到了优待牢房，进门一看，文书段存仁也在，故意打着官腔问道："方先生，你的《自白书》写得怎么样了？"

方志敏站起身来，看着心怀叵测的钱景民回答说："钱处长你搞错了，我从没答应过你写什么《自白书》，只是觉得可以把我以往的经历写一写。"

钱景民听了一愣，感到自己受到了愚弄，马上有些恼怒地大声说道："方先生，已经好几天过去了，你却说没答应写《自白书》，你难道当我是三岁的小孩子骗吗？"

方志敏严肃地看着他说道："我方志敏从来就不会骗人，没答应过就是没答应过，钱处长何出此言？"

钱景民无言以对，眼珠一转伸出手来对方志敏说道："不管你写的是什么，拿来我看看！"

方志敏坐直了身体，轻轻地摇了摇头回答说："我最近心很乱，没写出什么可读的……"

钱景民听了正要发怒，一旁的段存仁赶忙插嘴道："处长，他说得没错，咱们给他的纸一张没少，我给他拿过来的半块墨也还是老样子。"

钱景民冷笑了一声，把手里的那张照片往桌子上一扔，说道："方先生，我劝你还是及早回头吧，你老婆也已经被捕了！"做完这些之后，钱景民目不转睛地盯着方志敏，想从他脸上捕捉到一丝惊慌的样子，再开口劝降。

方志敏拿起了桌上缪敏的照片，深情地注视着照片上和自己一样失去了自由的妻子，眼睛里闪动着热切的关爱。过了良久，方志敏轻轻地放下了照片，冷冷地看着钱景民，钱景民像受到了惊吓似的避开了目光。

他"嘿嘿"地笑着低下头，用手指划着桌面说道："觉悟吧，方先生！你不怕死，难道你的妻子也不怕？那孩子呢？我保证，你只要肯马上写

《自白书》，立时就可以夫妻团聚了。你看……"

钱景民终于没有等到期待中的回答，方志敏冷冷地摇着头，拒绝了他的提议。钱景民恼羞成怒，望着方志敏低声吼叫起来："连妻子孩子都不管，你们共产党简直是没有人味儿！"

"共产党没有人情味儿？"方志敏闻声而起，怒视着钱景民说道："你这是从哪儿得出的谬论？你们国民党很懂得人情味儿吗？"方志敏的眼睛里闪动着怒火，语气铿锵地说道："我想请问，眼看着全国四万万同胞啼饥号寒，自己却仍在大肆挥霍搜刮来的民脂民膏，这就是你们的人情味儿？眼看着日本入侵，国土沦丧，眼睁睁地看着自己的同胞死在侵略者的屠刀下，这就是你们的人情味儿？"

钱景民听了恼怒地说道："你们共产党可真行，连自己的老婆孩子都能抛弃，真不知道还有什么舍不得的。你还是好自为之吧！"说完这句话，他头也不回气冲冲地走了。刚走了没两步，钱景民突然又停住了脚步，回到桌旁拿起了桌上缪敏的照片，恶狠狠地对方志敏说道："既然你已经不喜欢她了，就让我替你收着吧！"

方志敏听了突然抢上一步挡在了钱景民的面前，用他那双充满了倔强眼神的眼睛盯着钱景民，一字一顿地说道："你错了，我很爱我的妻子！"

钱景民气急败坏地走了，段存仁也不好再继续待下去，只得跟在钱景民的身后走了出去。方志敏想着同样被关进了监狱却不能相见的妻子，慢慢地抬起头，他望着窗外天上漂浮着的一片巴掌大的白云，深情地回忆起多年前两人那简朴而神圣的婚礼……

这是方志敏心中最宝贵的记忆。随着自己的思绪，他仿佛又回到了血雨腥风的一九二七年。

那时正处在蒋介石公然背叛革命、到处大肆屠杀共产党人的白色恐怖下。被国民党悬赏通缉的方志敏，秘密地潜入了南昌市黄家巷四号，继续从事着地下工作。也就是这个时候，上级派来的交通员缪敏来到了他的身边。在艰苦卓绝的斗争中，两个人都有种相见恨晚之感，不久便相爱了。但是，由于当时的严峻局面，这层窗户纸一直没有捅破……

过了一些日子，著名的革命者、全国农协秘书长彭湃来到了南昌视察江西的农民运动，住进了方志敏主持工作的黄家巷四号。生性乐观的彭湃是个目光敏锐的人，很快就看出了方志敏和缪敏之间的感情。他趁着和方志敏闲谈的机会问道："志敏同志，你对小缪是不是有点意思啊？"

方志敏笑笑点头道:"是呀,我们已经在一起工作了一段时间,彼此之间产生了感情,只是……"

澎湃看着欲言又止的方志敏追问道:"只是什么?难道你们两个真心相爱还有什么可只是的吗?"

方志敏回答说:"是呀,只是为了不影响工作,我们决定再等一等……"

澎湃听了立即带着恍然大悟的表情说道:"我说呢,原来是这样啊!"

澎湃终于明白了方志敏和缪敏真心相爱却迟迟未能结婚的原因,忍不住哈哈大笑着对方志敏说:"志敏啊志敏,咱们共产党人又不是和尚,紧急时刻献衷情,只有革命者才能做得到。来得早不如来得巧,就让我做个证婚人吧!"

说这话时,正好缪敏也在场。她一听两人原来是在议论这件事情,脸一下子红了,正想转身离开,却被澎湃抢上一步拦住了去路,一本正经地问道:"缪敏同志,你看我这个证婚人还合格吗?"

缪敏听了害羞地转身就跑,不想却撞进了刚迎上来的方志敏的怀里,当她抬头去看方志敏时,正好看到了他那深情的目光。

澎湃看在眼里转身就走,一边走一边得意地宣布道:"事情就这么定了,你们先收拾收拾,我去去就来!"

望着澎湃一溜烟儿地走了,方志敏伸出手来把缪敏紧紧地搂在怀里,缪敏幸福地依偎着即将成为自己丈夫的方志敏,慢慢地抬起头来。两个人在饱含着深情的对视中,感受着充盈的幸福。

澎湃很快就回来了,拍着胸脯对他们说道:"志敏,我的任务完成了,别忘了我这个证婚人啊!"

正说着话,一阵敲门声突然传来,方志敏急忙走过去打开门,一看,原来是中共江西省委书记罗亦农。因为罗亦农很少亲自到这里来,方志敏望着突然到访的他大感不解地问道:"老罗,你怎么来了?"

罗亦农笑着回答说:"我是证婚人之一,岂有不来的道理?"

这天晚上就这样永远地留在了方志敏的心中。他清楚地记得,那是六月上旬一个炎热的晚上,他和缪敏在澎湃和罗亦农的见证下,面对着鲜艳的党旗,以共产党人特殊的方式举行了简单的婚礼。一对有情人终于走到了一起。

夜深以后,方志敏将开会用的几条长木凳拼成一张床,抱歉地对缪敏说道:"只能拿这个当咱们的新床了……"

缪敏听了，目光坚定地望着方志敏回答说："我不在乎，只要能和你在一起，我就是天底下最幸福的女人！"

方志敏纷飞的思绪再也无法平复，他知道自己现在肯定无法跟缪敏相见了，但却可以在笔墨之间把自己的内心世界表露出来，把更多的感触和希望给后人留下。想到这里，方志敏默默地坐在了桌子前，打开墨盒重新舔好了笔，在钱景民给他用来写《自白书》的纸上，胸有成竹地写了起来。随着他那只饱含着激情的笔，激昂的文字跃然纸上……

钱景民怎么也不会想到，他妄图用来向主子邀功请赏的笔墨，反倒给方志敏提供了方便。

段存仁悄悄地出现在牢房里，他并没有惊动已经完全沉浸在笔墨当中的方志敏，而是默默地放下了几张白纸，用一块新墨换回了那块已经快要磨尽的旧墨。

米占山今天的心情格外好，在和金麒麟一连喝了两瓶陈年玉壶春老酒后，他眯起眼睛望着桌上金麒麟送来的用红纸包着的大洋，眉开眼笑地说："五十块，这只怕是你们到南昌以来所有的收入吧？我怎么好……"

金麒麟把这些大洋又往米占山面前推了推，笑着说道："米处长赶紧收起来吧，要没您这靠山，就是五块大洋我们也不容易攒下啊！现在有了您这棵大树，挣五十、五百都不难了！"

米占山听了十分得意，他笑着把那封大洋收进了抽屉里，回转身来端起了酒杯对金麒麟说道："今天我高兴，咱俩再多喝几杯！"

又喝了三杯之后，米占山忽然望着金麒麟很有深意地问道："金班主，你说我对你怎么样？"

金麒麟意识到这是米占山要摊牌了，当下便把大拇指一挑，赞道："米处长为人慷慨仗义，在整个江西又这么吃得开，那真是没说的！"

米占山得意地一笑，摇头晃脑地吹嘘道："岂止是整个江西？凡是南昌行营下属的几个省，还有我这个军法处长吃不开的地方吗？"

金麒麟连连点头称是。

米占山终于望着金麒麟说出了自己的心里话："金班主，不！金老弟！哥哥我有一事相求，不知你肯不肯帮忙？"

金麒麟装出迷迷糊糊的样子，像不相信自己的耳朵似的问道："米处长，您说要我帮忙，我……我没听错吧？"

米占山被酒精烧灼得充满了血丝的眼睛一动不动地盯着金麒麟,使劲地点了点头提高了声调答道:"没错!是我求你,就说老弟你肯不肯帮忙吧!"

金麒麟马上站了起来,拍着胸脯发誓赌咒地说道:"米处长放心,只要是您的事,就是上刀山下火海我金麒麟也绝不皱皱眉头!"

米占山满意地望着金麒麟笑着点了点头,伏在他耳边直截了当地说出了自己求他的事情。原来,他告诉金麒麟,他要娶金彩云做自己的姨太太。

金麒麟一看事情果然在向自己预期的方向发展,心里虽然暗暗地高兴,但却装出了一副为难的样子,期期艾艾地苦着脸嘟囔道:"您是说这事啊,这我做得了主吗?"

米占山真的不高兴了,他把手里的酒盅往桌上重重地一放,眼睛里闪动着明显的威胁,冷笑着对金麒麟说道:"看你那副怂样子,刚才还跟我发誓赌咒的呢,哼!你不是上刀山下火海都不皱眉头吗?"

金麒麟站起身来摆着手解释道:"米处长你误会了,我金麒麟自己的事绝对不皱眉头。只是我那师妹生性倔强,我是怕当不了她的家啊……"

米占山听了默默地点了点头,回答道:"有道理,这本也是件你情我愿的事情才好。这样吧,你赶紧去跟她商量商量,尽快给我回话。"

金麒麟这才笑眯眯地回答说:"没问题,待会儿我就去找她,好好跟她说说!"

米占山听了不由得喜上眉梢,眉开眼笑地对金麒麟说道:"这才对嘛!你放心,事成之后我一定把你当亲大舅子一样,好好待你!"

金麒麟听了又惊又喜,马上就要告辞去找金彩云。米占山也不挽留,亲自把他送到了门口,拍着他的肩膀大言不惭地许诺道:"告诉彩云,我是真心爱慕她,让她有什么条件尽管提!"

看守所内,方志敏把胡逸民请到了自己的牢房里,诚恳地对他说道:"永一先生,我有件大事想跟你商量一下……"

胡逸民大大咧咧地往椅子上一坐,嗔怪地望着方志敏说道:"方先生你这样就不好了,你我在这个鬼地方结识的,纯粹是患难之交,再不要跟我闹什么虚礼了!"

方志敏坐到了椅子对面的床边上,沉吟了片刻之后才慢慢地开口说道:"永一先生,是我见外了。你也知道我最近写了一些东西,但这些东西如果不能送到自己人的手里，岂不是既白费了心血，也起不到它本该发挥的作用？"

其实胡逸民早就发现方志敏在秘密地写着什么了，他上次还故意让向影心带进来一盒铁盒装的饼干，让方志敏用铁盒妥善保管他的文稿。这次一看方志敏主动提起了这件事，立即很感兴趣地问道："方先生，如蒙不弃，你能告诉我你写的是些什么吗？"

方志敏点点头从床下的饼干铁盒里拿出了几张文稿递给了胡逸民，说："其实说穿了也没什么，永一先生你自己看吧……"

这几张纸正是《可爱的中国》最前边的几页，胡逸民接过来便仔细地读了起来。很快，胡逸民就被方志敏的这篇文章深深地感动了，直到贪婪地读完最后一个字之后，才郑重地把文稿交还给方志敏，目光炯炯地望着他说道："方先生啊，你在这生死难料的境地之中尚能思虑国家的命运，保守自己的节操，真是令我汗颜呐！"

说完这句话之后，胡逸民望了望坐在对面的方志敏，又继续说道："方先生你说吧！要我怎么办？"

方志敏用感激的眼光望着胡逸民说道："我想把它送到我们的人手中！"

胡逸民听了大吃一惊，不解地望着方志敏问道："方先生不要见怪，我还真没跟你们共产党有过联系，该到哪里去找他们呢？"

方志敏回答说："我可以告诉你到哪儿去找谁！"

话说到了这个份上，胡逸民沉吟了一下，突然抬起头望着方志敏问道："方先生，你就不怕我用你的这些文稿和你提供的地点去换取我的自由吗？"

方志敏微微一笑，站起身，趟着脚镣"哗啦哗啦"地走到了窗边。他迎着徐徐吹来的夜风，用坚定的语气回答说："永一先生言重了，我自认不会看错人的。"

胡逸民听了心里一热，他轻轻地一拍桌子说道："好，方先生放心，你能跟我肝胆相照，我又何惜季布一诺？明天一早就替你去安排！"

在李水生的带领下，黄道和他带来的游击队员们悄悄地出现在徐凤姑他们租住的小院前。李水生轻轻地叩打了几下门环，里边几乎马上就有了反应。

一双眼睛隔着门缝上下打量了一下，谨慎地问道："您是哪里的贵客？主人不在，出去打牌了。"

听见接头的暗号,李水生赶忙用暗语回答道:"主人的舅舅从娘家来了,赶紧开门吧!"

门里的游击队员一听是自己人,赶忙打开了门。当他看清了来人时,不由得喜出望外失声叫道:"黄……"

李水生赶忙拦住了他的话头说道:"认出来了吧,黄老板不正是你们主人的舅舅吗?"

那个队员自知失言,赶紧吐了吐舌头,闪身让开了大门。

等大家进到了院里之后,黄道立即开口问道:"徐凤姑呢?"

那个队员赶忙回答说:"她带人去了西门外的坟地,说是去等那个盗墓贼'逃三圈'现身……"

李水生听了急忙望着黄道说:"我要不要赶过去看看?"

黄道略微一想,用不容置疑的口气回答说:"现在城门已经关了,贸然出城肯定会引起敌人的怀疑。我们就在这里等他们回来吧!"

就在黄道来到了徐凤姑他们租住的小院后不久,西门外的坟地里,一条飘忽的影子从远处的草地里冒了出来,飞快地朝着银行行长老爹的墓碑而来。这个敏捷的身影就如同一阵无声的旋风,转眼之间便已经来到墓碑前。

徐凤姑躲在一块高大的墓碑后定睛一看,只见一个身材结实矮小的汉子已经背着一条麻袋,来到了白天刚刚堆起来的坟包前,慢慢地围着坟包走着,仔细地观察着坟包周围的情况。

徐凤姑的警卫员徐少艾刚要朝着坟包爬过去,却被徐凤姑伸出手来死死地抓住。有着丰富的游击战经验的徐凤姑知道,对方这时还没有完全放下心来,只要一个细微的声响就能让他窜进附近的墓碑丛中跑掉,现在暂时只能先等等看。

就在这时,随着一阵夹着砂石的狂风,原本漫天的星斗突然间失去了踪迹,周围那些静静的树木也随着逐渐加大的风,左右摇摆了起来。天刹那间变了,风中已经带上了雨点,猛烈地扫荡着静得让人害怕的坟墓,周围变得鬼影幢幢,更加恐怖。徐凤姑也不禁打了个寒战。

墓碑前的那个人仿佛根本就不在意,反而在夹着雨点的狂风中打开了麻袋,拿出了两件工具拼命地挖掘了起来。因为太暗,离这人距离最近的徐凤姑也看不清那人究竟使的是什么工具。只见坟包下的土飞一般被不断地抛出来，很快就堆成了一堆。又过了一会儿，那坟包已经被挖出了一个细洞，"逃三圈"竟然钻进了这个隔绝着阴阳两界的洞里，瞬时没了踪影。

徐凤姑一看时机已经成熟，赶忙现身出来，用拿着驳壳枪的右手一挥，隐蔽在附近的几个游击队员立即跟着她，无声无息地向那个洞口的方向摸了过去。

眼看着包围圈就要合拢的当口，一个队员不小心踢到了一块小石头。那小石头"叽里咕噜"地一路翻滚，最终撞到了"逃三圈"留在坟包外边的一件铁制的工具上，发出了一声脆响。说时迟那时快，盗洞里的家伙显然听到了这个声音，竟然发出了一声令人毛骨悚然的怪叫，直挺挺地从洞里蹦了出来。

就在这间不容发的瞬间，几个队员正身扑上，按住了蹦出来的身影。大家感觉不对劲，才发觉自己按住的是个纸人，大呼上当。正在此时，众人却看见一个黑影闪过，很快就消失不见了。

过了很久，墓地不远处的一棵枯树上，那个身材矮小的盗墓贼终于探出了头来。蹑手蹑脚地下了树，正要转身离开，整个人却突然遭了雷击似的呆住了。原来，徐凤姑不知道什么时候已经无声无息地出现在他的面前，手里拿着机头打开的驳壳枪，拦住了他的去路。

坟地里闹得不可开交的时候，看守所那通往优待牢房的甬道里也不太平，一阵呼喝声清晰地传来，把已经睡熟的犯人们全都吵了起来，犯人们全都睡眼惺忪地朝外边望了起来。正在伏案疾书的方志敏听到了声音，马上手脚麻利地收起了没有写完的文稿，趟着脚镣来到了牢门前。

那一阵吵闹声已经从甬道里转移到了小天井内。方志敏看见钱景民指挥着四五个膀大腰圆的宪兵，正拖着一个身穿被撕去了领章的犯人进到他对面的一间优待牢房去。钱景民一边示意优待牢房的看守把门打开，一边气哼哼地骂道："不识抬举的东西，到了这儿还敢撒野？好好吃几天牢饭吧！"

两个看守把那犯人拖了起来，一脚揣进了房里，顺势关上了牢门，还"咔嚓"一声锁上了那把平时几乎不用的大铁锁。

钱景民走了，不久，看守所又恢复了平静。方志敏连忙招手把优待牢房的看守叫过来问道："这人怎么了？好像是个军官啊？"

看守笑了笑，小声回答道："不瞒方先生您说，这小子原本是个中尉，进来后米处长才把他的军衔撕走的。听说是因为通共，被行营特务处抓进来的⋯⋯"

9

为了帮助方志敏和外界取得联系，胡逸民终于想出了一个办法。他一大早便找来了所长凌风梧。

凌风梧不知道这位大爷似的犯人又想找什么麻烦，只得小跑着来到了胡逸民的牢房里，满头雾水地问道："永一先生，您这一大早就把我叫来，是底下人不会办事得罪了您，还是有什么地方不满意呀？您有事就吩咐吧。"

胡逸民坐在自己的桌子前，随手递给了凌风梧一支烟，笑着说道："凌大所长坐啊，你这是哪里的话？我是你的犯人，你是手里捏着我小命的阎王，我哪儿敢吩咐你呢？是有事求你！"

凌风梧听了一边坐下，一边自嘲地一笑，说道："永一先生，您是国府的元勋，又是干咱们监管这行的祖宗，连委座都说您进来只是磨磨性子，我一个小小的上尉日后给您牵马坠蹬都不够格，您就别拿我打岔了。"说话之间，他那张圆滚滚的脸上已经笑得连眼睛都看不见了。

胡逸民看着笑弥陀似的凌风梧说道："凌所长你就别高抬我了，我这一辈子净给蒋委员长修监狱了，到头来还不是被关进了自己修的监狱里被你管着？这就是命啊。"

因为这座看守所的确是多年前由胡逸民主持修建的，凌风梧听了情不自禁地点了点头。他知道胡逸民是真的有事而不是把自己叫来发牢骚的，便赶紧收起满脸的笑容，望着胡逸民说："有什么事您就尽管吩咐吧，只要我能办得到的就一定尽力。"

胡逸民满意地点了点头说道："其实也不是什么大不了的，就是想让你通融一下，让我的家眷每天都能到这里来照顾我。我的身体现在越来越差了，吭，吭……"说着话，胡逸民还很富有戏剧性地咳嗽了两声，用来证明自己最近确实身体不好。

凌风梧为难了，因为这件事他根本就做不了主，犯人的家属谁能进到监区里来都是事先经过军法处核准的。一想起军法处，他马上就联想起了那个随时都琢磨着找自己麻烦的钱景民，眉头也跟着皱了起来，可还是咧着嘴对着胡逸民一直傻笑，模样十分古怪。

胡逸民马上又提议说:"为难了？其实也没什么,你只要打着我的旗号去请示一下行营的顾主任,我准保能成。"说着话,胡逸民从枕头底下拿出了一个小包,抓出了十来块大洋往凌风梧的兜里一塞,又紧接着说道:"放心吧,顾祝同不会怪罪你的,他绝不敢眼睁睁地看着我死在这里!"

胡逸民的话使凌风梧终于下定了决心,他把大腿一拍说道:"好,我这就去给顾主任打电话!"说到这里,他又带着一副怕落埋怨的表情,心虚地对胡逸民说道:"不过我得把丑话说到前边,要是顾主任他不答应的话,永一先生您可不要怪我哟……"

胡逸民笑道:"放心,我岂是个糊涂的人？我非但不怪你,还得谢你啊。"

要知道十块大洋在当时可不是个小数目,足够小户人家数年之内不受冻饿的威胁了,就算是手脚比较大的中等人家,把这当作一年半载的生活费也是够了。这笔钱对胡逸民也许不算什么,但对于家底比较薄的凌风梧来讲,绝对是一注比较可观的小财了。

凌风梧拿人钱财倒是忠人之事,回到办公室就拨通了顾祝同办公室的电话。要按道理来讲,他这样的芝麻绿豆似的小官根本就没权力直接跟顾祝同通话,但好在他所处的位置比较突出,手下不是方志敏这样身份显赫的共党要犯,就是胡逸民这号的通着天的犯人,所以顾祝同曾经下过命令允许他在紧要时直接向自己汇报。基于这一点,顾祝同接到了他的电话倒也没觉得意外。

凌风梧用极谄媚的声音小心翼翼地报告说:"顾……顾主任,我本想向军法处的钱景民副处长请示,可他不知道到哪儿去了……"凌风梧一边解释着自己越级上报的原因,一边不着痕迹地给钱景民垫了块砖。

顾祝同是什么身份？哪里有时间听他这些废话,立即不耐烦地问道:"说吧,有什么要紧的事情？"

凌风梧立即一本正经地回答说:"报告顾主任,胡逸民最近身体不好,想让他的太太每天都能进来照顾他,这事我不能擅自决定。您看……"

考虑到胡逸民的特殊身份,顾祝同爽快地同意了这一要求。他不假思索地对凌风梧说道:"不要那么死脑筋,遇到这一类特殊的犯人就索性顺水推舟的做个好人嘛!再不行就给他找个医生看看!"说到这里,顾祝同又随口说道:"好了,今后多动动脑子,别总拿这种事情来烦我了!类似的事你自己看着办吧。"说完话,顾祝同老大不耐烦地扣上了电话。

死囚

凌风梧丝毫也没把受到了顾祝同申斥的事放在心上。他是个很有自知之名的人，知道顾祝同既不会记住他刚才说的那件小事，更不会把他这个弼马温一样的人物放在心上。不管怎么说，他倒是讨来了一把尚方宝剑，现在连钱景民也管不了这件事情了。

高兴之余，凌风梧干脆好人做到底，认真地在记录本上写上了自己跟顾祝同通话的时间和内容，之后便兴高彩烈地去见胡逸民了。

胡逸民一看凌风梧这么快就回来了，忍不住问道："凌所长，那件事顾祝同他同意了？"

凌风梧得意洋洋地拍着胸脯说道："您放心，您的事我哪里有不上心的道理？"

说到这儿，他一眼瞟见了刚从方志敏的牢房里走出来的段存仁，赶忙把他叫了过来，指着胡逸民对段存仁吩咐道："回头跟门岗打个招呼，以后永一先生的太太再来就不必限制是不是探视的时间了。她每天都可以进来，什么钟点都行！在这里过夜也没问题！"

段存仁听了一边点头答应着，一边小心地问道："要是钱处长问起来，我该怎么跟他说？"

凌风梧把眼一瞪道："他管不着，你就说这是顾主任的命令！"

这道在胡逸民前很有面子的命令接下来就被凌风梧充分地加以了利用，他不仅让胡的三姨太向影心随便出入看守所来照顾胡逸民，还趁机一口气给许多犯人开了绿灯。胡逸民同意被关进来以后寂寞难耐的那个贪污军饷的师长每周多叫一次婊子来解闷，还答应江老太爷家派个丫鬟给他捶背按摩，把江老太爷感动得连呼青天大老爷。当然，这些全是有代价的，一来二去，凌风梧在这道圣旨上着实捞了些好处。

天已经大亮了，黄道一看徐凤姑还没有回来，马上把李水生叫到面前，毫不迟疑地吩咐道："咱们不能再等了，你赶紧叫大家转移，让他们等到这里被证实确实安全了再回来。"李水生听了不敢怠慢，立即转身去传达黄道的紧急命令了。

工夫不大，院子里已经空无一人，就连留下看房子的那个游击队员也被他暂时打发出去了。黄道看着李水生随手锁上了院门，压低了声音嘱咐道："你就在附近守着，徐凤姑他们一回来就赶紧到玉皇庙去找我……"

在城外的一间破旧的财神庙里，徐凤姑用手里的驳壳枪指着地上搜出来的两件陪葬的玉器问道："说，是让我把你绑起来丢到官府门前去，还是帮我做一件事情啊？"

被捆得结结实实的小个子汉子倔强地白了徐凤姑一眼，气哼哼地说："你们来得可真是时候，我刚撬开那个老王八蛋的棺材还没顾上往外拿东西，你们就冒了出来。就是想黑吃黑，也得等我多拿点本钱啊！唉……"

徐凤姑怒道："什么黑吃黑？你看清楚了，我们是共产党游击队！"这句话显然是起到了作用，那个矮小的汉子脸上顿时起了不易察觉的变化，但这个变化一闪即逝，很快又消失得无影无踪了。他根本不相信在如今的南昌城里还会有共产党游击队。

看着这家伙居然没什么反应，徐凤姑不禁勃然大怒，她用乌黑冰冷的枪口点着盗墓贼的额头叫道："'逃三圈'，我在跟你说话呢，听见了没有？"

那汉子闻听，翻着白眼抗声回答说："这位共党长官，我不是什么'逃三圈'，你可别诬赖好人啊！我只不过是个小毛贼，想着要碰碰运气而已……"

徐凤姑冷笑着望着他说道："你要再不承认的话，我就把你堵上嘴扔到官道上，很快就会有警察或者是保安团的兵来照顾你了。我倒想看看你'逃三圈'怎么个神法。"

那个家伙听了把脖子一梗，不服气地说道："你吓唬谁呀？你们要真是共产党的话，那罪过比我大！倒是你们要多小心那些团丁和警察才对！"

徐凤姑被气急了，"啪嗒"一声扳下了机头，把枪口对准了那个汉子的脑袋说："好，你既然这么死硬，我就成全了你吧！"

说着话，徐凤姑的手指已经慢慢开始扣动扳机。那汉子慌了，眼睁睁地看着那支驳壳枪的机头随着扳机的压迫慢慢地移动，额头上顿时渗出了冷汗。他知道，眼前这个张狂的女草头王只要再多使一分力，机头就会猛地落下，把一颗子弹送进自己的脑袋……

胡逸民办成了这件事之后不由得心花怒放，赶忙把这个好消息告诉了方志敏。他之所以敢把这样大的事情交给自己的姨太太向影心，是很有道理的。别看那向影心长得很像是一个身价不菲的花瓶，但她能言善辩，很会为人处事。并且，她是个很有些胆量的女人，不仅遇事不慌，还颇有急智，平常要是遇上什么事情几乎全都应付得来。

向影心接到电话很快就来了,因为经常出入这里,她在看守所里已经很吃得开了。就连整天没事找事的钱景民也对向影心客客气气地大开方便之门。自打一进最外边那两扇厚重的大铁门,遇到的看守不是热情地跟她打招呼,就是满脸堆笑地跟她大献殷勤。当她穿过看守所的办公区就要走进那条通往优待牢房的甬道时,一个人突然从后边追了上来,大声地向她打着招呼道:"胡太太又来探监啊?"

向影心回头一看,那人正是上回开车把自己送回了看守所的特务处处长戴笠,赶忙停下脚步亲热地说道:"戴处长啊,我说是谁让我眼前一亮呢?"

戴笠自我解嘲地一笑,回答道:"胡太太取笑了,我戴笠自认不是那种能让人眼前一亮的角色,您就别拿我开心了。"

向影心望着戴笠好奇地问:"我说戴处长,你不好好地在行营呆着,没事怎么总往这破地方跑呀?"

戴笠哈哈一笑,打着马虎眼儿说道:"来这鬼地方,除了为一睹胡太太你的芳容,还能有什么?"

向影心听了立即报以一串银铃般的笑声,她轻轻地捏了戴笠一把,啐道:"真是油嘴!"

一来二去,两个人更加熟识了起来。戴笠在前往看守所暗中观察方志敏的时候,还能顺便看见自己心仪的女子,不由得暗自高兴;特别是分手时向影心还主动地跟他握了握手,那种柔荑在握的感觉让戴笠心荡神驰,好不容易才收摄住心神。

不过没多久,戴笠就把精神恢复到了工作上。他通过对优待牢房的观察,得出了结论,认为首先必须对方志敏在狱中的行动加以监控,不能让他过得太滋润。想到这里,戴笠便打定主意一回到行营顾祝同面前,献上自己脑海里浮现出的一条毒计。

米占山最近很是得意,不论官运还是财运,都让他有一种亨通畅快的感觉。

金麒麟一大早就跑来找他了,米占山知道自己期待已久的问题即将会有答案了,迫不及待地问道:"怎么样?你跟她谈过了吗?"

金麒麟点着头回答道:"说了,说了!只是……"

米占山一看金麒麟说话吞吞吐吐的样子,心里猛地一沉,略有些失望地问道："怎么？金彩云她不答应？"

金麒麟笑着摆了摆手回答道："那倒不是，只是……"

米占山一把攥住了金麒麟的手脖子，跺着脚催促道："哎呀，你这是怎么了？想急死我不成？"

金麒麟这才不好意思地笑了笑，回答说："她让我告诉您，她不但十分爱慕您的风采，还能给您带来一笔不俗的陪嫁。只是有件事情必须跟您当面说清楚，另外她还有一件未了的心愿，想请您帮忙。"

米占山亢奋了起来，他实在没想到，不仅自己心仪的金彩云这么痛快就答应做自己的姨太太了，还能顺带手得到一笔意想不到的外财。米占山在这巨大的惊喜面前简直有些晕眩了。略微定了定神之后，米占山笑容可掬地对金麒麟说道："金兄你可真是立了一件大功！赶快回去告诉金彩云吧，只要她能成了我太太，不管什么事我都依着她！让她赶紧说出要求，我好开始准备迎娶她。"

金麒麟拱了拱手，眉开眼笑地说道："那我就先给您道喜了！我们飞花班在弋阳演出后便一路跟着您来到了南昌，要不是您的关照，哪里能唱出今天的局面？以后亲上加亲，您更得多关照啊。"

被幸福烧灼着的米占山自鸣得意地说道："你放心，我娶了金彩云以后，好事还会更多的！你们和我有了这层关系，南昌城里谁不给你们几分面子？"

金麒麟听了连连道谢，告诉米占山说："彩云今晚在湖边包了一家雅致的酒肆，她要在那儿把心事当面说给您呢……"

米占山毫不犹豫地答应了下来，他亲热地拉住金麒麟的手，眉开眼笑地说道："好，我一定会准时去的！"说完这句话他仍旧不肯松开金麒麟的手，而是满怀着憧憬，愉快地眨着眼睛说道："我一跟彩云谈好，剩下的事情可就该看你的了……"

金麒麟爽快地应承道："放心吧，你们一定下日子，剩下的事就包在我金麒麟的身上了！我会鞍前马后的亲自帮着张罗，包您满意！"

米占山听了大为高兴，拍着他的肩膀许诺道："好，事成之后一定好好酬谢你，我的亲大舅哥。"

顾祝同知道蒋介石很快就会再次问到劝降方志敏的事情了。他是个明白人，明白自己若不赶紧做出点样子来，那位蒋委员长肯定会对自己大为

不满。他十分了解蒋介石的禀性,他能容忍一个听话的部下按照他的意思碰个头破血流,但却不能容忍有人对他的命令置若罔闻,哪怕事后被证实他的命令是错的。想到这里,顾祝同觉得自己该有所行动了。

正在这个时候,副官带着戴笠走了进来。顾祝同马上微笑着望着他问道:"雨农来找我有什么事情吗?"

戴笠马上立正敬礼回答说:"职部是来向您通报一个情况的……"

顾祝同知道戴笠肯定是有什么机密的事情,马上伸手朝沙发一指说:"别这么站着,坐下说吧。"

看着秘书知趣地退了出去,戴笠这才打开了手里的文件夹,从里边抽出了一张纸对顾祝同说道:"主任请看。"

顾祝同接过来看了两眼之后,立即抬起头,把目光从那张纸的上方望过来盯着戴笠轻声感叹道:"真是想不到啊,委座竟然会把她派过来……"

戴笠望着顾祝同苦笑着回答说:"这肯定是委员长见咱们这边没动静,才想到了她。"

顾祝同不解地问:"这个女人来又能有什么用处呢?难道她就会比咱们强到哪里去?"

戴笠从顾祝同的话里听出了一股醋意,马上摇着头回答道:"她不可能比咱们强的,我相信委座也很明白这一点!"

顾祝同自失一笑,架起了二郎腿眯着眼睛,做了个请的手势对戴笠说:"说下去,说下去!我很想听听雨农你对这件事的看法……"

戴笠淡淡一笑,站起身来回答道:"以职部的愚见,她虽然没有什么过人之处,但却标志着委座肯定已经采纳了她的办法,想要另辟蹊径了……"

"另辟蹊径?怎么个另辟蹊径法?"

戴笠自信地对顾祝同说道:"按照我的判断,她是要利用自己特殊的身份反其道而行之,以此来逼方志敏就范……"

顾祝同听了若有所悟地脱口而出:"你是说颠倒黑白,混淆视听?"

戴笠不动声色地答道:"正是!"

随着方志敏和胡逸民的不断接触,胡逸民已经彻底被方志敏的气节折服,心甘情愿地帮起他来。胡逸民争取到了向影心随时进出看守所的特权,无疑给方志敏试图联系南昌的地下党组织的计划提供了一条方便的通路。

在牢房里,方志敏把一个小纸条郑重地递到了胡逸民的手里,用凝重的语气对胡逸民说道:"永一先生,我想让这条消息见报,拜托了!"

胡逸民打开一看,只见纸条上的字并不多,是一则商人寻找失落多时亲人的启事。他抬起头望着方志敏迟疑地问道:"这是什么?方先生你不是拿错了吧?"

方志敏望着满脸狐疑的胡逸民微微一笑,回答说:"当然不是,这就是我试着和南昌地下党联系的办法。只要他们在报上看到了这则启事,就会想办法跟咱们取得联系的!"

胡逸民听了,这才又重新审视起这张写有寻亲启事的纸条来,情不自禁地称赞道:"哎呀,方先生,这个绝妙的方法我怎么就没想到呢?"

方志敏说道:"我特意在启事里提到曾经受过你太太向影心的帮助,麻烦你回去嘱咐一下,今后我们的同志肯定会派人跟她联络的。"

胡逸民小心地折起了纸条,笑着对方志敏说道:"放心吧,我保证这则消息明天见报!"

顾祝同正在大伤脑筋,他害怕蒋介石再来责怪。此时,南京的委座侍从室打来电话,要他关照一下要前来采访的南京中央社派来的记者马菲,并一再向他暗示:这件事蒋介石和夫人宋美龄全都十分重视。

顾祝同决定在行营的办公室里接待这位受到委座青睐的记者。戴笠已经私下告诉他,这个马菲有国民党中央组织部党务调查科的背景。他更加不敢怠慢了。要知道,这个党务调查科是由国民党CC系首脑陈果夫、陈立夫所控制的全国性特务组织,是国民党党务部门控制的特务机构。他们的敌人不仅仅限于中共,还包括一切敌对蒋介石的力量。尽管顾祝同一向很狂傲,但对于这样的人还是一直抱着敬而远之的态度。而且现在的这种局势下,他还巴不得有人出来冒这个头。他知道方志敏是根本不可能劝降的,要是大家都失败了,也就显不出他的无能来了。

马菲在副官的陪伴下走进了顾祝同的办公室里。只见她身材苗条,穿了一件带暗花的缎子旗袍,头发烫成了时下最流行的大花,一副大家闺秀的样子。虽然人长得一般,但她那双精光四射的眼睛里透着智慧和心计。

顾祝同站起身来正准备打招呼,马菲却已经大惊小怪地把两只手在胸前一抱,身体夸张地前倾,大惊小怪地惊叫了起来:"啊,您就是顾祝同顾将军吧?您的名字在南京乃至国际上早就传开了,都说您是蒋委员长手下的常山赵子龙呢……"

尽管这个咋咋呼呼的女人一见面就这么肉麻地吹捧，但顾祝同还是被捧得轻飘飘的，很是受用。他一面在不自觉中挺了挺腰杆，一面笑眉笑眼地回答道："不敢，不敢呐！此次怀玉山一战，聚歼共匪那全是委座的英明决策，我顾某何德何能，嘿嘿……"

但这出闹剧似的表演并没有因为顾祝同所表现出的谦逊而落幕，马菲已经在说话的当口抢上一步，上下左右地打量着顾祝同不停地啧啧惊叹着。

顾祝同感到浑身很不自在，连忙自我解嘲地问道："马菲小姐，是不是没想到我竟然是这么个粗陋武夫啊？"

马菲听了这才停止了自己的表演，带着赞美的表情眉飞色舞地说道："顾将军哪里的话？要说党国的将领中间，像您这样战功赫赫而又温文儒雅的人哪里去找？见了您我才知道那些古书上说的儒将一词是什么意思了。"

顾祝同又晕了，他赶忙伸出手请马菲坐下，一叠声地吩咐副官赶紧去准备宴席，给马菲小姐接风。马菲听了丝毫也没有谦让的意思，而是大大方方地接受了顾祝同的这番美意。

闲谈了几句之后，顾祝同满脸堆笑地望着马菲问道："听说你这次是想帮上头来劝方志敏回心转意的？"

马菲听了咯咯地笑着回答说："小女子何德何能，岂敢在你顾将军面前夸这样的海口，我只不过是想去探探这个方志敏的虚实罢了！"

顾祝同听了不屑地回答说："他现在已经是一只关进了笼子的老虎，哪里还有什么虚实之说？"

马菲收起了先前大惊小怪咋咋呼呼的模样，一本正经地望着顾祝同说道："顾将军此言差矣，一只虎就算是落入了猎人的陷阱又被关进了铁笼子里，那也还是虎，岂能和猫同日而语？"

顾祝同琢磨着马菲话里的深意，不禁慢慢地点了点头。

马菲紧跟着又说道："顾将军可能还不知道，我是一名虔诚的基督徒。圣经上有很多圣徒，准备为教义而献身，故不肯放弃他的信仰。但是也有些人，他表面是圣徒，其实内心是虚伪的。他们之所以不敢放弃所谓的信仰，是因为他身上和他们的信仰上面的光环太多了。我此来就是想让大家看看光环后面的方志敏是个什么样子。"

顾祝同忽然间有了种醍醐灌顶的感觉，他马上抬起头用钦佩的眼光看着面前的马菲大声说道："透彻，马小姐的话真的很是透彻！你看下一步该怎么办？"

马菲嘿嘿一笑，又恢复了先前那副疯疯癫癫的做派，嘻嘻哈哈地对顾祝同说："当然是尽快去见方志敏了！"

顾祝同望着她点了点头，回答道："好，我这就安排你去看守所见方志敏。好不好？"

马菲听了却大摇其头，她笑着对顾祝同说："好是好，但也得等我享受了将军为我安排的酒宴吧？"

顾祝同听了猛地一拍脑门，站起身来笑着答道："那当然，那当然！你看我这急脾气。请，请……"

财神庙里，"逃三圈"终于崩溃了。他面对不断给扳机加着力的徐凤姑嚷道："好了，我承认，我就是你们要找的'逃三圈'……"

徐凤姑闻言麻利地收起了手中的驳壳枪，如释重负地望着脸如白纸、浑身发抖的盗墓贼说道："认了就好！过来，咱们商量件事！"

10

马菲在来南昌之前就已经做好了打算，她不准备去劝说方志敏投降，而是要从方志敏身上找出一些明显的缺点来，并公之于众。因为这样一来，方志敏的那些舍生忘死的追随者们就会感到失望，不再把他作为拯救众生的上帝来看待了，而方志敏也就不用再把他们当成自己背负着的沉重的十字架了。

顾祝同觉得这个办法不错。他觉得首先试验一下此法的可行性，可以趁机了却委员长的心愿。另外，如果马菲的方法成功了，就能解除方志敏这段时间给他带来的麻烦。于是，顾祝同马上就同意了这个建议，通知米占山下去安排。当然，他并没有跟米占山说明马菲的身份，而说她是中央社专门安排下来要求进行采访的。

米占山这时正心猿意马地想着晚上跟金彩云会面的事情，尽管心里老大地不情愿，但还是满口答应了顾祝同的命令。他当即给钱景民和凌风梧打去电话，做了一番部署。

在米占山的陪同下，马菲来到了看守所门前。钱景民和凌风梧早就等

在那里了。凌风梧不愿意跟着凑这个热闹,便拉着米占山到他的办公室里去喝茶。

钱景民陪同马菲朝看守所里走去。他为了在马菲这位中央社的记者面前显示自己的威风,随便把一个宪兵叫到面前,趾高气扬地吩咐道:"去告诉方志敏,就说我马上陪着中央社的记者马小姐过去。快!"看着那宪兵撒脚如飞地去了,钱景民这才把两只手往背后一背,笑着对马菲说道:"马小姐,请吧!"

天生嘴上就挂着高帽子的马菲顺嘴送给了他一顶,说道:"钱处长你可真威风啊!"一句话把钱景民说得立马飘了起来,他一路上不仅煞有介事地给马菲讲了看守所的一些事情,还顺嘴吹嘘起自己如何跟方志敏斗智斗勇的事迹来。

两个人说着话,已经来到了关押方志敏的优待牢房前。钱景民指挥着值班的看守把门打开,正要迈步进去,冷不防被马菲一把拦住:"好了钱处长,你请回吧,我想单独进行采访。"

钱景民一愣,继而讪讪地回答说:"这怎么行?犯人是不能单独接受采访的……"

正在这时,戴笠却不知道什么时候鬼魅般地从阴影里冒了出来,他轻轻地拍了拍钱景民的肩膀,低声对他说道:"她说的没错,单独采访是顾长官同意了的,也是上头安排的。"趁着钱景民一愣神的工夫,马菲已经走进了牢房里。

听到响动,方志敏缓缓地抬起头来,目光正好和马菲那探寻的目光碰在一起。两人虽然还未开口,但那目光却像武器似的,在两人之间无声无息地打响了前哨战。渐渐地,方志敏那执着中透着倔强的眼神占了上风,马菲慢慢地把自己那充满挑衅意味的眼神移开,四处寻找起能坐的地方来。

方志敏一眼看穿了她的心思,从椅子上站起身来,微微一笑说:"你就是他们说的那位中央社的记者吧?坐到我这里吧,因为这儿只有这一把椅子。"说完就向窗边走去。

马菲拉过那把椅子坐到了上边,也笑着对方志敏说道:"早就听说方将军在外边指挥过成千上万拿枪的农民,想不到如今连椅子也只能指挥一把了。您在这里是不是很委屈、很灰心、很失落啊?"

方志敏听出了马菲话里的骨头:"是呀,要论能指挥的椅子我可没有蒋介石的多,他今天一把,明天一把,就喜欢四处送交椅,可却也经常遇到令他心灰意冷的事。我不行，当年和那些为了反抗饥饿和暴政的农友经常是席地而坐的，现在说起来倒也没什好灰心的！"

马菲听了，带着满脸的假笑对方志敏说："听您的意思，您现在是英雄无用武之地啊。委座要是肯送您一把交椅，您应该会很高兴吧？"

方志敏停住了脚步，望着马菲回答道："你错了，我是绝不会去坐他给的肮脏交椅的。用作交易的椅子还是留着让他自己用吧！"

马菲一看两人话不投机，局面有些僵了，便赶紧回避开这个敏感的问题说道："方将军，您可以告诉我您妻子的一些事吗？"

方志敏点了点头，还没来得及开口，马菲却已经转悠着眼珠子问道："您有没有想过，您要是再这样对抗政府的话，万一被判了死刑她该怎么办？您一点也不担心吗？"问这句话时，马菲的心里充满了期待。

然而，方志敏的回答很快就让她失望了。方志敏抬起头，看着牢房里唯一的那扇窗户说道："我倒不替她担什么心，只是……"

马菲奇怪地追问道："为什么？你不爱她？还是你们信仰的共产主义不允许有儿女私情？"

方志敏听了大笑起来，一双眼睛里满是讥笑的表情。他看了看马菲，说道："这个问题你永远不会懂的，我可以试着给你解释一下。那是因为我们都是共产党人。从我们加入共产党的那一刻起就做好了为了大多数人的自由和幸福舍弃自己一切的准备。"

敏锐的马菲心里这时已经有了一个清晰的概念，她知道自己虽然一向以伶牙俐齿著称，但却绝不是这个身穿破旧的灰色棉袄、长着一双充满了智慧仿佛永远带着骄傲和倔强眼睛的男人的对手。

想到这里，她"啪"的合上了手中一个字也没记的小本子，抬起头问道："请方将军告诉我，你跟蒋委员长之间到底有没有合作的可能？"

方志敏并没有像她想象中那样干脆地予以否定，反而出乎意料地点了点头，回答道："有，当然有可能。"

马菲赶忙在她的本子上记下了这句话，很感兴趣地说道："方将军既然这么想，那想必是已经想好了合作的条件了？"

方志敏点了点头告诉她："当然，早就想好了！"

马菲听了大为兴奋，她提高了声音称赞道："俗话说识时务者为俊杰，看起来方将军真是位俊杰！能把您想的条件告诉我吗？说不定我还能替您转达给委员长本人呢！"

死囚

121

方志敏郑重地点了点头,肯定地回答说:"没问题,我可以如实相告。"

马菲飞快地把这句话记下,又仰起脸牢牢地盯着方志敏,急不可耐地等着这个将要使她大获成功的答案。可谁知道,马菲听到方志敏用他那低沉、浑厚的声音说道:"我的条件只有三条。第一,放弃一切反动主张,实行土地革命,实行开明政治。第二,严惩内战中杀害革命工农的刽子手,废除苛捐杂税。第三,承认共产党的合法地位,进行全民族抗战,驱逐倭寇……"

这场斗智斗勇的论战又进行了大约半个小时,马菲终于筋疲力尽地败下了阵来。她从方志敏的牢房出来时,已经垂头丧气,完全没了刚来时的斗志。

等在门外的戴笠和钱景民见马菲出来立刻凑了过来,戴笠关切地问道:"马小姐,谈得怎么样了?"

马菲怅然地回答道:"方志敏根本不是人……"

好了伤疤忘了疼的钱景民立即撸胳膊挽袖子地问道:"怎么?他对您出言不逊了?"

马菲白了他一眼回答说:"我的意思是他根本就没有可攻击的地方,完美得像是一尊雕像……"

米占山看着南京来的记者马菲铩羽而归,反倒感到了一阵轻松。他站起身劝道:"马小姐不必失望,这个方志敏就是顽固,已经有许多人都在他面前栽了跟头……但我相信我们轮番攻之,肯定能击败他!"

马菲听了用感激的眼神望了米占山一眼,喃喃地回答说:"不管别人如何,反正我不是他的对手……"

米占山把马菲送回了行营之后,简单地把事情的经过向顾祝同做了汇报。谁料顾祝同不怒反笑,轻描淡写地回答说:"这原本就在我的意料之中,顽石是不会点头的!"说完这句话,他立即和颜悦色地对米占山说道:"你辛苦了半天,赶紧回去休息吧。"

米占山偷眼看着窗外的天色已经渐渐黑了下来,离金彩云跟他约定的时间不远了,立即如逢大赦般的给顾祝同敬了个礼,恭敬地说道:"谢主任关心,职部告辞了……"

米占山刚一走出门去,戴笠便推门走了进来。他望着一脸轻松的顾祝同开口说道:"主任,我已经把马小姐安排好了,她说明天一早就返回南京……"

顾祝同摆了摆手打断了戴笠的话，笑着说道："雨农，先不要管那个马小姐了，你说下一步该怎么对付那个方志敏吧？"

戴笠听了脸上立刻掠过一丝阴冷的神情，他目不转睛地望着顾祝同说道："依卑职之见，不如干脆呈请委座把他枪决了吧，留着这样一个人终究是个祸害。"

顾祝同哈哈一笑，带着高深莫测的表情摇了摇头对戴笠说："不行啊老弟，我明天还要继续找人去劝他投诚。"

戴笠大感不解地看着顾祝同，半响没有说出话来。顾祝同沉吟了片刻之后对戴笠说："委座派来的人刚一失手，我们这儿就闹着处决方志敏，委座会怎么想？他会认为我们不负责任！会认为我们嘲笑马菲的失败！但我们要是劝说无效后再提出枪毙他，也就没什么好指责的了……"

戴笠听了心里一惊，暗暗地佩服起顾祝同的这份心机，表面上装出了大彻大悟的样子，心悦诚服地说道："主任高见，雨农受教了。"

在波光粼粼的湖畔，米占山终于等来金彩云包的游船。他看见金彩云身穿一袭月白色的旗袍，手里提着一个精致的绣花手袋，满头秀发正迎着晚风轻轻地飘摆。她用那双水汪汪的大眼睛笑吟吟地望着自己，在这目光的注视下，米占山顿时有了一种恍若隔世的感觉。他下意识地掐了掐自己的大腿，一阵疼痛传来，这才认定自己仍在红尘之中。

米占山这个小动作被金彩云看在眼里，她立即笑着叫道："米处长傻了是怎的？赶紧上船啊……"

米占山这才醒过神来，讪笑着踩着船家搭好的跳板，来到了船上。

金彩云望着一脸痴迷的米占山，嫣然一笑，反身进到了舱里，米占山亦步亦趋地跟了进去。他抬眼一看，只见还算宽敞的船舱里摆着一张小方桌，桌子正中摆着一只烛台，朦胧的烛光里，金彩云那张俏脸显得越发俊俏，一种神秘朦胧的美感让米占山再次忘了自己究竟身处何地。

两人在小桌两侧对面坐定后，船家立即把船驶离了湖岸，沿着湖边划了一段，来到了一处幽静的地方。船家悄悄地把船停稳，拴在了一棵树上径自去了。转眼间船上就剩下了他们两个，金彩云变魔术似的拿出一个食盒，摆出了几碟小菜，又拿出酒杯碗筷，给米占山和自己的杯子倒满了酒。

一直如坠云里的米占山望着金彩云，试探着开口问道："彩云姑娘，听你师兄金麒麟告诉我，你最近心事很重，好像是有什么未了的心愿？"

金彩云听了端起了酒杯默默地点了点头道:"是呀,这件事还望米处长成全……"

米占山岂肯在自己心爱的女人面前示弱,当下便狂妄地把胸脯一挺说道:"彩云,在南昌还没我这个军法处长办不成的事情,有什么心事尽管说出来!"

金彩云听了微微一笑说:"我的心事咱们暂且搁在一边,我倒是想问问你,真的想娶我?"

米占山听了毫不犹豫地说道:"说句实话,我爱慕你已经不是这几年的事了。当年我投笔从戎报考黄埔军校,其实就是为了有朝一日回乡娶你。"

金彩云听了这话,妩媚地笑着接口说道:"那你后来为什么没回来找我?"

米占山尴尬一笑:"前几年我回去找过你,但你们飞花班却已经是踪影皆无了,后来我托人到处打听,你仍旧是仙踪渺渺啊。我实在是……"

金彩云的眼睛里忽然一亮,一改脸上的妩媚之色,一本正经地打断了米占山的感慨问道:"你可想知道我那几年在哪儿吗?"

米占山随口笑道:"难不成你在哪座山寨里当压寨夫人了?"说到这里,他意识到自己说得不妥,赶紧改口说道:"就真的是那样,我也非要娶你不可!快跟我说说,你这几年究竟在干什么?"

金彩云用郑重的口气望着他缓缓地说出了答案:"我在共产党那儿……"

米占山听了这几个字不禁大惊失色,手里的酒杯也脱手掉在了船板上,他瞪大了眼睛望着金彩云失声叫道:"莫非你当了红军?"

湖边游船上的气氛由温馨浪漫一跃变成了剑拔弩张。

此时,在南昌东边的一座小洋楼里,一对男女正搂抱在一起疯狂地亲吻着。他们就是胡逸民的姨太太向影心和戴笠。

经过几回的接触,两个人早就对对方生出了觊觎之心。今天因为胡逸民让向影心回家去拿一些东西,不想她一出门就碰上了来询问方志敏近况的戴笠。能在这个时候相遇,戴笠不觉大喜过望,他立即按了按喇叭,从车里探出头来望着向影心叫道:"这么晚了胡太太是要出去吗?"

向影心闻声转过头去一看,马上朝戴笠飞了个媚眼,笑道:"怎么,戴处长又要送我吗?"

戴笠受到了向影心那个勾魂摄魄的媚眼的鼓励,笑着用挑逗的腔调回答说:"送你当然可以,就是不一定送你回家……"

向影心听了,媚笑着啐道:"不送我回家难不成是要去你家了?"

说着话,戴笠已经推开车门跳下车来,殷勤地拉开了车门对向影心露骨地说道:"如果有缘何必一定要问去向?就看太太你敢不敢上我的车了。"

向影心大模大样地坐到了车上,用手指亲热地点着戴笠的脑袋,笑着说道:"上就上,难道我还怕你吃了我不成?"

戴笠一边驾驶着车,一边不时地歪头欣赏着身边这个美丽的尤物,试探着问道:"去喝杯咖啡?"

向影心睁着她那双春意盎然的眼睛,用讥笑的口吻回答说:"既然你已经对我起了坏心,还走那个过场干什么?"

面对向影心这直露的表白,一向冷漠的戴笠心里一阵狂喜,他猛地一扭方向盘,带着明显的兴奋神态说道:"好,好极了!咱们就来个单刀直入,不兜圈子了!"

就这样,向影心跟戴笠一起来到了特务处买下的那栋小洋楼。一进门,这对干柴烈火般的男女立刻黏在一起,发生了先前的那一幕……

红军在毛泽东指挥下成功地跳出了薛岳十万大军组成的包围圈,渐渐地重新占据了主动。消息传来,原本颇有些一蹶不振的南方三省的游击队也有了死灰复燃的迹象。

在这四面着火、八方冒烟的形势下,蒋介石开始更加关心起劝降方志敏的事情来。在他看来,只要方志敏合作,就能一举肃清闽浙赣三省的共党。

蒋介石又一次打电话给顾祝同,开口就直奔主题:"墨三,方志敏的事情办得怎么样了?你不会又让我失望吧?"

顾祝同不敢隐瞒,便小心翼翼地回答说:"委座明鉴,那方志敏几经职部派人游说仍旧态度强硬,不肯合作。就连中央社的马小姐也……"

出乎顾祝同意料的是,这一次蒋介石居然没有发怒,反而夸奖起他来:"墨三,你能如实报告给我方志敏的情况这很好。但不要管人家记者马小姐怎样,毕竟这件事连你这样的将军也没有办好嘛!你下一步准备怎么办?"

顾祝同知道蒋介石这么晚了还打电话来心里一定很急,他犹豫了一下还是老老实实地说道:"请委座见谅,职部其实没有把握……"

听了顾祝同的汇报之后,蒋介石突然勃然大怒,马上用严厉的口气责

备顾祝同道:"你办事不力,贻误军机!不,简直是贻害党国!"

一听蒋介石居然用这样刺耳的话来训斥自己,顾祝同当时就慌了。他马上胆颤心惊地回答说:"职部无能,请委员长息怒,我一定尽快把事办成,弥补自己的过错……"

听顾祝同这么表示,蒋介石才稍微缓和了一些,说道:"墨三,你一定要尽快想出好办法来,过些时候我会亲自去会会方志敏的,你明白我的意思吗?"

顾祝同哪里还敢再说泄气话,只得连连表示一定全力以赴,这才暂时蒙混了过去。

自知自己无能为力的顾祝同自然而然地又想起了张潇然,因为截止到目前为止,只有这位自告奋勇的县长还表示愿意再去跟方志敏接触。迫于蒋介石的压力,顾祝同只得屈尊俯就,亲自往弋阳打电话给张潇然,要他尽快再去见见方志敏。

张潇然听完竟然没有丝毫犹疑,欣然答应了下来,这多少让无计可施的顾祝同感到了一丝慰藉。

"逃三圈"自打在盗墓时被徐凤姑抓住,就一直很不配合。他先是想找机会逃走,但最后还是垂头丧气地放弃了这个打算。无奈之下,他只得在徐凤姑的枪口面前承认了自己就是"逃三圈",几经考虑,他决定试探一下徐凤姑的真实意图。

"逃三圈"望着一脸严肃的徐凤姑,惴惴地问道:"这位姐姐,你到底想让我怎样?干脆就直说算了!"

徐凤姑见他肯开口讲话了,便单刀直入地说:"我想借用你挖洞的本事,去救一个人……"

"逃三圈"没想到是这么个差事,他听罢"嘿嘿"一笑说:"这个不难,但事成后你会给我什么好处?"

徐凤姑没想到他居然会提出这么个问题,想了想回答道:"事成之后我给你十条快枪,怎么样?"

"逃三圈"闭上眼睛一算,当时一条快枪最少能值十几块大洋,乡下有的是土豪抢着要买,脱手肯定不是问题,这才点着头算是答应了这个条件。

眼见着"逃三圈"认可了自己的条件,徐凤姑心里不禁一松,想了想又望着他说道:"但你还必须要答应我一个条件,咱们的约定才能作数!"

"逃三圈"听了感觉十分奇怪,看着一脸严肃的徐凤姑笑道:"真是怪了,你还有条件?那就说来听听吧。"

徐凤姑说道:"我的条件很简单,那就是事情干成前你一步也不许离开我!"

"逃三圈"一听就蹦了起来,他指着徐凤姑没好气地叫道:"这是为什么?你让我任你摆布吗?"

徐凤姑点了点头,轻蔑地看着他回答说:"说对了,你必须任我摆布!"

"逃三圈"的眼睛叽里咕噜地一通乱转,最后看着徐凤姑把头一点,大声应承道:"好,我答应你,寸步不离就寸步不离!但你总得告诉我要我干的到底是什么事吧?"

徐凤姑回答说:"可以!"

"逃三圈"等了半响没有动静,他把眼一瞪,不满地催促道:"说呀!"

徐凤姑迟疑了一下,开口说道:"挖洞救人!"

"挖哪儿?救谁?""逃三圈"紧追不舍地问道。

"看守所!"徐凤姑说着站起身,两眼望着"逃三圈"说道。

"逃三圈"听了非常吃惊地反问道:"告诉我,挖那个鬼地方救谁?"

徐凤姑终于恼怒了,她再次拔出枪来盯着他的脑袋狠声喝道:"好,我就全告诉你吧,但你要记住了,从现在起,你只要离开我们的人半步我就开枪!"

"逃三圈"听完满不在乎地点了点头说:"行啊,我不都已经答应了?"

徐凤姑把牙一咬,一字一顿地说出了这个人的名字:"我们的方主席、方志敏……"

当"逃三圈"听说徐凤姑原来是叫他去救方志敏时,态度却来了个一百八十度的大转弯,他收起了满不在乎的样子,马上爽快地答应下来:"哎呀,是救他呀!你怎么不早说?"

徐凤姑板着脸提醒道:"告诉你,知道得太多了不是好事,你可别在这件事上动什么歪脑筋,听见没有?"

"逃三圈"微微一笑,告诉徐凤姑说:"实话告诉你说,我这条命就是方志敏方主席给的!人,我帮你救,你那十条快枪我一条也不要了!"

徐凤姑听了更加疑惑,赶忙追问道:"这到底是怎么回事?"

"逃三圈"听见徐凤姑问,这才叹了口气说出了事情的原委:

当年,自己这个盗墓世家出身的家伙并不是干这个营生的,他本想好

好务农,从自己这代就跟盗墓划清界限,吃口安乐茶饭。谁知他爹在外县盗墓失手被关进了死牢,他也被牵连了进来。父子两人双双被押上断头台,眼看陶家就要断了香火,这时多亏方志敏的红军打来了,他这才捡了一条活命。从那开始,他虽然被迫当上了盗墓贼,但是他发誓要报答方志敏的大恩大德。不想今天终于有了机会。

至此,"逃三圈"和徐凤姑终于解除了误会,积极地准备营救方志敏的方案来。

湖船上,米占山已经拔出了手枪,对着金彩云喝道:"我问你是不是红军?你赶紧回答我!"

金彩云站起身来摇了摇头,镇定地迎着米占山的枪口说:"我当过,但现在不是了……"

米占山一听立即收起了手枪坐回了原位,他端起桌上的酒杯,一仰脖子灌下去一杯酒,大声说道:"既然现在不是了就没什么,我米某照样要娶你!"

金彩云望着他笑道:"好,你果然好气魄!我那心愿你还要不要听?"

米占山笑着点头道:"但讲无妨!"

金彩云慢慢地凑到米占山的耳边,小声地嘀咕了几句。米占山不听则已,听完之后猛地站起来再次拔出了手枪。他歇斯底里地对金彩云吼叫着说道:"金彩云,这回我真的要枪毙了你!"

11

这一夜南昌城里真是不平静,围绕着看守所里的方志敏,许多事情都在夜幕下紧张地进行着。

在财神庙里已经耗了很久的"逃三圈"原本死扛着不肯跟徐凤姑合作,但当他知道了游击队找他原来是想要他去救方志敏的时候,当即便答应了下来。

徐凤姑见他答应了大为高兴,知道了他的身世后更加放心,正要询问什么时候可以动手,"逃三圈"却看着徐凤姑开口说道:"要想干成这件事,我还必须要个帮手！"

徐凤姑连忙问道："谁？他是什么人？"

"逃三圈"回答说："他叫'缩骨梁'，是我的徒弟……"

金彩云毫不畏惧地面对着米占山的枪口，笑容满面地对他说："来吧，你是一枪打死我，或者是干脆把我抓去领赏都可以，动手吧！"

米占山虽然依旧端着枪，但神色却已经缓和了不少。终于，他轻轻地叹了口气，把枪插回了腰间的牛皮枪套里，慢慢地坐回到金彩云的面前。

米占山默默地看了金彩云一会儿之后说，"告诉我，你为什么要救方志敏？是共产党在背后逼迫你吗？"

金彩云淡淡一笑，摇了摇头回答说："就算真有什么人在背后胁迫，难道我当了你的姨太太，住在这重兵把守的南昌城里，还有什么可怕的吗？"

米占山点了点头，默认了金彩云的话。只听见金彩云又用平静的语气继续说道："实话告诉你说，要是不能把方主席救出牢笼，我这一辈子也不能安生……"说到这里，金彩云顿了顿，用一双明亮的大眼睛幽幽地望着米占山问道："告诉我，你真的喜欢我吗？"

米占山毫不犹豫地点着头，用发誓的严肃语气回答说："这一点可对苍天发誓！但到了这会儿我却不得不问一句了，你是否真的愿意嫁我？"

金彩云回答说："是的，只要你帮我了却了这桩心事，我就心甘情愿地嫁你，一辈子好好地伺候你……"

米占山突然变了脸，说道："要是我既不帮你又要娶你呢？"

金彩云闻听慢慢地站了起来，迈步走到了游船的前甲板上，目光炯炯地看着米占山回答说："那恐怕只能让你空欢喜一场，我情愿一死！"

米占山的眼神忽然又变得柔和了起来，他痴痴地望着金彩云问道："那我要是依了你呢？"

金彩云用肯定的语气回答说："我刚才说了，从此再也不离开你，生生死死跟着你。"

米占山难以置信地摇了摇头，仿佛自言自语般地说道："为什么救了方志敏你就会对我心甘情愿呢？那你这心甘情愿到底跟我有没有关系呢？"

金彩云用不容置疑的语气说道："因为我平生最敬爱英雄，你要干成了这件事，这周围几个省的老百姓全都会把你当成大英雄，我也是一样。这心甘情愿里到底是不是为了你呢？"

米占山端起酒杯一连自斟自饮了好几杯，才苦笑着看着金彩云，摆出一副无赖相说道："事成之前，你是说什么都好听。你说，要是你到时候耍了我怎么办？"

金彩云一看米占山这样子，知道他心里已经基本上认可了这件事，只是想得到自己最后的保证罢了，便站在船头，慢慢地竖起中指和食指慢慢地举起来，缓缓地说道："我金彩云明天就让师兄把我的嫁妆送到你的府上，那是我这么多年的积攒。到时候你就会看到，要是真有个一差二错，就是丢了差事也够我们活上几年了……"

米占山万万没有想到金彩云居然还会有什么嫁妆，而且听来还颇为丰厚。他转着眼珠子想了想说："好，我答应你！但你必须先要跟我洞房花烛……"

沉默了片刻，金彩云也把自己的目光迎着他看去，轻声回答道："好，我答应你！"

接下来，游船里的气氛又缓和了下来。换掉了一支新的红烛之后，米占山笑咪咪地看着金彩云，很感兴趣地问道："跟我说说你跟方志敏之间到底有什么故事吧。"

金彩云默默地点着头，拿起酒壶给米占山满上了酒，抬起头出神地望着黑漆漆的湖面说道："那一年我们飞花班到萍乡去唱戏。戏还没开锣，不想我却被一个把持了好几家煤矿的恶霸纠缠上了。那个恶霸非要娶我做她的小妾，师父为了保护我，被他手下的护矿队给乱枪打死了。师兄带着我们去萍乡的衙门告状，那个被恶霸买通的赃官竟然把我们全都抓进了牢房，并告诉我要是三天之后再不答应他的要求，就把我们全都按通匪的罪名处死。那个恶霸得意洋洋地跑到牢里跟我说，他就在萍乡城里等着，看我到时候怎么去低头求他……"

米占山默默地点了点头，没有插嘴。身为一个军法官，他深知金彩云并没有骗他。在地方上，草菅人命、鱼肉百姓的事情早就已经成了公开的秘密。

金彩云沉浸在对往事的回忆中，专注地继续着她的讲述："就在这个时候，方主席带着红军打来了。他不仅把萍乡的那个狗官和他的手下全都打跑了，还把我们放了出来。听到了我们的事情后，方主席又下令把那个恶霸抓回来拉出去枪毙，替我师傅报了仇，还把我们改编成了苏区的'红军宣传队'。"

说到这里，金彩云看了看米占山又补充道："这就是你那几年打听不到我下落的原因，直到后来你们来了之后，我们才又重新流落到江湖上……"

"逃三圈"领着徐凤姑等人来到了一处简陋的住宅门前。"逃三圈"指着紧闭的门板说："就是这里，看起来这小子还没回来，咱们进去等他吧。"说着话也不等徐凤姑同意，便熟门熟路地从屋檐下的一个破瓷罐里找到了钥匙，打开了那扇门。

进到屋里，"逃三圈"点上了灯，指着一张破床板支起的床和一张桌子两把椅子的屋子，不好意思地对徐凤姑笑道："让大姐见笑了，我这徒弟是个浮浪子弟，一有了钱不是送去了窑子就是拿去狂赌，直到现在还是光棍一人，没个女人打理光景。嘿嘿……"

徐凤姑听了并不以为意，只是淡淡地一笑便坐在了一把椅子上。她看着"逃三圈"问道："我说，你怎么会叫'逃三圈'这么个怪名字？"

"逃三圈"听见问，不好意思地搔着头皮回答说："让大姐你见笑了，是人哪有叫这样的名字的？我本名叫陶三全，因为江湖上的朋友见我从没失过手，便送了这么个绰号给我，意思是就算是盗墓时遇到了阎王爷手下的无常，也能逃上个三圈两圈的……"

正说着话，屋外忽然传来了一阵从没听过的鸟叫声，徐凤姑等人心知有异，赶忙把手向腰间的驳壳枪摸去。陶三全却笑着对徐凤姑说："别紧张，是我那不成器的徒弟来了！"说着话，他也噘起嘴唇回应两声。

果然，随着他的声音，一个瘦骨伶仃的汉子鬼魅般地闪身进到了屋里，他先是朝着陶三全拱了拱手，叫了声师父，紧接着便瞪着一双精光四射的小眼睛来回打量着屋里的徐凤姑等人。

"缩骨梁"望着陶三全问道："师父，这几位是？"

陶三全挥手示意他先坐下，可"缩骨梁"来回踅摸了一圈实在没找到能坐的地方，只得涎着脸苦笑着说道："师傅，有话你尽管说，我就站在这儿听着吧。"

陶三全看了看身边一言未发的徐凤姑，从她那儿得到了一个肯定的眼神之后，这才把目光转向了等在那里的"锁骨梁"说："我来找你是想让你跟我一起去做一件事……"

"缩骨梁"听师父陶三全讲述了事情的前因后果之后，心里感到很是不满。他真不知道那个姓方的共产党碍着他哪儿疼哪儿痒了，硬要提着脑袋

去干这赔本的买卖。但转念一想，那些共产党很不好惹，别说别的，他们连顾主席亲自出席的庆祝大会都敢硬闯，自己可千万不能得罪他们。

"缩骨梁"偷眼望了望始终用手摸着腰间的徐凤姑，知道她腰里肯定是别着专门送人铁花生米的家伙，不禁犹豫了起来。

徐凤姑看透了他的心思，马上拍着自己腰里的枪许诺道："你要是肯给我们帮这个忙，事成之后我这支德国造的驳壳枪就归你，怎么样？"

"缩骨梁"听了心中暗喜，他知道现在黑市上一支这样的枪最少能值五十块现大洋。面对这笔横财，他忙不迭地点着头装出仗义的样子说道："行，看着我师父的面子，这个忙我帮了！"但他紧接着又说道，"不过咱们丑话得说到前头，到时候只要暗道打通了我就拿枪走人，救人的事情我可就不参与了，行不行？"

徐凤姑满心想着救人，哪肯跟他啰嗦，当时就点头说道："好，咱们一言为定！"

"缩骨梁"虽然痛快地答应了，可是心里却依旧很不情愿。别看"缩骨梁"这小子嘴上信誓旦旦的，但心里却没憋着好。他看着一直笑吟吟的陶三全打起了自己的鬼主意。

这些年，"缩骨梁"一直诅咒陶三全早点吃了子弹。那样的话，他就可以从城里的药王庙大殿里取出陶三全这几年的积蓄。那笔积蓄就藏在药王身边那尊泥塑的童子像里，足够赎了虹霓楼的小翠一起逃走逍遥了。

这一夜没有入睡的人还有顾祝同。此时他正坐在藤椅上思索着蒋介石一再想劝降方志敏的事情。

想着那个身穿破棉衣、眼睛里永远是执着的眼神的方志敏，顾祝同不由得在心里暗暗扪心自问："要是我顾某人有朝一日落在了共产党手里，能有他这样的风骨吗？"想到这里，他叹了口气轻轻地在心里给出了答案："不可能，我绝不会像他那样傻的……"

第二天一早，戴笠便匆匆地起身要到行营上班去了。向影心也懒洋洋地起身开始梳洗，准备到报社去刊登胡逸民交给她的那则启事。但工于心计的向影心没跟戴笠吐露实情，却故意告诉戴笠她是到街上给胡逸民买东西。要知道这个年头只要跟共产党沾上一点边，脑袋就得搬家，她下决心不管到了什么时候也不把这个秘密说出来。

132

一夜没有睡好的顾祝同起了个大早，简单地梳洗之后便穿上了熨烫笔挺的军服，对着镜子仔细地欣赏着领子上那副多少人倾其一生也无缘问津的上将领章。顾祝同想着即将到来再去劝降的张潇然，很希望他能抢在蒋介石再问起方志敏之前赶到南昌来。

　　来到了自己在行营的办公室之后，顾祝同就焦急地盼望着张潇然的消息。可直到日上三竿了，还没有人来打扰他，把顾祝同急得如同热锅上的蚂蚁一般，站起身来在屋里走来走去。

　　就在顾祝同的耐心将要耗尽的时候，米占山在副官的陪同下走了进来，敬了礼之后向他报告说："主任，弋阳县的县长张潇然来了。您看有没有时间召见他？"

　　顾祝同闻言大喜，如释重负地望着米占山吩咐道："太好了，马上请他进来！"

　　今天对米占山来说是个好日子：他迎娶金彩云的事情就这么定了下来，而且一大早穿戴一新的金麒麟就带着人送来了嫁妆。金麒麟放下了那个描金的礼盒说着祝贺的话，示意他打开来看看。

　　米占山当时还不以为意，心里轻蔑地想："就你们这穷戏班子能有什么值钱的东西？还不是三瓜两枣的……"米占山信手打开了礼盒之后，却一下子惊呆了。只见礼盒里整整齐齐地摆着十封红纸包着的现大洋，一看就知道不多不少正好一千块。

　　米占山看了吃惊地抬起头来，望着金麒麟颤声问道："老金，你们从哪儿弄来的这么多钱？"

　　米占山这样问其实一点也不奇怪，因为在当时，一千大洋很可能是一个富户一生的积蓄了，这绝不是一个戏班子能拿得出来的。金麒麟听见问，立即挥手打发走了同来的两个小徒弟，神神秘秘地对米占山说道："咱们眼下不是外人了。实话告诉你，这是当初在那边替方主席保管的，没有旁人知道。你就放心吧……"

　　米占山想起昨天金彩云跟他说的话，又低头看了看礼盒里的大洋，对金麒麟的话深信不疑。他点了点头，对金麒麟说道："好，不管它是什么来头，现大洋总归都是好东西。你回去跟彩云说，让她放心！我这边一定好日子就通知她。"

　　金麒麟听了仍旧满脸堆笑地垂手站着，一点没有想要告辞的意思。米

死囚

占山疑惑地望着他问道:"你还有什么事吗?"

金麒麟这才小声提醒道:"彩云让我告诉你一声,别把昨晚托你办的那件事忘了,她等着回话呢……"

听金麒麟这么一说,米占山才想起了昨晚金彩云分手前提出的那个要求。原来,金彩云提出要在营救方志敏之前再见他一面。在这么大的事情面前,米占山有些胆怯了,但色迷心窍的他不愿意破坏了自己的好事。他犹豫了好半天之后还是答应了金彩云的要求,但他也提出了一个要求,那就是只能让她远远地看上一眼。

张潇然又一次在牢房里见到了方志敏,他微微一笑主动对方志敏说:"方先生,我又来看你,又准备说那些你不爱听的话了……"

方志敏听了也笑着回答说:"来就来了,何必多礼?再说我也不是你们的蒋委员长,一点不同的声音听不得!观点不同的我们完全可以争论嘛!"

张潇然笑着坐到了方志敏的对面,望着方志敏称赞道:"方先生真是有胸襟啊!"

方志敏听了摇着头望着张潇然,反驳道:"不,你看到的只是一个共产党人应有的胸襟。"

寒暄过后,两个人果然又展开了激烈的交锋。一直妄想用自己信奉的理想战胜方志敏的张潇然率先发起了进攻:"方先生,你说的胸襟是不是也该包括些许的变通?就是说,只要让民众过上好日子,使国家富强起来,不管是国民党还是共产党做到的,都可以接受?如果你们只是固执地坚持由你们来实现这些理想,是不是太偏颇了?"

方志敏听了微笑着用眼睛瞟了一眼张潇然,沉着地回击道:"张县长,你的话理论上是站得住脚的,但是你忘了最重要的一点……"

张潇然一看方志敏居然同意了自己的观点正在暗暗高兴,听他这么一说忍不住问道:"哪一点?"

方志敏回答说:"那就是国民党已经在骄奢淫逸和私欲面前不知不觉地站到了人民的反面,成了一个代表着少数人利益、妄图骑在绝大多数人头上的政党。请问,谁又能相信这样的政党会实心实意地让民众过上好日子,使国家富强起来呢?"

张潇然回答不上来了,他借着微笑来遮掩住了脸上的窘态,喃喃地说道:"方先生,你可真是好口才啊……"

方志敏听了他的称赞之后，淡淡地摇头一笑，用自己那执着的眼神望着张潇然说道："我哪里是口才好？只不过是真理在我这一边罢了。"

方志敏说完这句话没等张潇然开口，便用恳切的语气对他说道："张县长，记得上次我曾跟你说过，我这么多年不打弋阳，是因为你施政比较清廉，办事比较公平。你想知道我作为你的敌人是怎么看出这一点的吗？"

张潇然一笑回答说："想是我平时比较洁身自好，被你注意到了吧？"

方志敏点了点头，再次沿着这个话题问道："既然张县长你自认清廉，那么请问你跟古时候的包公、海瑞相比怎么样呢？"

张潇然不知道方志敏到底想说什么，只得老老实实地回答道："潇然岂敢拿我这点萤火般的政绩来亵渎先贤？差得何止千里万里啊。"

方志敏听到这里，猛地一拍大腿站起来说道："这就是了！我之所以能从一个敌人的角度发现你，是因为你所处的官场实在是太黑暗，你那萤火般的亮光才能传到我的眼里。你说这样的政府又怎能代表民众的意愿？可是百姓们期盼的政府？"

张潇然听了竟然点了点头，深有感触地发出了一声叹息，因为方志敏所说的的确和他看到的一样。

在一阵短暂的沉默后，张潇然缓缓地站起身来，向方志敏深深地鞠了一躬，带着诚挚的神情说道："潇然不敢再在你面前逞什么口舌之能了，就像你说的那样，真理的确是在你那一边。留下有用之身，等待时机再造福黎庶吧……"

方志敏听完潇然的话深深地叹了口气，他眼睛里闪动着异样的光彩，说道："张县长的好意志敏心领了，记得第一次你劝我跟政府合作，被我拒绝了。上一次又劝我为了自由放弃理想，依旧被我拒绝了。这一次，你劝我爱惜自己的生命，还给了我一个冠冕堂皇的理由。但我还要告诉你，我又要让你失望了……"

张潇然听了大为不解，一双眼睛紧紧地盯着方志敏，带着诧异的表情失声问道："你这么一说我倒糊涂了，难道生命对你来说也不重要吗？"

方志敏摇了摇头郑重地回答说："生命是母亲给予的，也是一个人一生中最宝贵的财产，谁也无权糟蹋它。只是我的生命已经跟关系到绝大多数人的利益联系在了一起。为了让天下的劳苦大众活明白，只要抛头颅洒热血就能赶走欺压他们、奴役他们的少数人，为自己最终赢得自由和尊严，我情愿把我的生命化作一声惊雷，去唤醒懵懂中的他们！如此一来，我的

生命也就不显得那么值得珍视了……"

张潇然听了半响无言,他默默地站起身来带着心悦诚服的表情说道:"方先生,我的使命就此终结了。但我却永远不会为了这几次跑到南昌来而后悔,是你让我看到了一个人应该如何去实现他在自己的信仰前许下的诺言。潇然就此告辞了,不知方先生可有什么需要我代劳的……"

方志敏望着满脸凝重的张潇然微笑着说道:"我没有别的好说,只求张县长回到弋阳之后一定要善待百姓,他们才是你一生功过最好的评判人!"

就在张潇然带着一种从未有过的复杂心情黯然地离开了看守所的时候,与他一街之隔的那座民宅里,徐凤姑和陶三全已经展开了行动。

陶三全蹲在地上用一把盗墓者最常用的工具取出了一些土样,仔细地观察了一番之后,摇着头对徐凤姑说道:"这里的土质地太过松软,要想挖一条能过人的暗道实在是太不理想了……"

徐凤姑听了赶忙追问道:"有什么好办法吗?"

陶三全听了带着自负的表情微微一笑,回答说:"幸亏遇到了我,这点事还不至于彻底被难住!"

徐凤姑听了眼睛一亮,拍着陶三全的肩膀说道:"那就赶紧想办法吧,全靠你了!"

陶三全站起身来走到门前,透过门缝仔细地测量了他们租住的院子和看守所之间的距离之后,回转身来望着徐凤姑说道:"这段距离搁在地面上不算什么,但要是搁在暗道里可就着实的不近了……"说到这里,他若有所思地望着街对面看守所高高的大墙,对徐凤姑说道:"要是想行动起来得心应手,我看咱们必须派个牢靠的人进到看守所里,实地看一下才更有把握。"

徐凤姑也知道陶三全的意思,要搞不清楚大墙里的情况,就算是暗道挖通了也是白搭。她略一沉吟便答应了陶三全的要求:"行,你放心吧!这事我一定尽快安排!"别看徐凤姑答应得爽快,其实她心里却急得不得了,如何能混进看守所去,徐凤姑仍感到一筹莫展。

正在这时,一阵敲门声传来,徐凤姑不禁一愣,立即朝身边的警卫员徐少艾使了个眼色让他过去应门,自己却拉着陶三全闪身躲在了院里的墙角暗处,机警地望着院门的方向。院子里的几个游击队员也悄悄做好了战斗准备,各自占据了院里的有利地形。

对上了暗号之后，警卫员徐少艾轻轻地打了声呼哨，告诉大家来的是自己人。徐凤姑定睛一看，原来是黄道和李水生一前一后地走进了院子。她赶忙又惊又喜地迎上去叫道："老黄，你怎么来了？"

黄道面沉似水地对着徐凤姑看了看，板着脸问道："哪里方便讲话？"

这样一来，徐凤姑才猛然间想起自己是私自带人下山潜入南昌的，赶忙指着堂屋说道："我知道你要批评我，那就里边请吧……"

原来，一直在徐凤姑他们附近暗中观察的李水生看到他们平安地回到了这里，才急忙跑去向一直在焦急地等待着徐凤姑他们回来的黄道报告。黄道听了当时便决定主动现身，跟着李水生来到了这里。

进到屋里，黄道立即用眼睛瞪着徐凤姑说道："好你个徐凤姑，怎么这么无组织无纪律？"

徐凤姑避开了黄道那迎面射来的两道犀利的目光，低下头不好意思地回答说："老黄，我错了！等救出了方主席你想怎么批评我都行，可眼下……"

黄道怒极反笑，他看着满脸倔强的徐凤姑严厉地说道："徐凤姑同志！救出老方是大家共同的心愿，可我们是党的队伍，不是占山为王的山大王，回去你必须做出深刻的检讨！"

徐凤姑一看黄道真的恼了，只得老老实实地回答道："老黄，我真的知道错了，你处分我吧！"

黄道看着徐凤姑真心实意地承认了错误，也就不再说什么了。他一抖长衫的下摆坐在了堂屋里的椅子上，对徐凤姑问道："那好，先说说你们的计划吧！"

徐凤姑知道漫天的乌云已经散了，便拉过一把椅子坐在黄道的对面，把自己的方案详细地向黄道作了汇报。黄道听完以后也觉得挺妙，开口称赞道："嗯，这个计划不错！"说到这里，他又赶忙用探询的目光望着徐凤姑说道："有什么困难没有？"

徐凤姑一五一十地把陶三全提出的要进到看守所里的事情一说，黄道也不禁陷入了沉思当中。在眼下这种白色恐怖蔓延的局势下，南昌的党组织已经遭到了严重的破坏，想要一时三刻找到一个内线帮助自己人混进看守所里简直比登天还难。

正在黄道和徐凤姑苦思冥想着混进看守所的办法时，进屋后一直没有开口的李水生突然把大腿一拍，失声叫道："我有办法了！"

黄道闻听立即抬起了头来,正要发问,一旁性如烈火的徐凤姑早已经跳了起来,一把抓住了李水生的衣襟大声问道:"快说,你有什么主意?"

向影心在报馆办好了刊登寻人启事的事情,雇了辆洋车回到了看守所里。在看守所大门的院子里,她一眼便认出了戴笠昨晚开过的那辆车,心里不禁暗想:"怎么?这个冤家又来这儿了?"

想着、想着,向影心已经扭动着腰肢来到了看守所的办公区。就在她准备拐进通往优待牢房的那条甬道时,突然看见戴笠和一个人并排走出了钱景民的办公室。向影心以为看守所里又来了什么大人物,猛然间想起了凌风梧让她尽量少见生人的话,下意识地躲进了附近的阴影里。

藏身在暗处的向影心听到戴笠对那人说道:"好好干吧老弟!再忍几天我就该设宴请你回去了……"

那人毕恭毕敬地回答说:"处长放心,卑职一定不负所托!"

戴笠显然对那人的回答很是满意,笑着对他说道:"记住,你的任务是盯着方志敏身边那些对党国不忠的人。我们的职责就是及时地发现并铲除他们!你可要把眼睛睁得大大的,别漏过任何一个可疑的细节,听见没有?关键时候就找钱景民副处长,他知道你的身份……"

向影心从他们的对话里听出了那人的身份。毫无疑问,这家伙肯定是戴笠放在优待号里的眼线,但他是谁呢?在强烈的好奇心驱使下,向影心探出头偷眼一看,心里不禁大惊,喃喃地说道:"竟然是他!"

12

钱景民感到十分郁闷,从行营回来看见什么都想发脾气。

刚才散会时惯会讨好邀宠的钱景民想着凑上去跟顾祝同说句话,加深一下印象,却被顾祝同不冷不热地瞟了一眼扔在了那里。他想着自己千方百计地混了这么多年,却仍旧是个连混个脸熟都很难做到的副职,一股邪火刹那间从心里直窜头顶。

回到办公室后,钱景民一连喝了两大杯凉水,但还是难以浇灭心头的怒火,便咬牙切齿地站起身推开门往普通监区走去,琢磨找个犯人好好地发泄一下。在无缘无故地瞪了一个执勤的宪兵,又骂了一顿一个敞着怀的宪兵之后,他慢慢地走到了关押被俘红军的牢房前。

牢房里的红军战士们一看他来了,全都默默地转过脸把目光投向了别处,没一个人理睬他。钱景民很快就感受到了牢房里弥漫着的那种轻蔑,他不禁恼怒地涨红脸,把牙咬得咯咯直响,正要走进牢里进一步去耍威风,忽然间又迟疑着停下了脚步。原来,他突然从那些根本不往他这儿看的红军战士身上感到一种压力,那种无形的压力让他刚才那股无名怒火忽然间消失得无影无踪,让他不由自主地低下头去。就在这时,钱景民的目光停在了脚下那肮脏的地板上,一条毒计涌上了他的心头。

钱景民挥手叫过另一个执勤的宪兵,指着关押着红军战士的那间牢房,板着脸吩咐道:"去把负责这里的看守找来,让他看着这间牢房里的人,给我把整个所里的地板全都擦干净!"

那名宪兵看他脸色不善,听了命令不敢怠慢,马上敬了礼,飞也似的去了。

看守来了,他一边偷眼看着一副没事找事样子的钱景民,一边赶紧从腰间摘下了钥匙打开了牢门,生怕他这把邪火烧到自己的身上。看守用手里的大钥匙使劲地敲打着铁栏杆,高声叫道:"别他妈在这儿耗着养膘了,赶紧出去干活!"

尽管他的嗓门挺大,可牢里的红军战士们却根本没有响应,只是全都转过头来,用愤怒的目光朝他望去。这种无声的对峙进行了大约几秒,那个看守终于主动地退却了。他心有余悸地看了一眼后,便转过身来走到钱景民的面前小声咕哝道:"处长,要不咱们从刑事犯那边弄几个人过来吧,这些共匪……"

钱景民听了勃然大怒,他走到了牢门前,指着最前边的两个红军战士恶狠狠地对看守说道:"叫宪兵队来,把这两个小子关进反省号里,等他们什么时候想通了再给饭吃!"说完这句话,钱景民又坏笑着补充道:"记住,连水也他妈的不许给!"

干完这件事之后,钱景民感到自己终于出了一口恶气,心满意足地回到了办公室,哼着小曲儿擦起了自己的佩枪来。可没过两分钟,刚才派去执行命令的那个看守就气急败坏地来找他了。

钱景民斜着眼打量着那个看守,大声喝道:"慌什么慌?难道是那牢里的共匪暴动了?"

那看守抬起袖子擦了擦额头上的汗，摇了摇头回答道："没……没有……只是……"

钱景民一边仔细地擦着枪一边心不在焉地催促道："到底怎么了？快说话呀！"

看守胆怯地望着他，用蚊子般的声音回答道："他……他们要求您道歉，否则就集体绝食……"

钱景民听了先是一愣，但马上又恢复了常态。他"哗啦"、"哗啦"地来回拉了两下枪栓，用满意的眼光欣赏着已经擦拭干净的枪膛，轻描淡写地说道："你是傻了还是怎么的？咱们是看守所，跟阴曹地府的区别就是咱们在地面上而已，死几个人算什么？由他们去！"

正说着话，办公室的门被猛地推开了，凌风梧怒容满面地闯了进来，望着钱景民气势汹汹地嚷道："老钱，你究竟想干什么？闹出人命来你担还是我担？"

钱景民望着他的老对手，把眼一翻狗咬架似的怒道："凌风梧，你嚷什么嚷？这看守所哪个月不死上几个人？想当菩萨你到庙里去啊！"

凌风梧被钱景民这么一闹反倒冷静了下来，他冷笑着对钱景民把手一摊说："好啊，那就这么耗着吧！等人饿死了你去跟顾主任解释吧……"

钱景民听了"嘿嘿"一笑，反唇相讥道："不就死几个共匪吗？我自信还担得住！"

凌风梧一听马上挑衅地把大拇指一举，阴阳怪气地叫道："有种！钱处长你真是条汉子！等方志敏和刘畴西一块儿被抬出去的时候我才真佩服你呢！"

钱景民一听顿时傻了，心里立刻七上八下地狂跳起来。他知道方志敏的分量，万一要是他跟着起哄饿死了，别说他钱景民了，就是行营里的米占山也得跟着吃挂烙。据说蒋委员长对他也是很在意呢。

想到了这一层，钱景民一下子软了下来，他赶紧满脸堆笑地走到凌风梧面前，掏出一支烟带着讨好的表情说道："风梧啊风梧，咱们老同学之间闹个红脸也很正常，谁家的锅边不碰炒勺？你赶紧想办法把这件事摆平了吧？"

凌风梧听了也不好再跟钱景民直接冲突，顺手接过了他递过来的那支烟掏出火柴来点着，抽了一口吞云吐雾地说道："老钱，办法嘛倒是有，就是你听了可别生气啊……"

一心想着赶紧把这件事捂下去的钱景民哪里还有什么气可生,他赶忙陪着笑脸说道:"老兄你说吧,我绝不会在意的!"

看着钱景民一脸狼狈的样子,凌风梧幸灾乐祸地说道:"你得亲自去见方志敏……"

关押在优待牢房里的方志敏是从例行检查的段存仁嘴里知道这个消息的,心里不禁吃了一惊。他焦急地想:"既然跟敌人进行绝食斗争,必须要有必胜的把握,否则很容易让敌人反过来咬上一口。那些没有人性的家伙哪里会顾及他们的死活呢?"但转念一想,如果不采取这样的断然措施,被关进了反省号的那两个战士可就危险了!想到这里,方志敏感到,只有自己也参加进来,才有可能利用蒋介石对自己的最后一丝幻想占到上风。想到这里,方志敏便在心里打定了主意。

等到开饭的时间了,方志敏看见厨子老古笑眯眯地端着托盘来了,他笑着对老古说道:"对不起了老古,请你把这饭菜端回去吧!再顺便跟钱景民说一声,就说我方志敏绝食了!"

老古听了不明就里地打量着托盘里一年三百六十五天永远也不换样的——一碗糙米饭和一小碟辣椒炒的酸菜——粗糙饭食,错误地理解了方志敏的意思。

老古麻利地端起托盘赞同地说道:"对!方先生,您早就该这么办了!我这就去跟他们说,要不给您换点新鲜花样儿,您就这么耗着,我回头偷偷给您送吃的来!"

方志敏望着好心的老古笑着摇了摇头,一本正经地对他说道:"老古,谢谢你的好意,我真的开始绝食了。"

老古用不解的眼光望着方志敏喃喃地说道:"方先生,不吃饭怎么行?再说您还病着……"

方志敏坚决地把头一摇,对老古说道:"你也是知道,关在普通监区的那些红军都是我的兵,现在他们全都绝食了,我又怎么能一个人在这里填饱肚子呢?"

尽管老古最终也没弄明白士兵不肯吃饭长官也要跟着挨饿是什么规矩,但还是叹了口气端着托盘按照方志敏说的,去找上头报告了。他打心眼儿里佩服方志敏,而且从内心认定只要是他要干的事就绝对没错!

高墙外边当然不知道看守所里发生了什么，李水生已经按照他的计划重新回到了原来住过的悦来客栈，在席棚下耐心地等待着目标的出现。

跟李水生隔了几张桌子的地方，徐凤姑等人也要了一些酒菜，坐在一边默默地注视起这边的动静来。就在他们禁不住店里伙计的纠缠又添了些酒菜的时候，李水生终于等来了他的目标。只见一个穿着宪兵制服、带着中士领章的家伙大摇大摆地走进了席棚，很熟络地对老板嚷道："快着，炒个青菜烫二两酒！"说着，便熟门熟路地向他常坐的那张桌子走了过去。

李水生已经观察过了，早就等在他的必经之路上。一看这个宪兵果然心不在焉地走了过来，马上悄悄地把脚伸了出去。只听"扑通"一声，那个家伙当时就被摔了个嘴啃泥，结结实实地趴在了地上。被摔得龇牙咧嘴的宪兵忍痛爬了起来，指着李水生骂道："你他娘的瞎了？"

李水生听了"腾"地站了起来，不服气地说道："这里是吃饭的地方！你怎么跟吃了粪一样嘴臭！"

那家伙在看守所里横惯了，一看李水生居然敢顶嘴，二话不说抬起手照着李水生搂头就打，嘴里还不干不净地骂道："狗日的，你还敢还嘴？"

就在这间不容发的当口，李水生敏捷地低头躲过了那宪兵打来的拳头，趁机捉住他的手腕，使劲一带，竟然把他扔出了五尺开外。那宪兵一头撞在了席棚子上，登时被摔了个七荤八素。

好不容易爬起来之后，那个宪兵用看见了鬼似的眼光打量着李水生骂道："好小子，你胆敢殴打宪兵！看我怎么收拾你，有种不要跑！"

李水生得理不饶人地冲过去揪住那小子的脖领子，脚下猛地使了个绊儿，把他重重地撂倒在地上，用脚踩着他，指着他的鼻子骂道："好，你回去叫人吧！老子在这里等你，不来的就是孬种！"

那宪兵吃了大亏不敢再叫板，赶紧手忙脚乱地爬了起来，直到跌跌撞撞地跑出了好远，才回过头来大声地骂道："你小子听着！如果你是人生父母养的就呆在这里不要跑，老子我去去就回！"

李水生要多气人有多气人地回答说："放心吧，你要不回来老子我就打上你的门去！"

挨了打的宪兵狼狈地逃走后，店老板赶忙跑过来打躬作揖地劝道："这位好汉，你赶紧走吧。那小子是那边看守所里的班长，待会儿肯定带人来报复你……"

李水生听了把嘴一撇，满不在乎地回答道："怕什么？我还怕他们不来呢！"店老板只当遇上了二百五，只得摇头叹气地走了。

那个宪兵班长倒是个信人，很快便带着四五个挥舞着木棍和皮带的宪兵闯了进来。他望着仍旧坐在那里没事人一样喝酒吃肉的李水生，笑着骂道："想不到你还真在呀？你可真有种！"说完这句话，他把手一挥，对身后几个摩拳擦掌的宪兵说道："弟兄们，给我好好招呼他！"

听了班长的吩咐，那几个当兵的立即如狼似虎地猛扑过来，冲着李水生就是一同拳打脚踢。李水生看见这阵势并不惊慌，撩胳膊挽袖子地迎了上去，和那几个家伙打成了一团儿……

最多半袋烟的工夫，这场争斗就分出了胜负。几个宪兵一个个被打得口眼歪斜鼻血长流，而李水生被打了个乌眼青，头发也被抓下了一撮儿。那个宪兵班长一看自己这边也占不了太大的便宜，便虚张声势地指着李水生给自己找起了台阶："你小子给老子听着，今天先饶了你，下回别再让我撞见你！"说着话，他朝身边的那几个宪兵一使眼色转身就想走。不料，李水生却不依不饶地追着他们骂道："别走啊，大爷我还没打够，再过来玩玩呀！"

伺候着胡逸民吃过了饭，向影心便婷婷袅袅地走出了看守所，在街边上招过来一辆洋车，向着和戴笠约会的小楼而去。向影心已经对年纪轻轻的就当上了上校处长的戴笠有了兴趣，觉得这会是对她有用的人。但自从上回在看守所里无意中撞破了他给安插在看守所里的眼线交待任务的事情以后，也不禁对阴险的戴笠有了戒心。原本打算趁早结束了这段孽缘，可犹豫再三，还是禁不住偷情的刺激，很快就打消了这个念头。

李水生追着那几个宪兵骂骂咧咧地来到了看守所的大门附近，仍旧不依不饶地大骂不止。俗话说就是泥人也有三分土性，更何况是这些平时凶横惯了的家伙。那个中士班长终于停住了脚步，狞笑着转过身来，指着身后的看守所对李水生说道："你他娘的是真不知道死字怎么写的还是怎的？再他娘的胡搅蛮缠可别怪老子把你弄进里边去！"

李水生听了并不算完，不依不饶地冷笑着大声说道："好啊，你要真有本事就把老子我抓进去啊？反正我活这么大还真没见识过这种鬼地方呢！"

他那副样子惹恼了一个在门口带班的少尉，少尉当即拔出枪来对准了一副滚刀肉模样的李水生叫道："行啊，你还真是好汉！有种你就过来呀！"

李水生还是一副死猪不怕开水烫的样子。那个少尉再也按耐不住,指挥着几个端枪的哨兵一拥而上,用枪抵住了李水生,拳打脚踢地拉进了看守所里。

今天这一幕正是李水生定下的苦肉计,他拼着皮肉受苦也要进到看守所里去一探究竟。

被抓进了看守所之后,那几个宪兵立即把李水生拖进了看守所的后院,几个家伙马上围拢过来又是一顿毒打。这回李水生倒是变老实了,一边用手抱着头蹲下来尽量护住自己的要害,一边忍着剧痛观察起周围的环境。

李水生惊喜地发现:他所在的这个后院大墙外边就是徐凤姑他们租住的小院方向,大墙里的墙角下最多十几米远,就是关押犯人的监区,堆放在院子中央的一大堆煤,倒是很好的利用对象。

就在这场痛殴进行到高潮的时候,一个带着上尉军衔的胖子来到了现场,大声地喝道:"赶紧住手,还嫌老子今天的事少吗?"那些宪兵一听赶紧停住了手,乖乖地退到了一旁。

原来,这个人正是看守所的所长凌风梧,当他问明了事情的经过后,忍不住"扑哧"一声笑了出来。凌风梧走上前来用脚踢了踢已经躺在地上动弹不得的李水生问道:"怎么样?滋味不错吧?"

李水生"扑"地从嘴里吐出了一口带血的唾沫,点了点头艰难地回答说:"长官做主,我知道错了……"其实,李水生这会儿已经完成了这次代价极大的侦察,便也不再说硬话了。

凌风梧蹲下来简单地查看了一下李水生的伤势,然后皱着眉头站起来,对身后抓李水生进来的那个宪兵少尉说道:"先把他随便关进哪间牢房里缓缓,等过两天看着不至于死了赶紧给我撵出去!"

那个少尉听了不以为然地对凌风梧说道:"所长,把他直接抬到门口扔出去算了……"

凌风梧一听就恼了,他板着脸对着那个少尉骂道:"你这个吃人粮食长猪脑袋的王八蛋,要是这小子真的死在门口,他家里一告,你担着还是我担着?"

听了凌风梧的话,那少尉用感激的眼神看着他的所长,点头答道:"所长说的是,是卑职糊涂了!"

凌风梧交待完了谁也不理,背着手径自转身走了。那个少尉目送着凌风梧慢慢地走远了,马上瞪起眼睛对那个惹了事的中士骂道:"吃饱了撑的净给老子惹事！赶紧按所长说的办吧！"

中士自知理亏，赶紧招呼手下的几个宪兵把李水生抬进了监区，随便找了个看守，央求他把进气儿多出气儿少的李水生扔到了关刑事犯的牢房里，就灰溜溜地走了。

在牢里，李水生感到自己浑身的骨头节全都跟开了榫似的钻心的疼。也不知过了多久，这个刚强的汉子才终于发出了一声呻吟。听到了声音，几个蓬头垢面的犯人立即围了上来。其中一个穿着已经褴褛不堪的国民党破军装的汉子赶忙叫人端过了一碗水来，一边小口、小口地喂着他，一边苦笑着说道："你的事我已经听说了，你说你这是何苦呢？"

李水生在众人的搀扶下坐起身来，艰难地问道："我这是在哪儿？"

那个穿破军装的汉子咧嘴一笑，回答道："这儿是第一军人看守所，是南昌行营专门关押犯了法的当兵的的阎王殿。"

李水生赶紧沿着这个话题问道："只关当兵的？那干嘛把我也关到了这儿？"

他这句傻傻的话立即引起了一阵哄笑，那个汉子笑着说道："你小子能关进来就烧高香吧，这里关的可不都是大头兵，大人物多着呢。就连共产党的什么主席方志敏也在这里关着呢……"

李水生听了心中暗喜，马上带着不相信的表情问道："方志敏能跟你们关在一块儿？人家可是大官！"

那汉子听了不服气地往甬道的另一头一指，郑重其事地说道："谁还骗你不成？他就在那边的优待牢房里关着，拐两个弯就到了。"意外地打听到了方志敏的消息，李水生如获至宝地默默记在了心里。

弋阳县的县长张潇然把自己会见方志敏的情况向顾祝同作了汇报。顾祝同在失望之余，温言抚慰这位县长说："张县长不必灰心，尽管方志敏现在嘴硬，但我相信他终究会有松口的那一天。"

张潇然听到此话，叹了口气望着顾祝同说道："主任不要见怪，说句您不爱听的话，此人意志坚定，我看绝不会背弃他的信仰……"

顾祝同苦笑着摇了摇头，打断了张潇然的话，他有气无力地说道："张县长不要说了，这一点我心里其实还是清楚的。只是委座一心想收服他，还希望你再努努力吧。"

张潇然带着不解的神情问道："主任的意思是还要继续说服方志敏？我

恐怕……"

顾祝同却好像根本没听见张潇然那番等于认了输的话，自顾自地说道："我会关照你的老乡米占山，你随时可以进到看守所去见方志敏。"说到这里，顾祝同很有自知之明地说道："我也知道你未必能劝得动方志敏，但在委座改变主意前，咱们尽量做到尽人事听天命吧。"

在飞花班租下的车马店最靠里的套间里，金麒麟和金彩云正神情肃穆地端着滴过血的酒碗举过头顶。很显然，他们正在为将要采取的行动举行着流传了很久的古老仪式——"歃血为盟"。

金麒麟眼含着热泪，用庄重的语调望着在桌上供奉着的祖师爷牌位说道："各位师兄师弟，该说的我已经都说了。现在我就领着大家起誓！"

说完这句话，金麒麟望了一眼身旁跪着的金彩云，心底里发出一声叹息，眼里的表情也隐隐露出了复杂的表情。但他很快便克制住了自己，大声地念起了自己拟好的誓词："祖师爷在上，皇天后土为证！我等飞花班艺人在您面前立誓，纵然万死也要救出为咱老百姓打天下的方主席，若有人违背誓言，天诛地灭，坠入地狱永不超生！"他身后的那几个艺人全都跟着压低了声音，带着神圣的表情重复道："若违誓言，天诛地灭，坠入地狱永不超生！"

宣誓完毕之后，金麒麟站起身，仰头喝干了那碗血酒。他把碗底朝大家一亮，使劲儿地把碗在地上摔了个粉碎。那些艺人一看，也全都学着他的样子喝干了血酒、把碗摔碎在地上。

金麒麟这才回过头去望着满脸决绝之色的金彩云，点了点头轻声说道："师妹，该你了！"

金彩云闻听答应着走到了墙边堆着的一堆崭新的箱子前，对大家说道："这就是我从城里定做的新行头箱子，从今天起，咱们每天晚上都要在这儿练一出特殊的新戏……"

13

方志敏的绝食斗争已经进行到了第三天。这一天的早上，被关在方志敏旁边牢房里的犯人忽然推门走了进来，他带着同情的表情望着躺在床上的方志敏开口说道："方先生，人是铁饭是钢，你已经整整两天没吃东西了，怎么受得了啊……"

方志敏微微睁开了眼睛朝他望了望说："你今天怎么来了？你可是个稀客啊。"

那犯人听了笑了笑，一屁股坐到了方志敏床边的椅子上，专心致志地剔着自己的指甲，笑道："我早就想来看看你了，但一直没有机会。今天看守一大早就不知道跑到哪儿去了，我惦记着你绝食的事，所以特地跑过来看看你。"

方志敏支撑着靠墙坐了起来，用感激的目光看着他说道："谢了，难为你了……"

那犯人咧嘴一笑，抬起头暂时停止了剔指甲的手，望着方志敏说："千万不要说谢，我可担当不起。谁让咱们犯了法，同是天涯沦落人嘛！"

不知怎的，方志敏对他的说法产生了反感，对这位第一次露面的邻居也没什么好感，便靠在墙上闭上眼睛淡淡地一笑说："我可没犯法。"

那个犯人歪着头看着方志敏笑道："没犯法你怎么会被关进了这里？这有什么不好意思承认的？"

方志敏听了严肃地对他说道："我和你不一样，我是为了天底下的穷苦人都有饭吃有衣穿才被关进来的。你说这能叫犯法吗？"

那犯人尴尬地回答道："要真是这样的话，倒是不好算犯法……"

方志敏突然睁开了眼睛望着那个犯人问道："你又是犯的什么法？"

那犯人听了一愣，有些不自然地回避着方志敏那锐利的目光回答说："我呀，我……我背地里说了蒋委员长的坏话，还……还同情了一个共产党……"

方志敏听了带着不相信的眼光上下打量着他，只见他一双眼睛叽里咕噜乱转，越看越不像个正经人，于是一针见血地指出了他话里的漏洞："敢说蒋介石的坏话还称他为委员长？既然同情共产党却又把革命说成犯法，你这人倒是蛮有趣的。"

那个犯人叫李英楠，他听了方志敏的话脸一下子红了，张口结舌地望着方志敏好半天，才神情闪烁地回答说："我肚子里没有什么墨水，哪里能跟方先生你比？"说着话，两只眼睛不停地到处寻摸着。突然，他发现了方志敏床底下那个装文稿的铁皮饼干盒，眼睛不由得一亮，但很快又恢复了

死囚

正常,假装好奇地指着那个铁盒问道:"方先生,你床下这个盒子不错,是干什么用的?"

方志敏听见问,赶忙压制住了心里的厌烦,微微一笑镇定地回答道:"你好像对什么都很好奇呀?"

李英楠听了立即站起身神神秘秘地朝牢房外张望了一下,压低了声音说道:"方先生,这里要是有什么要紧的东西干脆我替你保管吧?说不定还能替你送到你们的人手里呢!"说着话,他居然用一双眼睛更加肆无忌惮地随处趸摸了起来,就跟在方志敏的这间斗室里寻宝一样。

方志敏用揶揄的目光望着他,不易察觉地皱了皱眉头。李英楠对这类事情显然是个行家里手,嘴里说着动听的话,手里也毫不迟疑地忙活着。他先是借口方志敏的床不舒服,假借着整理飞快地搜寻了一遍,紧接着又把能看见的地方全都鼓捣了一圈儿。

方志敏严厉而又轻轻地咳嗽了一声,李英楠猛地一惊,醒过味来,尴尬地笑着说道:"我帮您好好理理,省得让别人看出什么麻烦来,呵呵……"

方志敏干脆不再理他,拿起胡逸民送来的报纸随意浏览了起来。可李英楠的手并没有停下,随着动作,他那一双贼溜溜的眼睛忽然一亮,终于瞪着墙上裱糊的旧报纸有了新发现。

看到这里,方志敏心里一惊,因为他的一部分文稿正巧就藏在旧报纸形成的夹层里。眼看着这个鬼鬼祟祟的家伙已经接近了秘密,方志敏急中生智,连忙轻轻地踢了踢床下的饼干盒。饼干盒的动静当即吸引了李英楠,他闻声望来,看见了那个很像藏着东西的饼干盒,慢慢地蹲了下来,伸手去拿那个盒子。

方志敏很不客气地开口说道:"我这儿没有你想要的东西,你现在最好给我出去!"

听了这样一句话,李英楠并不生气,反而嬉皮笑脸地回答说:"我只是随便看看而已,方先生何必这么小家子气?"

就在僵持之时,一个人突然推门走了进来,他用脚踢了踢李英楠,严厉地喝道:"站起来,你没事瞎溜达什么?"

方志敏闻声看去,只见看守所的文书段存仁不知道什么时候已经站在了李英楠的面前,他今天一反常态地严厉。

李英楠不情愿地站起来对段存仁讪笑道:"哟,这不是段文书吗?我……"

段存仁用厌恶的眼神看着他，板着脸打起了官腔："你，你什么你？谁批准你到处乱窜的？方先生是委座和顾长官亲自关照过的人，你没事溜达过来打扰方先生，想干什么？"

李英楠听了不服气地梗起了脖子，好像要跟段存仁吵架一般恨恨地说道："段文书这是怎么了？这优待号里哪个不是想去哪儿就去哪儿？你怎就寻我一个人晦气？有本事你去管管永一先生试试？"

段存仁冷冷一笑回答说："永一先生？人家是党国元勋，委员长和顾长官托他亲近方先生的，你比得了吗？"

李英楠勃然大怒，瞪起了眼睛想要争斗，但仅仅过了不到一秒钟，他忽然又像斗败的公鸡似的低下了头去，低声下气地回答道："对不起，段文书，我这就走还不行吗？"

一向温和的段存仁今天之所以发这么大的脾气，是因为他早就发现这个家伙来路不正，也知道方志敏在墙上报纸的夹层里藏着秘密。在这危险的时刻，他只得挺身而出了。李英楠本想要耍威风，却突然想起段存仁好歹有着宪兵上士的身份，又是所长凌风梧的熟人，闹起来难保自己不吃眼前亏，所以想以退为进。

可是段存仁并没有给他退路，而是索性一不做二不休，继续用严厉的眼光看着他，并且加重了语气说道："现在想回去了？不行！"说完这句话之后，段存仁推门叫来了看守和执勤的宪兵，指着李英楠说道："这个人违反监规，把他拖到反省号去！"

李英楠一听顿时慌了，大声地叫起了冤屈来。可看守和宪兵哪里理会他，上来连推带拖把他拉出门去……

关押刑事犯的牢房门前，把李水生抓进来的那个少尉看着躺在地上的李水生，对身后的宪兵班长说道："这小子命大，估摸着已经恢复得差不多了，明天把他轰出去算了……"

他的话音未落，不知什么时候已经站在了他们身后的凌风梧接口说道："还是暂时不要放吧，回头问问他家住在哪里，派个人把他家里的人找一个过来！"

那个少尉听了大惑不解地问道："这是为什么？用得着那么麻烦吗？"

凌风梧听了把眼一瞪，用教训的口吻说道："你们真是长了个猪脑壳！没看这小子穿的衣裤簇新？家里绝不是寻常的人，难道他打了宪兵就白打了吗？真蠢！"

少尉立刻明白了凌风梧话里的意思，赶忙坏笑着问道："所长，听您这意思是想给弟兄们要点汤药费？"

凌风梧轻轻地"哼"了一声，回答说："算你还没笨到家……"

优待牢房这里，段存仁看着那个犯人被押走了，急忙压低了声音对方志敏说道："方先生，这小子不简单，不光是被关进来的时候钱景民没让给他登记，前两天行营特务处的戴处长好像还跟他单独谈过。你要小心，看是不是被他看出了什么？"

方志敏闻言艰难地挣扎着站了起来，他用手指了指墙上一个报纸脱落后形成的夹层正要开口说话，谁料眼前一黑，眼前的景物顿时模糊了起来。本来他已经整整两天没有进食了，身体已经非常虚弱，此时两腿一软竟然摔倒在了地上。

就在这时，门外传来了胡逸民和李英楠的争吵声，只听见胡逸民气哼哼地嚷道："你这小子贼溜溜地到处乱窜，还敢胡乱攀扯老子，是不是活腻味了？"

那小子刚受了段存仁的窝囊气，心里正不痛快，当下便回骂道："你还是想想你自己是怎么被关进来的吧，你凭什么跟老子凶？"

随着一声清脆的耳光声响起，李英楠猛地叫道："好啊，你他妈的还敢打人？"

就在这时，忽然传出了钱景民的声音："闭嘴！永一先生是什么人？打你也是活该！"紧接着钱景民便吩咐将李英楠带到他的办公室，这才笑着对胡逸民说道："永一先生息怒，不必和这样的人一般见识，哈哈……"

胡逸民笑着开口说道："钱处长啊，我一个犯人哪儿来的脾气？给你添麻烦了……"说着话，两人就要往方志敏的屋里走。

方志敏听了大吃一惊，赶忙指着那个盒子急促地对段存仁说道："那里裱糊的报纸后藏着文稿，赶紧替我藏起来！"

段存仁赶紧走到夹层前伸手掀开了伪装好的报纸，只见一卷文稿就藏在那里。他刚伸手拿出来，牢门一响，钱景民已经走了进来。情急之下，段存仁急中生智马上把那卷文稿拿在了手里，把方志敏扶了起来不满地训斥道："你说你，好好的饭不吃，绝什么食呀！摔倒了吧？你这不是犯傻呢吗？"

在段存仁的搀扶下，方志敏颤颤巍巍地站起身来，他斜了一眼钱景民，厉声对段存仁说道："走开，不用你扶！"

钱景民是来劝说方志敏赶紧结束绝食的，他这已经是第三次到这里来了，但方志敏却始终坚持说，不答应红军战士的条件绝不吃饭。钱景民望着段存仁，只得假意大声地教训道："小段你怎么回事？跟方先生说话难道不能客气些吗？"说到这里，也不等段存仁开口解释，便把手一摆，吩咐道："你先回去吧，以后不许再跟方先生这个样子了，听见没有？"

正担心被钱景民识破了手稿的方志敏和段存仁听钱景民这么一说，全都暗自松了口气。

方志敏慢慢地趟着脚镣回到床边坐了下来，段存仁趁着这个机会给钱景民敬了个礼，大大方方地拿着那卷文稿走出了牢门。谁也没怀疑他手里拿着的竟然是方志敏的文稿。

眼看着李水生被抓进了看守所，徐凤姑等人开始替他担心起来。大家都明白，他在这种情况下落到了敌人的手里，肯定会受到疯狂的报复的。由于李水生行动前一再叮嘱，如果自己被抓进去两天还没被放出来，徐凤姑才能前去营救。所以一直等到了今天早上，徐凤姑才真正地慌了起来，她一边换上了从那个恶霸镇长家里抢来的衣服，一边吩咐警卫员徐少艾带上一些大洋，准备到看守所去。

被关进反省号的李英楠很快就毫发无伤地回到了优待牢房。他并没有因此变得老实，反而趾高气扬地再次来到了方志敏的牢房里，兴奋地告诉方志敏："方先生，刚才军法官说了！我过不了多久就会被释放了……"

说完这句话之后，他便得意洋洋地等着方志敏的回应，可过了半天之后，脸朝里躺在床上的方志敏却一点动静也没有。李英楠略一思索，便蹲下身来，拿出了那个铁盒子迅速地打开一看，一股失望的情绪顿时弥漫到了全身。他失望地看到，那个铁盒中除了一双打着补丁的旧袜子，再也没什么东西了。

李英楠暗叫一声晦气，放下铁盒子抬起了头来。不想却像受到了惊吓似的大叫一声，捂着胸口坐到了地上。原来，刚才还躺着一动不动的方志敏不知道什么时候已经转过身来，正一动不动地盯着他看呢。

看着这家伙狼狈的样子，方志敏故意装出睡眼惺忪的样子懒洋洋地问道："怎么？我这双旧袜子让你很感兴趣？"

死囚

　　李英楠只得厚着脸皮站了起来，望着方志敏笑着说道："没什么，没什么！我只是没见过这么漂亮的盒子，想欣赏一下而已，呵呵……"

　　方志敏用嘲弄的眼光望着他。他又接着说道："方先生，我快被放出去了，来问问你是不是有什么需要帮忙的。我很愿意替你给你手下的人传递些消息。"

　　方志敏略一迟疑，片刻之后望着他回答说："你的好意我方志敏心领了，可我现在既不知道我们的人到底在什么地方，也没有什么消息可以传递，你就不用费心了！"

　　李英楠听了仍不死心，急忙又补充道："那你的亲人呢？不想给他们带个信儿吗？"

　　方志敏冷冷一笑回答说："全世界的劳苦大众都是我方志敏的亲人，我的事不说他们也会知道的！"通过这家伙的一系列表现，方志敏早就看透了他的特务身份。李英楠知道真的没希望从方志敏这里套出有用的东西了，便把脸一变，哼了一声，气呼呼地走了。

　　李英楠走了之后没过多久，钱景民便带着老古和几个宪兵押着刘畴西和王如痴来了。钱景民面无表情地望着方志敏，有气无力地说道："方先生，赶紧吃饭吧，你们的条件我已经全部答应了……"

　　刘畴西朝方志敏微微一笑说："放心吧，老方！钱处长没骗你，他答应了咱们的条件，放回了关在反省号的战士，还给大家道了歉，你赶紧吃饭吧！"

　　王如痴自然不能当着钱景民的面说出自己已经收到了方志敏委托张彪等人送来的药，只得咧嘴一笑说："放心吧，老方！我这伤口也已经好得差不多了……"

　　钱景民不愿意让他们再继续攀谈下去，干笑了两声，指着刘畴西和王如痴盼咐宪兵说："好了，赶紧请这两位回去吃饭吧，当心去晚了饭就没有了。"

　　方志敏已经获得了自己想要知道的消息，他抬起手对着已经被押到甬道前的两个战友大声嚷道："我很好，告诉大家放心吧！"

　　刘畴西和王如痴闻声停住了脚步，他们回过了头来，把目光投向了方志敏，不约而同地点了点头。

　　随着红军的绝食斗争取得了胜利，四号牢房里关着的"闯塌天"也变得不安分起来。他赶开了身边的犯人，独自一人坐在墙角默默地发呆，心里紧张地盘算起越狱去找红军的事情来。

虽说方志敏在四号牢房只待了短短的几天,但对草莽出身的"闯塌天"却产生了巨大的影响。他开始意识到这个世界绝不像自己原本想的那样简单。在跟方志敏的交谈中,他牢牢地记住了方志敏的话:"这个世界绝不是靠几个劫富济贫的好汉就能变得美好起来的,要想让所有的穷苦人全都过上好日子,就必须彻底地砸碎这个万恶的旧世界,建立起一个崭新的世界来。"

打那个时候起,他就暗下决心,一定要活着逃出去,找到红军和他们一起战斗,并把随时都会被押上刑场的方志敏营救出去。这个主意打定后,"闯塌天"就一直在静静地等待着机会,而现在这个机会终于被他等来了……

一心邀功请赏的钱景民,不仅在看守所的众人面前给被关押的红军道了歉,还下令给他们改善了伙食。这个阴险的家伙当然不肯就此罢手,他一计不成又生一计,决定利用他被迫答应的条件之一——给红军的伤员治疗的机会——彻底把方志敏搞臭。

下午,钱景民脸上带着虚情假意的笑容,慢慢地走到了支起桌子给被关押的红军看病的狱医面前,故意大声说道:"赶紧给我找点儿治肺病好药……"

狱医听了不解地抬起头用迷惘的眼神望着他问道:"怎么?钱处长的肺不舒服吗?"

钱景民装得若无其事地回答道:"不是我,是优待号的方志敏,他最近咳嗽得厉害。"

狱医听到这个答案更加不理解地追问道:"钱处长怎么突然关心起方志敏来了?"

一听到他们的谈话中提到了方志敏的名字,周围的红军全都把目光投向了他们。钱景民一看自己的目的达到了,心里得意得不得了,可脸上却仍旧装着一本正经的样子,同时提高了声音说道:"不是我原来不关心他,而是他一直死抱着共产党的那套不放,我也懒得理他!"

说到这里,钱景民偷眼朝那些竖着耳朵倾听着他说话的红军,继续用更大的声音说道:"昨天方志敏写了《自白书》,保证脱离共产党跟政府合作了,我怎么能不关心他呢?就是咱们南昌行营的顾祝同主任也派弋阳的张县长赶回去,听说是要把弋阳最出名的大夫请来给他看病呢……"

钱景民的这番话果然起到了作用,那些静静地等待着治疗的红军官兵立即三五成群地聚在一起,小声地嘀咕起来。关押在这里的红军全都是经方志敏改编后,准备开赴前线的红十军官兵。一听这个消息他们的心里全乱了,真不知道他们打心眼里尊敬爱戴的方主席怎么能干出这样的事来。

队伍里等着换药的王如痴一听就知道是钱景民在故意散布谎言,马上走到了大家面前,用大嗓门喊道:"别瞎议论了,咱们方主席是什么样的人你们不知道吗?对革命赤胆忠心的'赤胆农王'怎么会投敌呢?肯定是敌人在造谣!"

随着王如痴的喊声,原本议论纷纷的人们安静下来,全都用仇视的眼光瞪着得意洋洋的钱景民,好像要把这个亵渎了他们心中最神圣的方主席的家伙生吞活剥了才解气似的。

一看自己的谎言转眼之间就失去了效力,记吃不记打的钱景民顿时恼羞成怒。他指着王如痴对周围负责警戒的宪兵喊道:"还愣着干什么?赶紧把这个搞煽动的人抓起来!"

那些宪兵一听不敢怠慢,马上如狼似虎地冲了过来。就在这时,令钱景民感到万分震惊的场面出现了。几十名红军伤病员"呼啦"一下冲了上来,把王如痴紧紧地护在了当中。面对愤怒的人群,那些宪兵不由得停住了脚步,虚张声势地叫嚷着,就是不肯再冲过去抓王如痴了。

这几天来的失败让钱景民变得失去了理智,他歇斯底里地掏出手枪,对准了人群中的王如痴喝道:"赶紧让他们散开,要不我可就开枪了!"

面对钱景民赤裸裸的威胁,王如痴毅然地分开众人走到了钱景民的面前,平静地对他说道:"姓钱的,你开枪吧!我今天让你见识见识,看看红军政委王如痴是怎么面对你的子弹的!"

钱景民愣住了,一时竟然不知道该如何是好了,他下意识地喊了一句:"谁敢闹事一辈子也别想再治伤治病了,听见没有?"

局面顿时僵住了,空气紧张得就像是充满了火药,稍有不慎就会爆发出惊人的威力来。在远处一直冷眼旁观的张彪把这一切全都看在了眼里,他悄悄地转过身朝着方志敏所在的优待号走去。

工夫不大,凌风梧就气喘吁吁地从优待牢房那边跑了过来,他悄悄地把钱景民拉到后边,对着面前的红军满脸堆笑地抱拳说道:"各位,各位!请大家听我说一句!"

听凌风梧这么一说,现场的气氛稍微缓解了一些,那些攥着拳头随之准备扑上去拼命的红军伤病员全都站在原地，定睛看着笑弥陀似的凌风梧。

凌风梧苦着脸对大家说道："各位可能还不知道吧？方先生知道了这里发生的事情，又拒绝吃药了！"说完这句话，凌风梧又换上了一副痛心疾首的表情继续说道："你们可要知道，听医生说方先生的肺病已经很严重了，要是在这个节骨眼上把药停了，那简直就跟自戕没什么两样了！大家替他想想吧。"

王如痴了听了大声问道："闹成这样完全是你们的人造成的，那你说该怎么办？"

凌风梧打躬作揖地说道："各位要知道，方先生的病情很重，可他怕你们吃亏，提出要不给你们治疗伤病就不再吃药了，你们能眼看着他这样下去吗？"

凌风梧看到对面的红军脸上都现出了不忍之色，知道自己的那番话起了作用，赶忙表态说："这样吧，我让看守所里的狱医继续给你们看病，今天的事就这样算了行不行？"

躲在人群里的钱景民这个气呀，心里恨恨地想："老子今天豁出去了，干脆把站岗的宪兵队调进来，先把你们收拾一顿再说！"他刚要站出来大发淫威，一个宪兵急匆匆地跑过来伏在他的耳朵边小声说道："处长，行营的顾主任电话！"钱景民一听不敢怠慢，赶忙转过身跟着那个宪兵往办公室跑去。

电话果然是顾祝同打来的，他焦急地对钱景民说道："委员长刚才来了电话，嘱咐我们给方志敏好好治疗，这件事就交给你办吧！"说完这句话之后，顾祝同连一个字也懒得多说，就"啪"的一声挂上了电话。

回到了现场，钱景民只得垂头丧气地低下了头，打消了把宪兵队调进来强行镇压的打算。还是凌风梧会办事儿，很快就代替钱景民证实了方志敏没有写过《自白书》的事情，澄清了钱景民散布的谣言。

王如痴一看今天的斗争已经达到了目的，便对大家大声说道："同志们，咱们还是继续看病吧，别再让方主席替咱们操心了！"

凌风梧一看时机成熟，赶紧给被惊得目瞪口呆、傻乎乎地坐在那儿有些不知所措的狱医使了个眼色，转身让宪兵们回到了原处，自己却拉起钱景民悄悄地走了。

治疗很快就顺利进行了，狱医接到了凌风梧的命令，只得打起精神敷衍起那些红军伤病员来。许多亟待治疗的伤病员在这样简陋的条件下得到

死囚

了最起码的治疗，保住了生命。

优待牢房里，胡逸民正听着张彪眉飞色舞地讲述着刚才发生的那一幕。此时，看守所门前走来了两个人，为首一个年轻的女人身穿缎子小袄，下边系了条洒金的百褶裙，腕子上带着一副翠森森的翡翠镯子，领着一个一看就透着精明的小伙子大摇大摆地走了过来。

守门的宪兵刚要喝问，领头的那位太太马上很大方地给他的手里塞了一个东西。那站岗的哨兵一看，居然是一块银元，马上换了笑脸，低声下气地问道："请问太太有什么事吗？"

那个出手大方的太太直截了当地回答说："我的确有要紧的事，要见你们这里主事的人，请兄弟你给通报一声吧！"

俗话说吃人家的嘴短，拿人家的手短，那个哨兵听了立即买好地说道："那您就去见我们凌风梧所长吧，请稍后！"说完对自己的同伴使了个眼色，便讨好地跑去替他们通报了。

成功地摆平了一场风波的凌风梧正在借着安慰钱景民的机会，连损带挖苦地刺激着他，却看见一个哨兵跑过来，低声把门前来了一位阔太太的事情说了。

凌风梧一听大喜过望，情知这件事肯定和那天胡乱抓回来的那个愣头青有关，当下便乐不可支地对那个跑来报信的宪兵说道："把她请到我的办公室吧，快去！"

一旁的钱景民听见，马上不招人待见地问道："怎么回事？"

凌风梧把眉头一皱，不耐烦地回答说："没事，老钱你折腾着半天够累的了，还是喝点茶养养精神吧……"

这天正好是看守所往外抬死尸的日子。附近一家揽下了这桩生意，专做死人生意的殓房派来了两个人，他们刚把两具尸体往推死尸的平板车上重重地一扔，正准备推走，埋进城外的义冢。

抬尸人里那个年轻的无意中看见其中一具尸体居然轻轻地动了一下，当下便惊恐地叫出了声："不好了，诈尸了！不好……"

14

果真是炸了尸！

两个被吓得目瞪口呆的伙计手脚都有点儿不听使唤了，眼睁睁地看着其中一具尸体猛地站了起来。只见那尸体咧开嘴朝着他们一笑，抱拳笑着说道："多谢了两位！救命之恩容当后报吧！"

说完这句话，那具还了魂的死尸居然轻巧地跳下了板车，转身要走。慌得那个年轻伙计赶忙抓住了他，语无伦次地叫道："你不能走……我们……你……"

他身边年长的伙计赶紧劈手给了他一记耳光，客客气气地对那人做了请的手势，陪着笑脸说："闯爷恕罪，恭贺您老逃出生天，您赶紧赶路吧……"

原来，那个人正是越狱跑出来的"闯塌天"。在贪婪地呼吸了几口自由的空气后，"闯塌天"把眼睛一瞪，对那个年长的伙计淡淡地一笑说："算你识相，爷我正是'闯塌天'！你们要敢把今天的事情说出去，嘿嘿……"

尽管"闯塌天"没有把下边的话讲完，但那两个人显然已经听懂了他的意思，互相对视了一眼，忙不迭地点头答应了。

在陈设豪华的洋楼里，向影心穿着一件绛紫色的丝绸睡衣，用一条水葱般的白胳膊搭在戴笠的肩上，媚眼如丝地望着戴笠，好半晌没有开口。

戴笠带着欣赏的表情轻轻抚摸着她那只伸过来的手，暧昧地笑道："我看你激情散尽，不愿再跟我做这种游戏了吧？"

向影心听了，忽闪着她那双水汪汪的大眼睛，满含哀怨地看着她的情人说道："游戏嘛，我倒是备感销魂，只是……"

戴笠把嘴一撇笑着追问道："只是什么？"

向影心哪里敢说自己自从帮方志敏登了那则寻人启事后，就一直担心共产党方面会有人来找自己接头的事情，她可不愿意无缘无故地卷进这种大是大非的漩涡里，特别是随着跟身为特务处处长戴笠有了这种关系后，就更不想再干这种提心吊胆的买卖了。要知道，一旦跟共产党扯上了关系，

不光是她所憧憬的花花世界随时面临崩塌的可能,就连自己的生命也会面临威胁。

戴笠半天没得到回答,轻轻地"哼"了一声,继续追问道:"说呀,只是什么……"

向影心听了赶紧停止胡思乱想,朝着戴笠抛了个媚眼儿,亲热地用手指点着戴笠的脑袋,撒着娇敷衍道:"我是想说我是一个囚犯的老婆,你终究会感到腻味的……"

戴笠被向影心的媚态弄得魂不守舍,一把把她那纤细的腰肢搂了过来,亲吻着她那张芙蓉似的俏脸笑着说道:"乱想什么?别说你是囚犯的老婆,就算你投了共产党我也包你平安……"

作为一个特殊的女人,更何况还是一个见过风浪的女人,向影心并没有像戴笠一样意乱情迷,在令人窒息的亲吻中她暗暗打定主意,什么时候也不把这件事透露给戴笠,因为她始终信不过这个浑身上下透着杀气的男人。

看守所里,方志敏默默坐到了桌前,轻轻地活动了一下被那副三四十斤重的脚镣压肿了的脚面,然后轻轻地摊开了一张纸,用手里那支已经有些秃了的毛笔,在纸上写下了"狱中纪实"几个字。

方志敏停住了笔,回想起被敌人关进了这座看守所后的所见所闻。他要让后世子孙知道,在这个黑暗的时代,有多少淳朴的人为了生存而被投入了暗无天日的牢狱,在非人的虐待下苦苦挣扎着;又有多少像他一样的共产党人,为了自由和尊严不惜抛头颅洒热血和敌人进行着最坚决的抗争。

想到这里,方志敏顿时来了精神,一行行饱含着激情的文字随着他那支毛笔飞快地书写着:"地主资产阶级联盟的国民党的黑暗统治,愈加动摇崩溃,那它对于它的敌人——中国共产党与在它领导之下的红军和千百万革命的工农群众,就愈加凶恶地进攻和摧残……"

写着、写着,方志敏情不自禁地放下笔,缓缓站起身来。透过那扇唯一的小窗户,他那深邃的眼光直视着苍穹上闪烁的星星,那微弱但执着的光亮给了他无尽的勇气。漫天的繁星在他的眼中渐渐地幻化成了无数冲锋陷阵的红军战士,以及满天招展的红旗……

被斗志充盈着的方志敏再次坐下,投入地挥动着手里的毛笔写起文章来。此时的方志敏怎么也不会想到,他在深牢大狱中写下的这篇文章,后来成为了广为传颂的红色经典。那时他的信仰已经主宰了这片他深深眷恋着的土地，他所忠于的共产党终于在他的战友们和无数工人、农民以及各界不甘屈辱的人们前仆后继的努力下，迎来了自由和解放。

就在方志敏伏案疾书的时候，牢门外凌风梧和看守所的文书段存仁正在门外悄悄地望着。段存仁生怕凌风梧会给方志敏带来麻烦，正琢磨着开口提醒，不想凌风梧却很善解人意做了个噤声的动作，把头一摆，转身朝着通往办公区和普通监区的甬道走去。段存仁不知道这位笑弥陀似的所长为什么会这样，略一思索，赶紧跟了上去。

走进甬道后，凌风梧突然停住了脚步，头也不回地问道："你知道方志敏在写些什么吗？"

段存仁赶紧摇着头迟疑地回答道："不太清楚，可能是……是《自白书》吧……"

凌风梧慢慢地转回身，似笑非笑地望着段存仁说道："我早就知道他不是在写自白书，老钱给他提供的纸笔肯定是派了别的用场。"说完这话，凌风梧哈哈一笑，颇有深意地说道，"其实我佯装不知、不予过问，绝不仅仅是为了跟老钱置气啊。"

凌风梧说到这里便打住了话头不再往下说了，段存仁虽然心知肚明但却不好在顶头上司面前表达，只得装出迷迷糊糊的样子笑着连连点头，一句话也没说。

表面上看着笑眯眯只知道爱财的凌风梧心里其实很明白，就连段存仁经常给方志敏提供方便的事也看得一清二楚，只是有意不闻不问罢了。作为一个还算有点儿良心的读书人，凌风梧一直本着"公门里边好修行"的宗旨，尽量做些力所能及的事，帮助犯人。除了爱财，他也爱兵，那些犯人奉上的钱财他也会以各种借口周济一些家里有难处的看守。因此不管钱景民的军衔高出他多少，看守们始终只听他的调遣。

在这些天的接触中，凌风梧的心里已经不知不觉充满了对方志敏这位共产党员的敬仰，哪里还愿意跟这样的人作对？他望着一言不发的段存仁笑眯眯地说道："这个方先生真是了得，就连老钱这样的老狐狸也让他给涮了，哈哈……"

段存仁正要答话，一阵喊声突然传来，打断了他们之间的谈话。

在凌风梧的示意下，段存仁飞快地返身跑回了优待牢房的小天井里。大声喊叫的不是别人，正是那个李英楠。段存仁对他的身份已经大概有了

死囚

了解,便不耐烦地望着他喝道:"干什么,干什么!深更半夜的学什么鬼叫?"

受到了段存仁的训斥,李英楠把眼一瞪骄横地说道:"我就是叫了,你到底要怎样?"说到这儿他还用命令的口气说道,"去,把钱处长给我请来!"

段存仁还没来得及张嘴,凌风梧已经背着双手走了回来,眼睛里闪动着骇人的目光,对那家伙说道:"钱景民不在,有事等明天吧!"

在凌风梧那充满威胁的目光注视下,那家伙嚣张的气焰顿时不见了,换做了一副低三下四的表情压低了声音说道:"凌所长,我给钱处长打个电话也行,那个方志敏又在写东西了……"

凌风梧满不在乎地回答说:"有的人好嫖,有的人好赌。人家方志敏就好写写画画,能占住点儿心不比瞎琢磨别的强吗?再说这纸笔就是老钱给的,你还是省省吧……"说完他鄙夷地看了李英楠一眼,头也不回地带着段存仁扬长而去,把那个想要邀功的家伙扔在了身后。

徐凤姑带着化装成管事的警卫员徐少艾来到了看守所门前。由于得到了凌风梧的吩咐,值班的看守便客气地把两位请到了所长办公室。

穷极无聊的凌风梧正在起劲儿地翻着报纸上的花边新闻,一看卫兵带着二人来到了面前,心里顿时有了八九成的把握。他故意打着官腔,眼皮都不抬地问道:"你们是干什么的?找我有什么事呀?"

徐凤姑微微一笑回答说:"长官,我表弟不懂事,冲撞了你手下的军爷,我是特地来跟您赔不是的……"

凌风梧放下报纸打量着徐凤姑,笑眯眯地回答说:"听你这么一说才知道,你们正是前天因为打架被关进来的那个愣头青的亲戚啊,想把人保出去是不是?"

徐凤姑听了连连点头,她的警卫员徐少艾机灵地掏出一盒市面上很贵的老刀牌香烟,乖巧地给凌风梧敬了一支,又麻利地点上了火,笑着央求道:"所长,我那少爷是个直肠子人,平时就爱惹是生非,您就高抬贵手放了他吧!"说着话用手一指徐凤姑说道:"您放心,我们太太一定会好好教训他的……"

凌风梧略一思索便答应了,叹了口气说道:"放了也不是不行,反正人我已经替你们教训过了!但有一条,我的好几个手下被他给打伤了,你看这事该怎么办呀……"

在来看守所之前，徐凤姑就已经做好了被敲诈的思想准备，听凌风梧这么一说不急反喜，立即爽快地回答说："所长放心吧，我不会让你手下的弟兄白受伤的！"

警卫员徐少艾赶紧笑着对凌风梧说道："就是，就是！您开个价吧！"

凌风梧在徐凤姑一进门的时候就把她当成了乡下的土财主，当下便眉开眼笑地望着徐凤姑伸出了一根手指说道："好，你爽快我也爽快！拿一百大洋来我马上放人！"

尽管徐凤姑来之前已经有了思想准备，但却万万没想到凌风梧一张嘴就要赔一百大洋的汤药费。这位化装成阔太太的女游击队长一时之间哪里拿得出这么多钱，他们从镇长那里弄来的大洋除了租房子和日常的开支之外，就算是全拿来也凑不上这个数了。想到这里，徐凤姑冷笑一声，站起身来望着眼巴巴等着他出钱的凌风梧冷冷地说道："所长，你手下的汤药费实在是太贵了，这在乡下可是能买一块好地的价钱了，是不是心太黑了?"

凌风梧一听就火了，把脸一沉提高了嗓音说道："你说得对，我是心黑！要不你就把你的钱留着，你那二百五表弟就继续留着给我解闷儿吧！"说着话，他还站起身做出了要下逐客令的架势。

徐少艾是个机灵鬼，一看情况不对，赶紧走过去打躬作揖地对凌风梧说道："所长，你别生气，我们太太就是这个脾气，咱们再商量商量……"

别看凌风梧一副理直气壮的样子，其实他也是怕真的把这位阔太太给气走了，赶紧顺着这个坡下了驴，诉苦似的跟那个警卫员徐少艾说道："你知道毕竟是我的部下被打伤了，他们可是正经八百的宪兵啊，你看你们能出多少……"

经过一番激烈的讨价还价，双方最后才商定交五十大洋放人。凌风梧暗自庆幸狠狠地捞了一笔横财，徐凤姑也暗暗高兴终于做成了这笔交易……

李水生出狱了。他不仅带出了看守所里的地形，还把方志敏的情况告诉了徐凤姑。陶三全有了这些情报，立即把徒弟"缩骨梁"叫到了身边，拍着他的肩膀说道："来吧，小子！咱们这就给他来个钻地龙！""缩骨梁"听了把头一点回答说："放心吧！"

说完，师徒二人便来到了墙根，把那些怪模怪样的家伙事儿往地下一放，便动手挖掘起地道来。徐凤姑和黄道注意到，这两人的确是不同凡响，师父陶三全一路猛挖，与徒弟配合着，片刻功夫便已经挖了个一人深的大坑，那个坑向看守所的方向倾斜，显然这就是陶三全说的钻地龙的入口了。

死囚

所谓"钻地龙"其实是陶三全他们这个行当里的术语，是指看准了规模巨大、随葬物品丰厚的王公贵族的墓葬后为掩人耳目，从远距离开始挖掘的盗洞。这种盗洞只能容一个人匍匐着爬进去，往往能向前延伸好几百米。为了盗洞里的人不窒息，钻地龙里每隔一段距离都会修一段一两米长的岔道，用特制的铁管隐秘地留出通风口来，而地面上却很难发现。即便是用作通风的岔道发生了塌陷或是地面上的人看见了通风口也不要紧，因为里边早已做好了手脚，就算发生了问题，也可以保证盗洞的主体短时间内不被发现。出于这些因素考虑，陶三全便在距离看守所足有五六百米远的位置上，开始了他平生最长的钻地龙的挖掘。

徐凤姑手下的队员们这一下全都有了用武之地，除了轮流在院子内外担任警戒之外，抢运并掩藏那些新挖出来的土也成了他们的主要任务。这个工程的劳动强度很高，但大家都知道自己是在干什么，全力以赴地干了起来。

虽然他们的行动进行得十分机密，但是在院外警戒的队员还是发现了一个新情况——看守所附近总会有个宪兵时不时地朝这边东张西望，好像是在监视着他们。徐凤姑听了断定敌人最多只是怀疑，绝不可能知道院子里究竟发生了什么。她一面让担任警戒的队员严密注意那个鬼鬼祟祟的宪兵，一面继续关注着陶三全师徒的挖掘进程。

徐凤姑猜得果然不错，他们那天去保释李水生时引起了狡猾的军法处副处长钱景民的怀疑。他虽然不知道这帮看起来像是有钱有势的乡下太太领着她手下在街对面干着什么，但凭直觉认定他们肯定不是一般人。出于这种怀疑，钱景民便开始派人暗中监视起这所神秘的小院来。

就在这天的下午，行营军法处的处长米占山突然来到了看守所。一听顶头上司来了，钱景民和凌风梧哪儿敢怠慢，赶紧小跑着迎出了门外。

米占山推门走出了车外，对诚惶诚恐的钱景民和凌风梧微微点了点头，便返身拉开了车门，对坐在车里的人柔声说道："下来吧，已经到了……"

钱景民和凌风梧闻声看去，只见车里走下来一个脚蹬高跟鞋、身穿红缎子绣花旗袍的女子。那女子身段苗条，长相出众，特别是长着一双秋波粼粼的杏眼，很是出色。

钱景民看着那个女子心中暗想："处长这是怎么了？为什么会突然带着一个女人来到了看守所呢？"

凌风梧看着这个漂亮的女子却是另一番想法。因为这个女子既不像是前不久那位中央社的洋盘记者，完全靠着新潮时髦来展示自己，也不像胡逸民的太太向影心似的总是顾盼生姿风情万种，而是浑身上下透着一种略带野性的美。如果说那位马菲小姐是一朵美国人造花，向影心是一朵盛放的牡丹，那么拿野玫瑰来形容眼前的这位女子则是再恰当不过了。

那个女人不是别人，正是即将成为米占山姨太太的赣剧名伶金彩云。米占山今天是特意来兑现那一晚湖上许下的诺言——带她来见方志敏的。因为他已经和金彩云说妥，只要办了这件事，他朝思暮想的金彩云就答应和他先拜堂成亲入洞房了。至于她提出的那件大事，米占山倒是没有太放在心上。在他看来，金彩云这样一个出入江湖风波，饱受飘零之苦的女子，一旦成了自己的枕边人，也许就不再那么纠结了。

俗话说得好，"县官不如现管"，面对面前两位笑脸相迎的部下，米占山大大咧咧地指着身边的金彩云笑着介绍道："二位！这就是我马上要迎娶的如夫人金彩云，我特意带她来咱们这一亩三分地转悠转悠，呵呵……"

凌风梧听了笑得跟一朵花似的，把大拇指一挑，大声称赞道："恭喜处长，贺喜处长！您这位太太可真是美艳绝伦、风度出色啊！"

一贯善于溜须拍马的钱景民一看被凌风梧抢了先，赶忙带着满脸甜腻媚笑阿谀道："何止是出色，小嫂子美貌超群，米处长年轻有为，小嫂子跟处长您简直是英雄美女的绝配呀！"

米占山得意地哈哈大笑，红光满面。金彩云羞红了脸，挽住米占山的胳膊低下头，又增添了一番小鸟依人的旖旎风情。

在凌风梧和钱景民的带领下，米占山挽着金彩云迈步走进了看守所。米占山耐着性子听完了凌风梧喋喋不休的介绍之后，眼珠一转，装出一副突发奇想的样子望着金彩云说道："彩云，你知道吗？这里看守所里还关着你们弋阳的一位大人物呢！"

金彩云听了知道米占山是在找借口带她去见方志敏，心中不由得一阵狂喜。马上佯作不解地问道："不知道呀，弋阳的，是什么人？"

米占山故作神秘地回答说："那个领着泥腿子造反的方志敏呀！除了他，你们弋阳难道还有谁能称得上是大人物？"

一行人说着话便往优待牢房走去。

在通往优待牢房的甬道上，米占山忽然意识到钱景民是个无孔不入、见缝就钻的小人，一旦把自己带着还没过门的姨太太去看共匪要犯方志敏

的事情捅上去不是很妥当,便又望着钱景民和凌风梧补充道:"顾主任正计划着要找几个弋阳的乡亲去劝说方志敏呢,今天就先让他见见我太太这个弋阳人吧!"

凌风梧憨厚地笑着点了点头没有搭话,心里暗暗地想:"反正你是处长,爱见哪个就见哪个吧……"

钱景民虽然笑着一个劲儿地点头,但心里却不无醋意地想:"看来顾主任在劝降方志敏这件事上下了大本钱,我要是有个弋阳的太太该多好!"

金彩云也有着自己的心思,打一进到看守所里她就一直在仔细地观察看守所里的地形,并且牢牢记在心里。因为这一切很快就会派上用场了。

来到优待牢房的小天井之后,钱景民照例抢先一步推开了方志敏的牢门,笑着对金彩云说道:"请吧,米夫人,方志敏就在里面……"

巧的是,胡逸民这时也正巧在屋里,他是特地来替方志敏转移那份已经写完的文稿的。一看牢门猛地一开,米占山等人出现在了面前,他赶紧装出和方志敏闲谈的样子,笑着和米占山打起了招呼:"小米啊!来看方先生的?"

米占山一听心里这个气呀,心说:"你这个倚老卖老的家伙又跟我摆老资格,什么小米大米的?还他娘的红苕呢!"

但是烦归烦,慑于胡逸民的特殊地位,他还是笑着一抱拳,说道:"永一先生今天好闲情逸致啊,跟方先生聊天呐!真是不好意思,扰了你们的兴致……"

因为惦记着匆忙间揣进了衣襟的文稿,胡逸民哪儿还有心思跟米占山这样的蚂蚱官闲扯?便微微一笑回答说:"让小米你见笑了,我们只是穷极无聊瞎聊而已,你既然来了那我就先告退了……"

米占山一听胡逸民要走,赶紧笑着做了个请的动作,言不由衷地说道:"那您先回去歇着,我待会儿再过去拜望您!"

胡逸民听了笑着说了句:"不敢,不敢!"一侧身就走出了牢门。

就在胡逸民跟米占山说着客套话的时候,方志敏一眼便认出了金彩云。他的脸上浮现出了一丝吃惊的神情,金彩云赶紧飞快地朝他眨了眨眼睛。方志敏读懂了金彩云的这个眼神,移开了目光。

米占山生怕金彩云做出什么不当的举动被自己的两个手下看出破绽,赶忙抢上一步笑吟吟地对方志敏说:"是顾主任特地派我来看看先生,生活上有什么困难没有?如果有什么需要请尽管直说……"

方志敏不等米占山把话说完,便接过话头回答道:"劳烦米处长了,我还真有件事要跟你说呢。"

正愁找不到话题的米占山十分高兴,马上故作大度地说道:"请方先生明示,只要情理当中的,占山我一定效劳!"

方志敏用嘲讽的眼光看着他问道:"米处长此话当真?"

米占山为了在金彩云面前显示一下自己的权威,想也没想便信口回答道:"当真!"

方志敏盯着他的眼睛说道:"你回去转告你们顾主任,就说我方志敏因抗日救亡遭遇你们的伏击被捕,想起来至今心有不甘。如果你们真像是自己说的那样什么条件都能满足我的话,请让我带领红军北上抗日,收复失地!"说这句话的时候,方志敏的神情发生了明显的变化,哪里像是身陷囹圄的囚徒,分明是一位豪气干云、心雄万夫的将军,正在前线等待着发动攻击。

就在米占山愣神的工夫,方志敏很快又恢复了刚才那种嘲讽的表情,戏谑地望着米占山:"怎么样,米处长?我的条件让你为难了吧?"

米占山听罢,只得老老实实地点着头讪讪地承认道:"没错,占山的确没有那个能耐……"

方志敏呵呵一笑转身回到了床边,大马金刀地往那儿一坐,毫不客气地下达了逐客令:"米处长要是没有别的什么指教,就请回吧!"

说完,方志敏冷冷地转过头去不再理他。愣了半晌,米占山终于醒过神来,说了句告辞便转身走出了牢门。利用走出牢门的那一瞬间,金彩云极力压抑着难过的心情,强忍着眼眶里的泪水望着方志敏说道:"方先生,我们还会见面的。到时候我演《打鞭子》给您听,您一定知道这个故事吧……"

听到这句话,米占山尴尬地一笑,解释道:"考虑到先生离乡日久,占山准备向顾主任进言,请几个弋阳腔的名伶来给您唱上几段,以慰您的思乡之情,您看可好?"

方志敏闻听转过了头来,深深地望了金彩云一眼,说了句:"谢谢!"

到这个时候,方志敏已经完全明白了金彩云话里的意思。因为那《打鞭子》可不是什么弋阳腔的传统剧目,而是金彩云他们的飞花班被改编成红军宣传队后的第一出自编自演的剧目。故事讲的是一个赤卫队长千辛万苦营救一位地下党的故事。这出戏的作者正是方志敏本人,他又怎么会忘

记呢？

　　送走了米占山，凌风梧晃晃悠悠地回自己的办公室喝茶去了，钱景民知道这个胖子跟自己没什么话说，苦笑着摇了摇头正准备到门外去散散步，一个宪兵气跑到他面前急促地说道："处座，我有重要的情报……"

　　钱景民定睛一看，见是派去监视街对面那伙人的宪兵，意识到他一定是带回了什么消息，赶忙把他拉到了墙角低声问道："是不是那边有了什么动静？"

　　那个宪兵听了小鸡琢米般地点着头，说出了一个惊人的消息："处座说的没错，那伙人果然是共产党，正想着法挖地道救走方志敏呢……"

　　钱景民一听，激动得连声音都变了，他一把抓住了那个宪兵的衣襟问道："告诉我，你、你是怎么知道的？"

　　那宪兵被钱景民吓傻了，哆里哆嗦地回答道："报告处……处座，他们那边有人想……想投诚……"

15

　　俗话说"人逢喜事精神爽"，这一段一直跟向影心缠绵悱恻的戴笠更是喜事不断。今天，志得意满的他突然接到了一个重要电话，之后就急匆匆地赶往了"叠翠园"。

　　原来，刚才打电话的人是委座侍从室一处的主任姜瑛，她此次是秘密来南昌公干的。戴笠当然不敢怠慢这种天子近臣，更何况姜瑛刚才还神神秘秘地告诉他，有个很重要的好消息要向他透露呢。

　　"叠翠园"坐落在南昌东湖边上，原本是横行江西的北洋悍将吴云涛的私人别墅，现如今已经成了南昌行营专门安排特殊客人的地方。这里西临东湖，南接闹市，不仅交通方便视野开阔，而且到处小桥流水曲径通幽，完全隔绝了世俗的喧闹，使人置身其中如履仙境。

　　在园内专供要员住宿的二号楼前，戴笠下意识地整理了一下头上的军帽，正要让站岗的卫兵前去通报，一个带着磁性的女声就已经传进了他的耳朵里："戴处长这么早就赶来了，真是信人啊……"

　　戴笠抬头一看，只见身穿一套剪裁合体的毛料军装、领子上缀着一副满金一个豆的姜瑛已经笑盈盈地出现在了他的面前。戴笠站直了身体，正要抬手敬礼，却被姜瑛一把拦住，嗔怪地笑着说道："老弟这还是把我当外人啊，哪儿那么多的礼数？咱们里边说吧……"

戴笠不好意思地笑了笑，跟在姜瑛身后走进了装饰得很西洋化的二号楼里。等侍卫端上了咖啡退出去之后，姜瑛很潇洒地做了个请的动作，就自顾自地端起了精致的咖啡杯，用小勺慢慢地搅拌着香浓的咖啡，对戴笠说道："老弟先凑合着喝杯咖啡吧，对你来说今天本该用酒来庆祝一下的……"说到这里，姜瑛故弄玄虚地打住了话头，专心致志地品起了咖啡。

尽管戴笠一贯沉得住气，但终究还是经不住姜瑛这么吊胃口，他急忙涎着脸用近似哀求的语调问道："哎呀，我的好姐姐！到底是什么消息啊？"

姜瑛"扑哧"一笑，放下了咖啡杯，目不转睛地望着戴笠，不但不回答戴笠的问题，反而带着欲擒故纵的神态问道："告诉你当然可以，但我感兴趣的是你会怎么谢我呢？"

戴笠是个通透人，马上把带来的礼盒往姜瑛面前一推，笑着说道："我知道姐姐喜欢翡翠，这不早就给你淘换了几件入眼的？"

姜瑛斜着眼看了那个礼盒一眼，不用打开也知道里面的货色肯定价值不菲。她望着戴笠笑容可掬地说道："咱们之间只是胡闹惯了，你怎么认了真？"

戴笠笑着回答说："这是咱们的情分，请姐姐千万不要再跟我客套了……"

姜瑛听了也不再沿着这个话题往下说，而是换上了一本正经的神色，轻声说出了她带来的那个重要的消息："老弟呀，我来之前从委座那里得到了将要重用你的口风，你不久就会被调回南京，国民政府军事委员会的调查统计局。你要担任要职了，这算不算是个好消息呢？"

戴笠听了赶紧压抑着心头的狂喜，喃喃地说道："这个消息虽好，但我最近却没什么作为，这可怎么敢担当啊？"

姜瑛莫测高深地一笑，轻声说道："那你还等什么？赶快干出点大事来给委座看看不就成了？"

戴笠苦笑着说道："姐姐说得不错，可现在一时之间该从哪儿下手才好呢？"

姜瑛进一步提醒道："你们南昌行营这里最让委座挂怀的就是那个共产党方志敏了，可顾主任那里处理得又总是不尽人意，面对这个送到眼前的

机会,你还思来想去的?"

戴笠大彻大悟地望着姜瑛,竖起大拇指由衷地称赞道:"太谢谢了,姐姐你真是一语惊醒梦中人啊!"

自打这个时候起,一心攀龙附凤的戴笠便把目光全部盯在了方志敏的身上。

多亏李水生的身体底子好,经过两天的调养,已经基本上康复了。

昨天晚上,徐凤姑眼看着陶三全的地道进展神速,不需要太操心了,便过来让李水生再仔细地回忆、回忆,想看看他那两天在看守所有没有听说哪个人能经常接近方志敏,好在动手前知会一声,能让方志敏有个思想准备。

李水生搜肠刮肚地想了半天,终于望着徐凤姑摇起头来。天生急脾气的徐凤姑看了忍不住跺着脚说道:"这可怎么好?难不成要去问问跟你打架的那个家伙?"

她这句气话反倒点醒了李水生,他猛地一拍大腿笑着答道:"说得对!咱们就找他!"

徐凤姑听了诧异地望着李水生,瞪大了眼睛叫道:"水生呀,你的脑子该不会是被他们给打坏了吧?"

李水生不禁一笑,神秘地一笑说:"放心吧,我的脑子一点毛病也没有,我准备这么干……"

按照昨晚商定的计划,李水生第二天便又晃晃悠悠地来到了悦来客栈的席棚子里。他刚要了壶茶坐下,就看见跟自己打过架的宪兵班长大摇大摆地走了进来,大大咧咧对跑堂的吆喝道:"老规矩,炒上一盘米粉,打二两酒来!"

李水生站起身来,走到宪兵班长对面,笑眯眯地对伙计说道:"先别炒什么米粉了,炒两个好菜,再炖只鸡来!"

那个宪兵班长抬头一看认出了李水生,以为又是来寻他晦气的,便猛地站起身来,看着李水生虚张声势地说道:"干什么?又想进看守所了?"

李水生一屁股坐在了他的对面,很豪爽地笑着解释说:"老人常说'不打不成交',咱俩也算是有交情的人了,今天我请客!"说着话,掏出一块大洋顺手抛给了等在一边一直没敢言语的伙计,皱着眉催促道:"愣着干什么?没听清我的话吗?"那个伙计这才回过神来,忙不迭地拿着那块大洋走了。

一看李水生没有恶意，宪兵班长一颗提着的心才放回了肚里，他红着脸推辞道："上回让老弟你受苦了，怎么好再让你破费……"

李水生哈哈一笑，回答说："我姐姐家里边光是上好的水田就有好几十亩，破费这点算得了什么？"正说着话，伙计已经端上来四样凉菜，麻利地摆上了杯子，给他们一人倒了一杯酒，这才点头哈腰地转身走了。

李水生端起面前的酒杯殷勤地劝道："来，老兄，要是不嫌弃，咱们就先干了这杯！"

那小子一看也赶紧端起了自己的酒杯，往李水生的酒杯上一撞叹道："没想到老弟原来竟是这么豪爽的人，你这朋友我交定了，干！"

那个宪兵班长酒量很浅，等到那只老母鸡炖好端上来的时候，已经面色酡红、满口胡咭了。他亲热地拍着李水生的肩膀絮絮叨叨地说道："上回你那凶劲儿，哥哥我今天想起来还肝儿颤呢！你看着跟我们所里关着的那些山大王或是共匪似的……"

李水生奉承道："大哥你真是个人物，还有机会亲眼看到那般大人物，哪像我关了两天，除了那几个大头兵谁都没有见着！"

宪兵班长听了这话更加得意，立刻吹嘘道："一般共匪算不了啥，他们的头子方志敏我都见过！"

正说着话，一个穿着入时的女人施施然走进了席棚，守候在门口的伙计一看，马上笑着迎了上去，客气地说道："向太太您来了？今天想要点什么？"

只听那个女人用很悦耳的声音回答说："我先生吃了你家烧的鱼觉着不错，照昨天的样子再弄一份吧。"

伙计讨好地问道："待会儿鱼烧好了，是不是还送到监狱里交给那个老古？"

那个被称为向太太的漂亮女人听了这句话却忽然拉下了脸，教训那个伙计说："你这人记性真差！我不是告诉你了吗？那叫看守所，不叫监狱！我先生是临时进到里边等待审判的，说不准哪天就开释了。监狱里关的全是判了刑的罪犯，你怎么又监狱、监狱的，多不吉利呀……"

那伙计自知失言，连忙抬手做了个扇自己耳光的动作，连声陪起了不是："看我这嘴，真是该打！是看守所，看守所！"

李水生笑着问道："这个女人是谁呀？这么大的架子？"

那个已经有些熏熏然的宪兵班长斜着眼看了向影心一眼，压低了声音说道："这个女人来头可是不小！她爷们儿是国府的大官，不知道因为什么惹毛了蒋委员长被扔了进来。因为大伙算计着他可能哪天还得官复原职，平时谁也不敢惹他，连这女人也就跟着抖了起来……"

李水生一心想打听关于方志敏的情况，便信口顺着他的话头说道："唉！谁让人家天生就是当官的命呢……"

那个宪兵班长顺手扯了一条鸡腿咬了一口，不屑地摇着头说道："告诉你吧，她爷们儿现在关在那个共产党方志敏的对面，两个人打得火热，别哪天再弄个通共！那就什么官也别当了！"

真是说者无意听者有心，这个情况当时就引起了李水生的注意，他立即装成若无其事的样子问道："那这女人也每天都能见到方志敏？"

那个宪兵班长啃完了鸡腿，捏起酒盅仰着脖子灌了一口，笑着对李水生说："何止是天天能见？我们所长说了，她随时都可以进出看守所，谁也不许留难！牛吧？"

李水生无意中打听到了这样一个重要的消息，不由得大喜过望。他又陪着对方喝了几杯便装出一副醉态，站起身对那个宪兵班长说道："大……大……大哥，兄弟我不……不行了！咱们改……改天再……再喝吧……"

这会儿，那个宪兵班长也已经不胜酒力了，他醉眼朦胧地望着李水生笑着说道："好……好吧……咱们改天再喝……"

一心急着回去给徐凤姑报信的李水生趁机摇摇晃晃地扶起了那个宪兵，把他送到了席棚外的大路上。看着那小子踩着棉花似的走远了，李水生赶紧转回身大步流星地朝着租住的那个小院去了。

按照约定的暗号敲开了门之后，李水生迫不及待地望着开门的队员低声问道："大队长呢？"

那个队员麻利地关上了门，朝着墙角边的一丛花木一努嘴，使了个眼色。李水生知道那正是陶三全挖地洞的方向，微笑着把头一点，急匆匆地走了过去。

这时地道已经很有点模样了。从院子里向外延伸的几十丈远近，已经被陶三全的徒弟"缩骨梁"安上了既能防止坍塌又不会妨碍一个成年人匍匐前行的特质龙骨。

陶三全在洞里不停地挖掘着，随时把挖下的泥土抛到身后的一个安着轳辘的小箱子里。守在外边的几个队员每隔一袋烟的工夫就会把装满松土的箱子拽走,再由"缩骨梁"把空箱子重新送进洞里去。

随着这条地洞不断地向前推进,陶三全意识到终点应该已经不远了。他的念头刚一转到这儿,他手上带着的那副仿照穿山甲爪子的、用精钢打成的挖掘工具前端就传来了一声脆响,好像是挖到了很坚硬的东西。

陶三全身前有盏小灯,这小灯既是用来照明,又是用来检验洞中是否有空气流动的。突然,小灯里那烛光般大小的火苗忽然间抖动起来。经验丰富的陶三全意识到肯定是有空气从前面传了进来,赶紧抖擞精神继续小心地挖掘着。

一阵紧张的忙碌后,陶三全终于撬开了面前一块大方砖。与此同时,一股伴着恶臭的空气扑面而来,强烈刺激着他的神经。陶三全意识到自己无意中挖通了一个污水井,本想夜里再继续工作的陶三全赶紧"扑"的一声吹灭了面前的小灯,努力地去扩大面前那个恶臭扑鼻的洞口。

不知道过了多久,陶三全终于又取下了两块方砖,钻进砖后那个恶臭扑鼻的空间里。尽管双手都带着锋利结实的精钢爪子,陶三全还是费了很大的力气才勉强恢复了站姿,站在了这个污水井的下边。他稳住心神定睛一看,这个污水井很浅,一个成年人在井里只能勉强地站直身体。

陶三全伸手抓住湿滑粘腻的井壁稍稍往上一纵,悄悄地把头上那个木制的盖子顶起了一条缝。偷眼一看,外边正是李水生挨打的那个院子,井的不远处就是李水生描述过的那个煤堆。他已经成功地把地洞挖进了看守所的大墙,还鬼使神差地挖进了这个根本就不会有人注意的污水井,给即将开始的行动又增加了一丝可能。

李水生在洞口见到了亲自督阵的徐凤姑,赶忙上前轻轻地扯了扯她的衣服,徐凤姑一看是他,马上心急火燎地问道:"事情办得怎么样了?"

李水生使劲地点了点头,回答道:"我已经找到了一个能随时见到方主席的人……"

还不等李水生把话讲完,性急的徐凤姑就急切地问道:"那个人答应帮咱们了么?"

李水生正要细说,一个蹲在洞口帮着运土的队员兴奋地低声叫了起来:"大队长快看!陶师傅他出来了!"

徐凤姑和李水生闻声看去,只见"缩骨梁"和陶三全已经一前一后倒退着爬出了洞来。徐凤姑满怀希望地跑过去,扶起了因为在地下时间过长、脸上已经没了血色的陶三全,用期待的眼神望着他问道:"怎么样?快挖到

了吧？"

陶三全用充满了血丝的眼睛望着徐凤姑，有气无力地回答道："放心吧，咱们的洞已经挖到了看守所里边了……"

这句话就像是给在场的人全都注射了一针强心剂，在一阵极力压抑着的欢呼声中，徐凤姑紧紧地握住了陶三全那双沾满了泥土的手问道："洞口不会被发现吧？"

陶三全摇了摇头："不会的，天助咱们，那洞挖到了地沟里。"

听闻此言，大伙又是一阵激动。徐凤姑正要向陶三全表示祝贺，可已经脱了力的陶三全却支持不住了，他带着一抹胜利的微笑两眼一翻晕了过去。徐凤姑赶忙伸手扶住了他，对身边的队员命令道："赶紧把陶师傅扶到屋里休息，再给他弄口水喝！"

看着几个队员七手八脚地把陶三全架了起来，徐凤姑刚要转身，"缩骨梁"却笑眯眯地凑了过来，把一只摊开的手往徐凤姑面前一摊说道："当家的给钱吧！"

徐凤姑望着"缩骨梁"不解地问："你要钱干什么？"

"缩骨梁"眉头一皱，阴阳怪气地回答道："咱们这洞是挖通了，可最少还得去做十几根龙骨，一根至少一块大洋，没钱怎么行？"

徐凤姑一听的确是这么回事，便朝着身边的警卫员徐少艾一努嘴说："给他十五块！"说着又转回头盯着"缩骨梁"问道："够吗？"

"缩骨梁"伸手从警卫员徐少艾手里接过了沉甸甸的一摞大洋，放在手心里掂了掂，眉开眼笑地回答说："够了，够了！"说着话，他"哗啦"一声把那摞大洋扔进了兜里，头也不回地朝着院门的方向走去。

李水生看在眼里不由得担心地说道："这小子不会耍什么花花肠子吧？"

徐凤姑听了撇嘴一笑回答说："放心吧，我已经派人偷偷地跟了他好几回了，不会有事的！"

看见李水生仍在若有所思地望着"缩骨梁"已经消失了的背影，徐凤姑伸手猛地拍了一下他的肩膀，连声催促道："别去管那个小子了！赶紧跟我说说你找到的那个人吧！"

李水生这才回过神来，把他和那个宪兵班长喝酒时所看到的和听到的一五一十地讲了一遍。听完，徐凤姑沉吟了一会儿猛地抬起头，目光炯炯地望着李水生说道："太好了！明天我就找机会亲自去会会这位向太太！"

李水生赶忙开口提醒道："这件事是不是先跟黄书记通个气儿？"

徐凤姑听了爽朗地一笑，拍着胸脯儿说道："对，对！我差点儿忘了！你去说吧，要不老黄又该批评我无组织无纪律了！"

李水生离开了小院去找黄道汇报情况了，徐凤姑起身来到了屋里，看见陶三全已经恢复了过来，正蹲在地下抽烟，便打趣地说道："太好了，我还以为你这回小命不保了！"

陶三全笑道："看你说的，要真是那样我怎能对得起江湖上送我的外号？"说着话，两个人四目相对不由得哈哈大笑起来。

笑罢之后，徐凤姑突然严肃地望着陶三全问道："我说，你那个徒弟为人怎么样？"

陶三全听见，马上扬起了头望着徐凤姑眨巴着眼睛，不解地问："你是说……"

心直口快的徐凤姑立马把"缩骨梁"刚才要钱去定制龙骨的事说了出来。陶三全听完长出了一口气："是这么回事，你放心吧！他贪财我是知道的，但是心地不黑。"

徐凤姑放心了，仔细地了解了一下地洞里的情况便走了。徐凤姑一走，陶三全就小声咒骂起自己的徒弟"缩骨梁"来。原来，那些龙骨最多只要五块大洋就够了，根据"缩骨梁"的习惯，陶三全当即判断出这小子黑了钱之后肯定又跑去妓院了，忍不住恨恨地咕哝道："小王八羔子！你的胆子可真是越来越大了，连游击队的钱也敢蒙！不嫖，你能死啊？"

其实，这回陶三全还真的误会了他这个宝贝徒弟，他没去妓院，却干出了更加危险恶毒的事情来。

"缩骨梁"在跟以往相熟的木匠定好了龙骨之后，便走到了大街上，左顾右盼地打量了一阵，确信没人盯梢后，便鬼魅似的溜进了路边的一家五金行，一把推开了迎上来的小伙计，径直掀开帘子走进了后边。果然，他主动勾搭上的那个宪兵已经在那里焦急地等他了，一看见他急匆匆地走进来，赶紧站起身问道："有情况么？"

"缩骨梁"并没有回答，而是皮笑肉不笑地望着面前那张焦急的脸反问道："我的事你跟你们长官说了吗？"

那宪兵听见问马上眉开眼笑地开口说道："放心吧！我们钱处长说了，你只要办好了这件事……"

得到了来自"缩骨梁"的情报，钱景民心里别提多高兴了。他正要下

令把凌风梧和看守所的宪兵连长叫来商议一下，布置下去给徐凤姑等人来个瓮中捉鳖。忽然，他又改变了主意，拉开抽屉"稀里哗啦"地数出了十块大洋，递给了那个专门跟"缩骨梁"联系的宪兵，笑眯眯地望着他说道："继续跟那个小子保持联系，千万不要断了线！"

那个宪兵贪婪地望着钱景民手里叮当作响的大洋，连连点着头伸出手来。不想钱景民却突然变了脸，他把手一缩，用阴冷的目光望着那个宪兵嘱咐说："记住，这件事除了我不能让任何人知道！否则的话，我再给你的就不是大洋了，而是子弹！听见了没有？"

那个宪兵听了忙不迭地点着头，下意识地收回了准备拿钱的手。钱景民看在眼里把嘴一撇，把那摞大洋往那个宪兵手里一塞说："好了，这些钱归你了！"

打发走千恩万谢的宪兵，钱景民背着手在屋里走来走去，他紧张地思索起该如何吞下这块送到眼前的烫手山芋来。

按照最初的想法，钱景民准备马上调集看守所的兵力，连夜突袭徐凤姑她们的小院，抓到人之后马上直接向顾祝同汇报，独占这份功劳。可转念一想，作为军法处的副处长，他的上司是处长米占山。一旦他越级行动，不光会得罪了他，就是顾祝同也不会欣赏他这一过河拆桥的举动。

思前想后，钱景民终于打定了主意，还是把这个情况报告给自己的顶头上司米占山，就算是功劳大打折扣，也比被同僚嗤之以鼻要强出很多。想透了这一层，钱景民马上抓起了桌上的电话，对接线生命令道："马上给我接行营军法处的米处长，要快！"

钱景民的电话打来时，米占山正坐在办公室发着愁。尽管他已经兑现了部分诺言让金彩云亲眼看到了方志敏，但这毕竟只是诺言的一部分，接下来的事情他简直一想起来就会心惊胆颤。要知道自己一旦陷入了这样的阴谋之中，绝不仅仅是丢官罢职那么简单，判个无期徒刑也许还是好的。凭顾祝同的脾气，就是把自己撕碎了也是很有可能。想到这里，米占山感到嗓子眼发干，一股凉风顺着后背直往上冒。

就在这个时候，米占山面前的电话突然"叮铃铃"地响了起来。米占山心烦意乱地拿起了电话，还没等开口询问就听见钱景民在电话那头急不可耐地说道："处座，共匪的游击队想要挖地道营救方志敏，卑职已经派人把他们监视了起来！您看……"

这个意外的消息令萎靡不振的米占山一下子精神起来，他脑子里飞快地想，这不仅是自己邀功请赏的好机会，还能让金彩云彻底死了心，踏踏实实地跟自己过日子，真是一举两得！想到这里，他立即对电话那头的钱景民说道："老钱，别着急，慢慢地说……"

很快，米占山就弄清楚了钱景民那边的情况，他马上命令道："老钱，你必须做到两点，第一，严密封锁这个消息，除了你不要让其他任何人知道。第二，赶紧布置人马，把那些共匪严密地监视起来，但又不能惊动他们，我这就去顾主任那汇报，顺便给你请功！"

米占山走进顾祝同的办公室的时候，正好戴笠也在。还没等米占山开口，顾祝同伸手拦住了正准备告辞的戴笠说道："雨农你先不忙走，米处长要汇报的事还需要你这个特务处的处长协助呢……"

米占山望着又重新坐下的戴笠不无醋意地想："妈的，又多了个分一杯羹的！"

正在这时，却听见顾祝同用少有的亲热的口吻对他说道："这里没有外人，占山你坐下说吧。"

仔细地听取了米占山的汇报之后，顾祝同恼怒地站起身来，大声对米占山说道："这些斩不尽杀不绝的共匪实在可恨！你马上带兵去把他们包围起来，如果抵抗就全部解决掉！"

米占山听了马上站起来大声地答应着转身想走，一直静静地听着没有开口的戴笠这时却突然站起身来叫道："米处长请留步！"

米占山停住了脚步，用征询的目光望着满脸怒容的顾祝同。戴笠连忙陪着笑脸对顾祝同说道："钧座息怒，依职部愚见，咱们不妨来个将计就计，等他们动手的时候再抓不迟，他们当中说不定会有咱们想要的大鱼……"

顾祝同原本因为共产党居然敢钻进他的行营劫牢反狱而雷霆大怒，但听了戴笠的话，他也慢慢地冷静下来，望着戴笠笑道："还是你这个特务处长考虑得仔细，就按你说的给他们来个将计就计，把准备营救方志敏的那些共产党一网打尽吧！"说到这儿，顾祝同无意中瞥见了站在那里显得有些尴尬的米占山，马上改口说道："米处长对看守所那边的情况最熟悉，又已经进行了布置，我看这件事就交给你们俩去办吧！"

一看顾祝同下达了命令，戴笠和米占山赶紧立正敬礼，转过身一起走了。

这件事很符合戴笠的胃口,因为他在跟姜瑛会面时就打定了主意想在方志敏的身上捞点资本。从这时起,戴笠便如愿以偿地正式介入了方志敏这件事。没曾想,机会真就这么轻飘飘地来了。

出了顾祝同的办公室,戴笠便当仁不让地当起了领头羊,用几乎是命令的口气对米占山说道:"占山兄,你赶紧赶往看守所,随便找个借口宣布停止不当班的宪兵外出,我这就去调集人手!"

米占山听了无可奈何地回答道:"雨农放心,我这就赶过去,一切唯你马首是瞻!"

16

此时,行营里正煞气腾腾地准备着行动,毫不知情的向影心却找了个借口溜溜达达地离开了看守所,来到了附近的大街上。

向影心的出现理所当然地被一直在等着她的李水生看在了眼里,他马上悄悄地给化装成阔太太的徐凤姑使了个眼色。徐凤姑会意地点了点头,便迈步跟了上去。

就在李水生要转身离开的时候,头戴礼帽身穿长衫一派斯文相的黄道不知从什么地方冒了出来。黄道压低了声音对李水生急促地说道:"快,把徐凤姑叫回来!"

李水生顾不上多想,赶紧快步朝正在找机会和向影心搭讪的徐凤姑走了过去。这时向影心正在一家成衣店门前的落地穿衣镜前照着镜子,左看右看的顾影自怜,根本没料到身后发生了些什么。

一直在琢磨着该怎样开口的徐凤姑被李水生拽到了一边,不明就里地问道:"慌慌张张的干什么?有情况还是怎的?"

李水生及时地完成了任务,长出了一口气,他往街边上一指,算是回答了她的问题。徐凤姑顺着李水生手指的方向一看,只见一副教书先生打扮的黄道正在向她点头致意。

徐凤姑装出悠闲的样子离开了和自己只有一步之遥的向影心,快步朝黄道走去。在街角一个僻静的地方,徐凤姑望着黄道不解地问道:"情况有什么变化吗?"

黄道笑着摇了摇头,从口袋里掏出了一支烟,叼在嘴上划着了火柴。趁着点烟的工夫,黄道小声对徐凤姑说道:"我刚刚跟南昌地下党的同志联系上了,他们交给了我一件东西,能让那位向太太对你很快地建立起信任来!"

徐凤姑一听十分高兴,连忙小声地催促道:"什么东西这么管用?赶紧拿出来吧!"

黄道微微一笑,从兜里拿出了一张报纸。他指了指上面登的一则寻人启事:"就是这个……"

有了这张报纸,徐凤姑心里踏实了许多。她又慢慢地跟上了到处闲逛的向影心,并在她将要拐进一条小巷的时候,笑吟吟地拦住了她的去路,熟络地叫道:"向太太请留步。"

向影心闻声停住了脚步,打量着穿着打扮非富非贵、不雅不俗的徐凤姑,指着自己的鼻尖诧异地问:"这位大姐可是叫我?"看着徐凤姑点头,向影心这才笑着问道:"我们以前认识?"

徐凤姑走到了近前,把那张报纸往向影心面前一递,按照黄道嘱咐的那样说道:"向太太,我就是报纸上这位先生要找的亲人……"

向影心当时就明白了面前这个女人的真实身份,心里暗暗地想:"共产党的人来的可真快呀……"

向影心是个八面玲珑的人,虽然被猛然间找上门来的共产党吓了一跳,但很快便恢复了常态。她像老熟人似的挽起了徐凤姑亲热地说道:"我正闷得发慌呢,没想到碰到了你,这真是太好了!陪我到处逛逛行吗?"

徐凤姑会意,满脸带笑地答应着:"你这句话真是说到我的心里去了,我也正想着好好逛逛呢!"

两个人说着不相干的家常离开了闹市,走到了不远处的一个水塘前。向影心打量着徐凤姑,很直接地问道:"真想不到妹妹你竟然是那边的人?"

徐凤姑听了淡淡地一笑,她庄重地点了点头回答道:"没错!我就是他们做梦都想抓的共产党!"

向影心用赞赏的目光看了一眼面前这个女子,她虽然透着土气但眉宇之间却显得英姿勃发。向影心不禁嫣然一笑悄声问道:"你来找我一定是为了方先生的事情吧?"

徐凤姑连连点头,带着满脸的关切问道:"没错!我们方主席他,一切都还好吧?"

向影心笑眯眯地说道:"他目前很好,连顾祝同这样的大官都去看过他呢。"

徐凤姑听到顾祝同的名字,脸上马上浮现出紧张的神色,忍不住伸手抓住了向影心的胳膊焦急地问道:"他去干什么?该不会是要害我们方主席吧?"

向影心听了咯咯地笑着,她推开了徐凤姑的手说道:"那倒不是,听说他是想劝方先生帮他做事……"

向影心的话还没说完,徐凤姑刚才的紧张情绪一下子缓解了,她用手捂着自己的胸口说道:"原来是这样啊,那我就放心了!他肯定是白费了心思!"

向影心听了饶有兴趣地问道:"你凭什么这么肯定方先生不会跟他合作?要知道,方先生现在可是正处在性命攸关的节骨眼上,再说自古财利动人心呐……"

徐凤姑听了把嘴一撇,用不屑的语调说:"财利?方先生才不稀罕呐,他在我们苏区每年都要过手几百万大洋,可还不是跟我们一样,天天吃着五角钱的伙食?"

在闲谈中,徐凤姑详细地询问了方志敏在狱中的情况,终于把话头引到了正题上。她用锐利的目光直视着向影心那双水汪汪的大眼睛,凝重地说道:"向太太,我代表苏区的几十万父老乡亲向你保证,我们会永远记住你对方主席的照顾。"

向影心赶忙逊谢道:"这样的小事何足挂齿?"

徐凤姑仍旧庄重地看着她,态度坚决地回答说:"方先生在你眼中可能只是一个普普通通的人,但他在我们的心里却是活下去跟敌人拼到底的希望,我这样说一点也不过分!"

徐凤姑的态度让向影心突然很感动,她又感受到了那个身穿旧棉衣、留着一头乱蓬蓬的头发、带着一副沉重脚镣的人身上的那种天神般的气质,也明白了高高在上的蒋委员长和炙手可热的党国新贵顾祝同为什么会那么关注这个人了。

向影心也变得严肃起来,她望着徐凤姑轻声问道:"说吧,你们想让我怎么帮?"

徐凤姑听了把嘴巴凑到了向影心的耳朵旁,悄悄地说出了自己的打算。听完徐凤姑的话,一向游戏人生、只知在红尘里悠游晃荡的向影心不禁勃然变色，哆里哆嗦地问道："你们要到看守所里去救他？你难道不……不要命了？弄不好你们会白白送命的！"

徐凤姑回答说："放心吧，我早就想到这一层了，为了救方主席，去死也是值得的！"

受到了徐凤姑的感染，向影心也顿时来了豪气，她拍着胸脯表示道："放心吧！我一定会把你刚才交代的那些话带给方先生！"

向影心和徐凤姑见面的同时，优待牢房里方志敏正在和胡逸民促膝谈心。

胡逸民带着痛惜的神态对方志敏说道："方先生，国家积弱如此，亟待天降奇才拨乱反正、造福黎庶。就算是了为了天下苍生、为了那些追随你的升斗小民，你也要爱惜自己的生命啊！"

方志敏笑着安慰胡逸民说："永一先生请放心，吃了你给我买的那些药，我这肺病已经好多了……"

胡逸民苦笑着看了看方志敏那张因为病痛而变得苍白的脸，神情激动地说道："我很敬仰方先生你的人格，所以从认识到现在连一句劝你保全性命的话也没说过。可现在我却是不能不说了……"

方志敏听出了胡逸民话里的玄机，很有兴趣地问道："你是不是听到了什么消息？蒋委员长要送我上路了？"

胡逸民往前凑了凑，压低了声音说道："昨天我一个老部下来看我，他说南京那边来了命令，抓住你们共产党团级以上的军官验明正身后立即枪决。你觉得这个消息好吗？"

方志敏淡淡一笑道："我倒认为这是个好消息！"

胡逸民听见，诧异地望着方志敏问道："这也算是好消息？"

方志敏郑重地点头回答说："当然算是好消息了！第一，这说明反动派怕我们！第二嘛，我方志敏很快就要到天堂里去跟马克思会面了，难道这消息坏吗？"

听到方志敏这个答案，胡逸民摇着头沉吟了好半晌，才又看着方志敏问道："你对你的信仰是如何的坚贞，我是早已经领教过了，我也不想再沿着这个话题劝你。要是那样，我和蒋委员长打发来的那些说客还有什么区别？"

方志敏笑道："你当然不能和他们同日而语了，我知道你也是有信

仰的！"

胡逸民听了先是一愣,继而便仰起头哈哈大笑起来。笑罢之后他自言自语般的喃喃说道:"信仰?当年追随国父驱逐鞑虏的时候我或许是有的。但现在却是得过且过,只要不违反心里最后的底线,有时绕个圈儿抄抄近路什么的也是有的。唉……"说到这里,他深深地叹了口气摇着头说不下去了。

方志敏正要劝他,胡逸民却突然转回头来,用复杂的眼神望着方志敏,几乎是用央求的口气说道:"方先生,为了你的理想你就更该爱惜自己的生命,人说成佛尚有三万六千种法门,你难道就不能也转转弯子?"

方志敏站起身来深深地看了胡逸民一眼,说道:"我知道你是在替我的性命担心,但我这件事却实在是没有弯子可转啊……"

胡逸民带着不理解的神情问道:"为什么?"

方志敏的眼睛里再次浮现出胡逸民已经多次见过的那种光彩,只见他手扶着桌子慢慢地抬起头,望着厚重的牢门坚定地说道:"不是我固执,也不是我不爱惜生命,因为我就像你说的那样,我的心里也有着最后的底线——那就是宁可让敌人砍去了脑袋,也不能背弃党,不能背弃我的阶级和信仰……"

胡逸民正盘算着该如何开口,门外已经传来了老古的声音:"开饭了,开饭了!"

胡逸民赶紧笑着对方志敏说道:"听老古这么一叫,肚子还真有些饿了,我赶紧回去看看向影心来了没有,让她赶紧去给我张罗点吃的!"说到吃饭,胡逸民又停住了脚步望着方志敏问道:"你今晚还准备吃这里的糙米饭?"

方志敏笑着对胡逸民说道:"你赶紧去张罗自己的晚饭吧,我吃这里的糙米就已经很满足了。"

刚回到自己的牢房不久,向影心就急匆匆地赶回来了。胡逸民嗔怪地望着自己这位如花似玉的姨太太说道:"你还回来呀?我这肚子早就唱空城计了。"

向影心听了不服气地把嘴一撇,反驳道:"人家有正经事嘛!人家肚子还唱着空城计呢。"

胡逸民不屑地瞟了她一眼,回答说:"你能有什么正经事?是跟哪家的太太搓麻将,还是跟哪家少奶奶听了出才子佳人的弋阳腔?说说看吧。"

向影心听了扭动着蛮腰一屁股坐在了胡逸民的身旁,她把嘴巴凑到了胡逸民的耳朵边上吹气如兰地小声说道:"今天他们找我了!"

胡逸民听了心里一惊,赶忙伸手朝着方志敏的那间牢房的方向指了指,小声地问道:"你是说共?"

向影心得意地点了点头,伸出她那水葱般的胳膊搂住了胡逸民的肩膀,低声说出了一个令胡逸民震惊不已的消息:"他们的人让我给方先生带话,今天夜里他们要……"

向影心带回来的消息让胡逸民愣了老半天才缓过劲儿来,他站起身不停地用握成拳的右手拍打着左手心,在屋里转了好几圈才停住了步子。胡逸民望着向影心说道:"走,咱们这就过去把这个消息告诉方先生!"

不料,两人刚一出门,却碰上了李英楠。这家伙一双贼溜溜的眼睛一边盯着身材苗条、凹凸有致的向影心,一边嬉皮笑脸地主动开了腔:"哟,永一先生这是要去方志敏那儿吧?当心被赤化了啊……"

眼光敏锐的胡逸民早就意识到这家伙不是一个简单的囚犯,更不相信他像自己说的那样是因为同情共产党才被关进来的,打心眼里不愿意理睬他。胡逸民更没好气地反唇相讥道:"你说的不错,我这就是急着去赤化呢!要不你也跟着过来一块听听?"

李英楠一看胡逸民脸色不善,赶忙笑着说了句:"还是您去吧,人家方先生不喜欢我这样的!"说完这句话,他便不再搭讪,径自吹着口哨回自己的牢房去了。

向影心因为早就知道了这小子的底细,心里很是紧张。她望着李英楠的背影盯了一眼,便迅速地转过头来,低声对胡逸民说道:"这人一看就不地道,以后少跟他说话,省得吃了亏!"

胡逸民当然不会知道向影心是在什么地方、因为什么摸到了这家伙的底牌,只是淡淡地一笑随口答道:"就凭他?当今这个世界上,除了蒋介石我谁也不怕!"

进了方志敏的牢房后,胡逸民看到厨子老古刚好端着空碗从里边走了出来,就顺手丢给了他一支烟,笑着问道:"方先生今天的胃口怎么样?"

老古眉开眼笑地向胡逸民道了谢,担忧地对胡逸民说:"方先生刚才又咳嗽了一阵,喘得连腰都直不起来了,唉……"

胡逸民听了点了点头,回答道:"是呀,实在不行哪天找个医生来给他看看吧。"

刚躺到床上的方志敏听见了胡逸民的声音马上翻身坐了起来，笑着插嘴道："没事，我那是老毛病了，现在已经好了，找什么大夫呀？"

老古一走，胡逸民就快步走到了方志敏跟前，压低了声音对方志敏作了个揖说道："方先生，我真要恭喜你了！"

方志敏看着胡逸民神神秘秘的样子疑惑地问："永一先生说笑了，我现在这样子哪还会有什么喜事？"

胡逸民笑着把向影心推到了方志敏面前，小声地告诉他说："影心见到你们的人了，让她跟你细说吧……"

听到了这个喜讯，方志敏一下子站了起来，他激动地望着向影心说道："赶快跟我说说，来的人什么样，都跟你说什么了？"

向影心毕竟是个女人，她心虚地往牢门的方向望了望才凑到近前，把徐凤姑的情况和她要自己传递的消息告诉了方志敏。谁知，方志敏听了向影心的话先是叹了口气，跟着便轻轻地摇起头来。

胡逸民看在眼里，连忙朝向影心使了个眼色，让她注意着外边的动静，自己则走到了方志敏身旁问道："方先生，你的人来救你了这难道有什么问题吗？看你的样子不开心啊……"

方志敏回过头来望着满脸关切的胡逸民回答说："永一先生，这看守所是你指挥着建的，你最清楚这里的地形和建筑了。你说，就凭着十几个人能把人救出去吗？简直是乱弹琴！"

胡逸民听方志敏这么一说，也深以为然地点了点头，回答说："是呀！也不知道他们有没有内应？他们要真是贸然出手，只怕你的安全也会成问题的。"说到这儿，胡逸民又若有所思地继续说道："不过试试也好，你毕竟多了一线指望啊！"

方志敏伸手抓住了胡逸民的肩膀，望着他恳切地说道："永一先生，咱们相处了这段时间，你知道我是绝对不把个人的生死放在心上的。但我不是不重视生命，我无论如何也不能看着自己的同志为了我去白白地牺牲，要知道他们可是闽浙赣苏区最宝贵的火种啊。"

胡逸民听了方志敏的话，显然是没有理解到方志敏说的火种是个什么，只得望着方志敏问道："方先生，你刚才说的火种到底是什么意思啊？难道你猜到他们要用火攻？"

方志敏看着一头雾水的胡逸民笑道："你以为咱们这里要演《火烧赤壁》么？我说的火种是革命的火种。我们的中央红军离开江西后，坚持斗争的共产党人就像是火种一样,别看现在仍旧是没多大的声势,只要一阵春风吹来,他们就会变成燎原的大火,彻底烧毁这个万恶的旧世界!我怎么能为了我个人的安危,损失革命的火种呢?这真是太不值、太不值了!"

胡逸民注意到,说这句话时,方志敏以往那种沉着谦和的神态已经在不知不觉中消失得无影无踪,取而代之的是一种横扫千军的气势,他脸上那种神圣的表情使他看起来浑身上下充盈着一股凛然不可侵犯的气势。胡逸民还没开口,牢门附近的向影心已经急急地走过来插嘴问道:"方先生的意思是想让他们停止行动?"

方志敏看了向影心一眼,点头说道:"是的,我正是这么想的!"

胡逸民听到这里却摇着头,他拍着胸脯对方志敏应承道:"你现在命悬一线,任何机会都不应该错过!要不这样吧,我现在就去想办法买通几个看守,等你们的人动起手来也好有个照应!"

方志敏听了很是感动,他对胡逸民拱了拱手,说道:"永一先生的好意我方志敏心领了!但我决心已定,想委托你太太给我们的同志带个话,让他们慎重地考虑一下,如果他们将要采取的营救行动可能带来重大的牺牲就宁可放弃!"顿了顿之后,方志敏又补充道:"还请太太转告他们,我方志敏永远都是战士。原来的阵地在苏区,现在只不过是换了阵地而已!虽然我没机会再用枪跟敌人战斗,但我却可以用笔为中国和革命大声疾呼!"

在方志敏的坚持下,胡逸民只得答应了他的要求。他苦笑着对向影心说道:"这样吧,你赶紧出去把方先生的意思告诉他们,让他们按照方先生的意思办吧……"

向影心听了十分为难地回答说:"他们只让我带话,却没说去哪儿能再找到他们啊?"

方志敏接口说道:"这不要紧,待会儿你只要在看守所附近多站一会儿,他们肯定会回来找你联系的……"

徐凤姑他们当然不知道方志敏做出的决定,仍在紧张地准备即将开始的行动。

看着前来参加行动的游击队员全都精神抖擞地聚在一起,已经换上粗布衣裤的徐凤姑手扶着腰里插着的驳壳枪,对李水生说道:"水生,待会儿我领人下到洞里之后,外边的事情可就全交给你了。只要里边的枪一响,你马上给我把房后那条小路盯死了,救出了方主席之后咱就全指望它撤

走了。"

李水生没有领受这一命令,而是神情严肃地对徐凤姑说道:"黄道同志已经交代过了,我带人下去,你负责掩护!"

徐凤姑听了把眼一瞪,不容置疑地说道:"不要再说了!我是总指挥,你服从命令吧!"

谁知李水生这回并不买账,他把脖子一梗说道:"黄道同志让我转告你,让你别忘了自己除了总指挥还是咱们闽浙赣三省苏维埃的副主席!"

徐凤姑听了把脚一跺冷笑着说道:"我怎么会忘了?正因为如此,我就这么决定了!反正黄书记现在又不在这里,我就以三省苏维埃副主席的名义命令你执行命令!"

李水生丝毫也不让步地回答说:"黄道同志已经想到你会这样了,他让我以革命的名义命令你在外面组织掩护,你必须服从命令!"

徐凤姑见李水生已经领了尚方宝剑,立马没词儿了,她喃喃地问道:"你刚才说以谁的名义?"

李水生一看徐凤姑这副模样,故意一字一顿地重复道:"以革命的名义!"

在李水生的一再坚持下,徐凤姑终于同意:由他和陶三全带人潜进看守所救人,她负责接应。

眼看着天已经完全黑了下来,徐凤姑知道行动时间已经到了,她沉声命令道:"各小组注意,开始行动!"随着命令的下达,院子里的人全都忙活了起来。三名队员悄悄地爬上了临街的房顶,把枪口对准了敌人可能出现的方向。两名队员挽着一个装着十几枚手榴弹的包袱轻轻地走出了院门,潜伏到看守所的大门附近,准备阻击从大门里冲出来的敌人。

剩下的六名队员来到了地洞前,跟着大头的李水生,一个接一个地钻了进去,向着数十丈之外的看守所爬去。尽管每个人都很清楚,自己是在爬向敌人的心脏而且绝没有回头路可走,但心里全都充满了一种快乐的感觉,因为每向危险靠近一步,就也向方主席靠近了一步。

看着最后一个队员的双脚消失在了洞口中,陶三全往地下一趴也准备跟着往里钻,徐凤姑急忙轻声叫道:"陶师傅,你的任务完成了,赶紧回去吧!"

陶三全仍趴在地上,他扭过头来望着徐凤姑说道:"不亲眼看着方主席回到这儿算什么完成?"说完这句话,他不再答话,义无反顾地钻进了洞里。

这边师父钻进了洞里,那面徒弟也没闲着。在距离徐凤姑他们那个小院大约一公里左右的地方,几辆被篷布遮挡得严严实实的军用卡车黑着灯悄悄地停了一片住宅的后面。全副武装的米占山挥手叫过身边一个少校军衔的军官吩咐道:"孙营长,让你的队伍火速展开,等那边一打响,马上冲过去包围那个小院,一个也不许漏网!"

那个少校"啪"的敬了一个礼,转身跑到了停好的一排卡车前,轻轻地拍了两下手。只见那些汽车的篷布一下子被打开,数百名全副武装的士兵下饺子似的跳了下来,整齐地站成了几排。那个少校压低了声音对他们重复着米占山的命令:"军法处的米处长命令……"

看着黑压压的士兵悄无声息地就地散开,米占山满意地点了点头。就在这时,鬼头鬼脑的"缩骨梁"鬼魅般的来到了他面前,得意地对他说道:"米处长,那边开始动手了……"

看守所里此时仍旧平静无事,向影心正加快了脚步焦急地往大门外走着,她想到附近的街上去等着徐凤姑他们来跟自己接头,却忽然看见看守所的那辆军用卡车缓缓地开了过来。向影心正要闪身躲开,那辆卡车却一下子停在了她的身边。车窗里,一个军官探出了脑袋大声跟她打起了招呼,向影心定睛一看,原来那人正是自己的情人戴笠。

就在她稍一迟疑的时候,看见全副武装的宪兵正在一个接一个地从那辆卡车里跳出来,一眨眼的工夫已经下来了十几号人。向影心意识到共产党营救方志敏的事情已经败露了,这些宪兵肯定是戴笠带来增援的。没容她再往下想,戴笠已经快步走到了她的身边,把嘴巴凑到了她的耳朵边低声说道:"赶紧回家吧,今晚不要再来了!"

向影心预感到会有大事发生,她茫然地望着戴笠连连点着头,转过身悄悄地走出了看守所,招呼过一辆洋车,顺着大马路一溜烟儿地去了,把方志敏交代给她的事情抛在了脑后。

工夫不大,戴笠在看守所里布置好了伏兵,就等着那些想要营救方志敏的共产党上钩了。米占山那边的三百多士兵也开始端着枪蹑手蹑脚摸索着朝着小院围拢了过来。不知不觉之间,徐凤姑他们已经陷入了重围之中。

看守所这难耐的寂静中蒸腾着汹涌的杀气,很快就要展开一场殊死的搏杀了。

在城中飞花班租住的那间车马店的屋顶上，一个猫着腰的黑影突然悄悄地站了起来，她机警地四下里观望了一阵，猛一纵身跳进了院子当中。这个黑影身手很是矫健，落地之后就地一滚，很快来到了一座房子的窗前，伸手轻轻地捅破了窗户纸，偷偷地往里边看了起来。

巧的是，这间屋子正是整个飞花班最隐秘的所在，金彩云此时正在屋里双手叉腰，认真地指挥着几个演员练习着她最近特别关注的那出新戏。

窗外的人看了一会儿，正要转身离开，却听到屋里的金彩云对一个演员低声地呵斥了几句。那几句话就跟有什么魔法似的，立即让窗外的人停住了脚步。

就在这时，又有一个人悄无声息地出现在那人身后，他猛地一拍前面那人的肩膀，轻声喝道："朋友，黉夜来访有什么指教？"

17

飞花班外，往屋里偷窥的汉子已经和身后那个突然而至的人交上了手。只见先前那个汉子猛地一蹲，一个十分凌厉的扫堂腿向那人脚踝扫去。后面的人既不惊慌也不声张，猛地把腰一扭平地跃起，堪堪躲过了对方的攻击。

那汉子这一招不成马上改换了招数，双拳一抡一个双风贯耳扑了上来。他的对手举起臂膀硬接了这招，四臂相交两人禁不住全都后退了两步。先前的汉子显然不愿再继续缠斗，几步窜到了院墙附近作势要跑。哪知道他的对手已经放弃了攻击的打算，双拳一抱朗声说道："闯爷留步，既然来了何不进去坐坐？"

此时屋里的金彩云等人听见动静已经打着灯冲出了门外，迅速地把那个汉子围在了当中。灯光里，先前那个汉子已经无所遁形，只得无可奈何地站在原地。在摇曳的灯光下，大家清楚地看见，这人便是越狱出逃的土匪"闯塌天"。

"闯塌天"在众人的围困下只得望着跟他说话的那个人讪讪地说道："金班主真是好眼力，这样的黑影里还能看出我来……"

原来，跟他交手的那个汉子不是别人，正是飞花班的班主"金麒麟"。

"金麒麟"哈哈一笑，望着"闯塌天"说道："先前我当是来了别的江湖朋友，但你那招平地旋风般的扫堂腿却让我一下子认出了闯爷你。"

"闯塌天"四下里看了看，压低了声音问道："金班主你不是当了红军吗？怎么还在这儿唱戏？"

"金麒麟"还没回答，先挥手对众人说道："这位是我的朋友，你们该干什么就干什么去吧！"

金彩云听见忙转过身去对众人说道："别围着了，继续回去按照我说的练吧……"众人一看，全都转身回去了。

灯被众人拿走了，院子里重新陷入了黑暗之中，"金麒麟"这才小声地回答道："闯爷有所不知，咱们因为苏区被占，主力红军撤走了，这才重新回到江湖上唱戏的。闯爷你呢？原本啸聚山林风光无限，咋竟然干起了高来高去的勾当了？"

"闯塌天"叫一声惭愧，然后神神秘秘地说道："我哪里还有什么风光？我的人马被县里的保安团偷袭，老子也被他们关进了大牢，前两天才钻进拖死人的车里逃了出来。现今的世道是一分钱憋死英雄汉，我正盘算着弄两个盘缠去投红军，谁知却遇上了你……"

"金麒麟"听了随口笑道："闯爷要去投红军？"

"闯塌天"回答说："自打我在牢里听方先生讲了那些道理，心里就打定了这个主意。"

"金麒麟"听了心里一动，赶忙问道："哪个方先生？"

"闯塌天"得意地回答说："亏你还干过红军！当然是'赤胆农王'方志敏方先生了！"

就在"闯塌天"意外地遇到"金麒麟"并提到方志敏的时候，在黑暗中匍匐前行的李水生等人已经来到了看守所的高墙内。李水生轻轻地移开了污水井的木盖子，双手一撑，无声地钻出了地面。到了地面后，他就地一滚躲到了早就看好的煤堆附近。那个污水井里很快便钻出了第二个队员，接着便是第三个，第四个。

戴笠躲在看守所后院通往监区的黑影里，借着临时用沙袋垒砌的掩体，轻轻地捅了捅身旁的一名宪兵，说道："注意，他们来了！"他藏身的掩体背后密密麻麻地趴着好几十号宪兵，听到了戴笠的命令马上紧张了起来，

一个个屏住呼吸,握紧了手里那已经打开了保险的步枪。

几乎与此同时,院外的战斗也已经要开始了。徐凤姑的警卫员徐少艾趴在屋顶上,他看到周围那些黑黢黢的身影,并从他们的姿势上判断出这是一些正在隐蔽接近的士兵。大惊之下,他赶忙压低了声音对焦急地等待着消息的徐凤姑喊道:"大队长!敌人早就围过来了!"

徐凤姑听了心知不好,赶忙拽出腰间的驳壳枪"啪"的一声搬开了机头,轻声地下达了命令:"准备战斗!"

李水生手持驳壳枪,背靠着煤堆,对身边的队员说道:"我数三个数你们就冲进监区去救人,高墙上的机枪手和探照灯由我来对付!"

看着那几个队员神情庄重地点了头,李水生瞄了一眼高墙上影影绰绰的哨兵的身影,把指头压在了扳机上轻轻地数道:"一……二……"他身边那些队员闻听立即做好攻击的准备。

与他们相隔不足百米的掩体后,戴笠也正在紧张地下达着攻击前的命令。他悄悄地举起了手枪,对身边的一个军官说道:"我的枪一响,你们马上行动,听清楚了没有?"

院外,已经上了房的徐凤姑也看到了正在慢慢摸过来的敌人,她把枪往房顶上一放,拧着手榴弹的盖子对警卫员徐少艾说道:"待会儿我把手榴弹一扔,咱们就往外冲,把敌人吸引到别处去,这里的地洞绝对不能暴露,那可是方主席唯一的生路啊!"徐少艾点着头,把枪口对准了大约还有一箭之遥的敌人。

"三!"李水生在数到这个数的时候,他猛地提高了嗓音,喊的同时他甩手一枪就往高墙上站岗的哨兵打去。巧的是,戴笠的枪也在这个时候响了,随着他的枪响,高墙上的两盏探照灯立即发着刺眼的强光交叉着照了过来,把整个后院照得纤毫毕现,如同白昼一般。大批宪兵在灯光下嗷嗷地嚎叫着从四周涌出,把煤堆后的李水生等人围在了当中。

听到看守所里传来的枪声,早就按耐不住的米占山立即挥舞着手枪声嘶力竭地喊道:"弟兄们,给我冲上去!"就在这时,随着几声手榴弹爆炸的巨响,米占山听到前边的士兵惊恐地嚷道:"不好了!里边的共匪冲出来了!"

面对突然的变故,李水生连忙喝住正准备冲锋的队员,把枪一挥轻声喝道:"敌人有了准备,赶紧撤退!"话音未落,对面的敌人已经开始了射击。

密集的子弹一瞬间便封锁了通往污水井的道路，眼看着退无可退，李水生把心一横，猛地站起身命令道："咱们没退路了，跟他们拼了！"说着话他连续扣动扳机打出了好几发子弹。随着枪声，好几个敌人哀号着躺倒在地上，其余的不禁一阵混乱。

面对强敌，游击队员们没有一个人退缩，全都举着拉了弦的手榴弹，猛地朝着队形密集的敌人冲了上去。这种决死的气势使对面的宪兵一片大乱。有的人惨叫着四处逃开，有的干脆魂不附体地趴在了地上。

气急败坏的戴笠只得扔下手枪，抢过身边被惊得目瞪口呆的宪兵手里的机枪，嚎叫着疯狂地扫射了起来。他的这个举动果然起到了作用，那些宪兵全都从震惊中反应了过来，把密集的枪弹射向了那几个越冲越近的队员。尽管那些队员冒着枪林弹雨疯了似的猛冲，但终究没人能冲到敌人密集的队形里，全都倒在了冲锋的路上。他们手里那几颗手榴弹也接二连三地爆炸了起来，整个小院里顿时烟雾弥漫，视线也变得模糊了起来。

这场众寡悬殊的战斗眼看着就要结束了，硝烟中身中数弹的李水生看准了这个时机，突然豹子般地跃起，手拿着一枚手榴弹借着硝烟的掩护冲到了敌人堆里，直扑灯光下很显眼的戴笠和钱景民而去，想擒住他们。

戴笠看见猛扑过来的李水生，扣动扳机的手猛一哆嗦，机枪"啪啦"一声脱手掉在了地上。几乎被吓得三魂渺渺七魄飘飘的钱景民一屁股坐到了地上，两眼一闭，惊恐万状地对着李水生扑来的方向拼命地射击，连枪膛里的子弹打光了还浑然不知。

尽管如此，他还是打中了距离很近的李水生，这颗子弹终于使李水生扑倒在地。但李水生仍旧没有失去战斗到底的勇气，双眼圆睁握着手榴弹艰难地朝着戴笠和钱景民爬去。好不容易才缓过劲儿来的戴笠见状赶紧大声嚷道："那共匪听着！投降免死！"

李水生听了猛地拉开了手榴弹的弦，用尽最后一丝力气用轻蔑的眼神望着戴笠，说道："投降？方……方主席没……没教过咱这课……"随着他的话音，手榴弹猛烈地爆炸了。李水生用自己的一腔热血伴着呼啸的弹片发起了对敌人最后的进攻。

这一切全被躲在污水井里等着接应的陶三全看在了眼里，他极力忍住了夺眶而出的泪水，悄悄地钻回洞里，故意大声地朝外边喊道："我在这里，有种来抓呀！"喊完之后，立即手脚并用地往回猛钻。

听见地洞里传出的声音后，戴笠马上对身边的几个宪兵喝道："还愣着

干什么？快下去捉人！"那几个宪兵迟疑着还想拖延，却被刚换上新弹夹的钱景民用枪口逼住，狞笑着说道："执行命令！要不我就把你就地正法！"

在戴笠和钱景民的威逼下，终于有几个宪兵跳进了污水井，心惊胆颤地钻进了地道。

这时的陶三全已经爬到了地洞的中央，他敏锐地觉察到已经有好几个宪兵尾追进到了洞里，马上摸索着从洞壁上抠出一小包炸药，缓缓地拉出了预留了很长的导火索，继续往前爬去。一心想替李水生等人报仇的陶三全想在自己退出了地洞后炸塌地洞，消灭身后的追兵。

这时墙外的小院也已经被米占山带人占领了，他也威逼着几个宪兵迎面钻了进来。陶三全知道自己这回再也难以全身而退，脸上浮现出狰狞的表情，自言自语地说道："来吧，咱陶爷这回再也不逃了，带你们一块去见阎王请罪吧！"说着话，他打开小油灯，点着了导火索，像一个古董商把玩着一件绝世的藏品那样，看着导火索冒着刺鼻的硝烟燃烧起来。

导火索飞快地燃烧着，陶三全用痛惜的目光打量着地洞小声地叹息道："可惜了，这可是老子这辈子挖的最好的一条地洞啊。"

就在导火索"哧哧"地燃烧着奔向终点的时候，徐凤姑等人已经被重重地围困在一条小巷里。眼看着身穿黄色军装、头戴着英式钢盔的宪兵已经挤挤挨挨地涌了过来，徐凤姑把手伸向了腰间并排插着的几枚手榴弹。她把手指伸进了其中一枚的拉环，神色凝重地对身后的警卫员徐少艾和几名负伤的队员说道："马上就轮到咱们去见马克思了，等敌人一进巷子我就拉弦，临死也得拉他几个垫背的！"

徐凤姑转过脸用坚定的眼神看着他们说道："待会儿上路时都给我打起精神来！别让这帮杂种笑话！"

几个人听到了徐凤姑的话马上紧紧地靠在了一起，不约而同地点着头，眼睛里闪动着坚定的神情。

就在宪兵们马上就要涌进小巷的时候，奇迹发生了。随着一声闷响，大地猛地颤抖了起来。原本平坦的大路上突然发生了塌陷，一条蜿蜒通向看守所内的深沟土龙般出现在众人眼前。这是陶三全引爆的炸药引起的连锁反应，整条地道轰然崩塌，埋葬了里边的十余名宪兵和打定了主意去见阎王的陶三全。

就在所有的人都被眼前的情景惊呆了的时候，随着一阵枪响，斜刺里突然杀出了一队人马，霎那间打乱了敌人的阵型。小巷里的徐凤姑等人正在茫然不知所措的当口,黄道的警卫排长突然出现在巷口,他挥动着手臂焦急地叫道:"快走,黄书记让我们掩护你们!"

徐凤姑第一个醒过了味儿来,她马上松开了拉着弦的手,拔出枪来大声命令道:"撤!黄道同志接应咱们来了!"

多亏按照计划负责外围掩护的黄道及时赶来,徐凤姑等人才趁乱逃出了敌人的包围圈,跟着南昌地下党派来的交通员转移到了城里一座荒废的大宅子里。

等情况稳定了下来,黄道马上把徐凤姑叫到了宅子的佛堂里,严肃地对她说:"你们先休息一下,明晚地下党的同志会来送咱们出城的……"

徐凤姑一听就火了,当即开口打断了黄道的话说道:"出城?为什么出城?"

黄道神情严峻地望着徐凤姑回答说:"今晚的行动已经损失了多少优秀的同志?你还想干什么?"

徐凤姑毫不犹豫地抗声说道:"正因为这样我就更不能走了,水生他们的血不能白流!"

黄道真的急了,他忍不住提高了嗓音望着扭过头去干脆不再看他的徐凤姑低声吼道:"徐凤姑同志……"

就这样,黄道和徐凤姑之间爆发了激烈的争论。最后,善于谋划的黄道坚决地对徐凤姑说道:"方志敏同志说过,现在是革命的低潮时期,每一个战士都是一颗革命的火种。我们必须要加倍地珍惜他们,等革命的春风吹来,他们就会形成……"

徐凤姑终于扭过了头来,望着黄道诚恳而固执地说道:"黄道同志,你说的这些道理我都懂!咱们撤了容易,可方主席怎么办?还救不救了?"

黄道毫不犹豫地回答说:"当然要救,哪怕老方在敌人手里多呆一天,也是革命的损失!"

徐凤姑当即接过了他的话头低声分析道:"我理解你的心情,也明白眼下的形势。这一回不但没救出方主席还损失了不少队员,我也很痛心。你主张暂时撤回山里的决定是对的。"

黄道听徐凤姑这么一说,眼睛里露出了一丝笑意,望着她语重心长地说道:"是啊,眼下敌强我弱,咱们还是从长计议吧,等过了眼下的风头,趁着敌人产生麻痹思想的时候行动,成功的把握就更大了!"

可徐凤姑却摇着头自信地开口说道:"不是我固执,黄道同志你好好想

想,现在才是敌人最麻痹的时候!"

徐凤姑这句话强烈地触动了黄道,他抬起头上下打量了一番一向只知道猛打猛冲的徐凤姑,沉思了片刻终于默默地点了点头。

黄道心中暗想:"没错,一向自视甚高的顾祝同很清楚目前的形势,肯定会认为营救未果的游击队会立即撤出南昌城。按照常理,也的确没有谁会在第一次行动失败后马上进行第二次行动,这倒真是个难得的好机会。"想到这里,他缓缓地抬起头,望着满脸期待,等着自己答复的徐凤姑问道:"下一步你准备怎么办?"

可徐凤姑接下来的回答却让黄道大失所望,徐凤姑一看黄道的思想活动了,马上干蹦利索脆地建议说:"咱们还能怎么样?我看眼下最好的办法就是趁着敌人刚刚得胜麻痹的时候,发动突袭再硬抢一次!"

黄道当然不会同意这种蛮干的办法,他严肃地望着徐凤姑说道:"你可以暂时带人留在南昌,但你那个办法肯定不行!敌人就是再麻痹再愚蠢,也不会眼睁睁地看着你闯进看守所去救人的。这件事必须好好地谋划,你再不能擅自行动了!"

徐凤姑生怕黄道会改变了主意,赶忙小声附和道:"你放心吧,我再也不蛮干了!就按你说的,我先留在南昌慢慢想办法。再说,我已经跟那个向太太联系上了,回头我再找她打听一下看守所里的情形……"

黄道沉吟了片刻,总算是同意了徐凤姑的请求。他背着手在佛堂里来回走了两趟,才回过头来语重心长地对徐凤姑说道:"中央红军派人来联络了,我明天一早必须赶回去,这里的事情就先交给你吧。"

徐凤姑极力压抑着心里的狂喜,把胸脯儿一挺回答道:"你放心吧,你说的话我会记在心上的!"

黄道虽然点了点头,但还是不放心地嘱咐道:"我再多说一句,无论你要采取什么行动都必须事先向组织上汇报,这一点你能做到吗?"

徐凤姑虽然表面上答应了黄道的要求,但心里却已经悄悄地筹划起强行突击救人的事情来。听到了黄道的话,她赶忙顺嘴答应道:"放心,我答应你!"

黄道因为记挂着中央红军的事情,第二天一早就做好了出发前的准备。临行前,他把那些隐蔽在南昌的游击队员交给了徐凤姑,又郑重其事地嘱咐了一番,这才跟着南昌地下党派来的交通员急匆匆地出城去了。

黄道一走,徐凤姑就立即着手实施起强行突击营救的计划来。不过这一回她的确是吸取了上回的教训，不仅仔细地考察了行动得手后的撤退路线，还派人秘密地侦察了附近的驻军，在敌人的援兵可能通过的地方，找好了阻击的地点。经过了仔细的勘察，徐凤姑的心里有了底，她的目光也渐渐聚焦在看守所后边那条赣江的支流上……

随着新的行动方案在她的心里渐渐成熟，徐凤姑开始琢磨起突袭看守所的战斗来。通过上次的行动，徐凤姑清楚地认识到敌人的快速增援能力，心里明白她沿途设置的那几个阻击阵地最多只能迟滞敌人的援兵，根本无法阻止他们。

如果想取得突袭的成功，必须要在发动攻击的同时进到看守所里边。可是，怎样才能做到这一点呢？徐凤姑想到这里，陷入了深深的思索中。当她自言自语地把这个疑虑说出来后，她的警卫员徐少艾脱口而出："那还不好办？咱们用炸药把那堵墙炸塌了不就得了？"

徐凤姑听了眼睛一亮，顿时想起了一个人来。她当即高兴地跳起来，一把抓住了警卫员徐少艾的衣襟，带着难以抑制的喜悦大声称赞道："你这小鬼真是聪明！回去我亲自去给你请功！"还没等警卫员徐少艾脸上笑容完全绽开，徐凤姑已经对他下达了命令，"你马上赶回去，让老蓝带几个会玩炸药的队员赶来跟我汇合！"

受到了徐凤姑的情绪感染，警卫员徐少艾麻利地行动起来。他从墙上摘下了带布套的雨伞往肩上一背，拉了拉弄皱了的衣服下摆抬腿就往外走。谁知刚走到门口，又被徐凤姑给叫了回来。徐凤姑把嘴凑到他的耳朵边儿上小声地嘱咐道："记着，回来的时候让宋大夫也跟着一起来，记住了吗？"

徐凤姑提到的宋大夫是苏区红军医院的院长，早年毕业于医学院的医学博士，是整个苏区家喻户晓的神医。警卫员徐少艾听了摸不着头脑地看着徐凤姑问道："您是说宋大夫？叫他来干什么？"

徐凤姑听了做了个要打人的动作伴怒道："请他来干什么难不成还要向你汇报？"警卫员徐少艾听了不敢再问，吐了吐舌头朝徐凤姑做了个鬼脸，飞也似的走了。

看着警卫员徐少艾的身影消失在大门口，徐凤姑这才对身边的一名女队员吩咐道："去把我那身行头找来！"那个女队员听了答应一声，一边转身去，一边好奇地问道："您这是要出去？"

徐凤姑点了点头答了声是，若有所思地望着门外的天空自言自语地说道："刚出完这样的大事，她还敢帮我吗？"原来，徐凤姑说的这个她指的

死囚

是向影心,她在这个节骨眼上急着去找向影心,是想着为即将来到南昌的宋大夫铺好路,弥补自己的营救计划中唯一的一个环节上的缺失……

对方志敏救援行动的打击受到了顾祝同的大力表彰,不仅戴笠和米占山各自获得了一枚云麾勋章,钱景民也因为及时开枪击伤了疯虎般上来拼命的李水生,被晋升为上校军衔。凌风梧虽然没直接参与战斗,但也被发了一张嘉奖令,可谓是皆大欢喜。

表彰大会结束后,顾祝同开口叫住了戴笠。他望着有些闷闷不乐的戴笠问道:"雨农,看你心事重重的样子,是不是对这次的奖励有什么意见啊?"

戴笠立正站好,笑着摇了摇头回答说:"钧座应该知道,职部不是那种小肚鸡肠的人。怎么会计较这些?"

顾祝同问道:"既然如此,那你这是……"

戴笠回答说:"钧座明鉴,在职部看来不仅那方志敏没有丝毫跟政府合作的可能,如果不及早除掉还会给咱们引出更多的麻烦来……"

顾祝同听了很不以为然,马上用开导的口吻对戴笠说道:"我其实跟你想的一样,早就想早点儿杀了方志敏,省得他还让那些共匪心存希望。"叹了口气接着说道,"但委座不答应啊!他知道了这件事不但不恼,反而说这更能说明方志敏对共匪的号召力,命令我继续劝降。"

戴笠当然不敢指责蒋介石,只得苦笑着说道:"尽管委座爱惜人才,但职部料定那个方志敏是绝不会改变立场的……"

戴笠的话还没有讲完,顾祝同就接过话茬:"其实委座是对的,这次行动的失败也许能让方志敏变得清醒些。再说,咱们的劝降还是取得了一定的成绩,弋阳的张县长这两天还会去见方志敏,但愿他也能像你一样在方志敏的身上获得殊勋吧!"

戴笠轻轻地摇着头没有开口,顾祝同却自顾自地感叹道:"好在共产党力量已经大不如前了,这次失败以后,他们很可能不会再采取类似行动了……"

听顾祝同这么一说,戴笠终于开口说道:"职部的想法跟主任倒是有些不同。"

顾祝同诧异地看了戴笠一眼,饶有兴趣地催促道:"雨农既有高见,何妨说来听听?"

戴笠瞟了顾祝同一眼，把目光望着远处对顾祝同说："在职部看来，我们对方志敏的一切争取都是白费，既然委座不同意把他杀了了事，我想他对我们唯一的作用就是，不断地吸引着他的那些手下来救，让我们借机把他们一一地消灭！"

顾祝同听罢感到这番言论很有道理，刚要开口称赞却突然想到了蒋介石在方志敏这个问题上坚决的态度，赶忙言不由衷地说道："你尽管放手去做吧！但委座一向高瞻远瞩，事实证明，他的话总是对的……"

刚被授予了上校军衔的钱景民显得十分兴奋，回到家里对着镜子欣赏了一番正准备回到看守所去炫耀，桌上的电话却突然间"叮铃铃"地响了起来。钱景民皱着眉拿起了电话问道："谁呀？我是钱景民！"

电话那头的人听见他的声音后，马上用讨好的声调亲热地说道："老同学，你这一高升，怎么连我的声音都听不出来了？"

钱景民从声音里听出了对方，原来是军校的同学王仁，只得笑着敷衍道："哪里，哪里！你这位女子监狱的典狱长是个大人物，我岂敢怠慢？正说哪天请你喝酒呢……"

王仁在电话里神神叨叨地对钱景民说道："老同学，我正要告诉你一件足够换顿酒肉的大事情呢！"

钱景民不屑地想："就凭你能有什么重要的消息？"可嘴上却笑着问道："好啊，那我就洗耳恭听了……"

但当王仁把这个消息真的说出来之后，钱景民却一下子激动了起来，忙不迭地许愿说："哎呀老同学！我今晚就请你好好地喝上几盅！请你帮我……"

18

徐凤姑在看守所附近等了一天也没看到向影心，只得怅然地回到了暂住的荒宅里。因为这座宅子是国民党的老牌将领唐生智的产业，主人正挂着上将军衔在南京当官，寻常的军警宪特谁也不愿意来这里自寻晦气。南昌的地下党瞅准了这个机会谋到了看管的差事，把这里建成了白色恐怖下

开展秘密活动的地方。

在荒宅的佛堂里,徐凤姑静静地坐在椅子上,仔细地盘算起如何尽量缩短战斗的时间,和保证战斗的迅猛程度来。

白天,还是她的警卫员徐少艾无意中点醒了她,使她打定了采取爆破的方式拉开进攻序幕,第一时间进入到看守所内部的主意。现在这些看来都已经不成问题了,剩下的就是尽快找到向影心,详细地了解看守所内部的情况了……

后院激烈的枪战自然瞒不过牢房中的方志敏。但他奇怪地发现,战斗发生的第二天,看守所里的气氛却平静得跟什么也没发生过一样,优待牢房里的高级犯人们依然故我,不仅对面的江老太爷照例在丫鬟的伺候下享受着,那个贪污军饷的师长还让看守弄来了一个妓女,在屋子里闹猫似的折腾了一番,惹得周围的人直皱眉头。

方志敏趟着沉重的脚镣在牢房里踱着步,很希望能打听到昨晚的消息。

段存仁照例来检查方志敏的笔墨时,方志敏忍不住开口问道:"段文书,昨天到底是怎么回事?"

段存仁看了他一眼,犹豫了一下之后才悄声告诉他说:"昨天好像是城外的共产党来救你了,可……"

方志敏望着段存仁讳莫如深的样子笑着说道:"段文书你一向是个洒脱的人,这回是怎么了?"

段存仁不好意思地笑了笑,小心地往牢门方向望了一眼,回答说:"方先生有所不知,昨天的行动根本没让我们看守所里的人参与,是行营特务处和宪兵团的人干的。我只是听说,你们的人原本想挖地道救你,但不知怎么走漏了风声。昨晚一场激战下来,你们的人死了不少,剩下的全都逃走了……"

说完自己知道的情况,段存仁默默地给方志敏换了块新墨,又故意多给他留了十几张纸便匆匆地告辞走了。奇怪的是,胡逸民也一直没有出现。方志敏把看守叫过来一问才知道,凌风梧接到了行营的命令,一大早就带着胡逸民到行营去了。

好不容易捱到了中午快吃饭的时候,一阵脚步声惊动了正躺在床上假寐的方志敏,他刚睁开眼睛,就看到钱景民带着厨子老古提着一个食盒推门走了进来。

方志敏刚坐起了身来，佩戴着崭新的上校军衔的钱景民已经笑吟吟地走到了他的面前，把一个牛皮纸信封往方志敏面前的桌子上一放，神秘兮兮地说道："方先生，看来我们真的该好好谈谈了……"

方志敏冷冷地看着皮笑肉不笑的钱景民，略一迟疑便拿起了那个信封，从里边拿出了一张刚洗好不久的照片。钱景民看着方志敏的动作，屏住了呼吸、瞪大了眼睛，等待着方志敏的情绪发生变化。原来，那张照片正是他刚刚从相隔不远的女子监狱搞到的，照片上的三个人都足以让方志敏在瞬间崩溃。

可是，钱景民期待中的那一幕场景并没出现，方志敏默默地看了看那张照片，又波澜不惊地放回了他的面前，淡淡地一笑开口说道："钱处长，这件事你不是已经跟我说过了吗？"

钱景民的脸上迅速掠过了一丝失望的表情，但旋即又恢复了先前皮笑肉不笑的样子，假装关切地说道："方先生，我今日跟你旧话重提，是因为有了新的情况，现如今他们眼看着就要大难临头了……"

照片上的人正是方志敏的夫人缪敏和他的两个儿子。方志敏深情地朝桌上的照片看了一眼，极力压抑着心中的仇恨沉声说道："你们要拿他们怎么样？"

钱景民一看方志敏终于肯开口问了，不由得心中一喜，兀自皱着眉头苦着脸说道："听说检察官已经准备起诉你的夫人缪敏了，弄不好可是要判无期徒刑的啊。那时候你们的孩子就成了孤儿，无依无靠了。现在能救他们的只有方先生您自己了，我觉得您得为他们多考虑考虑。"

方志敏看着照片轻轻地叹了口气，猛地抬起头用坚定的目光望着钱景民说道："钱处长，放弃你的打算吧！这个结果在我们参加共产党的那天就已经想到了。我既不会背弃自己的信仰向你们乞求什么，缪敏她也绝不会愿意她的丈夫在可耻的叛卖后领着他们走出高墙的！"

钱景民心里有了一丝不祥的预感，方志敏并没有被他精心炮制的阴谋征服，看起来他今天又很难在方志敏这里得到什么了。但他仍旧不肯就此罢手，用不怀好意的目光朝方志敏瞟了一眼，嘴里咕哝道："方先生，你们共产党讲不讲感情？她可是你的妻子啊！那两个孩子可是你的亲生骨肉呀！"

方志敏站起来，背转身去注视着牢房墙上裱糊着的旧报纸，用平静的声音回答道："我和我的妻子因为革命走到了一起，有着共同的理想，有着共同期盼的幸福，我相信她和我一样都不会后悔的！"

　　钱景民无可奈何地冷笑着说："我真搞不懂，你们共产党总是跟不食人间烟火似的，可惜又有多少人能力及你们呢……"

　　方志敏慢慢地转回身来，望着钱景民说道："你是不会懂得这种感情的，可理解我们的却是大有人在。"

　　钱景民带着挑衅的腔调"哼"了一声，说："大有人在？你指的该不会是那些跟着你们群起作乱的泥腿子吧？"

　　方志敏郑重地点了点头，揶揄地望着钱景民说："不错，理解我们支持我们的正是那些被你们称为泥腿子的农工。你可不要小看他们，正是他们中间蕴藏着改天换地、再造乾坤的力量！"

　　钱景民讪讪地一笑，望着方志敏连连摆着手说："方先生的厉害我早就领教过了，我今天不想跟你谈这个。"说到这儿他猛地站起来指着女子监狱的方向大声对方志敏吼道："看呐！离这儿不远就是女子监狱的所在。你只要愿意，我就建议顾主任让你们夫妻见上一面，自古以来，无论什么英雄好汉，夫妻之情、父子之情总是不能回避的吧？"

　　方志敏冷眼看着钱景民说道："我知道你的意思，你说的投诚在我们共产党人那里叫做投降。这个词在古往今来恐怕怎么也抹不去卑污的含义吧？"

　　钱景民领会错了方志敏的意思，马上开口劝道："那好，咱们放开这个卑污的字眼！你给政府提供一些你们那边的情况总还是可以的吧？只要你能做到这一点，我也可以替你争取让上峰同意把缪敏和孩子和你关到一起来，怎么样？"

　　方志敏回答说："谢谢你的好意，你这种要求我也不可能答应的！"

　　钱景民被拒绝后极力压抑着心里的恼怒又追问了一句："你的孩子还小啊，你若死了，他们的妈妈却在坐牢，他们又当如何？他们还能活吗？就算死不了不会学坏吗？你就真的不担心吗？"

　　方志敏摇着头回答说："我真的不担心，我和他们的妈妈有那么多志同道合的同志，天下有那么多能养育他们的农工，我又何必担心呢？"

　　钱景民知道自己的阴谋落空了，恨恨地背着手咕哝道："农工？那些下等人自己能吃饱就不错了，怎么会有能力养你的孩子？真是异想天开……"

　　方志敏打断了钱景民的话，眼睛里闪动着异样的光彩大声说道："不！我这不是异想天开！你说的那些下等人必将在不久的将来成为这国家的主人，成为这世界的主宰！到那个时候，何愁他们养育不了我方志敏的后代！"

　　钱景民在如同天神般凛然不可侵犯的方志敏面前败下了阵来，只得干笑着自我解嘲地说道："好，好，好！方先生你的信仰坚定我管不了。就活在你的理想中吧……"说完这句话，他抓起桌上缪敏和孩子的照片往兜里一揣，不怀好意地说道："真不知道你竟然这么不顾你夫人的处境，唉，世间人情啊……"

方志敏回答说："这个问题我已经说过了，我与我妻爱情永世不渝！"这句话像一枚出膛的炮弹般，让钱景民哑口无言什么也说不出来了。

其实，这句话的力量还远不止于此，连方志敏自己都不知道，这句来自敌人巢穴的爱情誓言，让对他和他的事业深爱不已的缪敏牢牢地记在了心里，并珍重地保存到了生命的最后一刻，直到他们相逢在共产主义天堂里，在英特纳雄奈尔那激动人心的旋律中，实现了这个郑重而纯洁的承诺……

在袭击事件中尝到了甜头的钱景民一心想利用方志敏来邀功请赏。他这次苦心孤诣的妄图用缪敏和孩子来打动方志敏的阴谋失败之前，钱景民就已经把胡逸民和方志敏过从甚密的事情密报了顾祝同。这才有了他一大早便把胡逸民请去了行营的那一幕。

那一天，顾祝同听了钱景民的汇报后心里暗暗吃惊，本想马上把胡逸民严厉地训斥一番，好好给他上上紧箍咒。但转念一想，又打消了这个打算。因为那胡逸民毕竟是早期追随国父孙中山参加辛亥革命的元勋，为人又横不畏死，连委员长都对他忌惮三分，何况是他一个小小的行营主任呢？

琢磨了一番，顾祝同赶忙打电话给蒋介石，用无可奈何的语调对蒋介石说道："委座明鉴，那个方志敏不仅没有丝毫向政府靠拢以求自赎的迹象，还跟胡逸民打得火热，您看要不要把他们隔离开，或是……"

听到了顾祝同的消息，蒋介石没有像想象中那样大发雷霆，反而笑了两声回答道："看起来我真没看错方志敏，想不到他连我们国民党的元老都能感化，真是个难得的人才啊！"说完这句话，意犹未尽的蒋介石丝毫也不考虑顾祝同向他汇报这件事的本意，兴冲冲地继续说道："只有这样的人才值得我们好好下工夫！"

顾祝同揣摩着蒋介石的意思，讪讪地附和道："委座洞察一切，真是一言便点出了问题的结症所在……"

蒋介石不等顾祝同这些阿谀之词讲完，便指示顾祝同说："墨三啊，你尽快秘密召见一下胡逸民，要他去劝降方志敏。就说是我说的，只要他办

成了这件事，我不但马上把他放出来，还要好好地倚重呢！"

顾祝同一边笑着连连答应，一边小心翼翼地说道："委座放心，胡逸民的事情我马上就办！只是他恐怕也……"

蒋介石笑道："办不成也没什么嘛！过一段我准备到江西视察剿匪的时候亲自见见这个方志敏，让他先做个铺垫也好。"

一听蒋介石还准备亲自会见方志敏，顾祝同不禁吃惊地问："您要见他？这……这值得吗？"

蒋介石一听顾祝同这么说，马上不满地说道："当年国共合作时，我在武汉听过此人的演讲，他的才干不是你所具有的！"

顾祝同受到了训斥，惴惴不安地答道："是，是，委座开导的是……"

说了刚才那句话，蒋介石也觉得话说重了，马上干笑着说道："当然，墨三你的军事才能我还是很器重的。要不方志敏怎么会成了你的阶下囚？但你必须要体会我的心思，方志敏对党国敉平共党在南方的活动还是很有用处的！"

顾祝同自然不敢再自找晦气，只得沿着蒋介石的话头说道："委座的话我永远放在第一位，对方志敏的劝降工作一直在进行着……"

蒋介石听了十分高兴，大声称赞道："墨三这样用心我听了很高兴，先预祝你取得进一步的进展吧！"

有了蒋介石的圣旨做基础，顾祝同不仅和颜悦色地接待了胡逸民，还专门把他留下共进了午餐。在推杯换盏的时候，顾祝同婉转地向他转达了蒋介石的话。胡逸民听了把眉头一皱，为难地说道："恐怕要让顾主任骂我不识抬举了，这个任务恐怕不是我胡某人能完成得了的……"

顾祝同听了不仅没恼，反而笑咪咪地用亲切的语调望着胡逸民问道："您这样说，是有什么困难吗？"

胡逸民一本正经地回答道："那倒没有！只是方志敏这个人不是一般人，完全不能用常理来揣度！"

顾祝同听完很感兴趣地问道："他到底和常人有什么不同，你能说说吗？"

胡逸民喝干了杯里的酒，缓缓地开口说道："昔亚圣孟子有云，大丈夫者威武不能屈，富贵不能淫，贫贱不能移。而方志敏就是这样的人！"

尽管顾祝同知道胡逸民说的全是实话，但还是不怀好意地望着胡逸民，别有用心地冷笑着问道："即便如此，是人就畏惧生死，难道他连死也不怕吗?"

胡逸民笑道:"顾长官不妨好好想想,一个不贪恋富贵、不畏惧权势、不在乎得失的人会怕死吗?您说的那还是凡人。"

顾祝同无言可答了,为了掩饰自己的尴尬,他侧过脸去望着在末座作陪的凌风梧说道:"凌所长,你给我记住,今后只要是胡先生认为对劝说方志敏有利的事情,你尽管照办就是!"

凌风梧赶忙站起身拘谨地回答道:"顾主任放心,卑职一定照办!"

就在顾祝同想尽办法说服方志敏的时候,蒋介石来南昌的日子也已经定好了。蒋介石的侍从室直接把蒋介石亲笔圈定的日程里送达了顾祝同。顾祝同仔细一看,这份日程里果然写着见方志敏的内容,并把时间定在了视察结束后的下午。尽管顾祝同事先已经从电话里知道了这件事,但还是感到十分紧张,生怕委员长在他经管的一亩三分地里出现什么差错。特别是有了上回徐凤姑挖掘地道的先例,他们再也不敢有丝毫的马虎。顾祝同下令召见南昌驻军和军警首脑,让他们赶来开会,研究南昌的安全防卫事宜。

在坐满了勋标满身的将领们的军事会议上,顾祝同穿着笔挺的毛料制服,佩戴着满金三个豆的上将领章,面沉似水地望着大家,良久才开口说道:"该说的我刚才已经都说了,总之一句话,在委座视察期间,南昌不能听见一声反政府的口号,不能看见一条赤匪的标语,就连一只红色的鸟也不能看见!"

说完这句话,顾祝同望着满座噤若寒蝉的将领们继续说道:"至于军事上嘛,我们也丝毫不能马虎。要知道百足之虫断而不蹶的道理。我命令!"随着顾祝同的声音,全场的军官全都"刷"的一声站了起来,目光齐刷刷地向着顾祝同身后的那副巨型的南昌军用地图望去。

只见顾祝同用手里的指挥棒指着地图上几处标注着的地方不假思索地大声命令道:"南昌城外的驻军从即日收拢防线,往南昌靠拢,形成一个战略防御圈确保南昌安全。第34旅即刻开进市区,按我的布置秘密布防以备不时之需。行营军法处马上带领行营宪兵团对关押着共匪要犯方志敏的看守所附近进行地毯式的搜查,务求让共匪无处藏身!"

安排好了军队的调遣之后,顾祝同又把目光停在了参加会议的军法处处长米占山和副处长钱景民的脸上,他看着他们一字一顿地说道:"宪兵团

一营进驻看守所,调拨听你们指挥,从即日起在所有重要的位置设上双重岗哨,确保万无一失……"

为了给蒋介石留下好印象,顾祝同煞费苦心地请来了几位很有名望的社会名流,让他们对方志敏又发动了一场攻势,妄图瓦解他的心理防线。不想,方志敏舌战群儒,轻易地就把这些人驳了个理屈词穷。顾祝同接到了报告后并不生气,而是把米占山叫到了办公室,要他尽快联络张潇然,再去劝劝方志敏。因为只有这个人,才能平等地和方志敏聊上几句。

顾祝同和他的行营忙成了一锅粥,方志敏那边的生活却仍旧在平静地进行着。

那天胡逸民从行营回来之后,先是笑眯眯地打量着方志敏,然后又朝着他作了个揖。方志敏大惑不解地笑着问道:"永一先生这是干什么?难不成你要恢复自由了?"

胡逸民笑着没有开口,一旁的向影心却笑着告诉方志敏说:"方先生误会了,他这是在谢你呢!"

方志敏摸不着头脑地上下左右看了看自己,笑着回答说:"你这么一说我真是糊涂了,要在苏区我说不定还能请你们吃一顿红苕米饭,可如今我身上除了脚下的这副脚镣还算是叮当响的硬货,说得上是身无长物了,你谢我什么?"

胡逸民笑道:"你的面子比什么都值钱,我去行营吃的这顿酒饭就是拜你所赐呢。"

正说笑着,门一开,凌风梧也走了进来,他笑嘻嘻地接着胡逸民的话茬说道:"永一先生说得没错!连咱老凌也沾了方先生你的光呢!顾主任还说,如果方先生有什么要求,让我马上照办,方先生这可是个好机会呀!"

方志敏笑着说道:"没想到顾主任这么看重我这个专给他找麻烦的人,凌所长不是问我有要求没有么?那就请把我脚上这副脚镣给去了吧!"

凌风梧听了尴尬地笑道:"方先生有所不知,这本来不是件什么大事,但顾主任临别前特别提到了你的脚镣……"

方志敏听了感到很惊讶,马上感兴趣地笑着问道:"噢?顾祝同说什么?"

凌风梧涨红了脸回答说:"他说……他说……脚镣会帮助你变得清醒些的……"

一旁的胡逸民听完不满地"哼"了一声，插嘴说道："没想到顾祝同会这么小家子气！凌所长你既然不敢擅自取下脚镣，难道就不能再想想别的办法？有了事你尽可以往我身上推嘛！"

受到了胡逸民的启发，凌风梧果真想出了一个变通的办法，当即把脚一跺说："好！我这就去让张彪给您换一副轻的来，平白少了十几斤总会舒服些……"

胡逸民听了满意地点头笑道："对呀！咱们怎么也得让方先生睡个安生觉啊！"

傍晚的时候，出去给胡逸民张罗饭食的向影心又遇到了一直在寻找着她的徐凤姑。经过一阵攀谈，向影心便急匆匆地赶回了看守所，给方志敏带来了这个最新的消息。

胡逸民靠在牢门边抽着烟观察着外边的动静，向影心微笑着对方志敏说道："我今天又遇到了先生的那个部下，她让我告诉您，虽然上次的计划失败了，但他们已经又在谋划着新的计划了，让您放心地等着就是。"

方志敏听了向影心的话之后变得沉默起来，过了良久才慢慢地抬起头望着向影心，郑重地说道："为了我的事净让夫人你替我担惊受怕，真是不好意思……"

向影心听了嫣然一笑，赶忙逊谢道："方先生说哪里话？看着那么多人愿意为您赴汤蹈火，我冒这点风险又能算得了什么？快别这样说了！"

方志敏听了又低声地问道："不知道我们的人最近还会来找你吗？"

向影心是何等聪明的人，马上听出了方志敏话里的意思，马上笑容可掬地回答说："您是不是有话要我传给他们？"

方志敏盯着向影心默默地点了点头，向影心马上肯定地回答道："有话您就尽管说，我想他们很快还会来找我的。"

向影心满以为方志敏要么是让她告诉外边尽快营救，要么干脆指点他们一些什么，没料到方志敏让他转告的话竟跟她想的完全不同。她看见方志敏望着自己用平静的声音说道："请夫人转告我的同志们，说我感谢他们的关心，但让他们不要再为我费心了。"

向影心听了感到十分奇怪，忍不住失声叫道："这是为什么呀？"

方志敏的脸上带着神圣的神情，用凝重的语气说道："作为一个革命者，我现在不能拿起武器去跟敌人厮杀，但我还可以把我的生命变成一颗子弹，在最后的时刻射向我的敌人！让他们成全我这最后的心愿吧！"

向影心点着头把方志敏的这些话记到了心里,但她的心却被一个始终萦绕着的问题折磨着,悄悄地望了方志敏一阵之后,她终于鼓足了勇气问道:"请恕我冒昧,方先生您难道真的不怕死吗?"

方志敏用从容的表情看了看满脸疑问的向影心回答道:"不瞒夫人说,我真的不畏惧死亡!我自己早已把生死置之度外了,愿意作为共产主义的殉道者和蒋介石抗争到底。但愿我的死能唤起千千万万受奴役受压迫的农工,给他们指明斗争的道路……"说到这里,方志敏剧烈地咳嗽起来,肺病那巨大的痛苦终于使这个铁骨铮铮的硬汉弯下腰去。

胡逸民见状马上跑了过来,关切地问道:"方先生,要不我给你找个大夫吧?"

方志敏忍住了咳嗽艰难地回答说:"算了,反正我也咳嗽不了多久了……"

了解到方志敏在入狱前就身染重病的情况之后,胡逸民马上让看守把凌风梧叫了过来,严肃地看着他说道:"凌所长,方志敏病情加重,不赶紧治疗的话,蒋委员长只怕就见不到他的面了!"

凌风梧一听也很着急,赶忙拉住胡逸民的手焦急地说道:"我看方先生这病肯定不是咱所里的那个医生看得了的,您看该怎么办呀?"

胡逸民听了沉吟道:"要不到外面去请个医生?"

凌风梧听了连声叫好,答应着转过身就要走,胡逸民赶忙叫住他问道:"凌所长你这是要上哪儿去?"

凌风梧心急火燎地回答说:"我去给行营打电话申请经费,然后再去请大夫!"

胡逸民不满地拉住了凌风梧说道:"这都什么时候了,你还去申请经费?等经费下来,方先生恐怕早就等不及了!"

凌风梧很怕方志敏在蒋介石来之前出个一差二错,茫然地望着胡逸民问道:"那,那该怎么办呀?"

其实胡逸民这么说是有着他的打算,他一看凌风梧真的急了,便拍着胸脯大包大揽地说道:"算了,看你一时也想不出什么主意,干脆让我的如夫人去请大夫吧,这钱我出了就是!"

凌风梧听了心里一块石头总算落了地,连忙满口道起谢来。胡逸民一看事情办成了,马上便对向影心吩咐道:"别愣着了,赶紧去请医生来给方先生诊病!"

向影心听了不再迟疑，答应着就走进了通往办公区和普通监区的甬道。

当医生和护士出现在方志敏面前时，凌风梧轻轻地拍了拍段存仁的肩膀，使了个眼色，两个人便一前一后地走出了牢房。凌风梧不无担心地看了一眼身后的牢房，又朝段存仁低声问道："方先生最近还写东西吗？"

段存仁点头回答道："经常写，可写了又都撕掉了，钱处长为这事还发了脾气，让赶快弄清方先生究竟在写什么呢。"

一提起小人得志的钱景民，凌风梧的脸色就变得难看了起来，他不屑地对段存仁说道："他以为这里是他的军法处？你就说方先生写过的那些东西全都当手纸用了，不信让他到马桶里自己找去！"说完这句话，凌风梧突然意识到不该在自己的部下面前说那些过分的话，他"嘿嘿"一笑又改口说道："其实方先生写点东西也不是坏事，总比总琢磨着跟委员长为难强啊……"

方志敏在医生的呼唤下慢慢地睁开眼睛时，不禁被眼前的情形惊呆了。原来，这个医生竟然是苏区医院的院长宋医生，他身后的那个正是红军医院里最机灵的小护士林玲。在电光火石的一瞬间，方志敏马上意识到他们肯定是徐凤姑派来的，随即微笑着开口说道："这位大夫，真是不好意思，给你添麻烦了。"

宋大夫知道这是方志敏在提醒他这是在敌人的监狱里，也笑着回答说："您不要客气，您这病要是能出去透透气的话，很快就会好起来的。我刚才跟胡先生聊过了，我这个医生就是专门为了您来的。我们一定得赶紧想办法。"

方志敏明白宋大夫这是在委婉地告诉他：外边正在积极地想办法要把他救出去，他立即摇了摇头一语双关地说道："您是大夫，眼下急着要救的病人实在太多，您专程为我而来我真是受之有愧。别为我耽误了大家啊，您给我开点药就可以了。"

听了方志敏的话之后，宋大夫一时间不知道该说什么才好，只得仔细地检查起方志敏的身体来。过了大约几分钟之后，宋大夫才摘下了听诊器对身后的胡逸民说道："这位方先生的肺病已经很严重了，必须定时注射针剂，才能使病情得到有效的控制，不知道这个地方我们可以再来吗？"

胡逸民想了想回说道："这里的看守所长很有点人情味儿，一会儿我去跟他讲，让他答应可以由我的如夫人陪伴护士来给方先生打针就是了。"

等宋医生和护士林玲告辞走出了牢房的时候,对面那个自称因为同情共产党被关进来的犯人李英楠忽然大声地嚷道:"看守!让那医生也过来给我看看!"

站在门口的段存仁不耐烦地说道:"方先生看病是永一先生出的钱,你跟着瞎嚷嚷什么!"

李英楠对段存仁的话却理也不理,冲着凌风梧叫道:"凌所长你知道有人给我出钱的!让那大夫过来给我看看!"

凌风梧早就知道了李英楠的特殊身份,他犹豫了一下,最终还是吩咐段存仁说:"叫大夫去给他看看吧。"

由于凌风梧的命令,宋大夫只得带着护士林玲走进了李英楠的牢房,还没等开口询问他的病情,李英楠却抢先问道:"跟咱说说,那方志敏是不是真的病了?你们是哪家诊所的?"

宋大夫敏感地察觉到这家伙看病是假,打探消息是真,只是不屑地看了他一眼,便严厉地说道:"张开嘴!让我看看你的舌苔!"

见到了徐凤姑派回来搬兵的警卫员徐少艾之后,黄道的心里便有了数。他知道徐凤姑肯定不会放弃强行突袭看守所的打算,只得笑着对正在地图前托腮沉思的邵式平说道:"老邵!我看这徐凤姑是打定了主意了,你看咱们是不是帮帮她呀……"

邵式平闻声点了点头回答说:"刚才你们说的话我全听见了。眼下方志敏同志不仅仅是咱们在关心,三省苏区的数百万老百姓哪个不是时刻记挂着他?我看不如这样……"说着话,邵式平用手里的铅笔指着桌上的地图接着说道:"咱们马上给活跃在南昌周围的队伍下达命令,让他们做好战斗准备。一方面做好掩护徐凤姑他们救出老方以后撤退,一方面主动采取些必要的行动,迷惑敌人的视线。"

黄道望着目光炯炯的邵式平若有所思地问道:"你是说咱们主动搞些动静转移敌人的视线?"

邵式平斩钉截铁地答道:"没错!马上行动,把水搅浑!"

徐凤姑正坐在佛堂里听着护士林玲讲述着方志敏的情况,冷不防佛堂的门被一下子推开了,一个身材魁梧、长得金刚力士般的汉子笑着冲她喊道:"徐大队长,我就说救方主席的事少不了咱吧?"

徐凤姑惊喜地看到，号称"霹雳火"的矿工领袖蓝火东已经迈步走进了佛堂。徐凤姑马上站起来握住了他的手惊喜地叫道："你来了就好了，咱们的行动就等着你了！"

蓝火东听了哈哈一笑，他指着身后带来的队员对徐凤姑说道："还有让你高兴的事呢，咱还给你带来了好几个在煤矿的时候就玩惯了炸药的好手，赶紧下命令吧！"

19

就在顾祝同上蹿下跳地把南昌布置得固若金汤，连一只红色的苍蝇也飞不进来的时候，蒋介石的专机终于落在了南昌的军用机场上。

蒋介石满意地视察了铁桶一般的南昌之后，当天就把从各地纷纷赶来的将领聚拢到了行营的大会议室，召开了一次高级别的军事会议。安排好追剿红军的事情后，蒋介石的视线终于转到了方志敏的身上。

会议结束之后，身穿毛料军装、佩戴着一级上将军衔的蒋介石便在顾祝同的陪同下走进了会议室。蒋介石端起了特意为他准备的温开水喝了一小口，然后望着诚惶诚恐的顾祝同微笑着点了点头。顾祝同知道蒋总裁有只喝温开水的嗜好，这些细节是他从来都不敢遗忘的。

蒋介石问道："墨三，按照你的说法，南昌附近方志敏手下的那些共匪真的已经绝迹了吗？"

顾祝同听了马上站直了身体，带着满脸自信的表情说道："委座放心！在您到来之前我就已经采取了行动，乡村十户联保，城镇全加强了保安团，共匪这回再也闹不出什么大风浪了。"

蒋介石随口说了句："很好！"便话锋一转，盯着顾祝同问道："那个方志敏怎么样了？"

顾祝同讪笑着回答说："委座放心吧，按照您的吩咐，胡逸民和弋阳的张县长正在积极地工作。"

蒋介石鼻孔里"哼"了一声，没好气地咕哝道："看起来你们一时半会儿还化不了这块坚冰，还是我去会会他吧。"

顾祝同连忙带着讨好的神情说："从行营到看守所我全都做了细致的安

排，您……"

蒋介石听了脸上立即浮现出不快的神色，望着顾祝同皱起了眉头说道："你的意思是让我去监狱见他？还是你把他带来见我吧……"

顾祝同猛然醒悟到自己思虑不周引起了蒋介石的不快，额头上一下子伸出了细密的汗珠，他不安地张了张嘴想要解释，冷不防蒋介石轻描淡写地说出了自己的想法："把他带到我住的叠翠园去！雨农说得对，那里小桥流水对方志敏会很有帮助的……"

顾祝同一边满口答应着，一边却带着浓浓的醋意想："看来委座已经单独召见过戴笠了……"

蒋介石的命令顾祝同岂敢怠慢，他马上给米占山打电话，让他和钱景民亲自带兵把方志敏押到了叠翠园。在蒋介石亲自选定的微澜亭边，蒋介石终于见到了方志敏。

蒋介石本想在方志敏来到亭子下的时候降价相迎，给方志敏造成一种他蒋某人求贤若渴的样子。但这个打算很快就被他打消了，因为他怕那样会助长了方志敏的气焰。想来想去，蒋介石决定先让方志敏尝尝被冷落的滋味。打定了这个主意，蒋介石便负手站在了亭子的另一面，专心致志地欣赏起垂柳依依的湖面，轻声对侍立在身边的顾祝同说道："叫他来吧……"

在米占山和钱景民的押解下，再一次被取下了脚镣的方志敏来到了离亭子还有一箭之遥的地方。米占山看见了亭子里的蒋介石和顾祝同，刚要催促方志敏快走，侍从室的处长姜瑛却已经笑容可掬地迎了过来，对方志敏指了指亭子说："委员长已经在等你了，你自己过去吧。"说完又伸手拦住了想要跟过去的米占山和钱景民说道："你们二位不用去了，就在这里等着吧。"然后便转过身追着大步走向了亭子的方志敏去了。

在亭子里，背对着方志敏的蒋介石听到姜瑛悄悄地把顾祝同请到了亭子外面，仍旧一动不动地站在那里，等着方志敏率先开口。他在心里暗暗地猜测着方志敏会怎样称呼他，委员长？委座？不论方志敏选择哪种称呼，只要一开口他方志敏便立时占了下风，他就可以好好地摆一摆国家元首的架子了。蒋介石甚至想，就算是方志敏叫他蒋先生也没什么，这毕竟是个尊称，也许这样会使他们之间的谈话变得更轻松些。至于他为什么把顾祝同和姜瑛请到了亭子外面也是有他的考虑的，他怕自己万一落了下风让这些部下在心里讥笑自己。

蒋介石这边正胡思乱想着，那边的方志敏已经迈步走进了亭子里。但方志敏没有主动开口，而是气定神闲地站在那里，举目四望欣赏起了风景来。

在这场无声的对峙中，最终还是蒋介石忍不住败下阵来。他轻轻地咳嗽了一声打破了沉默，头也不回地说道："你来了？"

方志敏不带任何感情色彩地回答道："来了。"

一看方志敏说禅似的又没了下文，蒋介石只得转过了身来笑眯眯地看着方志敏说道："当年在武汉，我曾经目睹过你在讲台上慷慨激昂的演讲，今天你怎么却变得惜字如金了呢？"

方志敏微微一笑，回答说："我是被眼前的美景陶醉了，一时忘了该说什么才好……"要是这句视领袖如无物，明显带有敷衍意味的话出自别人的口中肯定会受到蒋介石严厉的申斥，但方志敏这样一说，蒋介石却高兴地点着头说道："好啊，方先生既然能被眼前的美景所倾倒，自然是已经感悟到了生命的可贵，真是难得！"

方志敏淡淡地一笑回答说："生命对于任何人来讲都只有一次，当然是珍贵的了。只不过我刚才想到的不是我方志敏一个人的性命。"

蒋介石以为周围的一切已经唤起了方志敏对生的渴望，听方志敏这么一说马上饶有兴趣地问道："那是谁？你的夫人和孩子吗？"

方志敏摇了摇头，眼望着眼前婆娑的绿柳回答说："我是在想，我们中国如此博大，可爱的山水俯拾皆是，这本是件多么美好的事情啊。但有些地方现在却已经被日寇蹂躏在铁蹄之下了，那些无辜的性命才是我所忧虑的。"

蒋介石明白方志敏这是在借题发挥，指责自己不抗日，他低下头望着自己的脚面无声地一笑，反问道："我知道你方志敏是想说什么，你是说我不积极抗日对吧？"

方志敏并没有隐晦自己对蒋介石的指责，而是镇定地回答道："我就是被蒋委员长您的部队在北上抗日的途中设伏诱捕的，自然会有这种想法了。"

蒋介石收起了笑容，他望着方志敏一本正经地说道："作为国家的领导我何尝不想全力抗日？只是你们共产党一味地跟政府作对，才困住了我的手脚。"说到这里，蒋介石叹了口气，突然把脸一板说："更何况你根本不是去抗什么日，只不过是在作乱的时候被政府军擒获了而已！"

方志敏正色反驳道："委员长您这个想法本身就是错误的！"

很少能听到有人当面说自己是错的，蒋介石心里顿时气恼了起来，但

他还是努力地使自己恢复了平静，背过身去把手一挥说："我早知道你们共产党对我有怨气，讲吧，你今天尽管讲出来吧！也让我知道我到底错在了哪里？"

方志敏点了点头，说了今天第一句感谢的话："谢谢委员长能听我讲讲真实的情况。"看到蒋介石微微地点了点头，方志敏开口说道："首先，您一直视我们为乱党，这是有失公允的。孙中山先生早就有过'天下为公'的名言，更有过'联俄、联共、扶助农工'的主张。我们共产党人一心为了民众的自由和幸福努力，怎么能和乱党同日而语呢？"

蒋介石听了一时没想到用什么话来驳斥，只得冷哼了一声，故意装出宽宏大量的样子说："你先把话说完吧。"

方志敏带着自信的神态继续说道："如今东洋入寇，民族危亡。我们应该摒弃国共之间的是是非非，先齐心合力赶走侵略者，再用民主协商的办法解决内部的矛盾，又岂能在这个时候自毁长城，消耗国家的国防力量，干出这等令亲者痛而仇者快的事来呢？"

蒋介石转过身来摆了摆手回答说："这个世界上没有谁能说服谁，我也不想再跟你做口舌之争。既然你口口声声说想抗日，我愿意成全你。只要你加入到政府这边来，让南方几省安定下来……"说到这儿蒋介石飞快地瞟了一眼方志敏，继续说道："我马上可以派你带兵去打日本人，怎么样？"

方志敏并没有因为蒋介石的许诺而显出高兴的样子，而是严肃地望着蒋介石问道："不知道您说的让南方安定下来指的是什么？"

蒋介石回答说："只要你们的游击武装放下武器接受政府改编，放弃原本的政治主张不再跟政府作对，就可以了。"

方志敏在蒋介石那充满了期盼的目光里缓缓地摇了摇头，更正道："我看应该是政府声明承认共产党的合法地位，实行民主政治，取消一党专政，发动全民族抗战才是。刚才我说了，我们共产党不是乱党，又何必多此一举呢？"

一瞬间，恼怒的神情涌上了蒋介石的脸，但旋即又消失得无影无踪。蒋介石极力地隐忍着，他示意方志敏再说下去。方志敏义正词严地继续说道："再说我们是绝不会放弃自己的主张的！救国救民的理想又岂能因此幻灭？"

蒋介石终于爆发了，他瞪着眼恶狠狠地问道："你的意思是说你们还是不能放弃和政府武力对抗喽？"

方志敏目光炯炯地望着蒋介石回答说:"您好像没听懂我的意思,放弃主张和信仰当然不行。但只要你肯通电全国进行民主协商,我相信所有的问题都会迎刃而解的。"

谈话进行到这里,蒋介石才真的领教了方志敏的厉害。他知道不管自己怎么说,方志敏绝对不会低头就范。蒋介石沉吟了片刻,他决定先避开这些问题,从方志敏个人的角度着手。

怒容再次从蒋介石的脸上消失,他很快又恢复了笑脸,说道:"算了,算了!政治上的事情绝不是一句话两句话能说得清。再说你现在已经被政府关押,咱们还是先谈谈你吧。"

方志敏刚要开口拒绝这个话题,冷不防蒋介石已经聊家常似的问道:"听说你今年只有36岁?"

方志敏回答说:"是啊,每当我想起这些年碌碌无为的时候,心里总是充满了惭愧啊。"

蒋介石马上沿着这个话题说道:"年轻的时候的确容易盲从,惭愧就不必了。你只要跟政府同心同德,前途还是很光明的嘛!"

不料方志敏马上毫不领情地回答说:"我惭愧的是我没有早些为我的信仰而努力,并不是希望委员长能给我一官半职或是什么光明的前途。"

已经做好了把方志敏狠狠训斥一番的蒋介石恨恨地问道:"你认为自己能活多大岁数?"

方志敏毫不犹豫地回答说:"我想我只能活36岁。"

蒋介石听了心里一凉,知道方志敏是要跟他对抗到底了。犹豫了一下,终于干笑着说道:"你也许还会活得长一些。但你必须好好利用这段时间反省自己!我会耐心地等着你的转变的……"

方志敏朝亭子外等着的米占山和钱景民一指,坚决地对蒋介石说:"我肯定会让您失望的!请您让他们把我送回去吧。"

蒋介石闻听默默地看了方志敏一会儿,终于对侍立在亭子外的姜瑛叫道:"先把方志敏带回去吧,他还需要好好想想……"说完这句话他也不等方志敏开口,便径自迈步走向了亭外,连姜瑛走过身后也浑然未觉。

在微微吹拂着的风中,蒋介石在顾祝同面前站住了脚步,他板起脸对顾祝同说:"墨三,你记住!虽然方志敏今天并没有答应我什么,但这个人还是要争取的。你要一边想办法用生的希望来瓦解他的斗志,一边用死的威胁来增加他的压力。不仅如此,你还要多动脑筋从信仰上做做文章!"

顾祝同一边点头称是，一边暗自庆幸。他知道蒋介石在方志敏那儿碰了钉子，自己劝降不利的关也就好过了。

通过钱景民的吹嘘，段存仁间接地知道了方志敏拒绝蒋介石劝降的事情，心情十分激动，便借故来到了优待牢房找方志敏。

现在段存仁已经对方志敏产生了深深的崇拜之情，他很想为方志敏做点什么。想到了眼下的局势，也不禁开始为他那些稿件暗暗地发起愁来。通过跟方志敏的频繁接触，段存仁的思想上已经发生了很大的变化，不想再在这个暗无天日的地方呆下去了，想有朝一日能去到一个没有压迫充满了自由的地方。特别是最近一段时间，年轻的段存仁对革命充满了向往，希望方志敏能早日离开牢笼，去继续他伟大而神圣的事业。要真是有那么一天的话，他肯定会义无反顾地跟着他一起走，成为他忠实的追随者，直到方志敏描述的那个世界变成现实。

方志敏见到了段存仁也很高兴，趁着又一次被钉上的脚镣在屋里慢慢地溜达了几步之后，停下来深深地望着段存仁说道："我的时间恐怕真的是不长了……"

段存仁听了情不自禁地失声叫道："方先生你……"

方志敏望着满脸关切之情的段存仁爽朗地一笑，小声地对他说："咱们中国这么广大，我一个小小的方志敏又能算得了什么？别再为我担心了，我的事还要拜托。"

一直等着这句话的段存仁听完心里一热，马上激动地点着头说道："蒙方先生您看重，您就尽管盼咐吧！"

方志敏笑着拍了拍段存仁的肩头，从墙上裱糊的那一层层发黄的旧报纸里又掏出了厚厚的一叠文稿，用看着自己的孩子似的眼光默默地注视着这叠文稿，把它们递到了段存仁的手里，然后从枕头底下拿出了两封写好的信对段存仁交待说："这是我这段时间全部的稿件，也是我作为一个共产党人为中国发出的最后一声呐喊，就把它们交给你带出去吧！"

段存仁飞快地把稿件藏进了衣服，然后拿起那两封信一看，一封是写给孙中山的夫人宋庆龄的，另一封是写给进步作家鲁迅先生的。他立即把信往兜里一放，紧紧地握住了方志敏的手发誓般的说道："方先生尽管放心，这两封信和您的手稿我会小心地保管，等您出狱或是……或是……"

"或是"了再三，段存仁终于还是没有把那句不忍出口的话说出来。

方志敏很洒脱地笑着说道:"我替你说了吧,等我去见马克思的时候,就拜托你把它们交给这两位吧!"

蒋介石刚走,张潇然就风尘仆仆地赶来了。顾祝同把张潇然叫到了自己的办公室,握着他的手用鼓励的眼神望着张潇然说道:"张县长你来了太好了,委员长临回南京之前还在过问这件事呢。"

张潇然听了感到很奇怪,诧异地望着顾祝同问道:"我的事蒋委员长也知道了?"

顾祝同呵呵地笑着回答说:"这个自然,我顾某人岂敢贪天功为己有?我早就把你劝降方志敏的事跟委座汇报了,委座还说要重重地奖励你呢!"

张潇然微微一笑摆了摆手逊谢道:"委座错爱了,我根本就不需要奖励!"

顾祝同不明白张潇然为什么会这样,回过头来望着张潇然奇怪地问:"这又是为什么呢?"

张潇然严肃地望着他回答说:"我当初主动向钧座请命是我作为一个国民党员和三民主义的信徒使然,要是掺杂上奖励的话,就显得太俗了……"

顾祝同听到这儿大声地喝彩道:"张县长说得太好了!只有你这样信仰坚定的人才能跟方志敏抱着不放的主义碰撞,这一点放眼营内外真是无人可及啊!"

顾祝同又连着夸奖了张潇然一番,这才说出了自己的本意:"不知张县长是不是准备明天一早就去看守所再去劝说方志敏?"

张潇然看了顾祝同一眼,苦笑着说道:"请主任放心,在劝说方志敏这件事上我一定尽力。但是,我的心里其实早就明白方志敏是绝不会屈服的,只不过是勉为其难罢了……"

顾祝同听罢给了张潇然一个理解的笑容,仰面望着头顶上的天花板喃喃地说道:"是呀!要换做旁人只怕是八颗脑袋也掉了,但不知道委座为什么总是想找机会去感化他。其实,咱们都很清楚,这简直是在感化一块顽石啊……"

张潇然深深地吸了口气,循着顾祝同的话若有所思地接口说道:"起先我认为方志敏被俘后肯定会有所转变,谁知在和他短短的几次交谈中,我发现方志敏已经不知不觉地把共产党的东西溶入到了他的血液里。要想让他放弃这种打算真是太难了!"

顾祝同被张潇然悲观的情绪所感染，立刻望着他失望地问道："你的意思是完全没有希望了？"

张潇然若有所思地看着顾祝同说道："我既然已经到了南昌，也不急在这一两天，倒是有两个人可能会对方志敏起到作用，不知……"

顾祝同一听居然连张潇然都认为有两个人能对方志敏发挥作用，急忙追问道："这两人是谁？"

张潇然告诉顾祝同说："这两人一个是空宁寺的方丈了尘，另一个是伟烈大学的教授潘焱盛！"

顾祝同一听连出家人都扯出来了，不解地问道："这两人有什么特别吗？"

张潇然点头说道："他们不仅全都跟方志敏相熟，还都曾经信仰过共产主义……"

顾祝同想了想，猛地把拳头砸在了在茶几上，咬着牙说道："好！我这就安排！"

米占山独自驾车来到了飞花班租住的车马店。他刚迈进门就看见金彩云正在院里高兴地跟金麒麟谈着什么，赶紧走上去笑眯眯地问道："什么事这么高兴呀？"

金彩云嫣然一笑，望着米占山说道："还不是咱俩的婚事？我师兄最近都为这件事操碎了心了。"

米占山带着感激的表情抱了抱拳刚要开口致谢，金麒麟却已经把胸脯一拍豪爽地笑道："自己人，应该的，应该的！"

三个人说笑着走进了充作客厅的堂屋，金麒麟跟米占山寒暄了几句之后便知趣地借故走了。金彩云望着米占山妩媚地一笑问道："你来干什么？"

米占山欣赏着金彩云俏丽的面庞，有些魂不守舍地说："有你在这儿勾着魂，我恨不得长在这里才好，为什么非得有事才能来？"

金彩云笑着替他掸了掸军装的肩膀，回答说："其实你不来我也正想着要去找你呢……"

米占山听了心头一荡，美滋滋地问道："莫不是真的想我了？"

金彩云既不肯定也不否认，又给了米占山一个销魂的浅笑，压低了声音说道："我这边什么都准备好了，该是你帮我的时候了……"

米占山听了心里暗暗叫苦，知道金彩云又在催促他营救方志敏的那件事了，只得随口敷衍道："放心吧，我米某人一向信守承诺。这件事等入了洞房再说不迟。"

金彩云带着笑容望着米占山咯咯一笑："你该不是想反悔吧？"

米占山顺势把金彩云揽进了怀里，疯狂地亲吻着，含糊不清地说道："放心吧，我岂是口是心非的人……"

方志敏被提出了优待监区，连脚上那副如影随形的脚镣也被再一次卸了下来。在办公室里，凌风梧亲自招呼着看守给方志敏打来了洗脸水，笑着对方志敏说道："方先生请简单梳洗一下，今天有人请您出去……"

方志敏一边洗着脸，一边活动着突然变得轻松了的脚腕，问凌风梧道："凌所长知道是谁要见我吗？"

凌风梧不好意思地回答道："我这官儿实在太小了，哪儿能知道这么机密的事情？您去了不就知道了？"

方志敏拿起毛巾擦了擦脸，对凌风梧说道："咱们可以走了。我是个不识抬举的人，用不了多久还会回到这里的，就当出去散散步。"

凌风梧听了，望着方志敏说道："方先生您可真是固执，去哪儿不比坐牢好啊？我觉得……"

方志敏微微一笑，回答道："坐牢的确不好，但失去身体的自由也比失去了自己的灵魂要强得多！要是怕坐牢，我当初就不选择这条路了。"

出了看守所之后，他们看见一辆黑色的轿车停在门口。两个全副武装的军官走到了车前，其中一个拉开了车门对方志敏说道："请上车。"

方志敏弯腰钻进车里刚坐好，那两个军官就一左一右地从两侧的车门进到车里，把方志敏夹在了当中。

就在方志敏乘坐着行营派来的轿车驶向了未知的终点时，已经化妆成一个老婆婆的徐凤姑和蓝火东正在看守所附近的赣江上远远地观察着开阔地那头的看守所。

徐凤姑不无担心地用胳膊肘碰了碰蓝火东小声问道："你这霹雳火能炸开这么厚的墙吗？"

蓝火东用审慎的目光打量着青石打底、城砖砌成的围墙说道："只要你能让我把炸药运到墙根底下，咱老蓝保准让它给你开一道一丈宽的门！"

徐凤姑听了撇嘴一笑，神秘地对蓝火东说："放心吧，运炸药的法子我

早就想好了……"

距离看守所不远的街上,两个特务在一家新开张的诊所前,正痴痴地望着身穿湖蓝色旗袍、婷婷袅袅地走进诊所的向影心。只见她在街角的烟铺前停住了脚步。一个特务抬起手腕看了看手表使劲推了身边那个依然贪婪地望着向影心直咽口水的家伙一把,戏谑地说道:"走吧,别看了!当心看到眼里拔不出来!"

那个特务只得悻悻地收回了目光,说道:"这娘们儿真是太漂亮了,多看几眼不吃饭也行!"

推他的特务轻蔑地一笑,回答说:"愿意看你就留在这儿接着看吧,我可要回去跟戴处长汇报了,这娘们每天都在这个诊所里进进出出的,八成有什么问题!"

那个特务听了不相信自己的耳朵似的诧异地望着他的同伴问道:"你是说这娘们儿?"

他的同伴不耐烦地回答说:"也许是那家诊所……"

20

顾祝同因为蒋介石临走时留下的"多动脑筋、从信仰上做手脚"这句话,便很爽快地答应了让方志敏到空宁寺去的建议,并盘算着自己是不是也该找个机会再露上一面了。他很清楚这次用佛法和交情软化方志敏的行动很难成功,便琢磨着找机会再见见方志敏,至于结果如何,他自己也没有半点期待。他只是觉得眼下唱白脸的人太多了,自己必须适时地去唱唱红脸了。

放下顾祝同打什么鬼算盘姑且不提,红军那边也开始忙碌了起来。黄道在获悉了徐凤姑的第二次行动即将展开的消息后,便和邵式平商量着好好地策应他们,争取能把营救的行动做成。为了转移敌人的视线,他们便密令各地的红军游击队接连在不同的方向发起了几次小规模的战斗,把被顾祝同自诩为固若金汤的地区闹了个天翻地覆,让顾祝同在惊慌之中接连地派出了重兵清剿，一时之间手忙脚乱，不知道该先顾哪边了。

眼看着时机成熟，黄道和邵式平便把许多战斗经验丰富的骨干秘密地调集到了铅山的游击队营地里，开始了高强度的训练。

这天上午，黄道和邵式平身穿简朴的红军军装，并肩出现在了队伍面前。他们默默地审视了面前这支大约三四十人的队伍，脸上露出了满意的表情。

看到红军游击队的两位主要领导全都来了，负责的干部赶紧整好队形，大家齐刷刷地站在那里。虽然大家还不知道具体的任务，但心里全都明白，一个艰巨的任务就要落在他们的肩上了，因此每个人的脸上都带着凝重的表情，把目光朝着领导望去。

黄道和邵式平对视了一眼之后，往前迈了一步，目光炯炯地望着大家开口说道："同志们，组织上把你们从原来的部队里抽调出来，是有一件很重要的任务要交给你们，希望大家不要辜负党的信任！同志们，有决心没有？"

那些剽悍的战士们听了立即大声回答道："有！"雄壮的声音如同一声炸雷，回荡在青翠的山谷中。黄道满意地点了点头，回转身来，对身后的邵式平说道："老邵，你来给大家交代一下任务吧。"

邵式平把手一挥，等在他身后的两名红军干部立即"刷"地把一面鲜红的党旗展开。邵式平深深地望了一眼身后的党旗，严肃地对那些战士们说道："同志们，你们都是组织上精心挑选的军事骨干，也全是合格的共产党员。我代表党交给你们一项光荣而神圣的使命……"

原来，黄道和邵式平等人经过研究，决定把这批斗争经验丰富、革命意志坚定的党员骨干组织起来，组成一支特殊的队伍，秘密地潜入到南昌，配合徐凤姑营救方志敏的任务。昨天，通过徐凤姑派警卫员徐少艾送来的情报，黄道得知徐凤姑已经有了具体的行动方案，他也决定再次亲自前往南昌指挥。

除了这支精干的小分队之外，整个江西境内的红军游击队也都接到了命令，积极地投入了战备，准备在营救行动成功后全力阻击敌人的追兵，确保做到万无一失。

为了确保行动不致泄密，邵式平只是反复地强调了任务的重要性，并没有把事情说破。尽管如此，还是有人推测到他们到南昌是为了营救方主席，所有的人都为此感到十分振奋。其实，在苏区里，上至耄耋老人，下

至年轻姑娘和伢仔,早就把营救方志敏当成了自己的心愿和分内事,更何况是在敌后长期坚持游击战的战士们了。

任务下达后不久,黄道便率领着这支特殊的队伍离开了营地,化整为零地向南昌进发了。

就在红军游击队的小分队上路的时候,方志敏已经在那两名军官的陪伴下,来到了空宁寺的山门前。他并没有看到想象中的重要人物出现,却看见一位披着大红袈裟、留着一把雪白长须的老和尚笑眯眯地走了过来,向他深施一礼口宣佛号:"阿弥陀佛,这位想必就是威震数省的方志敏将军吧?快请到寺里用茶。"

方志敏看见老僧施礼,赶紧微微地鞠躬还礼,笑着问道:"大师怎么称呼?莫不是要点化我方志敏吗?"

那老和尚立即欠身回答道:"方施主说笑了,点化靠的是机缘,机缘到了,方施主自会开悟。老衲法号了尘,只不过是受您的故人之托陪您到处观瞻一番,也许青灯古佛的地方,可以化解一下将军身上的戾气……"

方志敏忽然觉得这位了尘和尚似曾相识,便仔细地打量着他看了又看,疑惑地问道:"了尘大师看起来很是面善,咱们以前见过吗?"

那老和尚微微一笑,望着方志敏动容地说道:"方将军好记性,咱们何止见过?原本相熟的很呐……"

方志敏终于想起了了尘出家前的样子,忍不住失声叫道:"柴老师,怎么是您?"

了尘听了长叹一声,双手合十高声地念着佛号回答道:"阿弥陀佛,老衲尘缘已了,方将军还是叫我了尘吧……"

方志敏走上前去握住了了尘的手动情地问道:"柴老师,请您一定告诉我,是什么让同情革命、忧国忧民的您遁迹了空门的!"

了尘沉吟了片刻终于又恢复了面如止水的表情,转过身做了个请的手势,慢慢地朝山门走去,头也不回地叹息道:"国家积弱已经到了病入膏肓的程度,老衲无力回天,只能青灯古佛,默默地为它祈祷了。蒙方将军念旧还记得老衲,了尘已经很知足了。"

感叹了一番,方志敏知道了尘是对当前的统治失望已极,便不再多问,跟着他慢慢地走进了山门,来到了大雄宝殿前。

在宝相庄严的如来佛像面前,老和尚拿过三炷已经点燃的香对方志敏说道:"请方施主上香吧,佛祖会助将军化解眼前的困境。"

方志敏接过香来谢了老和尚,望着端坐在莲花宝座上的佛像说道:"我方志敏虽然不是你的信徒,但今天也破例在你面前祷告一下吧。"

只见方志敏表情庄重地举着香大声说道:"这第一柱香就祝天下的劳苦大众翻身解放,过上幸福的生活;第二柱香愿日本帝国主义早日被赶出中国,还我民族自由和尊严!"说到这里,方志敏的声音里已经带上了明显的感情色彩,他眼睛里闪动着异样的光彩,"这第三炷香愿共产党领导的中国革命早日成功,把那些妄图奴役人民的败类,扫进历史的垃圾堆!"说完这句话,方志敏走上前去,把那三炷香插进了香炉里,朝佛像深深地鞠了一躬。

了尘默默地待方志敏做完了这一切之后,走过来对方志敏说道:"方将军的信仰如此之坚定,老衲算是领教了。我佛慈悲,今日方施主有缘来此,老衲想让你品品茶、谈谈话,放下心里的包袱。人世最苦,但人世间最大的危难莫过于心里的苦难。众生皆有成佛的可能,放下执着,先生便能化解眼下的危难了。"

方志敏看着了尘,微微一笑不置可否。两个人信步走出了大雄宝殿,方志敏对了尘说:"老师,或者了尘大师,您不是说了吗?众生皆有成佛的可能,这说明在佛祖面前众生是平等的。佛祖为了众生可以舍弃自己的一切,的确值得敬重。可我们共产党不也是这样吗?为了天下的受苦人能平等地生活,我们不惜抛弃一切。成佛有八万四千法门,但最终的目标不变。您以为如何呢?"

说话间,两个人已经走到了后院的精舍里,了尘让小和尚奉了茶,微笑着请方志敏品茶。他望着方志敏诚恳地劝道:"你知道什么是佛教吗?"

方志敏道:"愿闻其详,请大师讲讲。"

了尘和尚道:"诸恶莫作,诸善奉行。自净其意,是诸佛教。我是一个方外之人,不想谈论你的信仰。我们只谈谈因果轮回这个不灭的道理。眼下,你的生死看似掌握在自己手中,其实是由你的决定这个因产生的果。而这个果作为别人的因,又会影响无数的因果。佛经是撰写在书本里的,但你的信仰目前还停留在你的心里。如果性命不保,还有谁能够知道你的想法啊?面对生死轮回、因果报应这样摆在眼前的大事情,还望三思啊……"

方志敏又品了一口茶,他用坚定的目光望着了尘,正色说道:"大师说得不错!共产主义目前是在我的心里,可也在无数个共产党的心里。我们

死囚

就像一个个印刷机,会把这本书不断地印出去。不是有位高僧曾经说过:白纸黑字的记录,想要擦掉很容易,可是写在心里的东西却是无论如何也擦不掉的吗?只要还有共产党能活着,只要有人舍却身家去宣讲、去传播,就不难让这其中的真理广播天下,我方志敏就愿意来当这个舍却身家的宣讲之人!用我不顾生死的因,去换大家都能明白真理的果。"

了尘听了叹了口气,说道:"就算你不惜抛洒热血,但通往真理的那条路上还是危机四伏的。所谓壮志未酬身先死,你敢肯定你的死能如佛祖舍身饲虎般有意义、你死后你所说的真理真的能打动世人吗?"

"能,这一点我确信无疑!"方志敏斩钉截铁地回答道。说到这里,他仰头看着精舍中挂着的佛像说道:"请问老师您,如果佛祖没有坚定的意志如何能成佛?如果他的信徒中不是有人甘愿以身殉道,如何能让世人信奉佛教?"

了尘听了再也无法保持波澜不惊的心态了,他叹了口气喃喃地说道:"你的信仰也是我昔日的向往,只不过我没有你这样的勇气。我本不该说这样的话,但为你的身家性命计,你还是不要迎难而上吧……"

方志敏听完轻轻地摇了摇头回答说:"老师,我知道您是为了我着想。但只要确信自己坚持的是真理,那只能在血雨腥风前更加坚持和执着。作为一个共产主义的信徒,我岂能因为自己的性命而放弃信仰呢?"

了尘听了双手合十,心悦诚服地说道:"阿弥陀佛,正所谓不修已在道中。方将军,老衲受教了……"

看到这一幕,一个一直在精舍外徘徊的人发出了一声叹息。他就是潘焱盛。

潘焱盛早期曾经加入过共产党,后来因为对革命悲观失望而脱离了组织。他当年也是伟烈大学的老师,曾经和方志敏意气相投、无话不谈。只不过如今他的身份已经和信仰一起改变,成了江西省党部的要员。更何况他在脱党时出卖过大学里的共产党员,才得以跻身于官场。因为这个由头他一直不敢跟方志敏见面,听了方志敏的那番话之后,更感到无地自容。要不是顾祝同的命令,他真想悄悄地溜走,却又惧怕顾祝同,实在是进退两难。

潘焱盛正踌躇间,了尘又让小沙弥添上茶,然后躬身施礼道:"方将军请稍坐,老衲这就去请您的另一位故人……"说着话,了尘带着小和尚退出了精舍,轻轻地带上了门。

在精舍外，了尘对潘焱盛躬身施礼口宣佛号："阿弥陀佛，潘先生进去吧，老衲告退了。"

潘焱盛心虚地望了精舍一眼，带着恳求的表情对了尘说道："咱们都和方志敏熟识，你还是不要走吧……"

了尘无奈地一笑回答道："老衲确实已经尽力，还是潘施主你自己去跟他谈谈吧，红尘中的事情还要红尘中的人去了……"说到这里，了尘双手合十行了个礼，转过身径自走了。

潘焱盛尽管眼下已经没有了出来时的锐气，但他还是带一丝侥幸拉住了尘，问道："以你之见，他可曾流露出为自己处境担忧的表情？"

"阿弥陀佛。以我浅薄的修为，实在不足以打动他。他已经具有佛一样的坚定信念，成为了一个坚不可摧的人了。"说完这句话，了尘扔下独自发呆的潘焱盛离开了。

潘焱盛轻轻地叹了口气，他望着近在咫尺的精舍，心里竟然"扑通扑通"地跳了起来，一股惧意刹那间传遍了全身。潘焱盛发现自己在内心深处是害怕去见方志敏的，意识到这一点，他的心里就更加恐慌了起来。又踌躇了一阵，潘焱盛想起了顾祝同的命令和自己在他面前夸下的海口，终于硬着头皮推开了精舍的门。

方志敏一眼就认出了他。还不等他开口打招呼，方志敏就冷冷地开口说道："叫警卫来吧！"

潘焱盛听了一愣，刚要自报家门，方志敏已经怒冲冲地对他吼道："听见没有？叫警卫来！"

方志敏的声音惊动了四周暗藏的宪兵，他们还以为里边出了事，立即纷纷从藏身之处跑出来，气势汹汹地冲进了精舍里。为首的一个上尉用枪指着方志敏喝道："好好的你瞎嚷嚷什么？"

方志敏怒视着他大声地回答说："把我送回看守所去！我不跟这个叛徒讲话！"

宪兵们听了全都愣在了那里，一时间竟然不知道该怎么办才好。潘焱盛见状只得走上前来低声下气地说道："志敏，你连一句话也不跟我说吗？我当初那样做也是有苦衷的……"

方志敏鄙夷地看了他一眼，冷哼一声迈步就朝着精舍外走去，潘焱盛没想到方志敏的态度会如此坚决，赶忙追上去叫道："志敏留步，听我一言再走不迟！"

方志敏闻言停住了脚步头也不回地开了口:"回去告诉顾祝同,就说我方志敏心意已决,让他赶快枪毙我吧!"说完这句话,方志敏再也不肯停留,迈着大步向着山门的方向而去。

米占山为了得到朝思暮想的金彩云,终于吐口,说一旦成了亲就马上帮她去救方志敏。金彩云这才顺从地偎依在他的怀里,柔情似水地说道:"办成这件事你就是苏区几百万老百姓的恩人了,我能嫁给这样一个人也就心满意足了……"

望着怀中娇羞无比的金彩云,米占山只得讪讪地笑着,言不由衷地回答道:"是呀,我米占山也是男子汉大丈夫,又岂能辜负了自己的女人?"说完这句话之后,他马上把脸凑到了金彩云面前,望着怀里那张让他心动的俏脸问道:"咱们既然已经说好了,婚期是不是可以定下来了?"

一听这话,一抹红晕立即飞上了金彩云的脸颊,她马上把头扎进了米占山的怀里害羞地说道:"这事儿你看着办吧……"

米占山闻言大喜,赶紧伏下身亲了亲她,急不可耐地说道:"我找人算过了,就三天以后吧……"

回到了看守所之后,方志敏又被戴上了脚镣,送回到了优待牢房里。

这段时间里,方志敏又把之前写完的那些文章专门誊写了一遍,藏进了顶棚裱糊的报纸里。自打见过了化妆前来的宋医生,他心里一直盘算着在合适的时候让他带出去,交给徐凤姑带回根据地。

向影心却坚决不同意这个办法,理由是宋医生他们每天打完针都会受到严格的检查,很难把手稿平安地带出去。方志敏听了便不再提,而是把这些文稿交给胡逸民进行保管。胡逸民很感激方志敏对他的信任,当下便提议由向影心把稿子带出去直接交给徐凤姑。向影心听了也觉得这样稳妥,事情就这样定了下来。

午饭刚过,胡逸民却带来了不好的消息。走进了方志敏的牢房之后,他面带焦急的神色低声对方志敏说道:"方先生,你的手稿恐怕要另想办法了。影心回来告诉我,不仅是跟她联络的那个女共党一直没有出现,就连那个给你打针的诊所的人也已经离开了。"

方志敏听了心知这肯定是徐凤姑即将采取行动的征兆,他焦急地把脚一跺,紧张地思考了起来。

胡逸民知道是方志敏在为文稿无法传递而着急上火，当下便笑着安慰道："方先生别急，办法总会有的！"

方志敏知道胡逸民领会错了，转回身来苦笑着解释道："永一先生你别误会，文稿交给你我其实已经很放心了。只是想到我们的人可能又要冒死来救，心里很是担心，才会这样的……"

胡逸民却不这样想，他马上喜形于色地说道："方先生这是好事啊！你的人一次又一次地救你，我想总有一次会成功吧？就跟你一样，劝降的不是已经被你一次又一次地拒绝了吗？可见你们的人全都和你一样，都是有信仰的，我真是羡慕啊！"

话刚说到这里，看守所的所长凌风梧突然笑嘻嘻地走了进来。方志敏和胡逸民赶忙转移了话题，谈论起弋阳的山货来。凌风梧进到屋里之后先是跟胡逸民点了点头打过了招呼，接着又高兴地对方志敏说道："方先生你可真是太厉害了！军法处的米处长刚才来电话了，说行营的顾主任已经批准让唱弋阳腔的名角来给你唱些段子呢。"

说到这里，凌风梧啧啧地赞叹了好一阵儿，才笑吟吟地挑着大拇指对方志敏说道："方先生你可真了不起，我真没想到你驳了委员长的面子之后不仅没受到责难，还是这么有面子，真是难得啊！"

方志敏听了淡淡地一笑说："凌所长你错了，不是我方某人有什么面子，而是你们的蒋委员长和顾祝同主任用心良苦！他们以为这样既可以向我表示优待，又可以借戏文中的忠臣孝子打动我。他们真太不了解我方志敏了。"

凌风梧听了这话不好发表什么意见，只好笑着把目光转移到了胡逸民的脸上，笑弥陀似的说："听说这回真是好戏，永一先生，咱们可全都要跟着方先生沾光了。"

胡逸民笑着点了点头，望着凌风梧问道："你说的那些名角大约什么时候来呀？"

凌风梧回答说："米处长没说具体日子，大约就是这几天吧……"

狡猾的戴笠十分敏感，当他得知这几天给方志敏打针的诊所突然人去楼空后，马上感到问题的严重性，他感到共产党最近还会采取行动，而且就在不久后。

戴笠笑着对向他报告的那两个特务问道："你们现在是什么军衔啊？"

那两个特务本来还以为会因为盯梢不利受到严厉的训斥呢,被他这么一问当时就傻了。在互相看了几眼之后,其中一个鼓足了勇气回答说:"回戴处长的话,我是中尉,他去年才被授予的少尉军衔……"

戴笠听了和颜悦色地对他们说道:"我不再给你们规定范围了,我估计那个大夫和护士现在应该还在南昌城里,你们只要找到了他们,我马上升你们的职!"

两个特务听了惊喜地互相看了看,赶紧立正答道:"戴处长放心!卑职们这就行动,就是掘地三尺也要把这两个人找出来!"

说着话,两个人刚想告辞,戴笠冷不防变了脸冷冷地望着他们,说道:"记住,要是你们不能及时找到这两人的话,不仅不能升职,我还要追究你们跟丢了目标的责任!"在戴笠那阴冷的目光逼视下,两个特务静若寒蝉地连连点头,答应着退出了门外。

两个特务刚刚迈出门槛,忽然看见向影心已经扭动着腰肢走进了院子的铁门。其中一个家伙望着这个让人看一眼能记住一辈子的女人悄声对他的同伴说道:"快看,这不是戴处长让咱们监视的那个女人吗?"

他的同伴听了赶紧拉了拉他的衣服小声责备道:"别犯傻了,这回戴处长只是让咱们去找那个医生和护士,你多什么事呀!"

向影心带着一股香风和他们擦肩而过走进了小楼里,刚才责备他同伴的那个特务又小声补充说:"看她熟门熟路的样子,不是自己人就是戴处长的那个……"

向影心进到屋里之后,马上扑进了戴笠的怀里。她一边撒娇地亲着戴笠的脸颊,一边说道:"不是说好了吗,我晚上自会来见你,干什么大白天让人给我传话?"

戴笠满意地享受着向影心的香吻,热烈地回应着她,笑着说道:"急着让你来除了想你,还有另外一件事……"

向影心听了不解地忽闪着她那双水汪汪的大眼睛问道:"干什么?难道想让我跟那死鬼离婚嫁给你不成?"

戴笠笑着摇了摇头放荡地笑道:"你想错了,俗话说'妻不如妾,妻不如妓,妓不如偷',我如今好不容易把你偷到了手,怎么会去破坏这种美妙的感觉呢?"

听了戴笠的话,向影心敏感地想到了方志敏,她以为戴笠已经发觉了什么，马上扭动腰肢从戴笠的怀里挣脱了出来，当下假意恼怒地说："让你得了便宜你还卖乖，那句话我也听说过，你刚才还少说了最后一句，'偷不如偷不着'，我当初真该让你偷不着才好……"

戴笠听了哈哈大笑，重新把她搂在怀里，嘿嘿地笑着说："开个玩笑你急什么？我今天请你来是想让你帮我个忙。"

向影心一看戴笠神色如常，这才放下心来柔声问道："什么事你快点说吧，别跟打哑谜似的，让人家着急死了。"

戴笠吻着她的脖子说道："没什么，只是让你多注意方志敏，对他的一举一动多多留意就是了……"

向影心不明就里地问道："你手下那么多人为什么让我去干这事儿？"

戴笠抱起她一脚踢开了卧室的门，一边走一边回答说："别多心，只不过你家那个老鬼跟方志敏走得近，你更容易看出些什么来罢了……"

米占山接到了戴笠打来的电话，说这几天共产党可能要采取行动，让他多加小心，并一再告诫他加强看守所防卫的行动一定要秘密进行，以免打草惊蛇。

正在张罗着迎娶金彩云的米占山听了心里暗吃一惊，他生怕共产党真的在这个节骨眼上把方志敏救出去，坏了自己的好事，赶忙派人把行营军法处直属宪兵营长叫到了办公室吩咐道："孙营长，你今晚秘密地把队伍拉到看守所去，共产党可能会有所行动。记着要多带重武器，睡觉也得多睁着一只眼睛……"

这天的夜很黑，还淅沥沥地下着小雨。在戒备森严的看守所门前，几个人影突然间鬼鬼祟祟地出现在附近的街道上，时而朝着那边张望，时而指着看守所的大门在议论着什么。这一情况马上引起了傍晚时带队进入看守所的宪兵营长的注意，他赶紧让大墙上的哨兵注意观察，同时让手下的士兵做好了战斗准备，慢慢地往看守所的正门方向集结。

凌风梧根本不相信今晚会有袭击发生，本没把这件事放在心上，但在拿着鸡毛当令箭的钱景民的督促下，他也只得披上雨衣，亲自巡查起看守所的岗哨来。

就在看守所里的宪兵全都把视线集中在了大门的方向时，后墙附近不远处的水面上，悄悄地划出了一只小船，无声无息地靠在了岸边。身材魁

梧的蓝火东轻巧地跃上了岸来，站定之后警惕地观察了一下后墙上的动静，抬起手朝身后挥了挥。

随着蓝火东的动作，小船上的人开始行动了，他们把一箱箱炸药迅速地运到了高墙下，扒开一丛茅草把炸药填进了不知什么时候已经挖好的坑里。

蓝火东手握驳壳枪紧张地注视着搬运炸药的队员们，直到看着他们把炸药放好又陆续地回到小船上，这才蹑手蹑脚地跑过去，迅速地安好了雷管和导火索。为了保证炸药能及时起爆，他故意把导火索留得很短，点火后只能让自己快步地跑到江边跳进水里。

做好了这一切之后，蓝火东从怀里掏出了用油纸包裹着的火柴，在蓑衣下做好了点火的准备。他身后的江边芦苇丛附近不知什么时候又出现了几只小船，船上的队员们全都无声无息地注视着雨夜中看守所那黑黢黢的后墙，就等着缺口一炸开，冲进去救人。

就在这时，在前门故意暴露目标吸引敌人注意的队员终于扣动扳机，向在看守所门前站岗的哨兵打响了今天的第一枪。清脆的枪声划破了雨夜，在空中回荡着。

后墙底下的蓝火东听到了信号，马上"嗤啦"一声划着火柴点燃了导火索。看着导火索已经冒着青烟燃烧了起来，他站起来朝着江边猛跑。

就在他的身后传来了高墙上哨兵的喝问和拉动枪栓的声音时，蓝火东终于跃进了水面。

蓝火东的身体接触到了冰凉的江水时，他感到大地猛烈地震颤了起来，他知道炸药已经起爆了。

21

蓝火东跃入江水的那一刻，炸药猛烈地爆炸了。看守所那高高的后墙终于在强烈的爆炸中被撕开了一道大约十几尺宽的豁口。爆炸带来的巨大的声音和耀眼的火光，使周围一下子变得寂静起来。不仅是看守所里的敌人呆若木鸡，后边的游击队员也在这毁天灭地般的爆炸中，匍匐在地，躲避着带着怪叫四处横飞的砖石碎块。

但这种沉默仅仅维持了不到几秒钟的时间，双方的人马很快就反应过来。钱景民挥舞着手枪对身边的宪兵营长厉声叫道："快呀！共匪在跟咱们玩儿声东击西，到后边去！"看着宪兵们全都嚎叫着往看守所的后边涌去，钱景民又拦住了身边的凌风梧急促地说道："赶紧打电话给米处长……"

凌风梧跑到办公室拨通了米占山的电话时，率先冲进了豁口里的游击队员已经和第一批进到了后院里的宪兵展开了激烈的对射。游击队员这一回虽然来得不少，但他们为了躲过敌人的盘查，绝大多数只带着短枪，虽然在近距离的枪战中还能凭借着精准的枪法跟敌人打成了僵持状，但随着敌人架起了两挺重机枪，便很快落在了下风。

射速很高的马克沁水冷式重机枪在那个时代有着"陆战之王"的美誉，杀伤力强大且弹着点密集，连续射击时颇有开山碎石的威势。随着副射手手里的弹链不断地缩短，两条互为犄角的火力瞬间便编织起了一张火网，把已经冲进了豁口的队员们压得抬不起头来。

眼看着自己人被压制得丝毫没有还手之力，蓝长天大吼一声把两个点燃的炸药包凭空投掷了出去。眼看着两个炸药包带着嗤嗤燃烧的导火索飞了过来，原本已经组织起了有效抵抗的宪兵们一阵大乱，密集的火力也一下子弱了许多。

随着轰轰两声巨响，那两个炸药包化作了两道耀眼的金芒，巨大的爆炸声让周围的大地也跟着震颤了起来。瞅准了这个时机，徐凤姑把驳壳枪一挥大声地嚷道："同志们，冲啊！"随着徐凤姑的喊声，那十几名游击队员全都发出一声呐喊，开着枪借着爆炸的烟雾冲了上去。

双方之间正展开激烈的枪战时，看守所前门突然驶来了一支车队。除了满载着士兵的卡车之外，前边还有两辆开路的装甲车。装甲车的履带碾着街道上的碎石，一路扫射着横冲直撞地开了过来，径直向着看守所洞开的大门开去。它身后的十几辆汽车里，下饺子似的跳下了数百名士兵。

从装甲车里钻出来的米占山指挥着士兵分成了两队，从左右两侧向激烈战斗着的看守所后墙附近冲去。看到米占山亲自赶来督战了，凌风梧赶忙跑过来敬了个礼说道："米处长你来得好快啊……"

米占山答应了一声，望着凌风梧命令道："这里的事你就不用管了，马上带着所里的人严加戒备，决不能让关押在这里的共产党趁机逃了……"看着正准备转身去执行命令的凌风梧，他又一把拉住了他小声地补充道："特别派专人给我盯住方志敏，只要他有了越狱的可能，马上就地枪决！"

米占山说这句话时满脸都是狰狞的表情,心里巴不得出现这样的结果。那样的话,他不仅如愿以偿地娶到了思慕多时的金彩云,还省得整天再装出一派英雄仗义的样子,去敷衍金彩云和他的师兄金麒麟了。

由于天黑还下着雨,敌人弄不清有多少共产党,不敢贸然出击,只是拼命地射击。徐凤姑他们趁着蓝火东那两个炸药包爆炸的烟雾,迅速地冲进了看守所最后边的一条甬道里。按照向影心事先提供的情报,准备先打到办公区,再从那里闯进关押方志敏的优待监区。不料,才转过第一个拐角,面前鱼刺式排列的甬道里全都传来了呼喝声和密集的弹雨,从士兵们杂沓的脚步声里,徐凤姑判断出最少有好几百名士兵正在通过面前那些甬道开着枪朝这里猛冲,那阵势绝不是自己这几十号人能阻挡的。

优待牢房里的方志敏在这个喧嚣的夜晚自然难以平静,他手握着牢门的窗户上的铁条默默地站在那里,倾听着外面一阵紧似一阵枪声和时而响起的爆炸声。

胡逸民这一晚心情也很不平静,他跟方志敏一样静静地听着外面的动静,两只眼紧紧地盯着小天井那头通往办公区的甬道,希望方志敏的人赶快打进来,把随时都面临着死亡威胁的方志敏赶紧救出去。

他们都没有注意到,在方志敏对面的那间牢房里,那个伪装成进步军官的特务李英楠已经悄悄地从床下拿出了一支手枪,"哗啦"一声推上了子弹,把枪口悄悄地瞄准了方志敏的牢门。钱景民今晚不仅给他送来了这把手枪,还向他传达了一旦方志敏有可能越狱就立即开枪的命令。他准备一旦有人把方志敏救出来就开枪射击。

眼看着徐凤姑等人在孤岛似的甬道里进退两难,蓝火东左手提着一个炸药包,右手握着枪从后面追了过来。他焦急地对徐凤姑说道:"大队长,快撤吧,周围的敌人越来越多了,连江对岸的敌人也划着船过来增援了,再迟一个也走不了了……"

徐凤姑听了把眼睛一瞪,心有不甘地嚷道:"不行!这儿离关押着方主席的牢房已经很近了,咱们不能走!"随着徐凤姑的话音,前边的三四条甬道里都出现了敌人的身影,在好几挺机关枪的扫射下,有两名队员中弹倒在了血泊里。横飞的子弹打在甬道的砖墙上，溅起了一阵阵火花，被打碎的砖屑下雨般扑簌簌地掉落下来，听声音有的敌人已经冲到了他们面前的甬道里，形势已经变得格外严峻。

蓝火东见状也不再多说，把手里的炸药包往甬道的拐角上一放，掏出火柴"嗤啦"一声划着，对着徐凤姑吼道："快撤！这会儿就是撤不出去也还能赚上几个！"在着的一瞬间，蓝火东清楚地看到两行眼泪顺着徐凤姑的脸颊流了下来。他默默地叹息了一声，把手里将要燃尽的火柴凑到了炸药包的导火索上……

徐凤姑看着蓝长天点燃了导火索，她弯腰从地上牺牲的同志身上拿起了他们的枪，全都插在了自己的腰带上，手里拿着两把机头大开的驳壳枪发出了一声野兽般的怒吼，双手持枪返身沿着来时的路向着看守所的后边跑去。

蓝火东说得不错，他们已经完全陷入了被动挨打的境地。在三路敌人的进攻下，外边负责掩护的游击队员已经被压迫到了豁口附近，凭借着倒塌的砖石进行着最后的抵抗了。尽管如此，那些队员没有一个退缩的，全都拼命地向着敌人开枪射击、投掷手榴弹，尽量地延缓着他们的进攻。

更糟糕的是，周围驻扎的敌军听到枪声纷纷赶来增援，看守所四周不仅好几个方向都响起了枪声，就连黑漆漆的江对岸也出现了敌人的卡车灯光，眼看不但营救已经不可能成功，就连参加营救的游击队员也难以脱身了。

在最后的关头，徐凤姑大叫着从甬道里冲出，回到了豁口附近的后院里。由于冲得太猛，一个敌人的少尉军官慌乱中竟然和她撞了个满怀，徐凤姑哪里肯放他逃命，两支枪顶在他身上，"啪啪"地一阵狂射，把他打成了筛子。

趁着周围的敌人被势如疯虎的徐凤姑惊得目瞪口呆的当口，蓝火东劈手夺过了一挺轻机枪，一边疯狂地扫射，一边带着众人往豁口冲去。

随着这场贴身肉搏的开始，徐凤姑带着那几十名眼睛都杀红了的队员，由蓝火东开道，杀出了一条血路。等周围的宪兵们反应过来的时候，徐凤姑等人已经穿过豁口，且战且退地跑到江边去了。

在院子里指挥的钱景民哪里肯放过这个立功的机会，马上命令所有的宪兵追了上去，想趁着徐凤姑他们在江边无法隐藏的机会再立个大功。

就在这时，看守所里突然发生了爆炸，一股强大的气流伴着巨响从甬

道里喷涌而出，一块碎砖头不偏不正正好砸在了钱景民的脑袋上，殷红的血顿时模糊了他的视线，钱景民两眼一翻晕了过去。

那些宪兵倒也乖巧，全都趴到了地上躲避着身后的碎砖乱石，谁也没肯过去照料一下那位躺在地上进气多出气少的军法处副处长。多亏戴笠带着手下的特务来到了后院，这才指挥着他们把钱景民拖到了安全的地方。

这时候风刮得更猛，雨下得更大了，徐凤姑他们飞快地上了等在江边的小船，借着对岸敌人在忙着打电话跟看守所里联系迟迟没敢下水的当口，离开了冒着浓烟的看守所，驶进了风雨交加的黑暗里。

徐凤姑默默地坐在船头流着泪，她望着越来越远的看守所深深地叹了口气。在眼下这种局面下，她只得放弃这次营救，带着剩下的队员悄悄地撤进了一个风雨中的码头边。

顾祝同对这次事件表现得十分重视，他在热情地勉励了一番前来报告的戴笠和米占山之后，还特别指示道："回去替我问候一下受伤的钱副处长，告诉他我很快就会呈文委座给你们请功！"

戴笠望着顾祝同道了谢，带着担忧的神色问道："钧座，这个方志敏留着迟早是个祸害，您看您是不是向委座谏言，早些把他明正典刑以绝后患啊？"

顾祝同微微地摇着头，颇为知己地看着戴笠说道："雨农你还是不了解委员长的心思啊！要是没这次袭击我也许还能提出这样的建议，但现在我却不但不能这样说，反倒还要加紧对他的感化了……"

戴笠不解地问道："请恕职部愚钝，还请钧座讲讲这其中的道理。"

顾祝同听戴笠一问，马上替蒋介石吹起法螺来："委座的判断一向精准，他一直认为共匪接连舍生忘死地来搭救方志敏就证明他的影响力依旧很强，这样的人一旦归顺岂不是大大的有利于党国？委座真是睿智啊！"说到这里，顾祝同又神采飞扬地望着面前的米占山和戴笠说道："两位想想，有这个方志敏在，二位立功的机会还能少得了吗？"顾祝同说完之后便哈哈大笑了起来，米占山和戴笠也跟着笑了起来。

别看这三个人笑得十分开心，其实心里全都在打着自己的小算盘。顾祝同早就意识到劝说方志敏投降简直如同是痴人说梦，但不仅不敢说出来，反倒要做出积极响应的样子来让蒋介石满意。戴笠原本是想借着方志敏吸引更多的共产党前来营救，好找机会找到那些活跃在深山密林中踪迹难觅的游击队。但经过这几次较量，他已打消了这个主意，只想着赶紧把方志敏处理掉，别在自己即将升入南京那虚席以待的军事统计调查局的当口出现什么重大的失误才好。米占山却想得和他们不一样，他只是一心希望顾祝同赶紧把方志敏处死，省得到时候金彩云再缠着他了。

走出了顾祝同的办公室之后，戴笠望着最近总是心事重重的米占山开口问道："老米啊，你最近怎么老是一副心事重重的样子啊？要是有的话不妨说出来听听，说不定兄弟我还真能帮上什么忙呢？"

米占山听了感激地说道："在行营的那些处长里我原本就和雨农你走得最近，这段时间因为那个方志敏咱们更是在一起共了好几回事了，要是以后真有什么为难的事情，还真少不了麻烦你呢……"

看着欲言又止的米占山，戴笠更是断定他有心事不肯说出来，但米占山不说，他也不好再多问，只得笑着应付了几句，便转身朝着特务处的办公室去了。回到办公室之后，他马上把负责在看守所附近盯梢的副官杨继荣找来，板着脸严肃地对他说："从今天起秘密地监视起看守所里每一个跟方志敏有接触的人，任何蛛丝马迹都不要放过。只要是发现他们的活动超出了看守所的范围，就马上展开全方位的调查！"

杨继荣听了忙不迭地点着头，小心翼翼地说道："处长放心，卑职这就去安排……"说到这里，杨继荣又想起了什么似的望着戴笠说道："据咱们打入看守所优待牢房的人说，胡逸民和他的太太跟方志敏过从甚密，他太太又具备随时进出看守所的条件，您看是不是……"

提到了向影心，戴笠马上敏感地抬起头打断了杨继荣的话，不耐烦地说："胡逸民和他太太的事情，连委座都知道，你们就不要管她，盯好其他的人就行了！"

杨继荣一看戴笠表了态，赶忙答应着汇报起看守所的文书段存仁的疑点来。戴笠想起今晚已经跟向影心约好了在小洋楼幽会，顿时显得有些心猿意马，便随口说了句："好好地查查这个段存仁，他身上的疑点倒是很值得注意。"

行营军法处的处长米占山将要迎娶弋阳腔飞花班的名伶金彩云的消息终于不胫而走，传遍了整个行营。起先大家还只是在私下议论，直到婚礼准备就绪，兴高彩烈的米占山到处送起请帖来，这件事才得到了证实。

收到请帖的人当中自然也包括和他关系很好的特务处处长戴笠。他拿

到那道请帖的时候笑着和米占山开着玩笑说道:"老米啊,真想不到你要娶的如夫人竟然是最近唱得很红的金彩云。她的戏我看过,那真是人长得好、戏也唱得好,只可惜你这么一来,以后就再也没机会看她的戏了!"

米占山笑着反驳道:"机会很快就有,彩云决定在看守所里最后再唱一次,在离开舞台之后专心地跟我过日子,到时候这事儿还能少了你老弟捧场?"

戴笠听了很是奇怪地望着米占山问道:"怎么?你的新夫人居然要到看守所去唱戏?唱给哪个听?"

米占山笑着回答说:"这是顾主任的意思,他是想借着唱戏来给方志敏下个套。我回去一说,彩云倒是很愿意凑这个热闹,事情就这么定下来了,呵呵……"

一听顾祝同也知道这件事,戴笠也没往别处多想,只是笑眯眯地拍了拍米占山的肩膀,恭维道:"占山兄娶的新夫人真是能干,还没过门就能替你分忧了。你老兄真是好福气啊!"

把米占山送出了办公室,戴笠拿起桌上的文件正要批阅,他的副官杨继荣慢慢地走到了他的身边轻声地说道:"戴处长,您不觉得米处长刚才说的那件事很是可疑吗?"

望着自己的副官,戴笠歪着头若有所思地开口说道:"我刚才倒没觉出什么来,你这一说我也忽然觉得有点不对劲儿,可这不对劲儿的地方到底是哪儿呢?"

别看戴笠只是个小小的上校处长,在将星云集的南昌行营里可是个连顾祝同都要给上三分面子的人。之所以会这样,当然是由于委员长蒋介石对他的器重,就连刚才说话的那个副官也是蒋介石亲自指派给他的,领子上也赫然缀着一副两杠三星的上校军衔。

这个杨继荣,原本是国民党中央军精锐的第四军第二十四师的团长,因为富于谋略、屡立大功,被蒋介石看中,内定为即将作为剿共大本营的南昌行营特务处处长戴笠的羽翼。一次在庐山主持完围剿红军的会议后,蒋介石便把杨继荣叫到了庐山,一见面就开口对他说:"戴处长的工作很重要,急需人才,你去帮他吧!"

杨继荣到了特务处以后一直尽心尽力地给戴笠当助手,并经常用自己敏锐的头脑向戴笠进言,给他帮了不少的忙。这回也是这样,冷眼旁观的他对米占山产生了怀疑,主动来到戴笠面前,说出了自己的疑惑。

看着戴笠一直没有看出问题的所在，杨继荣便又轻轻地说道："米处长娶个江湖戏子出身的女子当姨太太，这原本算不了什么。奇怪的是，他这位姨太太居然愿意到看守所去给方志敏唱戏，这就不能不让人多想了！米处长也许没有什么，可他的这位姨太太为什么要这样呢？这种浑水，可不是谁都有胆量去蹚蹚的……"

杨继荣的话让戴笠听了觉得很有道理，沉吟了一会儿轻轻地把桌子一拍说道："你说得不错，这件事是有几分蹊跷！你赶紧秘密地查一下那个金彩云，看看她到底有什么问题没有。"说到这儿，他又望着跃跃欲试的杨继荣嘱咐道，"别忘了，米占山跟我不仅同在行营供职还是私交甚密的好朋友，此事切不可张扬啊。"

杨继荣听了连连点头，心领神会地答道："戴处长放心吧，卑职会有分寸的！"

杨继荣说干就干，第二天调查就取得了进展。戴笠刚一走进办公室坐好，他就拿着一个文件夹走了过来。戴笠知道他是要说金彩云的事，连忙抬起头望着他问道："怎么？那个金彩云真的有问题？"

杨继荣轻轻地摇了摇头，然后又点了点头，一副莫衷一是的样子。戴笠看在眼里不由得奇怪地问道："你这是在说金彩云有问题还是没问题呀？"

杨继荣整理了一下思路，回答说："经过调查，她本身倒是没什么疑点，只是她干的一件事却让我感到十分费解……"

凭直觉，戴笠意识到杨继荣肯定是找到了重要的线索，马上睁大了眼睛焦急地催促道："咱们又不是外人，你倒是赶紧说啊！"

杨继荣这才瞟了他一眼，张嘴说道："她昨天在看守所附近主动找了胡逸民的太太向影心，让我一下子联想起她似乎是在打探关于方志敏的消息。"

戴笠一听当时就愣了，过了好半晌才喃喃地吩咐说："这样吧，从现在开始你把向影心也监视起来。但她的事情你们要随时向我汇报，不得采取任何行动……"尽管事情已经到了这个艰节儿上，戴笠对自己的情人还是很有分寸的。

通过这件事，戴笠也生出了类似于米占山那样的想法，生怕把向影心也搅进去，断了自己这段露水姻缘。思来想去，他最终把解决问题的办法归在了方志敏的身上。戴笠恨恨地想："方志敏啊方志敏，看来不早点让你人头落地，谁也别想着消停！"想到这里，他马上给顾祝同打了电话，拐弯抹角地说："职部刚刚得到了可靠情报，共匪的残余势力最近还要营救方志

敏，您看这个人是不是真的不能再留了……"

顾祝同笑着回答说："雨农啊，别人不了解，你还不知道我的心思？蒋委员长不发话，我哪儿做得了这个主啊？"

戴笠听罢马上开口说道："钧座请三思，方志敏能投降固然作用很大，但这件事的困难是不言而喻的。反之，方志敏一旦被救走，反会令政府难堪，钧座您恐怕因此而成为笑柄，平白被埋没了生擒他的功劳。"

顾祝同听戴笠这么一说，很以为然地"嗯"了几声，过了良久才开口问道："若是按照雨农你的想法，这件事该怎么办呢？"

戴笠恶狠狠地回答说："与其令他越狱逃脱，还不如干脆枪决了事倒更震慑人心。"

顾祝同显然不赞同他的这个提议，"嘿嘿"一笑，回答说："雨农你的建议很好，我会认真考虑……"说完这句话，顾祝同又加重了语气继续说道，"此事在未获得委座的批准之前，你切不可再有这样的想法了。我这两天正琢磨着要亲自和弋阳的张县长再到看守所去会会方志敏，我把人家请来已经好几天了。这期间，你必须要保证看守所那边不出任何问题，最好还要顺便教训一下那些胆大妄为的共匪才好啊。"

在金麒麟和金彩云的督促下，飞花班一直隐藏不露的节目终于练好了。其实，那根本就不是什么节目，而是准备营救方志敏而定下的计划。自打金彩云从木器行订回了那些新箱子之后，被选出来的艺人们便在不停地苦练着。虽然整个行动所涉及的步骤一共也没多少，但大家还是练得十分认真。

飞花班的艺人们心里都十分清楚，这次进入看守所的机会可是他们的大师姐金彩云押上了一生的幸福做赌注，才千辛万苦换回来的。行动时哪怕只是一个细小环节上出现了差错，赔上的就不仅仅是金彩云一个人了。除了再加上大家的性命之外，还要搭上救过他们性命的方主席。

向影心对于自己已经被和她无限缱绻的戴笠纳入了监视的范围的情况依然是一无所知。

这一天，方志敏的肺病又发作了，咳嗽到最后，干脆连腰也直不起来了。胡逸民见了很是担忧，马上打发向影心去买药。

向影心出了看守所之后不敢耽搁，径直走进了城里一家专门经营西药的大药房。谁知就在她刚刚踏上药房台阶的时候，一个人忽然出现在她的面前。向影心抬头看清了来人之后马上笑了起来，很熟络地叫道："原来是彩云，噢，不，不！米太太呀，这么巧碰见了你……"

金彩云果然是专门来找向影心的，她根据向影心前两天的描述和自己的记忆画好了一张看守所里的地形图，正想让向影心给看看呢。

买好了药之后，向影心和金彩云便亲热地挽着手走进了附近的一家茶馆。她们要了壶茶刚刚坐下，一个人突然走过来毫不客气地坐到了她两人的身边。金彩云正要发怒，却看见那人慢慢地抬起头来。

看清了这个人的长相后，金彩云和向影心不约而同地轻声叫道："怎么是你？"

22

米占山敏感地觉察到，通过这一段时间的接触，金彩云不再像只小刺猬似的，随时扎着刺，她已经变得很温柔了。金彩云不仅看他的眼神变得含情脉脉，两人相处时也总是小鸟依人般百依百顺，先前身上那种江湖女侠似的劲头以及不经意间流露出的不耐烦的神情竟在不知不觉中消失不见了。就连对于米占山平时总是想着动手动脚讨些便宜的举动，金彩云的眼睛里也只是流露出娇羞的女儿态而已。

米占山的观察不错，现在的金彩云真的是变了，自从那回在船上米占山答应了洞房花烛后就去帮他营救方志敏的时候，金彩云便开始对能言善辩的米占山产生了好感。正如她对米占山说的那样，她已经真正地把他当成了一诺千金，为了自己甘冒奇险的男子汉大丈夫，想用自己的一生好好地补偿他、感谢他。

这天金彩云和米占山来到了在城南租住的宅子，去看他们的新房。米占山不无得意地揽着金彩云的肩膀说道："彩云，你好好看看吧，这里是我挑了好几处最终才选定的，在咱们弋阳，连老太爷也别想住在这样的地方！"

金彩云偎依着米占山甜甜地一笑说："是呀，要不是你陪着我来，这样大气派的房子我还真的不敢迈步走进来呢。"

米占山得意地一笑回答说："彩云你真是好眼力，这座宅子原本是国府

议员的别院，要不是我托了关系，人家眼里还看不上我给的那几个房租呢……"

两个人说着话走进了张灯结彩布置得喜气洋洋的客堂，望着屋里那些昂贵的家具和穿梭来往奔走忙活着的仆役，金彩云满脸都是陶醉的样子。又欣赏了一会儿墙上的字画，金彩云对米占山喃喃道："一想到这儿今后就是咱们的家了，我就跟喝多酒似的，在梦里一样……"

米占山握着她的手，眼睛里闪过了一丝复杂的神情，他直勾勾地盯着金彩云的脸问道："彩云你跟我说句实话，真的喜欢这个家吗？"

金彩云仰起脸迎着米占山那双已经变得火辣辣的眼睛幽幽地回答说："我自小就失去了爹娘，在师父的鞭子下含着眼泪学唱戏，漂泊到今天才算是有了家，如何能不喜欢呢？"

说着话，两人推门走进了洞房里，望着准备好的那一对雕龙画凤的红烛和喜幛低垂的婚床，米占山再也控制不住自己。他从背后拦腰把金彩云抱住，嘴里梦呓般地叫着她的名字，把金彩云推倒在喜床上。

金彩云伸手使劲儿地推搡着米占山，急急地低声叫道："占山，占山！再过几天咱们就该拜堂了，你又何必急在这一时呢，占山，占山……"

这时的米占山已经什么都听不进去了，满脸涨红气喘吁吁地回答道："等……等不及了，我今天就……要你……"说着话便干脆动手撕扯起金彩云身上的衣服来。

金彩云又认真地推拒了几下，最后也只得放弃了抵抗，两眼微闭往床上一躺，伸手搂住了米占山，迎合着他温柔地说道："算了，反正我早晚都是你的人，你爱怎样就怎样吧……"

米占山兴奋地回答说："彩云你真好，我等这一天已经等了好些年了。没想到终究还有如愿以偿的这一天……"

金彩云活这么大第一次和男人这样亲密接触，虽然已经眼波迷离不能自已，但她还是不放心地对米占山嘱咐道："罢了，我就全依了你吧！只是不要忘了你答应我的事情……"

米占山当然知道金彩云指的是什么，心里暗吃一惊，想不到金彩云这个时候竟然还惦记着营救方志敏的事情。他一边喘着粗气解着自己的纽扣，一边望着满脸娇羞、神态迷人的金彩云笑道："你那件事我自然记得，看样子要是忘了你还真不会依我。"

金彩云听了他这句话，忽然睁开了眼，用一种让米占山很是心悸的眼神望着他，半点也不像开玩笑地说道："真要那样，我先杀了你再自己了断！"

在风光绮旎的洞房之中，金彩云这句话给米占山带来的不快和心悸很快就被抛在了脑后。米占山又发誓赌咒地说了几句，便合身扑了过去，尽情地宣泄着这些年对金彩云的爱慕之情。院子里的仆役们全是聪明人，很快便从洞房里的声音中判断出了男女主人的状况，全都蹑手蹑脚地回到前院张罗别的事情去了。直到天色完全黑了下来，米占山才心满意足地挽着金彩云走出了洞房。

把金彩云送回了飞花班租住的车马店后，米占山独自来到了一家酒楼。他随便点了两样喜欢的菜肴，就一个人喝起了闷酒来。他一边回味着刚才发生的那一切，一边惴惴不安地想："真不知道方志敏是怎么给金彩云他们灌的迷魂汤，竟然为了救他什么都可以抛弃！"

其实米占山原本答应救方志敏只是为了博得金彩云的好感，他哪里有那样的气魄和胆识？谁知随着金彩云一步步地向自己贴近，事情竟然已经到了无法回头的地步。要么就得跟金彩云从此决裂，要么就真的要跟她去提着脑袋营救方志敏，想到这里米占山不禁惊出了一身冷汗，豆大的汗珠顺着前额流了下来。

原本米占山心里自有一番算计，想要演一出双簧来把金彩云骗了了事。他的打算是：在看守所里胡乱唱上一场，然后让钱景民或是凌风梧帮衬个人场，假装识破了他们的事情，先把金麒麟他们关起来，自己再做个好人把金彩云往外一保也就完事大吉了。谁知现在顾祝同这么一掺和，事情就变得骑虎难下了。到那天，他可没有胆子在顾祝同和那些政要面前再耍什么花枪。

米占山不由自主地打了个冷战，不敢再沿着这个让他进退两难的话题想下去了。他既不愿也不可能为了方志敏丢掉官位甚至是脑袋，但也难以割舍给了自己一切的金彩云。

就在他心烦意乱地端起酒杯，准备把杯里的酒猛灌下去的时候，一个人悄悄地来到了他的面前，笑着说道："占山兄真是好兴致，怎么宁可独饮也不叫上我？"

顾祝同当然不会知道米占山的心思，反而很赞赏他的做法。他心里当然清楚方志敏这样的人绝对不会因为几出戏就举手投降，但他却已经有了

新的打算。接受了上次在方志敏面前铩羽而归的中央社记者马菲的建议,他准备利用这个去而复返的女记者给方志敏制造些麻烦。就算是不能逼迫方志敏就范,最起码也要让那些不顾性命时刻想要把他救出去的共产党死心,省得再给他找麻烦了。

顾祝同刚想到这儿电话突然响了起来,他接起来一听原来是钱景民打来的谢恩电话,当下便用很亲切的语气对他说:"钱副处长,身体都康复了吗?"

那边的钱景民一看顾祝同这样的大人物竟然挂记着自己的那点小伤,顿时感激得眼圈儿一酸,差点掉下眼泪来。他哽咽着回答道:"承蒙钧座惦记,卑职那点小伤早就无碍了。为了党国和您,卑职就是上刀山下油锅也毫无怨言……"

顾祝同显然对钱景民的说法很感兴趣,笑着说道:"钱副处长,你的忠心我是很清楚的,但今后还是要注意安全的。"说完这句话,顾祝同不等钱景民的话出口,便沿着自己的思路吩咐道:"你可以找个机会去跟方志敏吹吹风,就说我很快就要到看守所去看他,还要请他听他老家的弋阳腔。让他到时候配合些,别再抱着他那掉脑袋的主义不放了……"

钱景民一听,马上心领神会地回答道:"钧座放心,卑职这就去找他!"

放下电话之后,钱景民马上精神抖擞地往优待监区走,找方志敏传达主子的意思去了。当他走进方志敏的牢房时,正赶上方志敏和胡逸民促膝谈心,钱景民马上阴着脸望着胡逸民说道:"永一先生遇到了方先生,可真是找到了知音啊……"

胡逸民听完这句阴阳怪气的话之后马上反唇相讥:"钱处长你只说对了一半,除了我和方先生投缘外,这也是在执行委员长的命令,他让我有机会多跟方先生聊聊天。"说到这个很节上,胡逸民故意顿了顿,假装糊涂地望着钱景民说:"怎么?这等大事委员长他没跟钱处长你提起吗?"

钱景民听了自知落入了胡逸民的彀中,只得带着哭笑不得的表情回答道:"永一先生太看得起我了,我一个芝麻绿豆大的小官儿怎么入得了委员长的法眼?您继续聊吧,我哪里敢破坏您的大计?"

胡逸民正准备再刺激钱景民几句,方志敏已经接过了话头对钱景民说道:"钱处长你莫非是来提审我的?难道是我那些同志有人落到你们的手里了?"

钱景民想起自己的使命,赶紧笑着摇头回答说:"你那些手下来无影去无踪，不仅炸塌了看守所的后墙，还打死了我们十多个宪兵，这样的人谁捉得住？除了几个为你卖命死在了这里，剩下的早就找不到人影儿了……"

方志敏通过钱景民他们几个的话相互印证了一下，大致地了解了敌人一直讳莫如深的战斗经过，知道自己人没有蒙受太大的损失，心里安定了下来。他沿着钱景民刚才的话说道："钱处长说的没错，我们的队伍里的确是很有几个会打仗的，这样的结果倒是在我的意料之中。不过我得纠正你刚才说的一句话，在我们那边没有谁替谁卖命这么一说，那些牺牲的同志是在为自己的信仰而战，英勇捐躯在你们的枪口下的，人民会永远记住他们的！"

要换做平时，钱景民非得脸红脖子粗地跟方志敏争论一番不可，但今天他一直惦记着顾祝同交给他的任务，只得转移了话题，对方志敏笑着说道："得了，方先生您说是捐躯就是捐躯吧！我今天来不想跟您争论，而是要跟您说一件事情……"

胡逸民很想听听钱景民要说的事情是什么，但还是假意站起身来对钱景民说："原来钱处长你有事要说，要不我……"说着，他那眼睛望着钱景民，用手往牢门的方向指了指。

钱景民笑着说道："永一先生不必如此，您跟着一起听听吧。"

方志敏用审慎的目光直视着钱景民，默默地点了点头，示意钱景民开口说话，自己却趔着脚镣"稀里哗啦"地走到了墙边，望着小窗户外婆娑的树影站定。

钱景民这才笑眯眯地说道："刚才我接到了顾主任的电话，说他已经派米处长请了您家乡最出名的戏班子飞花班，很快就要来给您演戏。"此时钱景民抬起头望着方志敏小心翼翼地说道："希望您到时候不要太过激烈，伤了顾主任的面子大家都不好看……"

方志敏一听这话，顿时想起早些时候金彩云对自己说的那句话，心里不禁一动。他转过身来望着钱景民笑着点破了他的心思："难为钱处长用心如此良苦。你可以去告诉顾祝同，那天如果只是看戏的话，让他尽管放心，只要不涉及我的信仰，我是不会让他难堪的。"

方志敏说着把目光聚焦在钱景民的脸上，他知道敌人的招数用尽，已经黔驴技穷，自己面临的形势也越来越紧张了。方志敏略一思索又开口补充道："你还可以告诉顾祝同，就说我已经做好了最后的准备，要是他哪天派人来送我上刑场，我也不会感到意外的！"

钱景民当然不愿意就这个话题谈论下去，只得讪讪地起身告辞道："方先生此言差矣，不要曲解了顾主任的好意。您跟永一先生继续聊吧，我就不打扰了……"

当晚，胡逸民回到自己的牢房后，向影心已经在那里等着他了。胡逸民爱怜地抚摸着她那一头飘逸的秀发，笑着说道："可惜你今天来晚了，没看见钱景民刚才那个鬼样子，呵呵……"

向影心妩媚地一笑，顺势从身后揽住了胡逸民的腰，撒着娇问道："到底是什么事让你这么开心？好像忘记了自己是在坐牢似的。"

胡逸民意犹未尽地笑着回答说："刚才你是没看见，钱景民来告诉方先生顾祝同给他请的戏班子马上就要来了，要方先生到时候别让顾祝同面子上太难看呢，真是可笑……"

向影心听了陪着笑了两声，便把嘴巴凑到了胡逸民的耳朵边小声说道："这件事我早就知道了，你还当是什么新闻？"

胡逸民听了很是吃惊，赶忙推开向影心的手转过身来望着她问道："到底怎么回事？"

向影心叹了口气轻声回答道："白天，那些戏子又来找我了，他们想借着这次唱戏的机会把方先生救出去呢！"

胡逸民自言自语地说道："可怜这些戏子，他们就是把方先生弄出了看守所，又怎么离得开南昌城呢？方先生的手下先前闹的那两出儿，就已经引起顾祝同他们注意了，天知道他们往看守所附近调了多少兵！"

向影心微微一笑反驳道："我看未必，方先生的那些手下并没有离开南昌，正等着配合那些戏子呢……"

胡逸民一边在心里暗自庆幸，一边很感兴趣地望着向影心问道："你凭什么这样讲，莫非你见到了他们？"

向影心得意地一笑说："我今天跟那个叫金彩云的正在茶馆里说着话呢，冷不防那个女共党突然闯了进来，当时把我的魂儿都给吓掉了……"

胡逸民看着向影心用手轻轻拍着胸脯做出一副心有余悸的样子，马上板起脸严厉地嘱咐说："你记好了，这件事干系太大，无论和谁也不许再提起这件事了，否则等我出去就该反过来给你送饭了。"

向影心是个明白人，当然深知事情的严重性，听胡逸民这么一说，就笑着回答道："你放心吧！我哪里有那么糊涂？我当然知道这件事只能烂在肚子里。再说，要不是为了你，我才不碰这种取祸的事呢……"

其实向影心的胆子并不是很大，她之所以从容地跟共产党方面的人频繁接触，有很大的原因还是仗着自己和戴笠的特殊关系。可是，自以为得计的她万万没有想到，戴笠手下的特务奉命监视的嫌疑人里竟然也包括她。

因为方志敏的字写得很漂亮，通过老古和张彪的介绍，来找他帮忙写家信的宪兵越来越多了。别看方志敏在和顾祝同甚至是蒋介石打交道时总是针锋相对、冷若冰霜，但他对这些贫苦出身的宪兵倒是很和蔼，不仅爽快地帮助他们写信，还经常跟他们闲聊，有时还会像好朋友似的谈心。

许多爱跟他闲聊的宪兵都受到了他的感染，暗地里替他担忧起来。直到有一天，一个跟他很熟的宪兵班长主动对他表示说："方先生您是个好人，要这样死了真是太可惜了！我得找个机会让您逃出去！"

方志敏听了用感激的目光望着这个宪兵班长说道："你愿意帮助我越狱，我真的很感激。可这件事实在是太难了，就凭你一个人是绝对办不成的，再说你家里有老有小，我又怎么能连累你……"

那个宪兵班长听了神秘地一笑回答说："这个您不用操心，我们跟张彪合计了很久了，有好多人呢！等过几天看守所修后墙的民工一来，我们就找机会动手！"

方志敏听完这句话紧紧地握住了那个宪兵班长的手，感慨地说道："谢谢你们了！到底天下的穷苦人心连着心啊……"

当那个宪兵班长拿着方志敏替他写好的家信，兴冲冲地走出方志敏的牢房时，怎么也没想到这一切全都被那个伪装成进步军官的李英楠看在眼里。李英楠当即叫过了在优待牢房附近走过的看守老潘，笑嘻嘻地对他说道："潘班长现在已经调到优待牢房这边负责了，真是可喜可贺啊！"说着话他顺手把一支烟丢了过去。

这老潘是个见便宜就占的家伙，一边抬手接过了那支烟，一边眉开眼笑地走了过来回答说："是呀，这边真是清净，比在那边伺候那两位红军大爷强多了！"

李英楠知道他是在说刘畴西和王如痴，便坏笑着伸手往方志敏的牢房那里一指说道："你说的那两个人倒是不在这儿，可这里有个人比他们还麻烦呢……"

老潘笑着点了点头，掏出火柴来刚把烟点上，李英楠却突然伸出手一把把他拽进了自己的牢房里。老潘大惊失色，正要伸手去摸枪，李英楠却

已经把一个蓝皮派司打开,压低了声音说道:"告诉你,我是行营特务处的人!"

老潘仔细地看了看那本打开的证件,不明就里地问道:"你要干什么?"

李英楠冷冷地一笑,收好了证件告诉老潘说:"听着,你给我盯住刚才找方志敏写信的班长,看他到底在干些什么。先给你二十大洋花着,事后我再给你这么多……"说着话,他"哗啦"一声把一把大洋塞到了老潘的手里。

老潘掂了掂手里沉甸甸的大洋,赶忙点头答应了下来。

事情很快就有了结果,一向吝啬的老潘从那笔赏钱里拿出一块大洋请了一个老乡喝了顿酒,就获得了一个令他心惊胆颤的消息。原来,那家伙脑袋一热竟然想拉老潘入伙,救出方志敏之后跟着去当红军。老潘惊呆了,赶紧假装答应回去好好地考虑一下,又殷勤地劝起酒来。喝到最后,老潘只得架起那个烂醉如泥的老乡回到了宿舍,老乡往床上一躺,很快便呼呼地大睡起来。老潘默默地走出了宿舍,来到了通往优待监区的甬道上。

经过一番思想斗争,老潘终于没有抵挡住白花花的大洋的诱惑,带着这个消息悄悄地走进了李英楠的牢房里。

当天晚上,钱景民突然带着几个从行营调来的宪兵气势汹汹地冲进了张彪的宿舍里,用枪指着刚从梦中惊醒的张彪冷冷地说道:"张彪,你的事犯了……"

张彪马上意识到肯定是有人出卖了自己。马上镇定了下来望着钱景民问道:"钱处长,我……我怎么了?"

钱景民狞笑着说道:"你还问我?"正说着话,张彪已经被宪兵们从床上拖了起来,他一边使劲地挣扎着,一边横下心来冲着钱景民吼道:"你这是要把我带到哪儿去?"

钱景民笑嘻嘻地把嘴巴凑到了他的耳朵边,戏谑地回答说:"你不是很敬仰方志敏吗?我这就带你去救他怎么样?"

张彪听了心知不好,但嘴上却丝毫不肯服软地破口大骂,被骂急了的钱景民勃然大怒,当即下令把张彪拉进了原本由他掌管的刑讯室,肆无忌惮地给张彪用起刑来。但这些刑罚没撬开张彪的嘴巴,张彪仍旧大骂着矢口否认,使事情陷入了僵局。

就在钱景民开始怀疑起事情的真实性的时候,凌风梧突然推门走了进来,他揉着惺忪的睡眼对钱景民说道:"老钱你尽管审吧,要是审不出来个子丑寅卯，明天咱俩一块儿到行营去见米处长……"

钱景民一听当时就恼了，指着凌风梧的鼻子喝道："凌所长你是在威胁我吗？"

凌风梧并不着急，笑弥陀似的望着他轻描淡写地回答说："老钱你真是误会了！我的意思是不管张彪是不是做了那件事，你始终都是看守所里最高的长官，是抓了共匪不用报告，还是刑讯了部下不用跟上边知会一声呢？我虽然是官卑职小，但作为看守所的所长，也只能陪着你了……"

钱景民虽然听出了凌风梧话里的不满，但也挑不出什么毛病，只得转回身去对宪兵们吼道："给我使劲打！看他招是不招！"

戴笠意识到营救方志敏的行动根本不会就此终结，思前想后，他便主动去见了行营主任顾祝同。

一见面戴笠就迫不及待地对顾祝同说道："钧座，职部得到了确切的情报，又有一部分共产党打入了给方志敏唱戏的戏班子，要在唱戏那天营救他呢！我看您还是尽快跟委座通气，处决了方志敏，以免节外生枝吧。"

顾祝同一听又有人要救方志敏，也感到问题很棘手，赶忙望着戴笠问道："雨农，你这个消息可靠吗？"

戴笠点了点头，肯定地回答说："钧座放心，这次的事情我已经全部掌握了。我只是担心这么下去终究……"

一看事情已经在戴笠的掌控之中了，顾祝同暗暗地松了口气，他指着桌上的电话对戴笠说："不瞒雨农，委员长刚刚才来过电话，还在询问着劝降方志敏的事情呢，这个时候千万不能提这个话题啊！"

顾祝同说到这里就打住了话头，但戴笠的心里却是很清楚，上次蒋介石来南昌时曾秘密地接见过他，言语中对方志敏的利用价值寄予了很高的期望。别说是他，就是顾祝同也不敢在这个时候跟蒋介石提出处决方志敏的话，要是真的那样说了，肯定会被蒋介石斥责为害怕共产党的。因为高高在上的蒋委员长一向只凭着自己的意愿办事，根本体会不到游击队那锲而不舍的行动给他们带来的危害。

顾祝同一看戴笠沉吟不语，知道是他已经被自己说服了，便笑了笑按住戴笠的肩膀说："别站着呀，赶紧坐下啊……"

戴笠依言坐下来的时候，顾祝同似笑非笑地坐到了他对面的沙发上说道："雨农啊，我不仅不能同意你尽快处决方志敏的请求，还希望你抓住戏

班子这条线索,找出幕后的共产党游击队来。要知道,委座定下的事情我们不仅要做,而且还要尽力做好。"

戴笠听了心里也暗暗地后悔自己的莽撞来,赶紧笑了笑对顾祝同说道:"钧座指教的是,雨农一定尽心竭力把这出戏唱好!"

回到特务处之后,戴笠看了看腕子上的手表,见指针已经指向了下午四点钟,离唱戏定好的时间已经不多了。他正在琢磨着该如何调兵遣将的时候,只见副官杨继荣急匆匆地走了进来,悄声对他说道:"戴处长,那个向影心又跟戏班子的人碰面了,您看到底该怎么办?"

戴笠听了心里紧张地盘算了一番,知道现在不触动向影心已经是不行了,要是让她再在方志敏和戏班子之间往返传递消息,接下来的事情就很棘手了。

戴笠不肯让别人对向影心下手,便站起身来对杨继荣吩咐道:"今晚就按咱们事先的安排行动,既不要伤到顾主任和他请去的客人,也决不允许戏班子里的人有一个漏网,我这就去会会那个向影心。"

在杨继荣的安排下,行营特务处剑拔弩张地做好了各种准备。顾祝同那边也安排副官给今晚受邀的客人再次打了电话确认,当然,这些客人里还包括被请来后已经闲了好几天的张潇然。

看守所里,方志敏和胡逸民正在等着向影心的到来。因为她将把今晚营救方志敏的计划带回来,如果不能事先准备好的话,这次营救行动很可能功亏一篑。

眼看着已经到了快要吃晚饭的时候,可他们没等到向影心。胡逸民心里很是着急,热锅上的蚂蚁般在屋里走来走去,连连地埋怨着迟迟不归的向影心。

方志敏看在眼里笑着劝他说:"永一先生不必着急,可能你的夫人被什么事情缠住了,等她一回来不就全清楚了?"

胡逸民苦笑着回答说:"方先生你倒是镇定,你要知道她要是不赶紧把戏班子营救你的具体行动方案带回来,你出去的希望就更渺茫了……"

方志敏听了趔着脚镣走到胡逸民的身边,拍着他的肩膀说道:"永一先生,作为一个共产党人,我虽然不讲迷信,但也明白谋事在人成事在天的道理。如果马克思肯放我出去继续革命,不管那些艺人用什么方法帮我脱困都会成功的。要是马克思愿意看到我为信仰而献身的话,我也毫无怨言!"

胡逸民注意到，方志敏在说这句话的时候，脸上的表情是那么的从容，他纯净的眼睛里又闪动起了那种神圣的目光。

方志敏估计得不错，向影心的确是被事情缠住了。她在走到离看守所一街之隔的一条小巷时，突然被两个彪形大汉捂住嘴，塞进了一辆等在路边的轿车里。

23

金麒麟看着戏班子里的伙计们装好道具箱子，赶着一驾马车缓缓地出了车马店的门。他回头看了看自打来到南昌就一直住着的车马店，知道无论今晚的结果怎样，今后都不会再回到这里了。

最多再过两三个小时，戏班子的营救行动就要开始。金麒麟最后一个走出了店门，正准备迈步去追已经走出了几丈远的马车的时候，他意外地看见了一个熟悉的身影，正在附近的一辆洋车上向他点头致意。

那人便是三省苏维埃政府副主席、赫赫有名的游击队大队长徐凤姑。按照事先商定的营救方案，徐凤姑一直带着人在暗中保护着飞花班的艺人们。她看见金麒麟他们按照原定时间出发了，便马上带人远远地跟上了他们。在这次营救计划中，徐凤姑成了配角，负责在看守所附近接应。

随着飞花班的马车不断前行，整个江西省都跟着动了起来。邵式平和黄道早就接到了徐凤姑的情报，做好了掩护方志敏顺利撤回根据地的准备。蓝火东也亲自指挥着混进南昌的队员，秘密地进入了预定的战斗岗位。

飞花班朝着看守所而来的时候，在优待牢房里眼巴巴地看着甬道口的胡逸民轻轻地发出了一声欢叫："太好了，她来了……"

方志敏抬头一看，只见向影心已经快步地走进了牢房里，返身拉住了牢门。胡逸民赶忙走上前去，望着向影心埋怨道："你怎么才来？都快把我急死了！"

向影心白了胡逸民一眼，委屈地回答说："这还算慢？是人家金彩云叫我看着他们动了身才赶回来的。我跑得气儿都喘不匀了。"

　　胡逸民正要张嘴说话,方志敏已经笑着插进了话来:"他们已经出发了?"

　　向影心点了点头说:"没错,他们再过一阵就要到了,他们让我告诉您,他们准备……"说到这里,向影心机警地走到牢门前四下里望了望,这才来到方志敏的近前,把戏班子的营救计划详细地讲了出来。

　　听着飞花班制定的计划,方志敏望着胡逸民低声地称赞道:"这计划制定得如此周详,丝丝入扣,真是难为他们了……"

　　胡逸民连连地点头,望着方志敏问道:"想不到方先生手下什么能人都有,难怪蒋介石看见你就像是见了宝似的,过几天就会派人来劝你投降啊!"

　　方志敏笑着摇了摇头,望着胡逸民一笑说:"这飞花班的艺人是曾经参加过红军,但苏区沦陷时就已经下落不明了,没想到他们竟会为了我冒这么大的风险。"

　　胡逸民听了很不明白,当时就瞪大了眼睛吃惊地问道:"怎么?他们不是你的老部下吗?"看见方志敏点了点头,胡逸民忍不住又惊讶地搔着头皮自言自语道:"我真想不明白,江湖上的戏班子怎么会搅进这样大的事情里来。真是叫人匪夷所思啊……"

　　方志敏拉着他坐到了自己对面的椅子上,幽幽地讲述起他和飞花班之间的一段往事来:

　　几年前,飞花班在萍乡唱戏,不想名角儿金彩云被一个恶霸纠缠上了。那个恶霸非要娶她做小妾,飞花班的老班主为了保护她被恶霸手下的护矿队给乱枪打死。后来金彩云的师兄金麒麟带着飞花班去萍乡的衙门告状,那个被恶霸买通的赃官竟然把飞花班全都抓进了牢房,戏班子的人也都被抓了起来。就在这个时候,正赶上方志敏带领着工农红军打下了萍乡。方志敏带着红军,不仅把那个恶霸枪毙,替他们报了仇,还把飞花班改编成了苏区的"红军宣传队"。

　　胡逸民听了这件事后,很有感触地点了点头说道:"人心,这就是国父孙先生经常提的人心啊……"

　　方志敏回答道:"是呀,孙先生说得多好啊,'世界潮流浩浩荡荡,顺之者昌逆之者亡',这世界潮流的主宰者不正是千千万万的人民吗?怎么自诩为孙中山先生的接班人和最忠实信徒的蒋介石却偏偏注意不到这些呢?"

　　胡逸民用敬佩的眼神看着方志敏说道:"这个被你救下、又在苏区改编成宣传队的戏班子也称得上是情深意重了。你当初为他们报仇伸冤、领上了你们的道路,现在看来这举动是何等睿智啊!"

方志敏笑道:"不是我方某人睿智,而是朴素的阶级感情得到了升华……"

胡逸民听了大为动容,他仰起头望着牢房那斑驳陆离的天花板喃喃地说道:"如果过往的神明能听见我的祈祷,就让他们把你成功地救出去吧!这个世界上可以没有我这样的人,却真的不能少了你方志敏啊!"

向影心注视着面前两个男人之间的交流,心里也很是感动,她默默地叹了口气,转身走出了牢房。胡逸民瞟了一眼悄然离去的向影心笑道:"女人真是心肠软,她又不知道躲到哪儿去抹眼泪了,呵呵……"

方志敏用手抚摸着牢门上的铁条对胡逸民说:"这次的事情不管成败与否,最应该感谢的就是你太太,一想起为了我让她去冒这么大的风险,我心里感到很是惭愧!"

胡逸民接过话头望着方志敏严肃地说道:"方先生千万不要这样讲,不管是她还是我,为了你冒险总是值得的。因为我知道:救了你就等于救了很多人,这一次你可一定要成功啊!"

方志敏用感激的眼神看了看一脸肃穆的胡逸民说:"永一先生不必担心,对于这件事我已经做好了充分的心理准备。这次虽然很可能脱险成功,但毕竟也存在很大的风险。我大不了就回来继续把这里当成阵地,跟蒋介石进行最后的斗争嘛!"

胡逸民苦笑着回答说:"方先生你要知道,这一次你要不能成功地逃出看守所的话,顾祝同他们恐怕就该真的对你下毒手了,你哪里还会有什么斗争的机会?"

方志敏突然握住了胡逸民的手,脸上带着从容的神情回答道:"不管我能否从这里走出去继续我的事业,我都会由衷地感谢你。要不是你永一先生,我那些文章也就再没机会送到自己人的手中了。说句实话,我现在已经做好了营救行动失败的心理准备。从我加入共产党的那天,我就已经把生死置之度外了。能为我的信仰和天下的劳苦大众而死,对我来说只能是一种崇高的荣誉!"

胡逸民玩味着方志敏的话,若有所思地说道:"直到现在我才明白你为什么一直都在拼命地写文章了,原来你那时就抱定了必死的信念,决定充分利用这最后的宝贵时光给后世子孙留下一些东西。"说到这里,胡逸民的眼里闪动着晶莹的泪水,祷告般地对方志敏说道:"方先生,我真心希望你

这一回能够真正获得自由。就是真的有了万一，我也会想尽一切办法把你救出去的！"

正说着话，看守老潘走到了牢门前，他把门推开了一条缝伸进头来，带着讨好的神情对屋子里的两个人说道："正好永一先生也在，省得我再去专门给您送信儿了！我们钱处长说了，请你们二位去看戏呢……"

方志敏笑着对老潘点了点头，神情严肃地回答说："好的，我知道了！"说着话又把头转向了胡逸民微微一笑说："走吧，永一先生！该咱们上场了！"

老潘看着两个人陪着笑脸低声说道："二位还是分开走吧，钱处长吩咐了，永一先生可以随意，方先生要在行营派来的宪兵陪同下过去……"

不等胡逸民开口，方志敏已经"稀里哗啦"地趟着脚镣走出了牢门，他指着门外挺胸凹肚地等在那里的两名宪兵问道："陪我去的就是这两位吧？"

老潘赶忙点头哈腰地答道："对，对，就是这两位。方先生您真是好眼力！"

方志敏听完只是淡淡地一笑，便昂着头大声对那两个宪兵说道："好，咱们可以走了！"

戏台设在了看守所办公区和普通监区之间的一片大空场里。早已搭好的戏台下，摆了三张摆着水果糕点的圆桌，看上去倒也喜庆热闹。米占山陪着行营来的几位处长坐在了下手的桌子上，江西省党部的一些文职官员占据了他们旁边的桌子，作为顾祝同亲自邀请来的客人，张潇然也赫然在座。只有第一张位于戏台正前方的桌子还空着，明眼人一看便知，这是在等待着今晚的主宾。

军法处的副处长钱景民今天显得特别兴奋，他穿着熨烫过的制服、佩戴着上校军衔，里里外外地张罗着。

随着在门口带班的值星军官一声："顾长官到！"南昌行营的主任顾祝同带着满金三个豆的上将领章，领着好几个同样佩戴着金晃晃的将军军衔的人走了进来。

面对齐刷刷起立敬礼的军官和文职官员，顾祝同的脸上带着一丝漫不经心的笑意，他轻轻地抬起手来很随意地挥了挥手说道："各位请坐，不必拘礼……"说着话，便迈开腿穿过持枪肃立、眉毛不动眼皮不眨的卫兵，在钱景民的引导下来到了那张虚席以待的桌子前。

江西省党部的书记长俞伯庆和三位将军看着他大模大样地坐在了主位

上，这才谦让着坐在了他的周围，留下了顾祝同身边的几个位置。

钱景民忙不迭地指挥着几个精干的宪兵给这几位要员献上了茶水，正要向顾祝同献献殷勤的当口，胡逸民匆匆地走了过来，他站在那里对顾祝同抱了抱拳，笑眯眯地说道："承蒙顾长官的关照，我虽身陷囹圄却能欣赏到精彩的演出，真是十分感激啊。"

顾祝同听了微微一笑，亲热地指了指身边的座位对胡逸民说："原来是永一先生，我正要派人去请你呢，赶紧坐，赶紧坐！"

胡逸民望着顾祝同手指着的那个座位推辞说："顾长官，你是蒋委员长的股肱爱将，我是一个连坐牢都要隐姓埋名的人，岂敢如此托大？"

顾祝同故作豪爽地笑道："永一先生不要过谦，一个辛亥革命的元老要是坐不得，谁又能坐呢？快快请坐吧！"

胡逸民原本是不想挨着顾祝同，听他这么一说只好笑着道了谢，坐在了顾祝同的身边。

又从南京赶回来的中央社记者马菲早就做好了准备，她正要问顾祝同为什么还没看见方志敏的时候，只听见身后传来了一阵"稀里哗啦"的声音。她抬头一看，只见身上仍旧穿着上回见面时的那套灰色棉衣、一双眼睛里仍闪动着睿智和镇定的方志敏已经在两名宪兵的陪伴下走了过来。她赶紧回头趴在摄影师的耳朵边，小声地嘱咐了几句。

摄影师听了点着头，把脖子上的照相机调好了焦距，他的助手也赶紧举起了镁光灯，做好了拍照的准备。但他并没有按动快门，因为他按照马菲的嘱咐，正在等着他期待的镜头出现。

看着方志敏来到桌前，顾祝同故意慢慢地站起身朝方志敏把手伸了过去，笑着说道："方先生，我们又见面了，呵呵……"

方志敏望着顾祝同并没有跟他握手，而是指着胡逸民另一边、紧挨着顾祝同的那个空出的座位问道："这里就是顾主任给我准备的座位吗？"

一上来就吃了闭门羹的顾祝同尴尬地收回了自己的手，顺势做了个请的手势说："方先生请坐吧，我这里早就虚席以待了。"

方志敏大马金刀地往那儿一坐，盯着顾祝同幽默地说道："顾主任为了我可真是煞费苦心啊。"

顾祝同知道方志敏又是想借题发挥，赶紧咳嗽了两声，偏下头躲开了方志敏那犀利的目光，眼睛望着空无一人的舞台回答说："我顾某人何德何能，哪儿受得起方先生这般夸奖？这全是蒋委员长的爱才之举。"

听着顾祝同和方志敏之间的对话,马菲知道自己一心想要抓拍的握手言和的镜头是捕捉不到了,只得小声对摄影师说道:"不握手也不要紧,瞪大了眼睛盯着方志敏,我们肯定能找到机会的!"

顾祝同为了缓解紧张的气氛和尴尬的场面,便若无其事地挥手把钱景民叫了过来,轻声吩咐道:"钱副处长,戏可以开场了。"

钱景民听了马上"啪"地敬了个礼,直起了腰对着正在台下候场的金彩云等人喊道:"开始吧!"随着他的话音,穿戴一新的金麒麟走上台来,说了几句承蒙关照等客套话,大声地宣布道:"各位官长,今天的第一出戏是"八大锤",请多多指教!"

随着几声稀稀拉拉的掌声,后台伴唱的演员们开始引吭高歌,铺垫起即将展开的剧情来:"金兵烧杀太凶顽,妄想占我好河山。自有武穆岳元帅,朱仙镇前逞雄威……"

只见方志敏眉头微皱,眼睛紧紧地盯着舞台上不断发展的剧情,一副专心致志的样子。

顾祝同来之前心里还对今天的这出戏抱着很大的希望。他认为方志敏已经窝憋在看守所里这么久了,心里肯定多少有些活动,再加上共产党方面接连两次营救的失败,态度上也许会有所转变,没准会平白送给自己一个天大的功劳。但现在,精明的顾祝同心里已经凉了半截,他通过方志敏刚才不肯和自己握手的那件事知道:这回的举措多半又是希望渺茫了,于是连台上精彩的演出也懒得再看了。

但顾祝同仍不想就此放过向蒋介石诌媚的机会,因为马菲已经向他献计,今晚上要反其道而行之,拍上一张他和方志敏貌似亲密的照片,来诋毁方志敏的人格,让不明真相的民众和方志敏的同志们对他产生质疑,让方志敏陷入进退两难的尴尬境地。为了帮助躲在一旁等待着这样镜头出现的马菲,顾祝同笑容可掬地侧过身,望着身旁的方志敏小声说道:"这个故事方先生应该不算陌生吧?"

方志敏脸上带着悲愤的神情继续望着舞台上的表演,头也不回地回答说:"大英雄岳飞为了抵御金兵北犯,在朱仙镇大破敌阵的故事是我最喜欢的。"

顾祝同轻轻一笑,满腹疑团地问道:"既然如此,我怎么却看不出方先生有什么高兴的表示呢?"

方志敏稍稍提高了音量,情绪激动地说道:"没什么,只是触景生情而已。我想起了跟着我一起组成抗日先遣队准备北上抗日的一万多名同志，要不是被你那二十万大军突袭得逞，这会儿肯定也跟戏台上的岳家军一样，正在跟凶恶的日本侵略者鏖战在沙场呢。想到了这一层，我的心里就如同刀绞一般，又怎么能高兴得起来？"

方志敏身边的胡逸民不禁在心里暗暗地称赞方志敏思路敏捷。另一张桌上的张潇然听了不觉心里黯然，叹息起方志敏没能去到抗日战场为民族而战，却被投入了同为中国人的国民党的监狱来。

作为本次活动的东道主，军法处的副处长钱景民一直在上蹿下跳地满世界张罗，生怕出了什么乱子，坏了自己升官发财的捷径。他一看冷了场，顾祝同脸上也是青一阵白一阵的阴晴不定，心里一紧，赶紧凑过去说道："钧座，因为今天的演出时间很晚，我特意准备了些酒菜，您看是不是……"

顾祝同正在为找不到合适的说辞而懊恼，一看钱景民赶来替自己解了围，这才恢复了笑脸，满意地望着钱景民说道："难得钱副处长这么有心，那就赶紧摆上来吧。"

下一幕演出又开始了。扮演岳飞的金麒麟身穿鱼鳞甲、背插护背旗，把手里的一条枪舞得如同车轮一般。在米占山等军官坐的那张桌上，不知是哪个没心没肺的大声地喊了句好，全场的情绪这才稳定下来。

钱景民见讨得了顾祝同的欢心，忙活得更加卖力气了。他手忙脚乱地一通指挥，让宪兵们撤下了桌上的果品糕点，摆上了丰盛的酒菜。

看着钱景民给自己和方志敏的杯子倒满，顾祝同已经把刚才的不快忘到了阴山背后，笑着开口对方志敏说道："在这里，对方先生照料不周。今天这桌上的菜肴虽然不好，还是请随意用一些吧。"说着端起了酒杯。

马菲一下子兴奋了起来，在她看来只要能拍下顾祝同和方志敏碰杯的镜头，她那篇用心险恶的文章就算是大功告成了。但方志敏却不领这情，依旧绷着脸没有一丝笑意地摇了摇头，让那个急不可耐的中央社摄影师一直找不到机会。

这时台上已经演到了一个落草为寇的壮士主动为岳飞引路，通过小路直插金兵阵后。顾祝同别有用心地望着方志敏说："方先生你看，落草的壮士在国家用人之际重归政府旗下，也不失为千古美谈啊……"

方志敏听了他这句话马上严肃地反驳道："看来顾主任对什么是贼、什么是英雄的概念很是模糊啊。我们共产党为民族、为正义要求抗日，又怎么能和落草相提并论？我倒是要提醒顾主任你，作为政府要员你如果一味

地把这种爱国力量看成是落草,到头来一定会站到民众的对面,被历史无情地抛弃!"

方志敏的这句话让顾祝同理屈词穷,他恼怒地一拍桌子叫道:"方志敏你不要猖狂!"

方志敏镇定自若地望着暴怒的顾祝同从容地回答:"俗话说'有理不在声高',顾主任又何必这样呢?"

旁边的江西省党部书记长俞伯庆见状赶紧开口劝道:"顾主任息怒,还是先看戏吧……"

足足愣了半分钟之久,顾祝同才缓过了劲儿来。他端起酒杯一扬脖喝干了杯里的酒,勉强笑着对俞伯庆说道:"俞书记长说得对,咱们今天的主要任务就是把戏看好。"说到这里,顾祝同装腔作势地抬起腕子看了看手表,忽然想起了什么似的说道:"哎呀,我待会儿还要和委座通话,就只好请俞书记长代我陪方先生看戏了,真是抱歉!"

俞伯庆明白顾祝同是实在没心思再留在这儿看戏了,赶紧笑着说道:"钧座是党国干城,您的公务实在不能耽误,这里就由我代劳吧。"

顾祝同耐着性子等到眼前这一幕演完,便站起身来挥了挥手,让周围急忙起身要给他敬礼送行的军官和文职官员坐下,扭回头皮笑肉不笑地对方志敏咬着牙低声说道:"方先生好好地看戏吧,但愿咱们仍是后会有期的。"

方志敏看着几乎忍不住要大发雷霆的顾祝同淡淡地一笑,波澜不惊地回答道:"顾主任请自便……"

看着顾祝同带着身边那三名带着将军衔的高参离开了现场,俞伯庆只得站起身来大声说道:"钧座让大家继续看戏,请大家雅静!"慑于俞伯庆省党部书记长的身份,因为顾祝同半途离开变得有些喧闹的现场一下子又重新安静了下来。

台上的戏已经演到了金兀术和岳飞激烈交锋的一幕。由于顾祝同的离去,那些行营的军官们便开始放开酒量痛饮了起来。

米占山意识到金彩云他们的营救行动就要开始了。眼见着金麒麟正匆匆地走向放着戏装和道具的甬道,他紧张得脸色发白,端着酒杯的手也不由自主地颤抖起来。

金麒麟走到了堆放着箱子的甬道里,对守在那里看管箱子的两个伙计把头一点，那两个人便飞快地拿出了一套衣服，七手八脚地帮他换上，又拿出一条用木头雕成、外边又涂了黑漆、制作得跟真的几乎一模一样的脚镣，麻利地套在他的脚脖上。做完这一切，一个伙计机警地四下里望了望，然后敏捷地扭动了一个压在箱子底下的角。那个足以供一人容身的箱子外侧的镶板无声地打开了，金麒麟连忙低头钻了进去。

按照事先的约定，看管道具箱子的伙计马上进到场子里，对正在戏台下望着这边的金彩云轻轻地点了点头。金彩云马上给台上的演员使了个眼色。看到了金彩云发出的暗号，戏台两侧各自跑上去几个扮成了金兵和宋将的演员，加入到已经混战成一团的人堆里，卖力气地打斗起来。

后台边上的乐师们一看这阵势顿时来了精神，也使劲地吹打起来，使场上的气氛达到了高潮。在完全被精彩的打斗场面吸引了注意力的观众里，只有米占山皱着眉头一杯接一杯地喝起了闷酒。

方志敏知道行动的时间到了，便站起身对桌子那边正在津津有味地看着戏的俞伯庆说道："我忽然感到腹痛难耐，请让我去方便！"

俞伯庆还没看开口，旁边桌上的米占山已经对一名宪兵使了个眼色，点头答应道："方先生请便吧……"

就这样，方志敏在那名宪兵的陪同下来到了优待牢房的甬道里。由于这里已经是看守所的深处了，因此没有特别加派岗哨，整条甬道里静悄悄的一个人也没有。方志敏对身后的那个宪兵看也不看，径直朝着甬道的转弯处走去。

在拐弯处，方志敏在一个视觉的死角上果然看见了放在那里的戏箱子，两个守在那里的伙计正紧张地注视着。就在这一愣神的工夫，那两个人突然用木棍打昏了正从身前经过的宪兵，迅猛地扑了上去。也就是一眨眼的工夫，那个倒霉的宪兵已经被堵上嘴，捆好塞进了一个大箱子里。几乎就在同时，方志敏身边的一个箱子突然无声地打开了，穿着和他一模一样的灰色棉服的金麒麟钻了出来，向着他微微一笑，便义无反顾地继续朝着甬道尽头的优待牢房走去。

方志敏看在眼里，心头猛地一沉，他意识到金麒麟是要回到优待牢房里去替换自己。

方志敏猜得不错，金麒麟和金彩云的计划正是这样安排的。他们这时已经在向影心的配合下巧妙地支开了牢房那里的看守，再让金麒麟化妆的假方志敏进到自己的牢房里关上牢门就是了。至于进到了牢房里的金麒麟

最后会怎样,他们已经完全料到了。除了严刑拷打和杀头之外,肯定不会再有其他的结果了。为了怕方志敏不肯让金麒麟替自己去死,他们在让向影心跟方志敏通风时,故意跳过了这一节。

方志敏很快就意识到了这一点,他并没有按照计划低头钻进那个金彩云特地为了今天的行动而打制的箱子里,而是望着一个满脸都是焦急的表情、正在用动作催促着自己的伙计,指着渐行渐远的金麒麟,急急地说道:"快,拦住他……"

24

方志敏意识到金麒麟是要用自己的性命来为自己争取越狱的成功后,当即便打消了钻进箱子里去的念头。他命令伙计赶紧去叫回刚走了没多远的金麒麟。

就在这时,一声突如其来的枪响过后,方志敏看到金麒麟已经摇晃着中枪倒在了地上,一个幽灵般突然从暗处冒出来的军官拿着枪使劲地一挥,立即有十几个全副武装的特务跑了出来。其中几个横眉怒目地出现在了方志敏的面前,另外几个叫喊着朝正在地上的血泊里抽搐的金麒麟跑去。

那个军官故意慢慢地走到了方志敏的面前,他缓缓地把手里的勃朗宁手枪插回了腰间的枪套,用一双阴恻恻的眼神望着方志敏说:"方先生,我只能遗憾地通知你,你手下的行动又失败了……"

方志敏冷冷地看着他没有出声,而是趟着脚镣迈步朝金麒麟走去。一个特务见状赶忙朝着那个军官问道:"戴处长,咱们下一步怎么办?"原来,这个军官不是旁人,正是一开始就隐藏在暗处窥伺着一切的行营特务处处长戴笠。

戴笠慢慢地把头转向了那个特务,恶狠狠地说道:"这还用问?进场子抓人!"看着那个特务带着十几个武装的手下冲向了场子,戴笠这才朝着已经俯身把金麒麟抱起来的方志敏走去。

甬道里的枪声惊动了场子里所有的人,那些负责警卫的宪兵当时就摘下长枪,拉动枪栓把子弹送进了枪膛,茫然地寻找起目标来。

望着一片大乱的现场,那些省党部的文职官员们一个个被唬得脸色苍白、浑身发抖，只想赶紧找个安全的地方藏起来。

张潇然倒是淡定，依旧不动声色地坐在那里。他们旁边桌上的军官到底还是比这些人要强些，全都拔出手枪，迅速地做好了射击的准备。

金彩云听见了枪声心知不好，旋即又看见那两名看守道具的伙计被几名特务紧紧地追着跑了过来。还没等他们跑到戏台前，身后的特务便开了枪。随着震耳欲聋的枪声，那两名伙计在密集的弹雨中浑身剧烈抽搐，扑倒在地，很快就不动了。

戴笠随着枪声慢慢地走了进来，他理也不理呆若木鸡的同僚们，趾高气扬地用手往台上一指，大声地喝道："来呀！把这些戏子给我拿下！"听了戴笠的命令，那些武装特务和行营的宪兵马上"呼啦"一声争先恐后地朝着戏台的方向涌去，开始了抓捕行动。

俞伯庆面对这突然的变故，早已是惊得目瞪口呆。他眼看着戴笠和特务已经控制了局面，想想自己的身份，只得站起来声嘶力竭地叫道："镇定！保持镇定！"

俞伯庆这么一喊还真管用，喧闹的现场果真变得鸦雀无声，静得能听见彼此沉重的呼吸声。

金彩云站在台上，把目光投向了军官们中间坐着的米占山。但她失望地看见，昨天还和她海誓山盟、恩爱无边的米占山竟然惊慌地避开了她的目光，把头转向了别处。戴笠一挥手，特务和宪兵继续向舞台包围过去。

金彩云把米占山的反应看在眼里，一颗心已经碎成了无数碎片，脸上的表情也凄厉起来。她用自己那充满了怨毒的目光再次盯着米占山，用尽了力气喊道："米占山！让他们先等一等！"

金彩云这么一喊，不仅那些已经围到了台前的特务和宪兵停住了脚步，屋子里所有的眼光也全都齐刷刷地盯在了米占山的身上。米占山身边那些军官"呼啦"一下从他的身边闪开，有几个还把枪口对准了他。

米占山一脸茫然的神色，呆呆地站在了那里，如同傻了一般。刚才金彩云那一声呼喊让他想起了自己多年来对这个女人的思慕和昨天那刻骨铭心的时刻。幸亏戴笠走了过来，朝那些围着米占山的军官们喝道："你们得了失心疯还是怎的？围着米处长干什么！"那些军官知道戴笠的身份，明白他们肯定是误会了米占山，这才纷纷收枪扭过头朝台上的金彩云等人看去。

只见金彩云和几个参与了行动的人已经肩并肩地站在了一起，带着誓死如归的表情冷冷地注视着他们。金彩云从怀里掏出了一个小瓶，拔开了

盖子仰头喝了一口，顺手递给了他身边的一个艺人。那人稍一犹豫也学着金彩云的样子喝了一口，又默默地传给了下一个人。片刻的工夫，这些人每人都已经喝了一口，然后仍旧默默地站在那里和剑拔弩张的特务宪兵们对峙着。戴笠意识到那些艺人肯定是服了毒，赶紧用胳膊肘儿拱了拱米占山，小声地嘀咕了几句。

米占山在这一瞬间恢复了镇定，他猛地拔出枪来，用枪指着金彩云颤声说道："彩云，你赶紧下来站到我这儿来，我和戴处长保你平安……"

金彩云体内的毒药发作了，脸色变得十分苍白，嘴角慢慢地流出血来。她在这生死关头居然望着米占山微微一笑，慢慢地开口说道："米占山，你为什么要救我？是念在咱们之间的情分吗？"面对金彩云在生命的最后一刻提出的问题，米占山终于还是点了点头，算是回答了这个问题。

一旁的戴笠看着米占山魂不守舍的样子，赶紧抢上一步大声喝道："金彩云！你以为你用美色就能迷惑得了米处长？他早就把你的行动计划告诉了我！你有今天，就是我和米处长定下的计策！"说完这句话，他赶忙悄声地催促米占山说："米兄，快开枪啊！"

金彩云听了戴笠的话整个人完全笼罩在了悲愤当中，她觉得嗓子眼一甜，一口鲜血喷涌出来。金彩云望着米占山哈哈大笑，双手往前一伸，就准备朝着米占山扑过去，掐死这个无情无义、心如蛇蝎的家伙。

就在这时，随着"砰砰砰"三声枪响，殷红的血染红了她的身子。众人往响枪的地方一看，只见面如死灰的米占山手里那只高级军官配发的勃朗宁手枪的枪口上，兀自冒着淡蓝色的烟雾……

在戴笠的带领下，戏台下的官员们簇拥着俞伯庆往场外走去，来到了怀里抱着已经处在了弥留之际的金麒麟的方志敏旁边。戴笠把手一挥，立即有两名特务扑过去把方志敏拉了起来，金麒麟"扑通"一声重新倒在了地上。

俞伯庆望着地下血葫芦似的金麒麟忍不住叹了口气，开口问道："你不惜性命来救方志敏，共产党给你出了多少赏钱，值得吗？"

金麒麟挣扎着摇了摇头，回答说："你……你错……错了……我……不为赏钱……方志敏是咱……百姓的天……"

俞伯庆听了此话顿时哑口无言，他周围的那些人也全都沉默起来。

金麒麟说完这句话便咽了气。但他这句话深深地震撼了在场的每一个人，站在后边的张潇然听了，眼睛里立即涌出了一滴晶莹的液体，很快模糊了他的视线。

方志敏奋力挣开身边的两个宪兵，冲着金麒麟的尸体深深地鞠了一躬，用饱含着感情的语气说道："放心吧，我方志敏是不会让你们失望的……"

这一幕，也被隐藏在暗处的向影心看了个真真切切，她悄悄地转过身，快步消失在甬道的深处。与此同时，在看守所外的徐凤姑听到了看守所里的枪声和喧闹，意识到这次行动已经暴露了，她忍不住恨恨地把脚一跺，两大滴眼泪掉在了面前的土地上。

方志敏雕像一般地坐在椅子上，神情专注地望着小窗外随风飘动的树叶。他心潮澎湃地回想着那些他甚至不能完全叫出姓名来的艺人们英勇捐躯的情景。一种神圣的感觉在方志敏的心头冉冉升起，久久萦绕，挥之不去。他更加坚信，自己要为了这些善良勇敢的人们奋斗到底，就是拼上了自己的性命也要还给他们一个鲜花盛开的世界。在那个世界里，充满了自由和幸福。

忽然牢门一响，胡逸民默默地走了进来，一副愁眉苦脸的样子。方志敏收拢了心神，望着胡逸民问道："永一先生，有什么不好的事情吗？"

胡逸民一屁股坐到了床边，叹着气对方志敏说道："方先生啊，张彪为了救你被他们给抓起来了……"

方志敏听了赶忙问道："到底是怎么回事？快说说！"

胡逸民掏出一支烟点上了火抽了一口，吐出了一股淡蓝色烟雾，讲述起张彪被出卖的经过来。听完胡逸民的话，方志敏沉默了一会儿，忽然开口问道："你这是从哪里打听来的？"

胡逸民小声回答道："是段文书听几个军官在闲聊时说的。他还说钱景民没准儿还要来问你呢。"

方志敏想了想，自言自语地说道："就怕他不来，要是真的来了我自有办法。"

俗话说得好："说曹操曹操就到。"方志敏的话音还没落，钱景民便跟凌风梧一前一后地走了进来。胡逸民见了，知道他们八成是为了张彪的事情来的，便望着方志敏眨了眨眼，站起身悄悄地走了。

果然，钱景民绝口不提昨晚的事情，而是假意问了方志敏几句生活起居上的事情。他盯着方志敏的眼睛不怀好意地问道："方先生，你这几天没看见过张彪吗？"

为了营救张彪,方志敏故意在钱景民谈到这个名字时流露出明显的厌恶:"你说的是刑讯室那个张彪吗?我最近好几天没见过他了……"

钱景民瞟了一眼身边板着脸一言不发的凌风梧,装出很惊讶的样子,皮笑肉不笑地问道:"太奇怪了,你们关系不是很好吗?他怎么会没来过呢?"

方志敏听了这句话眼睛里猛地射出了两道精光。他望着钱景民用嘲弄的口吻说道:"钱处长你真会开玩笑!我方志敏怎么会跟这个打手相交呢?要是我在苏区碰上他这号人物,赏给他一颗子弹倒是很可能的!"

凌风梧听了心中暗喜,他知道方志敏是在用这种方法为张彪开脱,赶忙笑着插话道:"方先生是在恼恨他对你用过刑吗?"

方志敏望着凌风梧笑了笑回答说:"如果他只是对我一个人用过刑,我倒是未必恨他。但一想起他面对无辜的人挥舞着皮鞭的样子,我便从心里感到恶心!"说完这番话之后,方志敏故意把头转向了钱景民问道:"今天你怎么想起问我这个?难道是你们的顾主任要给他升官?"

凌风梧听了正要开口说出实情,钱景民却悄悄地拱了拱他,假笑着对方志敏说道:"方先生不要这么激动,我也就是随口聊起来而已。"说着话,钱景民便转移了话题,说起了顾祝同对方志敏是如何的重视,蒋委员长又是如何看重方志敏的才干来。方志敏对于这类话题当然是照旧一一予以驳斥,谈话很快便以不欢而散告终了。

为了尽快使张彪摆脱困境,在中午吃饭时,方志敏让老古把一个消息传达给了普通监区里的刘畴西和王如痴,让他们故意大骂张彪,频频地在看守面前发泄对张彪的不满。由于狱中共产党人配合,这些实际上对张彪有利的消息越传越邪乎。傍晚传到钱景民的耳朵里时,竟然成了敌人在狗咬狗地变着法儿想要邀功请赏的消息。

凌风梧听到这个消息后,一边在心里暗暗地感激方志敏为张彪所做的一切,一边故意带着不满的表情望着钱景民说道:"老钱,你还是赶紧把张彪给放了吧,要不所里会越传越花哨,到最后连你我也都成了共产党。"

钱景民这时也产生了强烈的质疑,但一想到如果就这么把张彪放了,这个黑锅到底该由谁来背,便有点犹豫不决。

凌风梧看透了他的心思,故意对他说道:"张彪是所里的老人了,放出来也不会瞎埋怨什么的。倒是那个传播这个消息的家伙实在可恶,把他关几天也就什么事都没有了!"

在凌风梧的干预下，钱景民只得灰心丧气地点头答应道："这件事你去办吧，释放了张彪，再把那个告密的宪兵关进禁闭室。"

看守所里，张彪在方志敏的帮助下恢复了自由，贪财的老潘被关进了禁闭室，这件事总算是画上了句号。

行营那边，张潇然被顾祝同的副官客客气气地请到了办公室里，等候着这位行营主任的召见。

张潇然刚在办公室外间的侯见室坐下，那个进去通报的副官便折回头来，笑容可掬地对他说："张县长请进吧，顾主任正等着您呢。"

张潇然推门走进了里屋，顾祝同马上笑吟吟地迎了上来。他亲热地拉着张潇然的手请他坐在了沙发上。等副官献上茶悄悄地退出去之后，顾祝同便主动开口说道："听说昨天我离开了看守所之后，那里演了一出全武行，没有惊着你吧？"

张潇然赶紧欠了欠身回答说："蒙钧座惦记，我一切还好。"

顾祝同听了，望着墙上国父孙中山的画像沉吟了片刻，又对张潇然说："看起来你还要到看守所去走一趟啊。"

张潇然听了有些摸不着头脑地问道："钧座，我随时都可以去看守所找方志敏，但我看他那架势，去多少回怕是结局也不会改变了吧？"

顾祝同听了高深莫测地一笑，指着画像两旁恭录的孙中山语录楹联回答说："你看，国父不是早就回答了这个问题吗？一次不行就两次，两次不行就三次吧……"

张潇然顺着顾祝同手指的方向一看，只见那副对联写的是："革命尚未成功，同志仍需努力。"

还没等他回过神来，顾祝同的腔调却已经变得凶狠起来："但我的忍耐是有限度的，他如果一而再再而三地执迷不悟，我就要呈请委座对他明正典刑、以儆效尤了！"

张潇然抬头望去，只见顾祝同的脸上已经浮上了一股杀气。

在顾祝同的安排下，张潇然又一次出现在了方志敏的面前。他们默默地对视了足有一分钟之后，张潇然笑着坐了下来，望着方志敏苦笑着说道："我知道你是想问我是不是顾祝同主任派来的，对吗？"

方志敏依旧没有搭话，只是默默地点了点头，目光炯炯地望着张潇然

等着他的回答。张潇然略显尴尬地一笑说:"方先生,你也许猜对了一半,没有顾主任的首肯我自然是进不了这戒备森严的看守所。但说实话,来看你也是我的本意。我要为弋阳留下一个有用的人才。"说到这儿,张潇然顿了顿又继续说道:"当然,这里还有我个人的感情在内,我不知怎的,越来越敬佩你的人品和风骨了。"

方志敏展颜一笑,望着张潇然很诚恳地说道:"虽然我们两人的信仰完全不同,但也比较谈得来的。能见到你我心里也很高兴。"

张潇然听方志敏这么一说,不禁长出了一口气,笑着说道:"尽管我不敢自称完人,但活这么大也的确没做过恶事,能跟你惺惺相惜也算是平生快事了!"

张潇然说完便望着方志敏把嘴一撇,无奈地说道:"我不得不告诉方先生你,我这次又给你带来了坏消息。"

方志敏不动声色地问:"是关于我们的主力红军的事情吗?"

张潇然摇了摇头回答说:"这等军国大事不是我一个小小的县长所能知道的,我要说的主要是来自弋阳的消息,还有方先生你的部下最近的一些动态。"

张潇然看见方志敏向他点了点头,脸上浮现出关切的神情,便接着说道:"不瞒方先生,外边这段时间发生了很多事情。闽浙赣三省,甚至还有你们曾经涉足的皖南,各级政府都已经接到了行营的命令,严格实行保甲制度,十户连坐。蒋委员长下决心在短时间内肃清你们共产党的武装,有些地方已经死了很多人了。就连名声仅次于先生你的邵式平、黄道和徐凤姑等人的队伍也已经被迫转移到了深山里,你们的前途似乎很是暗淡啊!我觉得,还是请你赶紧和政府合作,去制止这一切继续吧。"

方志敏听到这里微微地摇摇头,略略提高了声音告诉张潇然说:"张县长你错了,这些情况其实正是我所期待的。"

张潇然听了很是不解,他看了看一脸严肃的方志敏问道:"这我就不理解了,还请方先生你给指教指教吧。"

方志敏从容不迫地回答说:"我之所以这样说,是因为我一直坚信我的同志们会在极端艰苦的环境下坚持斗争。他们就如同火种般保持着自己的温度,静静地等待着春风的来临,形成一片凶猛的烈焰,摧毁这个旧世界。"

张潇然听了感叹道:"方先生就真的这样自信吗?"

方志敏庄重地点了点头,严肃地回答说:"是的,我坚信!只要有这些火种，中国革命很快就能形成燎原之势。"说到这儿，方志敏用他那双深邃的眼睛看着张潇然说道："当这场燎原的大火涤荡了整个旧世界之后，一个民主自由的新世界就会在它的废墟上慢慢地长成，只可惜这一天我是看不到了，但你却一定能看见！希望你到那时能想起曾经有一个叫方志敏的共产党人，他曾经对你预言过这一切！"

望着方志敏脸上那热切期待和执着的表情，张潇然低声回答道："方先生玩笑了，就是真有那么一天的话，我恐怕也早就被你说的燎原大火和你口中的旧世界一起烧成了灰烬，又怎么能有幸看到你说的那个新世界呢？"

方志敏缓慢但坚决地摇着头对张潇然说："我知道张县长你是个正直的人，你只要爱惜民力、尊重民权、关注民生，真正地按照孙中山先生的三民主义去做，就不难有凤凰般欲火重生的机会，从而避免掉给腐朽的旧世界陪葬的命运。"

张潇然听着方志敏的这番话忽然有了感悟，默默地点点头。

牢门外照例搬来了板凳在门外旁听的钱景民听到这里，忍不住对凌风梧惊叹道："天呐，他们到底是谁在说服谁呀？"

凌风梧耸了耸肩，懒洋洋地回答道："总是有理的在说服无理的呗……"

当天，方志敏和张潇然一直谈到了很晚。直到钱景民走进来假意问张潇然要不要给他安排晚饭时，张潇然才猛然抬头看向牢房里那唯一的一扇小窗户，他发现天已经黑下来了，便抱歉地起身告辞了。

钱景民说的不错，这一天张潇然和方志敏之间已经发生不知不觉的位移，方志敏没有被张潇然说动分毫，倒是张潇然忽然有了一种怦然心动的感觉。在走出牢房的那一刻，张潇然对方志敏说道："我这就去行营面见顾主任，争取明天早些开始继续我们的谈话。"

方志敏微笑着点了点头，回答道："好，我恭候你再来，对于任何检验真理的讨论，我总是热诚地期待的。"

第二天一早，张潇然再次来到了顾祝同的办公室。当他见到了这位上将主任时，顾祝同笑眯眯地看着他，用抱歉的口气说道："真是对不起呀张县长，今天你要是再不能说服方志敏的话，恐怕就真的没有机会再见他了！"

张潇然心里一惊，不禁失声问道："钧座的意思难道是放弃方志敏，要对他执行极刑了吗？"

顾祝同点着头告诉张潇然："张县长你猜对了，鉴于方志敏的情况，我已经向南京提出了枪毙方志敏的请求，一经核准就要执行了。"

张潇然听罢仰天叹息道:"钧座您要知道,方志敏那样的人岂是一次两次就能说得动的?"

顾祝同望着张潇然回答道:"方志敏是个有信仰的人,我看就是再有千次百次也未必能如我们所愿,你就再最后努力一次吧。"

看着眼前覆水难收的局面,张潇然低声哀叹道:"只怕又是枉然啊……"

张潇然进到看守所,见到了方志敏。他感到时间十分紧迫,当下便开口说道:"方先生见谅,我原本想当只报喜的山雀,谁知如今却只能充当报丧的猫头鹰了。顾主任看你根本不愿意改变自己的立场,你的那些同伴又频频地冒死相救,已经向南京呈文要求处决你了!"

方志敏听了这个消息不但没有感到任何意外,反而笑着说道:"请张县长你回去谢谢顾主任,他总算是干了件好事!能为自己的信仰而死,正是我当前最高的期望,也省得我的那些同志们再挂记了。"

张潇然看着不惧生死的方志敏依然如此乐观,打心眼儿里感到佩服。但当他想到这个令人敬仰的人很快就要离开这个世界了,心里又不由得黯然神伤。张潇然忽然意识到:自己必须给弋阳、给民族留下这位忠贞的信仰者,绝不能眼睁睁地看着他倒在枪弹下。想到这里,他不禁拍案而起,直视着方志敏用说不清是吼叫还是哀求的语气大声说道:"方先生,方志敏!你就不能转个弯,先保全了自己的性命吗?哪怕你留下命是为了你的理想还不行吗?"

方志敏望着张潇然严肃地说道:"说句不该说的话,我真的很感谢你所做的一切。但我不得不告诉你,我将带着纯洁的信仰去到共产主义的天堂,所以我绝不容许这信仰受到一丝一毫的玷污,哪怕是为了挽救自己的生命也不行!"

张潇然一时之间不知道该怎么回答,他情绪一激动便脱口而出:"就算你如愿以偿去了你说的那个天堂,又能怎样?你要知道,这座看守所里还关着你们的将领刘畴西和王如痴,还有很多追随你的士兵,你现在也许还可以拯救他们的生命!"

方志敏闻言站起身来,望着头顶的天花板,好像自己的目光已经穿透了它。方志敏带着无比的自信和期待对张潇然说:"我的同志我是了解的,早在几年前我就曾经说过,要是有一天能为了理想去面对敌人的屠刀,我们都会在心里高唱着国际歌,微笑着迎接这个时刻的到来。至于到了天堂嘛,我们已经说好了:高居在马克思的左右,俯视着中国大地的变化,直到看着我们的理想在这片土地上完全实现,我们会心满意足地微笑。"

　　这次关于信仰的谈话,完全颠覆了张潇然关于信仰的理解,同时也对他自己思想的变化产生了深远的影响,他终于知道了什么是一个有信仰的人,也明白了应该如何去捍卫信仰。在这一刻,张潇然暗暗地下定了决心,他要继续以劝说方志敏为由拖延方志敏的死刑的执行。想到这里,他再也坐不住了,马上起身对方志敏说道:"方先生,今天我们就先谈到这里吧。我要去干一件重要的事情。"

　　徐凤姑回到了游击队暂时栖身的宅子里,她闷闷不乐地走进了佛堂,把自己关在了里面,任大家怎么呼唤也不肯开门。

　　正在大家忧心冲冲的时候,徐凤姑的警卫员徐少艾忽然气喘吁吁地跑了进来,焦急地四处寻找起她来。当他知道徐凤姑正在佛堂里生闷气的时候,急忙三步并作两步地跑过来,轻轻地叩打着门环,急促地说道:"快开门呐大队长,我有急事要告诉你,方主席的事情可能又有了新情况……"

25

　　徐凤姑隔着门从警卫员徐少艾那儿了解到,派去监视看守所动向的队员回来说,胡逸民的太太向影心一整天都在跟徐凤姑见过面的地方徘徊,好像是有事要跟她联系。

　　因为营救行动一再受挫,徐凤姑有些茫然。现在听闻了这个消息马上瞪大了眼睛,一下子打开了紧闭的佛堂大门,二话不说就往外走。

　　警卫员徐少艾赶忙追过去问道:"大队长你要上哪儿?"

　　徐凤姑心急火燎地回答说:"这还用问?当然是去找向太太!"

　　蓝火东听了赶紧伸手拉住了她,用责备的眼光看着她说:"怎么也得安排一下再走啊,现在看守所附近的特务有几个认不出你来的?"

　　徐凤姑这才停住了脚步,对身后的那个女游击队员说道:"别愣着了,赶快帮我化化装!"

　　向影心果然是在焦急地寻找着徐凤姑。胡逸民已经决定帮助方志敏越

狱了，她必须要在行动前找到他们，好让方志敏出了看守所的大门后能很快得到接应。

向影心吃过午饭后，第三次来到了和徐凤姑和金彩云一起喝过茶的那家茶馆里。她下意识地坐在曾经坐过的那个位置上，随意地点了一杯桂花茶。向影心掀开盖碗，轻轻地拨弄着茶叶。跑堂的堂倌跑过来问了一句："太太，今天就一位吗？"

这句看似普通的话，却勾起了她心中一直在隐隐作痛的一幕：

那天，她刚走到离看守所一街之隔的一条小巷里，突然被两个彪形大汉捂住嘴，塞进了一辆等在路边的轿车里。向影心记得自己当时并没有使劲地挣扎，坐到了轿车里很快便安静下来。因为她已经从对方的动作上，判断出今天的这次袭击十有八九是她的情人戴笠派人干的。

汽车开了起来，向影心身边的那两个大汉不仅没再为难她，甚至连一句话都没再说，只是往她的眼睛上蒙了块黑布，便再也不搭理她了。

为了进一步证实自己的推测，向影心叹了口气，试探地说道："你们戴处长也真是的，请个人就非得用这种粗鲁的办法吗？"

向影心很快就得到了答案，因为一左一右把她夹在中间的那两个人听到了戴笠的名字，都情不自禁地抖动了一下。尽管这一细小的动作马上便消失了，但向影心却已经完全明白：自己猜对了。

那天，戴笠等着向影心，心里也很不平静。他在平时不经常启用的一座住宅里慢条斯理地喝着咖啡。虽说姜瑛送给他的咖啡仍是地道的英国货，可戴笠这时却已经品不出其中的滋味了。

自从那晚从米占山那里获得了飞花班要借机营救方志敏之后，他就再也平静不下来了。平心而论，他对金彩云精心设计的行动方案还是很赞赏的。这计划对于一个没有枪、没有援兵的戏班子来讲，已经是天衣无缝了。

"要是那些戏子真的能在行动时快速准确地完成包括：干掉方志敏身后的看守、火速把方志敏替换进箱子里，就真的有可能让这只落在平阳的猛虎重回山林，再次发出令人心惊胆颤的吼叫了。"

想到这里，戴笠情不自禁地打了个冷战，他心有余悸地想："幸亏米占山及时地告诉了我这一切。尽管金彩云的计划精妙，但却在未动手之前就已经注定了败局。否则的话，顾祝同肯定会雷霆大怒的，蒋委员长失望后也会大肆追究责任的，这两个人随便哪个，都会让我很不好受。"想着想着，戴笠一方面在心里暗暗对连自己的情人都能出卖的米占山有了看法，他不知道是该赞扬他大义灭亲呢，还是该鄙夷他背信弃义。

正在胡思乱想着，一个特务走进来打断了他的思路，小声报告说："处长，向影心带来了。"

戴笠也不知道是为米占山欺骗了自己女人的行为而感到愤怒，还是想起了跟自己肌肤相亲、柔情款款的向影心，他忽然像暴怒的雄狮一样猛地抬起头吼道："什么叫带来？我是让你们去请她来的！"

那个报告的特务被吓得脸上顿时没了血色，结结巴巴地说了句："是，是！卑职这就去请，去请！"说完便逃也似的退出了戴笠的视线。

向影心当然不会知道戴笠刚才冲冠一怒为红颜的壮举，更不可能了解到他和米占山之间发生的事情。当她被蒙着眼带到了地方站好，就听见押他来的人很快退了出去。接着，便有一个脚步声来到了她的跟前，在那个人动手去解那块蒙眼的黑布时，她听见戴笠叹了口气，很理解地说道："难怪自古就有'红颜多薄命'的说法。你嫁给胡逸民就等于嫁了麻烦，多亏有我……"

拿掉那块黑布的时候，向影心已经完全认同戴笠的那番话了。她知道这个男人仍在恋着自己，赶忙顺势倒在了他的怀里，用一双风情万种的眼睛，向他传达着委屈、无奈、可怜，甚至是无限的依恋。

仅仅过了不到一秒钟，向影心便知道自己又猜准了戴笠的心思。他紧紧地抱住了她，喃喃地说道："赶紧把你知道的一切告诉我，只有这样你才是安全的……"

向影心果然聪明，立即从这句话里分析出了她目前最最需要的成分，那就是对方并没有舍弃自己，而是急于把她从这个漩涡中解脱出去。但向影心就是向影心，虽然在这个时候，她还是在心里打定了主意：戏班子可以出卖，不这样保不住自己。但共产党的事绝不能说，因为那样不仅会吓跑戴笠对自己的爱意，还会间接甚至是直接地成了陷害方志敏的凶手。害方志敏这样的事她可是绝对不敢尝试的，这个神一般的人本身就已经够可怕的了，更何况他身后还有那些不计性命的同志和数百万宁肯掉头也要追随着他的百姓，足以使她后半生惶惶不可终日了。

"除了那些戏子还有什么人找过你吗？他们都对你说了些什么？方志敏知道这件事了吗？"戴笠用世界上最奇特的审讯方式，紧紧地抱着向影心，使劲地摇晃着她，连珠炮似的问道。

"只有那个叫金彩云的女戏子找了我，要我把今晚营救方志敏的事情告

诉她,他们准备……"向影心用一种被审问者古未有之的方式回应了戴笠,就好像她是专门去帮他打探消息的一样。

戴笠仔细地听完了向影心的陈述,用一个温柔的动作扶着她坐在了沙发上,给她倒了一杯芳香四溢的咖啡,然后安慰道:"你掌握的情况跟我所知道的几乎完全一样,放心吧,没事了……"

吃下了戴笠给他的定心丸,向影心为了证实自己的无辜,眼含着泪水梨花带雨般的看着戴笠,像第一次恋爱的小女孩那样楚楚可怜地问道:"我,我现在该怎么办?"

"你马上回去照他们的话去给方志敏报信,我今晚就要让他们为自己的行动付出巨大的代价……"戴笠咬着牙说出了这句话,脸上那种令天下人见了都会不寒而栗的表情,让他在温情脉脉的面纱下露出嗜血的一面。向影心看在眼里,在心里默默地为自己没有透露出跟共产党的联系而暗自窃喜。

徐凤姑化装成了一个卖糖果香烟的妇人,忽然出现在了向影心的身边,她用刻意装出的沙哑嗓音开口说道:"这位太太,你想买些什么吗?我这儿有美国漂洋过海运来的骆驼香烟,每根五个铜子儿。"

向影心的回忆就此戛然而止,回到了现实当中。她一边从旗袍的大襟下掏出钱袋,一边随口说道:"来根美国的骆驼吧,给我点上!"

收下了向影心数出来的五个铜子儿,徐凤姑迅速地掏出火柴给向影心点上了烟。就在吐出了第一缕烟雾的那一瞬间,向影心小声地对徐凤姑说道:"顾祝同要对方先生下手了,我先生已经决定帮他越狱了……"

张潇然带着无限的怅然拿起了电话,拨通了顾祝同的号码。等这位上将主任接听了电话以后,张潇然便用充满了惋惜的语调对顾祝同说道:"钧座,我对劝说方志敏的事情还是很有信心的,处决他的事情能不能暂时压后……"

就在张潇然努力地劝说顾祝同的时候,蒋介石批复后的处决方志敏的文件也已经被送到了看守所。这样的消息自然瞒不过消息灵通的胡逸民,凌风梧已经在接到这个文件之后第一时间把这个消息有意透露给了他。

胡逸民再也坐不住了,他急匆匆地来到了方志敏的牢房,用痛惜的表情看了方志敏一眼之后,便坐到了桌前的那把椅子上,沉吟了好久才沉痛地说:"方先生,蒋介石已经核准了你的死刑,文件已经传到看守所了……"

方志敏听了望着胡逸民沉静地说道:"意料之中的事情嘛,我从进了这里就一直在等着这一天。"

胡逸民赶忙安慰说:"事情还有最后回旋的余地,蒋介石在那份死刑通知书上写得清楚:要顾祝同在你完全不可能悔悟时再执行这一命令。这也就是说,你要是能稍稍地变通一下,希望还是有的……"

方志敏微笑着摇了摇头,打断了胡逸民的话头说:"永一先生你不必再说了,我是不会为了活命而用自己的信仰去做任何变通的。"

看着胡逸民痛苦的样子,方志敏竟然反过来安慰起他来:"永一先生,不必替我伤心。我真的已经做好了充分的心理准备,让蒋介石和顾祝同之流好好看看共产党员方志敏是怎么面对死亡的吧!也许这有助于他们重新思考面对舍生忘死的共产党人应该如何去做的问题。如果真的能达到这个效果,我还有什么可遗憾的呢?"接着方志敏还劝胡逸民今后要好好保重,争取早些离开这里。

望着誓死如归的方志敏,胡逸民不禁潸然泪下,更加坚定了赶快帮方志敏逃出去的决心。

在看守所的办公室里,这份核准方志敏死刑的文件自然也被段存仁看到了。他拿着这份仿佛是来自地府的催命文牒的文件,心里十分焦急。

段存仁想了想,急急地来找胡逸民了。听清了段存仁的话之后,胡逸民口打唉声,低着头拍了拍段存仁的肩膀,轻声回答道:"这件事我已经知道了,我也正在为这件事发愁呢……"

段存仁望着胡逸民好一会儿没有开口说话,直到胡逸民手里的香烟抽完,用脚踩着烟头的时候,他才小声地说出了自己的想法:"前一段时间张彪他们不是曾经想帮助方先生越狱吗?咱们能不能也……"

胡逸民听了赶忙把段存仁拉到了墙角,迅速地做了个噤声的动作,并把目光朝小天井望去。段存仁顺着他的目光一看,只见那个伪装成进步军官的犯人,正在小天井里鬼鬼祟祟地四处打量着。

跟胡逸民商量过后,段存仁便故意溜溜达达地来到了关押刘畴西和王如痴的牢房前。他正要凑过去跟在牢房里眼巴巴地等着和自己说话的刘畴西搭腔,却看见一个看守晃悠着手里那一大串各个牢房的钥匙,哼着小曲儿慢慢地走了过来。

段存仁见状赶忙给刘畴西使了个眼色，装出悠闲的样子迎着那个看守走了过去。他摸出烟来掏出一支丢给了他，笑着打起了招呼："看你这么美，一定有什么好事吧？说出来听听……"

那看守一看说话的是段存仁，赶紧笑着接过烟夹在了耳朵上，回答说："咱一个穷鬼能有什么好事儿？就是没事干瞎混着玩！"说完这句话，他带着惊讶的表情望着段存仁陪笑问道："段文书你不在办公室里呆着，也不去跑到优待监区跟那些大人物套交情，跑到咱这臭气熏天的普通牢房里来干什么？"

段存仁一看机会来了，故意叹了口气说："优待牢房现在也没什么去头了，委员长已经下令要枪决那里的方先生，文件都已经到了办公室了。"说完这句话，他故意压低了声音嘱咐那看守说："这可是秘密，除了你，我谁也没告诉，千万别到处去说啊！"

说这句话的同时，段存仁用目光机警地往身后的牢房里一扫，看见刘畴西冲着他连连点头，知道他已经听清楚了自己的话，便放心地点了点头，转身走了。那看守在他身后拍着胸脯儿大声答应道："放心吧，段文书！这件事出你口入我耳，对谁也不说！"

段存仁通过和这个看守闲聊，果然把方志敏即将蒙难的消息告诉了刘畴西和王如痴。望着段存仁和看守的背影一消失，刘畴西马上焦急地对王如痴说："老王，咱们必须采取行动，迫使他们放弃杀害老方的决定才行！"

王如痴默默地点了点头，他望着墙壁上一只飞舞的苍蝇，头也不回地说道："行动容易，但什么样的行动才能让敌人真正恐慌起来呢？"

刘畴西想了想正要开口说话，王如痴却已经想到了主意，他目光炯炯地望着刘畴西说道："咱们组织同志们绝食吧！"

刘畴西笑着回答说："真是英雄所见略同，我刚才也正在琢磨这个主意！这样一来，不仅看守所里的敌人不敢隐瞒不报，就是顾祝同也承担不了一二百人饿死的后果。"

王如痴是个说干就干的人，他一看刘畴西同意了自己的意见，便连声催促道："那咱们就干吧，还等什么？"

刘畴西点了点头严肃地说道："绝食的时间就定在明天早上，咱们这就想法把消息传出去吧！"

这天晚上，看似滴水不漏、戒备森严的看守所里忙活起来。当第二天看守们指挥着负责搬运伙食的犯人把盛着发霉的糙米熬成稀饭的大桶抬到甬道口，高声地叫嚷着让大家出来打饭的时候，绝食斗争开始了。那几个被打开了的关押共产党的牢房里没有任何动静，一连喊了好几遍也没看见一个人走出来。

负责维持秩序的看守见状感到十分奇怪，立刻快步走到离他最近的那间牢房门前。他伸着脖子往里一看，马上就被眼前出现的情景惊呆了。人满为患的牢房里，所有的政治犯和被俘的红军全都整整齐齐地坐在那里，瞪着眼睛盯着他看。看守意识到出了问题，赶紧拔出腰间的手枪，虚张声势地喊道："闹什么妖？赶紧出来吃饭！带头闹事的小心关小号！"

没有人回应，回答他的只是含着怒火的目光。看守害怕了，他关上了牢门，小跑着来到了关押刘畴西和王如痴的牢门前，小心翼翼地陪着笑脸说："两位，你们的那些人不知道为什么不肯吃饭了！你们谁去帮忙给说说？"

王如痴鄙夷地看了他一眼，扭过头连看也不去看他。刘畴西平静地望着惊慌失措的看守说道："赶紧去跟你的上司报告吧，就说我们为了抗议你们杀害方志敏的阴谋，开始绝食了！"

接到了看守的报告，钱景民便拉着凌风梧来找方志敏了。一见面，他就满脸堆笑地说道："方先生，不知道是哪个胡扯说政府要对你执行死刑，你的那些手下全都绝食了，一顿两顿倒没什么，可看他们那架势不饿死几个是绝不会罢手的，您看您是不是去劝劝他们？"

方志敏一听自己的同志为了自己的安全竟然举行了绝食斗争，心里很是感动。可他知道这样做对那些根本没有人性的敌人是不会起到任何作用的，绝食行动只能让敌人变得更加疯狂。想到这里，他不由得皱起了眉头。

果不其然，钱景民半晌没等到方志敏的回答，便恼羞成怒地对方志敏冷笑着说道："方先生，处死你的命令我们根本没有接到，这完全是无稽之谈嘛！倒是他们的绝食行动如果继续下去，我们将要处死一批领头绝食的共产党人。那时可就得不偿失了吧？"

方志敏冷冷地"哼"了一声，用犀利的目光看着装模作样的钱景民，镇定自若地开口说道："你也不用在我面前隐瞒什么，你们的蒋委员长枪毙我是迟早的事情，我早就在等着这一天了。"

被戳穿了谎言的钱景民正要解释什么，方志敏却已经把头转向了刚刚走进门来的胡逸民，微笑着说道："永一先生你来得正好，我正有件事想要求你……"

胡逸民笑着摆了摆手回答说："方先生千万别用这个'求'字，你我同

在难中,有什么请尽管直说!"

方志敏笑着点了点头,把头转向了不明就里的钱景民说道:"钱处长,我愿意出面平息这场绝食。但你必须满足我一个条件……"

钱景民一看方志敏居然这么痛快地答应下来,感到很是意外。他生怕方志敏提出来的条件自己根本无法满足,讪讪地笑着回答说:"方先生不妨把你的条件讲出来,让我看看是不是能做主。"

凌风梧看着钱景民闪闪缩缩的样子,生怕他把事情办糟,赶忙点头抢先答应道:"只要方先生肯帮这个忙,别说是一件事,就是三件五件我也依了!"

方志敏笑了笑没有回答,却望着胡逸民问道:"胡先生借给我几块大洋如何?"

胡逸民虽然不知道方志敏要钱干什么,但还是点头答应道:"没问题,不知你要用多少?"

方志敏用征询的语气问道:"你看十块行吗?"

胡逸民听了马上回答说:"没问题,我这就去拿给你!"说着话,就忙不迭地转身回自己的牢房去拿钱了。

钱景民和凌风梧对视了一眼,还是凌风梧望着方志敏说出了心中的疑团:"方先生,你找永一先生借钱干什么?"

方志敏回答道:"凌所长,你们看守所里的伙食实在是太差,每人每天那么一小坨糙米饭,那些行军打仗出身的战士哪儿能吃得饱?你们不是让我劝他们不要绝食吗?我想请你们买些烧饼油条给他们分分,让他们也吃顿饱饭吧……"

凌风梧听了感到很惭愧,讪讪地笑着低下头去。

钱景民一看方志敏真的要帮他们劝阻绝食的共产党,不由得大喜过望,笑着称赞道:"方先生你真是爱兵如子,难怪那些人肯替你卖命!"

方志敏冷冷一笑,义正词严地对他说道:"钱处长你根本就理解不了我们共产党之间的同志之情。要说卖命,我们是在替全天下的受苦人卖命,一心想着帮助他们赶走骑在他们头上作威作福的寄生虫,还给他们一个清平的世界!我方志敏要真是希望谁给我卖命,就不会答应你的要求了!"

被驳斥了的钱景民因为有求于方志敏,二话没说,便让凌风梧安排人去买烧饼油条了。看着凌风梧拿着钱走出了牢房,他赶紧朝方志敏问道:"方先生,你交代的事情凌所长已经去办了,你看是不是你说几个你们骨干的名字,我派人去把他们叫来,你跟他们好好地谈谈?"

方志敏立即从钱景民的话里听出了他的险恶用心,摇了摇头说:"完全用不着找什么骨干,你派人去随便叫十个人就是……"

片刻的工夫,10名衣衫褴褛的红军战士就在宪兵的押解下鱼贯走进了方志敏的牢房。望着面前那一双双热切的眼睛,听着那一声声深情的呼唤,一向感情不外露的方志敏眼睛湿润了。在努力地控制了一下自己的感情后,方志敏笑着走了过去,细心地替大家整理好了衣服,这才微笑着说道:"我感谢大家为我所做的一切,但今天我却不得不批评你们。身体是什么?是革命的本钱!"方志敏的情绪激动起来,他深情地望着面前那些年轻的面孔继续说道:"从你们参加红军的那天起,这本钱就不再属于你们自己了,它属于天下受欺压、受剥削的劳苦大众。为了拯救我方志敏,大家也不能轻易动用它。红军迟早会打回来的,到时候你们拿什么去战斗?回去告诉大家,好好保重,我坚信这一天很快就要到来了。"

说到这里的时候,方志敏的脸上充满了自信的光彩,一双眼睛注视着远方,好像已经看见了漫山遍野的红军,高举着红色旗帜漫卷而来,像一股汹涌的洪流猛烈地冲击着摇摇欲坠的旧世界,他激昂地说道:"我方志敏作为一个共产党人,随时随地都要为了我们的事业而战斗!"说着话,他朝着坚固的牢房一指提高了声音:"现在我要用自己的性命去跟敌人战斗,告诉他们,我们的意志绝不是死亡能征服的!告诉他们,我们的信仰是值得抛弃生命去追求的!你们不但不要为我难过,还要替我能继续战斗而高兴,我命令你们回去互相转告,马上停止绝食,等待着我说的那一刻的到来!"

说着话,方志敏看到凌风梧带着几个宪兵抬来了几大筐油条和烧饼。他指着站在门外侧耳静听的胡逸民对大家说道:"那位永一先生借给了我十块大洋,替你们买来了这些食物。我是没办法还他了,你们记住,这笔债就记在你们的身上,只要有一个活到革命胜利的那一天,这笔债务就由他偿还!"

此时,那10名红军尽管已经泣不成声,但眼睛里却都闪动着坚毅的目光望着方志敏,他们不约而同地使劲儿点着头。就这样,在方志敏的劝说下,这次绝食斗争终于停止了。

米占山自打金彩云死后一直感到寝食难安、魂不守舍,只要一闭上眼睛,金彩云那凄厉的神情便会出现在他的眼前。

　　想着金彩云生前曾经对自己的信任以及跟自己共度余生的誓言，米占山的神经崩溃了。他跟跟跄跄地走到屋子的正中，仰望着屋顶喃喃地说道："彩云，我米占山对不起你！我不该为了自己把你出卖给戴笠，我……我……我明天就去给你上坟，多烧些纸钱，省得你在那边受苦……"

　　米占山怎么也不会想到，他在说这些话的时候。屋顶上一块揭开了一角的瓦上，一双眼睛正在用仇恨的目光死死地盯着他看。原来，这个人就是越狱后一直隐藏在飞花班租住的车马店里的"闯塌天"，由于他曾经在百花洲的第一军人看守所里待过的缘故，他没有直接参与看守所里的营救行动。当惨剧发生后，"闯塌天"并没有离开南昌，而是一直在暗处注视着米占山的一举一动，想找机会给死去的金麒麟和金彩云等人报仇。

　　今天，他好不容易摸到了米占山家的屋顶上，本想等着米占山睡下之后立即动手。但当他听清楚了米占山刚才的那番话之后，却改变了主意。他望着惶惶不可终日的米占山恨恨地想："老子我就让你再多活一晚，等你明天到了金彩云的坟上再把你开膛破肚，祭奠被你害死的人们！"

　　想到这里，"闯塌天"悄悄地把揭开的瓦片放回了原处，蹑手蹑脚地来到了边上，纵身跳下了屋顶。落地之后看看没人察觉，他便又跃出院墙，来到了大街上。

　　就在"闯塌天"正想借着夜幕的掩护离开的时候，一个黑影突然出现在他的面前，挡住了他的去路。

26

　　为了帮助方志敏越狱，胡逸民开始紧锣密鼓地张罗起来。就在正在头疼从什么地方下手才好的时候，段存仁向他提供的一个情况，让胡逸民顿时有了主意。原来，段存仁告诉他凌风梧家境不是太好，一直在为入伍多年也没能挣下一份家业而苦恼呢。

　　胡逸民打定了主意后，便让看守把凌风梧请了过来。凌风梧来到了胡逸民的牢房里坐下，笑眯眯地看着胡逸民，揣摩着他的心思问道："永一先生把我叫来有什么盼咐？是不是又有什么让您不满意的？"

　　胡逸民脸上堆满了笑容，眼睛却死死地盯着凌风梧的眼睛，直截了当地说道："我是想给你个发财的机会，不知你有没有兴趣？"

凌凤梧听了眼睛里顿时放出了异样的光彩，他赶紧笑着点着头回答说："永一先生说笑了，黄鳝泥鳅没有脚都知道自己找吃食，我怎会没有兴趣？"

胡逸民也笑了，他望着一脸期待的凌凤梧说道："那就好，看来咱们有的谈。"说到这个节骨节上，胡逸民故意吊着他的胃口，慢悠悠地继续说道："但这件事可是有点风险的哟……"

凌凤梧仍旧笑容可掬地望着胡逸民说道："这个我知道，正所谓'自古富贵险中求'，想要得一注外财自然少不了风险。只是……"说着话凌凤梧也停住了话茬，这吊起了胡逸民的胃口。

在双方彼此用探询的眼光互相打量了一阵之后，凌凤梧终于说出了前边没说完的那半句话："只是我有我做人的原则，只要得的外财和那要冒的风险相当，办的事不是违背良心，不损阴德自然就值得！"

胡逸民听了哈哈一笑，大声回答道："让凌所长你说着了！我要找你办的这件事肯定是物有所值，不但不违背良心道义，还会对你的阴德大有好处！"

凌凤梧笑得更甜了，他望着胡逸民递过去一支香烟，又"嗤啦"一声划着了火柴，殷勤地递过去，望着胡逸民说："那好啊，你就赶紧说说，是想拿什么事照顾卑职呀？"

胡逸民借着他的火柴点着了烟，轻轻地吐出了一股烟雾后，用半开玩笑的语气问道："那就是说，只要符合你的那两个条件，无论什么事都能谈了？"

凌凤梧不假思索地回答说："只要是在看守所这一亩三分地，这个自然！"

胡逸民听了把大拇指一挑，随口称赞道："好！凌所长果然爽快！"

凌凤梧收起了脸上笑弥陀似的样子，一本正经地看着胡逸民问道："永一先生，你的事现在可以说出来了吧？"

胡逸民笑着点了点头，眼睛里先前那种开玩笑的样子也消失得无影无踪，取而代之的是他当年做军法官审犯人时的样子。他一字一顿地说道："我想救方志敏……"

城外义冢后边的那片荒草凄凄的乱葬岗上，有一片新收拾出来的坟地，其中一个土包是属于金彩云的。米占山偷偷地来到了金彩云的坟上，从车

里拿出了准备好的祭品，缓缓地走了过去。在离他身后不远的一座荒坟后，一条人影飞快地闪现出来，旋即又隐没在荒草里不见了。

那个伪装成进步军官的李英楠又幽灵般地出现在胡逸民的牢房前，伸长了耳朵想要探听里边的谈话。冷不防向影心抱着肩从旁边走了过来，似笑非笑地看着他开口说道："认识这么久了还没请教老弟你是哪里的人？你的家乡一定有听窗根的风俗吧？可这里只有两个大男人，没有你想听的动静……"

受了向影心的讥讽，李英楠涨红着脸"嘿嘿"地冷笑着回答说："您说笑了，只怕里边的动静比您说的还要好听些，没准儿还有意外收获呢……"

向影心轻扭蛮腰，用那双秋水般的眼睛打量着他，对他报以一个很有深意的笑脸，把她那张平白无故就能令人血脉贲张的俏脸凑到了李英楠面前，吹气如兰地媚笑着回答说："老弟想事情为何总想一半？你以为天底下意外的收获带来的都是好处吗？"

李英楠心里一惊，但仍旧不肯服输地说道："我在行营有关系，没准小的好事也能变大了！"

向影心笑得更甜了，用一个更加明媚的笑脸望着他道："你有什么背景咱不知道，但我先生别看现在关在这里，拔根汗毛照样能压你个跟头……"说完这句话，向影心便不再理他，咯咯地娇笑着转身走开了。

牢房里，胡逸民和凌风梧之间的谈话还在继续着。当凌风梧弄明白了胡逸民的真实意图后，突然变了脸，瞪起眼睛来用阴冷的口气对胡逸民说道："永一先生，你难道就不怕我去行营顾主任那儿告发你？"

胡逸民神色如常地把嘴一撇，回答道："好啊，凌所长尽管去告发。但如此一来你的那两条原则岂不是成了空谈？"

凌风梧一听这话脸上又恢复了原本的笑脸，呵呵地笑了两声，这才正色说道："永一先生见谅，卑职是个什么样的人您是清楚的，要不您也不敢跟我说这么大的事情啊？只不过您说的事太大，我不得不小心些，呵呵……"

胡逸民听罢也大笑了起来，笑够之后才压低了声音告诉凌风梧说："我之所以敢跟凌所长你说这件事，首先是看中了你的人品，你是个有良心的人！但我为何要跟你单独说这件事呢？"

凌风梧不解地问道："这我倒是没想……"

胡逸民微微一笑回答说:"因为你就是翻脸,也没人能证实我到底说过什么……"

米占山"扑通"一声,跪倒在只插着一块写着姓名木板的新坟前。他一边打开了随身带来的小包袱,一边喃喃地说道:"彩云,我来看你了……"

他身后的那个影子看着米占山划着了火柴,点燃了带来的香烛元宝,便悄悄地起身,借着附近一棵树的掩护,慢慢地掏出了一把匕首。

凌风梧和胡逸民的谈话已经完全挑明了,胡逸民笑吟吟地看着他问道:"凌所长你说吧,干成这件事你要我出多少钱?"

凌风梧沉吟了一会儿终于抬起头说道:"说句实在的,像搭救方先生这样的善事原不该跟您谈钱,但这件事不是一个人能干成的,还有那么几个人需要打发一下……"

胡逸民点了点头回答道:"是呀!这件事一干肯定要有几个人丢掉饭碗,不安排一下他们今后的生活是不行的……"

凌风梧终于下定了决心似的说道:"您看打发张彪、老古还有段存仁,每人五十块大洋怎么样?"

胡逸民听他说的三个人的确靠谱,当下便肯定地点着头应承道:"好!我就出四百大洋,你替我把这件事干成就是!"

凌风梧当然明白剩下的二百五十大洋肯定是给他的了,这在当时是一笔不小的财富。要知道,在他的老家浙江,五块大洋就能买一头健壮的耕牛,五十大洋就能置办一份像样的住处了,这绝对值得他冒一次险了。

想到这里,凌风梧点着头对胡逸民说道:"好,您看着安排吧!这件事越早越好,上头执行方志敏死刑的文件已经来了。"

胡逸民正想打听一下这件事,急忙追问道:"他们想什么时候下手?"

凌风梧摇着头回答道:"这份文件很奇怪,没有说明执行的日期……"

胡逸民跟凌风梧商量好了营救方志敏的事情,一边打发向影心赶紧回去把那四百大洋拿来,一边美滋滋地走出自己的牢房向着方志敏的牢房走去。

方志敏看见胡逸民的样子,奇怪地问道:"永一先生这是怎么了?有什么喜事不成?"

胡逸民笑嘻嘻地回答说:"方先生猜对了,真是有件喜事呢!"

方志敏拉过椅子请胡逸民坐了下来,笑着望着他说:"该不会是你们的蒋委员长开了恩,要把你放出去?"

胡逸民神秘地一笑,压低了声音说道:"不是我的喜事,而是方先生你的喜事到了……"

方志敏听见"扑哧"一笑,望着他说道:"我的喜事?我既不想背叛信仰换一条生路,我们的中央红军此时也不会兵临南昌城下,能有什么喜事?"

胡逸民笑着告诉他:"不但是喜事,还是天大的喜事!看守所的所长凌风梧准备帮助你越狱了……"

方志敏狐疑地看着胡逸民问道:"你是说凌风梧?"

方志敏在得到了胡逸民肯定的答复后,慢慢地趟着脚镣度着步若有所思地说道:"这件事谈何容易呀,就算是咱们的计划能成功,我一旦离开了看守所,还必须要得到外边的人接应。否则的话,用不了多久我还得再回到这里,到那时岂不连累了你和凌风梧?可现在,我们的人应该早就回去了……"

胡逸民自得地一笑,神秘地回答道:"放心吧,你手下那个姓徐的女游击队长还在南昌,我已经让心影把这个计划告诉了她,你就放心吧!"

胡逸民说得不错,徐凤姑这时已经派人把这消息报告给了黄道和邵式平。在苍翠的山峦深处,黄道手扶着大树对坐在旁边的邵式平说道:"徐凤姑他们已经根据向影心的计划,做好了接应的准备。到时候,只要老方能走到离看守所大约三百米的地方,整个行动就算是成功了!"

邵式平听见把手中的树枝顺手一扔,用脚把自己划拉的图案抹了抹,抬起头望着黄道问:"老方知道这个计划吗?"

黄道点了点头郑重地回答说:"向影心告诉徐凤姑,老方已经同意了这个行动……"

其实,方志敏之所以同意这次行动有两个原因。一是,万一自己在越狱过程中被打死,就省得同志们再付出牺牲营救了。二是,如果侥幸成功,一定马上回到队伍里去,再次掀起革命的浪潮,加速反动派的灭亡。

为了获得这次行动的第一手资料,黄道又一次秘密地潜进了南昌。当他风尘仆仆地走进那座游击队暂时栖身的荒宅的时候,在那里负责指挥的蓝火东告诉他徐凤姑没在,半个时辰前就去跟向影心接头了。黄道听完马上对蓝火东说道:"你赶紧派个人去看看,家里急着想知道最新的进展呢。"

就在这个时候,徐凤姑却突然推门走了进来,望着黄道点了点头笑着问道:"你什么时候来的?家里有什么大事吗?"

黄道摇了摇头回答道:"家里一切都好,现在大家都在关心着老方越狱的事情,你那儿怎么样了?"

徐凤姑望着黄道答道:"我刚才见到了向影心,她让我们这两天做好接应的准备,他们就要行动了……"

凌风梧秘密地把厨子老古、张彪还有段存仁叫到了自己的办公室,随手关上了门。他坐到办公桌前,拉开抽屉把几个装着大洋的袋子往他们面前一扔,说道:"这些钱你们每人拿一份,收好了千万别让外人看见!"

张彪抓起一个小袋子用手掂了掂袋子里的大洋,不解地问道:"所长,这钱是干什么的?"

凌风梧压低了声音,用眼睛逐一扫视着他们的脸回答说:"我已经答应了要救方先生出去,这是给你们大家的钱……"

张彪一听是要救方志敏,马上把袋子往桌上一放,表情凝重地说道:"太好了!您就说怎么办吧!"

望着老古和段存仁也都点了头,凌风梧挥了挥手让他们聚拢到自己的跟前,小声地讲出了自己的打算:"我准备……"

米占山念念叨叨地烧完了香烛元宝,站起身随意地把一捧纸钱抛向了空中。望着白蝴蝶般随风飘舞的纸钱,米占山对金彩云的新坟面无表情地嘀咕道:"彩云啊,我已经给你烧了纸,你在那边手头上暂时不会缺钱花了。虽说人死为大,我不该再埋怨你了,但我还是要劝你一句,再转世投胎的时候别那么傻了!要不是你执意要救那个方志敏的话,你这会儿也已经是我米占山的姨太太了……"

过了一会儿,米占山叹了口气又接着说道:"算了,拿着我烧给你的钱赶紧投胎转世去吧!别埋怨我不讲情面,实在是你干的那事情太大,别说是我不能为了你去掉脑袋,就是我真的想帮你也是办不成啊!"

说这些话的时候米占山很是专注,完全没注意到那个一直偷偷地跟着自己的"闯塌天",他手里的钢刀在草丛中闪着冷气森森的光泽。

他一心想要给飞花班的艺人们报仇,终于等来了这个时机,特别是昨晚他在翻墙遇到了蓝火东之后,急于杀死米占山的欲望就更加强烈了。原来,昨晚想到米占山的住处打探的蓝火东在了解了事情的原委后,马上表

示愿意派人把他护送到游击队的营地,但"闯塌天"不肯放过这个报仇的好时机,便借口临走前要办点私事,今天一早就秘密地潜到了墓地,等待着眼前这个机会。

米占山又恬不知耻地说了一番推卸责任的话之后,轻轻地掸了掸裤子上的土,准备起身回去了。"闯塌天"这时已经憋足了劲儿,像一只豹子般无声无息地窜了起来,举刀直扑米占山。

猝不及防的米占山还没明白过来到底发生了什么,锋利的刀刃已经横在了他的脖子前。米占山知道中了别人的暗算,赶紧小心翼翼地央求道:"这位好汉,请你把刀拿开,咱们万事好商量……"

"闯塌天"咬牙切齿地低声喝道:"爷不是什么好汉,也不想跟你商量什么。今天是特意来向你索命的!"

米占山情不自禁地抖成了一团,颤声问道:"我……我和好汉你有……有仇吗?"

"闯塌天"用力拿刀锋压住了米占山的动脉,一只手猛地朝金彩云的坟头一指说:"咱们原本倒是无冤无仇,只是你害死了金彩云他们,这账不能不算!"

一听原来对方是为了给金彩云报仇,米占山赶忙哆里哆嗦地回答说:"原来是这样啊!好汉还是赶紧罢手吧,为了这么个戏子不值得的!我车里有一百大洋,你赶紧拿了远走高飞吧,今天的事就当没发生过……"

"闯塌天"一听更加恼怒,他挥手一刀割下了米占山的一只耳朵,厉声喝道:"戏子?你这无情无意的东西还敢看不起这些侠肝义胆的人?你干的事还不如婊子呢!"

米占山哀号着恳求道:"好……好汉骂得对!只求你……饶我一命吧……"

"闯塌天"听了冷笑一声,又挥刀割掉了米占山的另一只耳朵。他一脚把血葫芦似的米占山踹到了金彩云的面前,用很是得意的语气说道:"别他娘的总是好汉、好汉的!老子如今已经是共产党了!"

趁着"闯塌天"得意地大笑的当口,米占山在求生欲望的支配下,猛地一脚踢到了"闯塌天"的踝骨上,就地一滚就往草里钻。

"闯塌天"稍一趔趄马上就反应了过来,冲上去一把又揪住了米占山的胸口。他举起了手里的钢刀,用狰狞的眼神望着米占山冷笑着说道:"别急着走啊,你的帐还没有还清呢!"说着话,"闯塌天"抬手一刀捅进了米占山的心窝。

眼看着米占山已经是进气多出气少，眼睛里渐渐失去了生命的迹象，"闯塌天"还是不肯罢手，数落着米占山干的那些好事，一刀又一刀地捅了起来。每桶一刀，"闯塌天"都会恨恨地叫道："这一刀是金麒麟的！这一刀是金彩云的！这两刀是替老五和山伢子报仇的……"

等"闯塌天"罢手的时候，米占山早已经死去多时了，那尸体千疮百孔，鲜血已经把周围的草染成了红色……

这一天入夜后，看守所的优待牢房里，李英楠叫住了巡视的看守，让他悄悄地把钱景民请到了牢房里。

钱景民进来之后上下打量着他，冷冷地一笑开口问道："怎么？又嗅到了什么味道吗？"

李英楠虽然听出钱景民是在拐弯抹角地骂自己是狗，但碍于钱景民的上校官阶，只得陪着笑脸低声回答说："钱处长说得没错！我是看出了些苗头……"

钱景民想着戴笠让他随时配合行动的嘱托，也不好一味地托大，便掏出烟来随手丢给了李英楠一只，自己也叼了一只在嘴上，却不急着点火，而是低声望着他故意轻描淡写地说道："那就说出来听听吧……"

李英楠倒也乖巧，掏出火柴给钱景民把烟点上，悄悄地说道："那个永一先生和凌所长可能要帮助方志敏越狱……"

听了这个消息，钱景民猛地扔掉了手里的香烟，震惊地望着李英楠颤声问道："你……你是怎么知道的？"

李英楠一看钱景民的反应这么强烈，赶紧把嘴巴凑到了钱景民的耳朵边上，一五一十地把下午的事情详详细细地叙述了一遍。钱景民听了不住地点头，用缓和的语气低声问道："那你现在准备怎么办？"

李英楠诡秘地一笑回答说："请钱处长明天天一亮就放我出去，我要向戴处长请示。您这里务必派人把凌风梧和他的亲信盯死，总会从他们的行动中找到一些有用的东西……"

戴笠是在小洋楼里和向影心肆意缠绵的时候得知了米占山的死讯的。他的手下在电话里向他报告说："米处长的尸体是在那个叫金彩云的戏子的坟前被找到的，不知道他得罪什么人，凶手不光割下了他的两只耳朵，

还一口气捅了他十三刀……"

作为特务头子的戴笠马上反应到,这肯定是有人在为飞花班死去的艺人报仇,因为那天晚上陪着金彩云一起死的戏子不多不少正好是十三个人。可这个人到底是谁呢?戴笠正在搜肠刮肚地琢磨着这个来路不明的凶手,里屋的向影心已经在嗲声嗲气地叫他了。

听着向影心那销魂的呼唤,戴笠在迅速地否定了凶手跟共产党有关后,慢慢地走回了卧室。他坚信共产党这时的主要目的是营救方志敏,即便是他们想为金麒麟他们复仇,也绝不会弄出那么血淋淋的现场。

回到了床上,戴笠搂起了向影心轻轻地吻了吻她的额头轻描淡写地说道:"军法处的那个米处长被人杀死了……"

一听死了人,向影心胆怯地看着戴笠问道:"什么人干的?"

戴笠抚摸着她那爽滑的肩膀回答说:"估计是有人为那个女戏子报仇吧。"

向影心听了浑身竟然簌簌地抖动起来,整个人泥鳅似的钻进了戴笠的怀里颤声问道:"这事也……也有我的份儿,不……不会找上我吧……"

戴笠轻轻地一笑,温存地搂紧了她,用肯定的语气安慰道:"俗话说'冤有头债有主',这件事情已经过去了。再说你干的那些事只有我一个人知道。"

向影心放心了,水蛇般的身子搅股糖似的缠住了戴笠的身体,撒着娇问道:"这件事你对谁也不会说吧?"

戴笠望着雪白的屋顶回答道:"当然不会!我戴笠岂能跟那米占山一样,连自己的女人也肯出卖?"

军法处的副处长钱景民一大早就接到了顾祝同秘书的电话,一是告知他的顶头上司米占山昨天被人杀死在了城外的义庄后的乱葬岗上。二是通知他暂时代理军法处长的职务,待方志敏的事情解决完就可以离开看守所,来行营办公了。

米占山的死讯给钱景民带来的惊喜远大过兔死狐悲之感。他想着今后已经无需向谁请示了,便提笔写了一张命令,把段存仁叫到办公室,递给了他吩咐道:"拿着我签署的命令到优待牢房去,告诉那个因为同情共产党被关进来的家伙,从现在开始他就自由了!"

李英楠十几分钟之后便被释放了。因为少了这双很难瞒过的眼睛,凌风梧决定尽快地放方志敏离开。打定了这个主意后，他便来到了优待牢房，小声地对胡逸民说道："永一先生，那件事今晚就办！你让方先生做好准备……"

这一整天，凌风梧都表现得很是积极，好像他真的为钱景民正式代理了军法处的处长而由衷的高兴。他先是让段存仁出去定了几个菜，买了一瓶好酒拉着他喝了顿酒，然后当着全所的人恭恭敬敬地叫起了他的新官称。听着原本只肯叫自己老钱的凌风梧那一声声"处座"，尽管没喝多少酒，但钱景民还是感到了一阵幸福的晕眩。

钱景民在一整天的拜年话中终于熬到了下班的时间，凌风梧不仅派人替他把那辆吉普车擦得锃光瓦亮，还殷勤地把他送到了车前。

钱景民笑着朝凌风梧点了点头，趾高气扬地用命令的口气说道："凌所长，今晚认真地查查哨，再有偷懒的别轻饶了他们！"说完这句话，钱景民马上意识到，作为处长的他应该恩威并施，随后又笑眯眯地对凌风梧说道："所里几个带班的军官这一段够累的了，找个机会慰劳慰劳他们，这钱我来出！"

凌风梧听了满脸堆笑，讨好地回答道："处座放心，我这就安排……"

钱景民说完便带着一副小人得志的样子开着车走了。凌风梧望着那辆吉普车绝尘而去，朝地上狠狠地啐了口吐沫，然后又朝正在身后不远处站着的张彪使了个眼色。心领神会的张彪马上读懂了他的意思，点点头悄悄地转身走了。

随着张彪的身影渐渐远去，帮助方志敏越狱的计划便在看守所里秘密展开了。

凌风梧对钱景民走之前交待的那几句话并不反感，而是从中找到了对自己有用的地方。临近午夜的时候，凌风梧戎装整齐地亲自巡视了整个监区，并把几个在哨位上偷懒的宪兵狠狠地训斥了一番，全都关进了禁闭室。当然，这些宪兵倒是没人埋怨凌风梧，反倒在心里暗暗地骂起了刚刚升了官的钱景民来。因为凌所长在把他们关进禁闭室的时候已经解释得很明白了，这一切全是按照钱处长的意思办的，他也无可奈何。

哨兵哨位分布在方志敏即将通过的道路上，他在清理了这条通道后，故意没重新安排人代替那几个哨兵。大门口最重要的哨位凌风梧倒是没忘，随便拉过了火头军老古，让他顶替了起来。

办完了这件事之后，他便派段存仁把所里的几个军官叫到了办公室，

指着满桌子酒菜对大家说道:"今晚上这顿酒是钱处长的升官酒,大家千万别客气呀!"那帮军官整天待在暗无天日的看守所里早就闲得发慌了,听凌风梧这么一说,全都兴奋地坐了下来,推杯换盏地吃喝起来。

正当这帮军官酒酣耳热把正经事全都忘在脑后的时候,张彪带着一名亲信的看守蒙起了面,悄悄地走进了优待牢房中方志敏的牢房里。方志敏从他们的打扮上马上明白了他们的来意,尽管他已经认出了张彪,但还是故意装出不认识的样子,按照张彪的手势把带着脚镣的脚抬了起来,放在了铁砧上。

张彪熟练地挥舞着锤子很快就砸开了脚镣上的铆钉。他看着手下默默地搬起了铁砧悄悄地溜走了,故意哑着嗓子对方志敏说道:"方先生走吧,从这儿出去径直照着大门走,到了那儿只管大模大样的走出去便是……"

方志敏慢慢地打开门,蹑手蹑脚地沿着那条已经无人看守的甬道走。一直在自己的牢房里默默地注视着一切的胡逸民,欣慰地点了点头。他终于露出了一丝笑意。

27

在黑沉沉的甬道里,方志敏开始了入狱后的第一次越狱之旅。他按照张彪说的顺着面前的甬道向看守所外快速地走去,经过办公区的时候听见了一阵阵猜拳行令的声音。通往大门的那条甬道时,静悄悄的没有任何动静。

方志敏并不知道,在凌风梧的安排下,张彪已经先他一步出了看守所,前去给他探路了。凌风梧给张彪的命令是,看着方志敏走出看守所三四百米,等他混进了店铺林立的街里就算是完成了任务。谁知张彪走着走着,却看见了一个熟悉的身影,他赶忙闪身躲进了阴影里。

"闯塌天"干掉了米占山,当天夜里便找到了徐凤姑和蓝火东他们,详细地叙述了自己和方志敏在一起时的情景。当他得知要去营救方志敏的时候,马上拒绝了大家要把他送回到游击队的好意,执意和大家一同来到了看守所附近。

他们在徐凤姑的带领下，分散在距离看守所附近大约三四百米的地方，焦急地注视着看守所附近的情况。他们怎么也没想到，一辆车看似无意停放在距离看守所一百来米的地方。此时，一个人正拿着买回来的食物偷偷摸摸地回到了车里。

方志敏毫不费力地走到了看守所的大门口，他机警地观察着大门口的最后一个哨位，只要能再顺利地通过这里，就能呼吸到新鲜的空气，走出这座人间地狱了。

在两扇大铁门前守卫的一个看守正在闷头大睡，仔细一看，原来是跟自己很谈得来的火头军老古。他正趴在那里扯着均匀的鼾声，完全没有发现方志敏已经出现他的附近。以至于当方志敏从他的身边边经过时，他还心满意足地吧嗒着嘴，好像是在品尝周公在梦里赏赐给他的美食。

吉普车里的人目不转睛地盯着看守所的大门，生怕错过了升官发财的机会。原来，他竟是伪装成进步军官的李英楠。只不过他这时已经穿上了军官服，领子上也缀上了一副一杠三星的上尉领章，腰间枪套里那把手枪子弹已经上了膛。他虽然不清楚方志敏会在什么时间越狱，但凭着一个特务的直觉，他感到行动肯定就会在这一两天之内。

特务没有报告给顶头上司戴笠，因为他想要独自占据这个天大的功劳。就在这时，他看见了看守所的大门里走出了一个人，很像是自己张网以待的方志敏。他不禁大喜过望，马上悄悄地下了车，敏捷地躲到了车后。就在他想要伸手去拔枪的时候，一条黑影突然从他背后猛扑过来。

那个扑向李英楠的人正是张彪，他刚才发现此人行为诡异，因此已经摸出随身的短刀悄悄地摸了过来。几乎就在同时，他也看见了已经走出大门的方志敏。为了能让方志敏顺利地脱身，他想也不想便举起短刀朝那个家伙猛扑过去，想要迅速地结果他的性命。不成想李英楠已经在这电光火石般的当口拔出了手枪。

看守所里，凌风梧尽管殷勤地劝着那几个军官喝酒，但自己却只是沾沾嘴唇就不肯喝了。因为他知道今晚绝不是喝酒的时候，除非张彪按照约定及时赶回到酒桌上，告诉他方志敏已经成功地脱险了，他才会放开来畅饮一番。

此时方志敏已经成功地走出了看守所的大门,呼吸到了百花洲上清新的空气。按照胡逸民事先的指点,他迅速地离开了看守所门前的大路,走进了路基下的荒草中。方志敏默默地加快了脚步,他知道,只要再过三百米,他就能和接应自己的同志见面了。就在他被成功脱险后的喜悦鼓舞着继续前行的时候,突然间传来了两声枪响。

这两声枪响立即引起了连锁的反应,因为担心共产党再在看守所附近动手脚而临时加派的巡逻队听到了枪声,马上围拢过来。徐凤姑等人一看情况有变,立马就地散开,寻找有利地形,和巡逻队交上了火。

张彪那一刀扎在了李英楠的胳膊上,没能及时地要了他的性命。他眼睁睁地看着李英楠一连开了两枪,然后没命地朝着看守所的方向大叫着跑了过去,想要寻求哨兵的援助。

高墙上的哨兵被枪声惊动了,马上手忙脚乱地打开了探照灯,用雪白的光柱四处乱扫。一挺轻机枪也漫无目地开始了射击,密集的子弹打得方志敏藏身的那片草地里杂草乱飞,碎石飞溅。

凌风梧知道出了问题,赶忙指挥着那些军官大声叫嚷着冲出办公室,吆喝着手下往枪响的方向冲来。看守所这边这么一乱,附近的警察还有那支隐藏在暗处的巡逻队全都被吸引了过来。

这一下可好,本来正要带领大家和敌人殊死一拼的徐凤姑等人却被阴差阳错地扔在了身后。眼看着敌人形成了一个扇形的包围圈,封锁了看守所前的道路。

在越来越激烈的枪声里,凌风梧知道事情已经败露了,只得指挥着宪兵蜂拥而出,开始了搜索。凌风梧心里很清楚,方志敏肯定是无法逃走了,为今之计只有抢先一步找到方志敏,要是让他落到了行营直属的巡逻队或是南昌的警察手里,除了他凌风梧之外,看守所里还有几个人也要跟着他一起掉脑袋。

方志敏面对突如其来的变故,马上停住了脚步,默默地观察起周围的情形来。作为一个身经百战的军事家,方志敏知道今晚自己根本逃不出去了,接应自己的人也绝对不可能在敌人冲过来之前到达这里了。正想着,大墙上的探照灯一下子发现了他,巨大的光柱射来,把他周围照得如同白昼一般。在强烈的光线里,方志敏抬手遮挡着强烈的光线,勉强看到了正挥舞着手枪飞跑过来的凌风梧。

凌风梧带人把方志敏围在了当中以后,心里不禁暗暗地舒了口气。他赶忙对身后气喘吁吁地老古盼咐道:"赶紧把方先生请回优待牢房去,要快!"

就在这个时候,他在探照灯的强光下清楚地看见,张彪和李英楠互相拉扯着来到了自己面前。还没等张彪开口说话,李英楠已经大声地朝着他嚷道:"凌所长,这小子要领着方志敏越狱……"

别看凌风梧平时总是笑眯眯的一副迷糊样,其实他的头脑比谁都灵活,此时他马上朝身后的宪兵们大声吼道:"别听他俩胡说,全都给我带回去审问!"那些宪兵一听所长下了命令,马上动起手来,不由分说地把两人全都带回了看守所里。

回到了看守所,凌风梧立即命人把李英楠请到了办公室。凌风梧望着他笑眯眯地抱了抱拳,说道:"您不是事已经完了,被调回行营高就去了吗?怎么会在门口跟张彪厮打成了一团儿,是您在我这儿受委屈的时候他得罪过您?"

李英楠冷笑一声望着凌风梧戏谑地说:"凌所长你何必揣着明白装糊涂?今天的事只怕只有你最清楚,又何必多此一问?"

凌风梧这才省悟到这家伙知道的远比自己想象的要多,因此便翻了脸,他"嘿嘿"一笑瞪起眼望着他说道:"兄弟,你把话说这么绝,就没想到要给自己留条后路吗?"

李英楠也不甘示弱地反驳道:"该留后路的只怕是凌所长你吧?要不是我今晚事先没通知戴处长,你这会儿还能站在这里跟我讲话吗?"说到这儿,他低头看了看腕子上的手表,得意洋洋地补充道:"咱们这场戏已经唱了这么半天,只怕是你们钱处长就要到了。他一来你就知道天是蓝的、醋是酸的了。"

凌风梧也知道自己的时间很是紧迫,可慑于李英楠行营特务处的身份一直没敢轻举妄动。但眼下他却不这么想了,在李英楠刚才的话里,他已经弄清楚了一件事。一听这个妄图独占大功的家伙根本没把这么重大的消息告诉南昌行营时,凌风梧心里顿时起了杀机。他毫不示弱地指着桌上的电话对李英楠说道:"好哇,既然我活这么大还不知道天是什么颜色、醋是什么滋味,那就请你给行营打个电话,让他们派个人来教教我吧?"

李英楠听了马上竖起大拇指,望着凌风梧说道:"好,凌所长你真是有种!"

李英楠说话就转身去打电话了,凌风梧闪电般地抓起了桌子上的手枪,

用枪柄打昏了他。干完这一切之后,凌风梧推开门,冲正在门外等着的张彪淡淡地一笑说道:"张彪,你进来一下!"

张彪走进了办公室,看了一眼地上趴着的人,把嘴一撇问:"是让我把他处理掉吗?"

凌风梧笑着耸了耸肩,不屑地看了看那个家伙回答说:"这个人我根本就没见过,你看着办吧……"

张彪比他还绝,飞快地扒了他的军装上衣,随手一卷,挥手叫过了两个看守,没事儿人似的吩咐道:"把他拖到刑讯室去!"

那两个看守马上执行了这一命令,其中一个资格老些的还带着谄媚的笑容问道:"张爷,今晚上又要给他开小灶?"

张彪笑着点了点头道:"是呀,这类家伙不好好开导一下是不行了。"

刚到了刑讯室,这家伙便"哼"了一声慢慢地醒转过来。他惊恐地看了看周围的环境,终于明白发生了什么。就在他张大了嘴想要大声叫喊的时候,早就等在那里的张彪马上往他的嘴里塞进了一团烂布,又挥手一拳打在了他的太阳穴上。李英楠连一个字都还没来得及喊出来,两眼一翻便又昏了过去。

张彪看在眼里撇嘴一笑,掏出枪来用他那件军装上衣裹了裹轻蔑地笑道:"你去死吧!你连方先生这样的大人物的事都坏了,死了一点也不冤了……"说着话扣动了扳机。

随着一声闷响,李英楠的身体猛地一挣好像要反抗一样,但过了还不到一秒钟便颓然地瘫软下来,一动也不动了。张彪干这一切的时候,凌风梧早已进到了刑讯室里,默默地注视着。张彪望着他把头一点说:"放心吧,事情已经干利索了!"

凌风梧急忙说道:"好,你该走了……"

张彪背起了那个家伙,骑上了所里的摩托车,加大油门冲出了看守所的大门,消失在了茫茫的夜色中。凌风梧知道张彪扔掉那具死尸后再也不会回来了,刚才发生的那一幕落下了帷幕。没了这个顾虑,看守所里一切又恢复了正常,就像是什么也没发生过一样。

钱景民这一晚并没有出现,因为此时他早就喝得酩酊大醉,人事不省了。

越狱失败了,方志敏又重新回到了自己的牢房里。他心里明白,自己的时间不多了。

另一间牢房里，胡逸民望着方志敏的身影喟然长叹，心里充满了遗憾。

钱景民第二天一大早就来到了看守所，他径直闯进了凌风梧的房间里急匆匆地问道："昨天发生了什么？听说这边昨天响了半天的枪……"

凌风梧望着他笑眯眯地说道："没什么，只是张彪昨天喝醉了酒，骂骂咧咧地想要找你报仇，胡乱打了一阵枪，引来了附近的巡逻队和警察……"

钱景民只得苦笑着问道："张彪现在在哪儿？控制住了么？"

凌风梧把两手一摊说："这家伙骑着摩托车跑了，后来听巡逻队的人说，正好赶上那时候有一帮共产党跟他们在附近交火，他早趁乱溜了……"

钱景民一听脑袋就大了，心里暗想："真他妈的倒霉！我这才代理处长，第二天看守所就出了这么大的事情，这要是让顾长官知道了，估计也就不用再代理了。"想到了这一层，钱景民反倒冷静下来，他亲自给巡逻队打了电话仔仔细细地询问了一番之后，这才笑着对凌风梧亲热地说道："老凌啊，恭喜你呀！"

凌风梧听了摸不着头脑地答道："处座你这是……"

钱景民用诱导的语气说道："这还不明白？昨天共产党妄图武力救出方志敏，对看守所进行了袭击。你马上组织抵抗，最后终于在巡逻队的协助下挫败了共产党的这次阴谋，是这样吗？"

凌风梧是精明人，听钱景民这么一说当时就反应过来，赶忙笑弥陀似的点着头回答道："没错，就是这样！当时您亲自指挥，还打伤了好几名共党呢。"

钱景民一听凌风梧比他还会吹，点了点头笑着提醒道："那还不赶紧写个报告送到行营去？"

凌风梧本以为今天肯定会有麻烦，谁知竟然这么轻轻松松地过了关，狂喜之下赶紧连连点着头把胸脯一拍，大声说道："处座放心！我这就写！"

徐凤姑等人终于平安地回到了荒宅里，因为越狱行动的失败，大家全都沉浸在悲伤之中。

蓝火东走过去轻声对徐凤姑说："别伤心了大队长，咱们再重打锣鼓，另想办法吧……"

徐凤姑默默地叹了口气，正要开口说话，她的警卫员徐少艾走过来凑到她耳朵边低声说道："黄道书记来了，让你到湖边去见他。"

凌风梧那份没有一句实话的报告送到了行营后，顾祝同见了愈发觉得留着方志敏是个祸患，当时便给蒋介石打了电话，反复陈述了处决方志敏的重要性。

获悉了方志敏的情况后，蒋介石终于松了口，他缓缓地开口说道："墨三说得有理，那方志敏要是想归降早就归降了！我看可以执行方志敏的死刑了。"

顾祝同听了心里如同一块石头坠地，可蒋介石却又突然改变了主意说："杀死一个人太容易了，但要征服一个人却是很难！这样吧，你让方志敏先知道即将处决他的消息，再等他三天。"

蒋介石同意了顾祝同的建议后便暂时把这件事忘在了脑后，一心一意地研究起把精锐德械师调往剿共前线的事情来。谁知第二天一大早，姜瑛走到他身边报告说："委座，南昌行营的戴处长求见。"

蒋介石听了感到很诧异，当时就点头对姜瑛盼咐道："让他进来。"

戴笠很快就出现在了蒋介石的面前，敬了个标准的军礼，并恭敬地叫道："校长好！"

蒋介石平生最信任黄埔出身的军官，也最喜欢这个称呼，马上笑眯眯地指了指面前的椅子对他说道："雨农快坐，你这是……"

戴笠谢过了蒋介石，挺直腰板恭恭敬敬地坐下回答说："回校长的话，我之所以匆匆地从南昌行营赶来，是因为方志敏的事情……"

蒋介石听了感到很奇怪，忍不住望着他问道："顾墨三不是已经决定处决方志敏了吗？你难道跟他有什么不同意见？"

戴笠点头回答说："顾主任想要尽快处决方志敏是站在党国的立场上，这一点学生绝不敢有半点微词。只不过我……"戴笠揣摩着蒋介石的心思欲言又止地说道。

蒋介石意识到戴笠肯定是有了什么重要的情况，很感兴趣地看着他，用鼓励的语气对戴笠说："雨农不必有那么大的顾虑，有什么尽管直说！"

得到了蒋介石的首肯，戴笠这才开口向蒋介石报告了一个重要的情况："据学生从一个打入共产党内部的特工处获悉，共匪为了营救狱中的方志敏，决定调集江西省内所有的游击武装，实施武装劫狱。以学生之见，这正是一举肃清江西匪患的大好时机，因此想请求校长暂缓下达枪决方志敏的命令。"

一直以来，江西等省的共产党游击武装一直是蒋介石的心病，听戴笠这么一说，蒋介石不禁用赞赏的眼光望着他，连连地点起头来。他微笑着问戴笠："那顾祝同是什么意见？"

戴笠不愿意在蒋介石面前留下个背后说人坏话的印象，更何况他心里十分清楚，被蒋介石视为心腹的顾祝同不是轻易能搬得动的。于是他小心地斟酌着字句期期艾艾地回答说："顾主任的意见是，要抢在共匪行动前动手，绝了他们的希望，动摇他们的军心……"

蒋介石一听，觉得顾祝同的做法也不失为一个好办法，但又不肯失去大量歼灭共产党游击队的有生力量这样一个机会，忍不住端起了面前那只玻璃杯，转动着杯子沉吟起来。

思虑再三，蒋介石终于同意了戴笠的计划，他放下玻璃杯抬头望着戴笠说道："雨农说得有理！我待会儿就给墨三打电话，让他把立即处决方志敏的时间放在你的这次行动之后……"

顿了顿之后，蒋介石又微笑着盯着戴笠的眼睛，用推心置腹的腔调说："雨农啊，这次行动你必须要干出些成绩来，一俟江西的匪势受挫，我便会调你来南京。我已经内定你为军事委员会调查统计局的副局长了！"

戴笠听了顿时感到热血沸腾，马上站起来大声说道："谢校长栽培！学生一定尽心竭力，不成功则成仁！"

蒋介石听罢哈哈一笑："我只需要你成功，而不是成仁。"

徐凤姑在江边见到了黄道后商量出了刚才戴笠所说的那个结果。回到苏区后，邵式平当即对这个意见表示了赞同，决心不惜一切代价救回方志敏，借此掀起第二次革命高潮。他们没有想到的是，这个决议被一个混进队伍里的特务探听到了，使这个重要的行动还没实施便暴露了意图。

围绕着方志敏所在的百花洲看守所，整个江西的国共双方全都紧张地忙碌起来。戴笠亲自部署了歼灭共产党游击武装的行动，许多驻扎在南昌附近的部队纷纷接到了命令，紧急进入了戒备状态。

那一边，战斗在崇山峻岭中的游击队纷纷离开了驻地，悄悄地向着南昌的方向潜来。有些队伍还跟早就有了准备的国民党军队发生了激烈的战斗，蒙受了很大的损失。

戴笠因为调度有方受到了蒋介石的亲自嘉奖。当这些消息传进了百花洲看守所里方志敏的耳朵时，他显得异常焦急。他怕为了营救自己而使更多的同志遭到敌人的毒手，便跟胡逸民商量着想要送一封信去给黄道和徐

凤姑,让他们赶紧打消营救自己的打算。

戴笠回到南昌之后,顾祝同表面上仍是客客气气的,但心里却对他撇开自己直接去见蒋介石的举动大为不满。迫于蒋介石的命令,他便拉着戴笠关注起整个江西的局势来。

戴笠因为在蒋介石面前夸下了海口,所以显得格外用心,特别请顾祝同下了命令,凡是跟共产党有关的事必须当天上报,就算是哪里被附近的游击队摸掉了一个岗哨,也绝不肯放过。经过他这么一折腾,渐渐地还真有了发现,他看到各地的游击队最近都没闲着,全都以各自的驻地为圆心,在通向南昌的方向开辟了新的活动地点,一张营救方志敏的大网已经完全展开了。

戴笠猜得不错,共产党那边果然正在紧锣密鼓地实施着营救方案。除了邵式平留在营地坐镇外,其余几个主要领导人全都投入到了这次行动中。黄道担任了这次行动的总指挥,徐凤姑则继续潜伏在南昌,担负起直接带人袭击看守所,把方志敏抢出来的任务。

他们的计划是这样的,一旦狱中的方志敏做好了准备,一支游击小队将率先在看守所的大门外发动强攻吸引敌人的注意力,另一支人马则会在徐凤姑的带领下用炸药炸开离优待牢房最近的一段围墙,闯进去抢人。一旦战斗开始后,一部分游击队将在敌人援兵可能到来的路段上进行阻击,掩护方志敏安全转移;数千名分别来自十几支游击队的战士也将分成两路从不同的方向攻击南昌市区,确保这次行动的成功。

这个消息自然又一次通过向影心带给了方志敏。谁知方志敏听了马上皱起眉头,不安地在牢房里走来走去,连连地叹起气来。

胡逸民望着一向沉着的方志敏那焦急的样子,不解地问道:"方先生这是怎么了?你们的人一心要救你这是好事啊,难道有什么不妥吗?"

方志敏停住了脚步,回转身来望着胡逸民点头答道:"永一先生说得对,他们在这件事上不够冷静,我决定不惜一切代价阻止这次营救行动!"

胡逸民听了非常震惊,愣愣地望着方志敏好半天才出声问道:"这……这又是为何?"

方志敏手按着桌子冷静地分析道:"永一先生,你也知道现在的形势是敌强我弱,分散在各地的游击队虽然不多,但却如同一把钉子般扎在了南方数省,令蒋介石不得不派出大量的兵力来防止这几个省变红,极大地支援了主力红军。但如果把他们拉出来跟顾祝同手下精锐的中央军硬碰硬的话，这结果我不说您也能想得到……"

胡逸民听到这里忍不住开口问道："那他们的计划要是成功了呢？"

方志敏听了摇着头叹了口气说："如果这个计划能够顺利实施的话，我方志敏被救的可能性虽然很大，但参加行动的游击队员将会付出惨重的代价，得不偿失啊！"

最后方志敏终于说动了胡逸民，让他告诉向影心火速带信给徐凤姑，让他们想法派人来和自己见面。

向影心是个精明的人，小算盘打得实在是到家。上回她因为出卖了飞花班的艺人们洗脱了身上的嫌疑又没得罪共产党，心中十分得意。这一回她知道共产党要搞个大动作，一旦到时候被安个通共的罪名，就是戴笠也救不了她。琢磨了一阵之后，她终于主动打电话把戴笠约了出来。

戴笠一听是向影心找自己，赶紧风风火火地赶回了那座小洋楼，一见面就紧紧地抱住了向影心用抱歉的口气说："这段时间因为一件大事冷落了你，真是有愧……"

还没等他把接下来的甜言蜜语说出来，向影心便伸出了一只手捂住了他的嘴。向影心嗔怪地看了他一眼，嗲声嗲气地说道："哎哟我的戴大处长，你以为我来只是为了和你快活的吗？"

戴笠听了浑身一震，意识到向影心肯定是有了重大的情况，没准儿还跟他一直关注着的游击队营救方志敏的事情有关，赶紧拉着她的手坐在了沙发上，连声地催促道："到底是什么事儿？赶紧告诉我！"

向影心一看戴笠的样子，便咯咯娇笑着对他说道："方志敏找到了我先生，让我在看守所对面的街上等着共产党来找我……"

尽管向影心又一次出卖了一直很信任她的共产党，但她还是小心地撇清了自己。戴笠被这个消息撩拨得按耐不住了，他猛地站起来拉着向影心的手追问道："找你干什么？"

向影心轻轻地推开了戴笠的手朝他飞了个媚眼儿，回答说："那方先……方志敏想让他们派个人到看守所去见他……"

戴笠听到这个消息之后，自作聪明地想："这肯定是方志敏闻到了什么风声，获救心切，正好利用这个机会观察观察他们的动静……"打定了这个如意算盘之后，戴笠便毫不犹豫地对向影心说："我的心肝儿，你说的这个情报太重要了！你就去吧，到时候只管领人进看守所就是！"

向影心卸下了压在心头的巨石，媚笑着望着戴笠说："既然这个情报这么重要，你想怎么奖励我？"

戴笠当时便豪爽地回答说："放心，我回头奖你一根金条！"

向影心得寸进尺地撒着娇哼唧道："就一根破金条人家有的是，谁稀罕呢？还有什么别的吗？"

戴笠想了想，诡秘地一笑，亲了亲她的脸蛋儿，坏笑着补充道："等我过一阵调到南京就把你带上，再给你个特殊的身份，这总行了吧？"

向影心熟门熟路地跟徐凤姑接上了头，把方志敏的要求告诉了她。徐凤姑听完琢磨了一会儿告诉她说："这样吧，明天一早就还让上回给方主席打过针的那个护士去吧……"

当天晚上，徐凤姑便和蓝火东带着警卫员徐少艾来到了南昌城里的一家诊所，轻轻地敲起了门。很快，诊所里便有了回应，一个穿着白大褂的中年男子打开门，上下打量着他们问道："你们是来看病的？"

徐凤姑点了点头回答道："没错，家里有人得了急病。"

那个男子听了点着头回答说："我就是大夫，出诊是要两块大洋的，你们？"

徐凤姑伸手掏出了一把银洋，递过去笑着说道："你放心，钱不是问题！"

看到徐凤姑出手这么痛快，那大夫便微笑着打开了门，做了请的手势说："那你们先进来坐坐，等我准备一下咱们就走。"

几个人刚进到屋里，蓝火东和警卫员徐少艾便迅速地关上了门，大夫一见，脸上微微变色道："你们这是要干什么？"

28

面对满脸惊惧的大夫，徐凤姑开口说道："我们是弋阳方先生介绍来的，有事想要请你帮忙。"

那大夫听了不但没有因此放下心来，而是显得更加慌张，他望着面前的徐凤姑等人惊恐地叫道："你们是共产党的人？方先生他难道出来了？"

徐凤姑回答道:"不,他还在监狱里……"

那大夫听了忍不住满怀希冀地失声叫道:"你们莫非是要救他?"

徐凤姑点了点头正色回答道:"没错,来找你就是为了这个!"

那大夫听她这么一说,马上像换了个人似的兴奋地说道:"那好,你说要我做什么吧!"

看到大夫的态度,徐凤姑和守在门口的蓝火东默默地对视了一眼,迅速地交换了一个眼神。

这一次戴笠真的是把顾祝同给得罪到家了。因为这样一来,他不仅在蒋介石面前显示了自己,同时也把顾祝同陷了于不肯实心用事,甚至是有些无能的尴尬境地。要是换作旁人,顾祝同早就派他去一线进剿游击队送死了,但对仅仅是个上校军衔的特务处处长戴笠,他却不敢这样。

戴笠之所以能让深受蒋介石信赖的陆军上将顾祝同这般忌惮,是与他深得蒋介石器重分不开的。戴笠早年曾在浙军周凤岐部当兵,后来因为不得志脱离部队到了上海,在交易所结识蒋介石、戴季陶等人。并很快就因为狡诈残忍赢得了蒋介石的信任,为他今后走上青云之路打下了基础。

黄埔建军后,戴笠被蒋介石送入黄埔军校深造,毕业后便担任了蒋介石的侍从副官。也就是从那个时候开始,他频繁地进行了情报活动,并很快受到了蒋介石的认可。特别是在1930年,他建立了国民党的第一个特务组织"调查通讯小组",及时帮助蒋介石铲除了政敌,因而深得宠信。

紧接着,不甘寂寞的戴笠先是组建了特务组织"力行社",为蒋介石加强了特务统治。后又在南京秘密成立"中华复兴社",也就是人人唾骂的"蓝衣社",大受蒋介石的赞赏,从而被委任为蒋介石视为剿共大本营的南昌行营的特务处处长。对于这样一个人,顾祝同当然不敢过分,只是在心里咬牙切齿罢了。

既然动不了戴笠,顾祝同只得对共产党营救方志敏的事情上了心。因为只有这样,他才不会被蒋介石看成碌碌无为的无能之辈。

打定了主意之后,顾祝同便下达了命令,亲自召见了江西各县的县长和地方驻军长官,准备亲自布置各地联手阻击可能过境的共产党游击队。

在顾祝同的安排下,大大小小上百名官员全都起程向着南昌赶来,他们虽不知道顾长官为什么会突然召见他们这些芝麻绿豆般的小官,但慑于顾祝同决不允许迟到或缺席的严命,全都日夜兼程地赶起了路来。

　　大夫同意带着自己的护士白雪去出诊了。他之所以会这样，其实另有一番隐情。徐凤姑那句"我们是弋阳方先生派来"的话起到了决定性的作用。

　　这个叫魏天浩的医生明白她说的方先生就是共产党的三省苏维埃主席方志敏，而他和方志敏之间还有着一段特殊的渊源。徐凤姑等人的到来，勾起了魏天浩大夫隐藏在心底深处的一段回忆：

　　多年以前，求学归来的魏天浩因为一场大病在上海耗尽了身上的钱。为了回家，他只得偷偷混上了一艘外国人经营的客轮，想要尽快回到自己的家乡去。不料，他躲闪的神情很快就被查票的外国水手发现了。水手把他和另外两名没钱买票的穷人一起带到了趾高气扬的外国船长面前。那名外国船长根本就看不起中国人，这下更是得理不饶人，竟然下令让他们下跪。

　　面对穷凶极恶的外国水手，他身边那两名老实巴交的人跪下了，魏天浩却央求那个外国船长准许他到站后找熟人把钱补上，谁知那家伙根本不听，指挥着水手扑过去对他拳打脚踢，还用半生不熟的中国话侮辱他说："中国人根本不配站着和我说话！"

　　在那个船长的授意下，一个满是胸毛的水手抡起鞭子猛抽他们三个人。抽完后还招呼其他人用绳子把三个人绑起来，用多余的绳子把他们吊在船上，头朝海面挂着。溅出的浪花把他们脸上的伤刺得很疼，连疼带怕，他们不禁哇哇大叫起来。

　　魏天浩不想就这么葬身鱼腹，只得大声呼救起来。船上的中国人尽管全都十分气愤，但面对连官府也不敢招惹的外国人，却是敢怒不敢言。在呼呼的海风中，除了外国人那放肆的笑声，就只剩下魏天浩越来越微弱的呼救声和另外两个人声嘶力竭的哀号。

　　就在这个时候，身穿青布长衫的方志敏分开众人来到了那个外国船长的面前，大声地喝道："放开他们！"

　　那个外国船长听了一愣，上下打量着文质彬彬的方志敏，还想着要继续逞凶。但不知怎么的，当他的目光和方志敏那正气凛然的目光相遇时，顿时心虚起来。他只得虚张声势地指着方志敏问道："你是谁？凭什么要我放开他们？"

　　方志敏义正词严地望着他高声回答说："我是中国人，要你放开他们，是因为这里是中国的土地！"

方志敏这句话立即引起了他身后的乘客们的共鸣，大家都情不自禁地叫起好来。山呼海啸般的声音让那个船长注意到，随着这个青年人的出现，船上的中国人眼睛里全都闪动起了愤怒的目光。

外国船长被方志敏镇住了，只得耍起了无赖说："你们这些野蛮的人真不讲理，他们上船却不买票，你们还要来闹事。除非你替他们还了钱，我就放人！"

方志敏从兜里掏出了一把铜板轻蔑地对他说道："我们中国自古就是文明的礼仪之邦，只有你们这些眼睛里只认识钱的家伙才是真正的野蛮人！"说着话他把那把铜子随手丢在了甲板上，威严地命令道："放人！"

那个外国船长不肯轻易地在这个青年人面前服软，故意用脚扒拉着方志敏扔下的那些铜板，胡搅蛮缠地说道："这些钱怎么够？没钱还来捣乱。"

谁料他这句话捅了篓子，那些早就义愤填膺的中国人有了方志敏的带领，胆子全都大了起来，不知是谁带头劈手扔过来一把铜子，砸得那个船长直皱眉头，还没等他弯腰拾起这些铜板，那些中国人一起动了手，雨点般的铜板飞了过来，打得那些外国人全都抱着脑袋狼狈地跑了。

获救后的魏天浩在恢复了一些后，朝着方志敏感激地问道："先生你是？"

甲板上，一任强劲的海风呼呼地刮过，方志敏身上的长衫和头发随风飘动着，他笑着对魏天浩回答说："我是弋阳方志敏！"

那天在船上他们聊了很久，也因此熟识了起来。后来方志敏的苏区红军医院缺少西药的时候，曾经派人来找过魏天浩。那天和今天一样，来人的一句"弋阳方先生"，便让魏天浩明白了一切。他冒着杀头的危险，帮助他们搞到了红军医院急需的药品。因为曾经听方志敏讲过这件事，徐凤姑便照猫画虎地找上门来。

在向影心的带领下，魏天浩和假扮成护士白雪的林玲顺利地见到了方志敏，因为两人的相貌比较相近，没有人怀疑她们被调包了。魏天浩在胡逸民的配合下巧妙地打着掩护，让方志敏从护士林玲那里了解到了正在进行的营救方案的内容。

面对极力保持着镇静的护士林玲，方志敏严肃地说道："回去告诉徐凤姑，就说我方志敏以革命的名义命令她，马上回去向黄道和邵式平汇报，

立即取消这次行动,让参加行动的各路人马火速赶回各自的驻地!"

护士林玲心碎般地小声叫道:"人如果都走了您怎么办?"

方志敏深深地望着她加重了语气,回答道:"我这里你不用操心,回去告诉他们,如果他们坚持这样做,那就是对革命的犯罪!"刚说到这里,门外传来了凌风梧跟钱景民打招呼的声音,方志敏赶紧给护士林玲使了个眼色,低声命令道:"你赶紧走吧,记住我的话!"

一出看守所,魏天浩和护士林玲便被特务处的两个特务紧紧地盯上了。他们亦步亦趋地来到一处闹市的时候,一个醉鬼突然间跟跟跄跄地从斜刺里撞了过来,"扑通"一声躺在了地上,冲着两人的脚下便哇哇地吐了起来。

一个特务正要伸脚去踢,他的同伴赶忙小声地提醒道:"算了,别忘了戴处长的吩咐……"那特务抬头一看,只见坐在一辆洋车上的大夫和护士白雪已经快要拐进一条小巷,只得狠狠地瞪了一眼地上大声说着酒话的醉鬼,去追赶那辆眼看就要跟丢了的洋车去了。

他们走了之后,那个醉鬼很快便站了起来,摇摇晃晃地钻进人群里,跟等在那里的林玲一起消失在人群之中。原来,冒充醉鬼的正是当年的山大王、今天的游击队员"闯塌天"。就在他吸引了那两个特务的那一瞬间,护士林玲迅速地跳下了车,徐凤姑则飞快地把魏天浩诊所里的真护士白雪送到了马车上。

魏天浩对于身后盯梢的尾巴丝毫也不担心,因为他根本就不是共产党,而且已经在南昌行医十来年,颇有点名声了。

经过一番调查,戴笠很快就排除了魏天浩是共产党的可能,但由于有了向影心的报告,他还是派特务继续监视着魏天浩的诊所,希望能在来就诊的病人里找到共产党方面派来的人。

戴笠估计着那个营救方志敏的计划可能就要在这几天进行,便按照各地的报告,秘密地调集重兵,隐藏在这些队伍进入南昌的必经之路上。

为了麻痹正在向南昌摸来的游击队,戴笠还想出了一条毒计。在他的安排下,满载着士兵的数十辆卡车在夜间悄悄地驶出了南昌,拉着战斗力较强的宪兵团和三十四旅的人马秘密地和周围的保安团换了防,做好了全歼共产党游击队的准备。

潜伏在敌人三十四旅的地下党及时地掌握了这个情况,秘密地把情报送到了红军的营地。得知了敌人的计划后,黄道和邵式平不禁大吃一惊,连叫好险。

黄道对邵式平说道:"既然我们已经知道敌人有了防备,这次营救行动就已经失去了突然性。不仅难以成功,还会使革命力量蒙受巨大的损失……"

邵式平望着黄道沉吟了半晌之后才开口说道:"我看不如这样吧,敌人变我们也变,你赶紧派人到南昌去看看,徐凤姑他们那里准备得到底怎么样了。"

黄道听了心里一动,略显吃惊地望着他问道:"你的意思是行动还要继续?"

邵式平目光炯炯地看着黄道,点了点头回答道:"计划不能取消!现在我们已经掌握了敌人的动向,我看不如这样做……"说着话,他指着地图对黄道说:"咱们慢慢地撤回江西境内的游击队,在归途中聚集在一起后合成一股,杀他个回马枪,等敌人的视线全都被我们吸引过来之后,咱们就让徐凤姑动手!"

黄道很不理解地问道:"你这计划好是好,可这样一来,徐凤姑他们不还是人单势孤?"

邵式平神秘地一笑回答道:"不!等你那边有了消息之后,我马上亲自带人到萍乡去,带着那里的队伍经过湖南边境的山区直插南昌,打他们个措手不及!"

黄道不肯指派别人,当下亲自带人绕道赶往南昌,想要把这个情况告诉即将采取行动的徐凤姑。

就在黄道日夜兼程朝着南昌而来的时候,钱景民根据顾祝同的安排,拿着那张死刑命令来见方志敏了。顾祝同其实是想再给蒋介石做做样子,让他看到他顾某人不到最后一刻决不罢休,其实他心里对方志敏并没有任何的指望。

方志敏用轻蔑的眼神看着那张蒋介石核准了的死刑命令,若无其事地看着钱景民问道:"这不是已经定下来了吗?咱们还有什么好谈的?"

钱景民马上把头摇得像拨浪鼓似的对方志敏说:"不然,不然!方先生难道没看见上边写着'酌情缓办'这几个字吗?这样的批复我以前见过,只要稍微低低头,准保死不了!"

方志敏轻轻地一笑,用责备的语气对钱景民说道:"我说钱处长,我跟

死囚

297

你说了多少回了?我不可能因为保命背弃自己的信仰,难道你想听我再多说一遍?"

钱景民瞪大了眼睛大惊小怪地叫道:"方先生,你不会真的不怕死吧?这回可绝对是真的了……"

方志敏冷冷地回答道:"我要是个怕死的人也许会被你吓住了,但我真的不怕死!不是有句古话叫'人不怕死缘何以死拒之',你以前没听说过吗?"

钱景民无可奈何地苦笑着问道:"真不知道你们共产党的天堂里有些什么?你就这么急着去?"

方志敏哈哈一笑站起身来,说道:"我们的天堂里没有黄金美酒,但那是一个充满了信念的地方!不瞒你说,我还真的有些等不及了呢……"

面对方志敏的回答,钱景民真的不知道该怎么回答才好了,他只得改变了话题,笑着问道:"我还想多问一句,方先生上天堂之前还想不想见见你的妻子和两个孩子呢?"

方志敏点了点头回答道:"如果可以的话,我当然想……"说到这里,方志敏打住了话头看了看钱景民又继续说道:"但如果有什么附加条件的话,你就免开尊口了吧!"

钱景民讪讪地笑着说道:"顾主任吩咐过,你要是执意不跟政府合作,死前准备让你和缪敏见见面。条件也很简单……"

方志敏用嘲弄的眼光看着他戏谑地说道:"那你说来听听吧。"

钱景民琢磨了一会儿才试探着说道:"顾主任说见面前你必须参加一次和在押共产党的见面会,下令让他们停止和政府对抗,说服被关押的红军官兵跟他好好合作。一点不涉及到你,这总行了吧?"

方志敏听罢,好像钱景民刚才不是转述了顾祝同的命令,而是讲了一个最好笑的笑话,马上站起身哈哈大笑起来。笑了好一阵,方志敏才把头转向了钱景民大声地回答说:"请你转告顾祝同,别再费心思了!我方志敏不管什么条件也不会答应的!尤其是他提出的这种自欺欺人的要求,简直是可笑至极!我要是答应了,那等于命令大家投降,真不知道他是怎么想的!"

面对双目微闭连看也不再看他的方志敏,钱景民虽然既恼怒又失望但也无可奈何。他默默地站了一会儿,终于灰溜溜地走了。

望着钱景民气急败坏的背影,方志敏知道敌人就快要动手,自己的时间已经不多了。他默默地把目光投向了窗外，看着婆娑的树叶，浮想着外面的世界：那里有千千万万等着他去唤醒、去拯救的劳苦大众，和在艰难地前行的红军战士。他坚信，在共产党那支信仰的火炬下，他们很快就能找到一条宽广的大路，沿着它打败一切敌人。

在行营的大礼堂里，穿着全套戎装、佩戴着上将军衔的顾祝同正站在一人高的麦克风前声嘶力竭地叫嚣着："诸位！眼下随着方志敏即将伏法，共匪的各路人马全都在蠢蠢欲动。我要求你们会后马上赶回各自的位置上，拦截妄图过境的共匪，务求月内基本肃清江西境内的匪患！"

说到这儿，顾祝同的眼里涌现出骇人的杀机，他向台下那些噤若寒蝉的官员们挥舞着胳膊吼叫着说道："但我要提请各位注意，哪一个要敢在共匪面前畏缩不前，兄弟我一定报请委座，严惩不贷！"

在一阵稀稀拉拉的掌声中，顾祝同结束了他的讲话，让戴笠给大家布置起有关的事情来。

黄道赶到了南昌马上去见了徐凤姑，向她通报了当前的情况。

为了分散敌人的注意力，徐凤姑向黄道提出，一方面让一些路远的队伍暂时返回营地，制造行动被取消的假象；一方面派人通知邵式平赶去萍乡动员那里的游击武装，准备抢在敌人动手前进行武装劫狱救出方志敏。

商量好一切之后，徐凤姑这才把护士林玲带回的方志敏的话原封不动地转达给了黄道。回味着方志敏的话，黄道的眼睛里带着泪花。他望着徐凤姑轻声地说道："志敏同志是革命的财富，我们绝不能眼看着他受到敌人的伤害。为了神圣的革命事业，我们必须尽快把他救出来……"

在顾祝同亲自召开的歼灭共产党游击队的会议上，身为弋阳县父母官的张潇然也坐在下边，越听心里越别扭。看着顾祝同手舞足蹈的样子，听着他声嘶力竭的叫喊，张潇然第一次感到自己的荒唐。以前，他一直固执地认为国民党和共产党之间的较量是两种信仰在交锋、在碰撞。甚至天真地认为，这种碰撞和交锋也许能促进国民党进行深刻的反省，最后再涅槃般地取得胜利。但自从见到了方志敏之后，这种感觉越来越淡了，特别是顾祝同在这次会议上的表现让他十分失望，他不由得想起了方志敏曾经对他说过的话，认为自己所在的阵营怎么也跟他一贯信仰的正义挨不上边儿了。

会议结束时，张潇然默默地走出会场，打消了就近去见见顾祝同的打算。不知怎的，方志敏那身穿破棉衣、目光炯炯的样子总是闪现在他的眼前。张潇然的心里突然涌出了一个想法，他很想把这次会议的内容告诉给那些在崇山峻岭中为了信仰苦苦支撑着的人，他们不就是让劳苦的民众能在无尽的凄风苦雨中看见一丝希望的人吗？不就是随时准备着为了别人牺牲自己的人吗？

在这一瞬间，张潇然抛开了心中原本根深蒂固的成见，打算保全这些跟着他们的方主席奔赴前线去迎战倭寇的战士！虽然打定了主意，但新的苦恼又笼罩了张潇然。这个新的苦恼就是，该上哪儿去找共产党呢？

经过一番苦思冥想，坐在行营专门派来送他们赶回治所的汽车里，张潇然的脑海中灵光一现，终于有了主意。

回到弋阳的时候天已经黑了，张潇然下了车，马上派人请来了县里的大小官员，简单扼要地传达了顾祝同在会议上的讲话，又详细地布置了一番，便让大家回去了。

就在县警察局的局长也准备跟着大伙儿一起告辞的时候，张潇然招手把他叫到了自己的面前，用不容置疑的口吻说道："先请留步！陪我到看守所去看看。"

一心惦记着早点回家去看小老婆的局长一看县长连饭也没顾上吃，赶忙陪着笑劝道："县长这一路鞍马劳顿，我看你还是明天再去吧？"

张潇然听了把脸一绷，严肃地对他说道："这怎么行？顾主任吩咐要对各县关押的共党要犯及时进行甄别，这种时候千万要把政府和民众之间的矛盾想办法缓解开来，一刻也不能耽误！"

局长一听这话，认为顾祝同肯定是下了死命令，再也不敢多说了。

来到了弋阳县的看守所里，张潇然面对这个铁窗鳞次栉比、充满了萧杀气氛的地方，想起了远在南昌的方志敏，更加坚定了自己的打算。接过了看守所长毕恭毕敬地递上来的花名册，张潇然板着脸翻了几页之后，"啪"的一拍桌子，不满地望着警察局长说："你们怎么回事？这上面的人十有八九都是抗税的农民，咱们今年的税款不是已经交齐了吗？他们抗的是什么税？"

警察局长听见问，赶忙小心地回答道："您说的那是政府的正税，他们抗的是县里各个部门派下来的捐税。"

张潇然一听勃然大怒，瞪起眼睛冷冷地说道："笑话！自古以来除了中央政府哪个还有权力征税？这件事我怎么不知道？"

　　局长知道张潇然眼里不揉沙子的性格，急忙推卸责任地分辩说："县长息怒，这段时间您被顾长官请去南昌公干，县里的教育局要翻修学校，孔学会想修文庙，再有就是县保安团想再招募些丁壮防备共产党，这才……"

　　张潇然站起身说道："好了，不要再说了！不管什么理由也不能平白给老实巴交的种田人压上这么重的担子呀？你们是嫌造反的人少还是怎么的？别忘了这里是弋阳，是共产党三省苏维埃主席方志敏的家乡！"

　　警察局长满头大汗惶恐地望着张潇然，用蚊子般的声音问道："县长，那您看该怎么办呢？"

　　张潇然看了他一眼，冷冷地吩咐道："放了！"说着话，张潇然又一次拿起了名册，在一个标有共党农会首领的犯人处停住了目光。他叫过了警察局长轻描淡写地问道："这人又是怎么回事？"其实，这才是张潇然今晚的重点。

　　警察局长伸过脖子来看了看回答说："这小子是好几个乡的农会主席，跟山上的游击队常有来往……"

　　张潇然"嘿嘿"一笑，用手指在名册上使劲地一点说："把他给我带上来！"

　　张潇然在弋阳的看守所里巧妙地进行着自己计划的时候，南昌城里，对敌人的计划毫不知情的徐凤姑依然在紧锣密鼓地安排着营救的行动。

　　由于害怕游击队在城里栖身的荒宅引起特务的注意，所以徐凤姑便把开会的地点选在了城南的一家货栈里。这里是地下党用来遮人耳目的联络站。在一座仓库里，各地游击队派来的负责人济济一堂，正在听着身为三省苏维埃副主席兼游击队大队长的徐凤姑布置着营救任务。

　　徐凤姑在明灭不定的油灯前满脸坚毅地对大家说："同志们，我们这里的枪声一旦打响，整个南昌城乡必须同时行动起来，让敌人感到四处着火、八方冒烟。第一队的同志最先行动，在敌人的警备部队附近制造麻烦，吸引他们的注意力。第二队的同志们紧跟着我们，行动时你们断后，不准任何敌人干扰我们的行动，等我们救出了方主席你们就变为先锋，不惜一切代价保着方主席冲出南昌……"说到这儿徐凤姑把手一挥，眼睛里闪动着异样的光彩，兴奋地补充道："到了城外，咱们的人就会四处行动，打乱敌人的部署，让咱们掩护着方主席撤进山区！"

在看守所里，方志敏根本难以入睡。他在床上辗转反侧地躺了一阵，又披着棉衣用手提着脚镣上的铁链慢慢地下了床，"稀里哗啦"地走到了墙根下。方志敏望着小窗外浓浓的夜色轻轻地叹了口气，他之所以叹气并不是因为敌人已经高高举起的屠刀，而是担心在白色恐怖下仍在坚持战斗的游击队。他料定黄道和徐凤姑未必肯听自己的劝告，还是会带领主力来南昌营救自己。方志敏很清楚，游击队走出山林后直接与敌人精锐的中央军正面交战的话，那后果将不堪设想。想到了惨烈的结局，方志敏打定了主意要用自己的性命来挽救那些战士，挽救南方数省的革命……

望着被两个狱警押到了面前的犯人，张潇然打量着这个身材魁梧、长着一身腱子肉的大汉轻声问道："你叫什么名字？"

那个汉子望了他一眼回答道："我叫黄志忠，是个种田人。"

张潇然随即冷笑着问："听说你还是好几个乡的农会主席？"

黄志忠傲然地点了点头说："没错，要杀便杀，你不用再废话了！"

警察局长一看他竟敢如此顶撞张潇然这个一县之长，马上冲过去举手就要打，却被张潇然及时喝住了。张潇然看着警察局长讪讪地退了回来，仍旧心平气和地问道："你能代表得了你当农会主席的那几个乡的农民吗？"

黄志忠自负地点头回答说："那是当然，要信不过我的话，乡亲们又怎么会选我？"

眼看着时机成熟了，张潇然抬起头盯着黄志忠说道："你听好了，你们的处境现在很不妙，特别是你们的游击队很快就要有灭顶之灾了！"

黄志忠不服气地"哼"了一声回答道："不要胡说，我们的游击队你们怎么会消灭得了？"

张潇然笑了笑回答说："我今天刚从南昌回来，你们的游击队自以为聪明，想偷袭南昌的看守所救出方志敏，这简直是妄想！顾主任已经在南昌城外和通往萍乡的道路上埋伏下了重兵，你们只要一动就一个也别想跑了！"

用这种看似威胁实则是暗地输送情报的方式，张潇然一连把这几句话重复了两遍，才对警察局长吩咐道："待会儿把他也放了！"

警察局长听到这个命令之后惊得瞪大了眼睛，生怕是自己的耳朵出了毛病。过了好一阵儿，他才望着张潇然结结巴巴地问道："您是说这个共党的首领？"

张潇然点了点头轻描淡写地教训道:"什么首领?不就是农民自己选出来的头儿吗?现在抗税的都放了,留着他干嘛?放了他,那些农民反倒无话可说,要是毙了他,还真可能闹出乱子来,没准儿坏了顾主任的大事呢!"

警察局长虽然不知道张潇然为什么这么做,但也不敢违背这个顶头上司的命令,只得装出一副恍然大悟的样子,把大拇指一挑称赞道:"县长真是高明!"

张潇然淡淡一笑没有理他,却把头转向了即将获得自由的农会主席黄志忠,加重了语气嘱咐道:"回去劝劝百姓不要再闹事了,我刚才说的那些事可不许在别人那儿乱讲,要是被游击队知道了,我决不饶你!"

在张潇然的监督下,数十名抗税的百姓欢呼雀跃地簇拥着黄志忠走出了看守所。他们出了城门之后,黄志忠立即抓住了身边的一个老汉低声说道:"李老爹,你回去帮我给家里带个话,我现在要上山去找黄道书记,有件事他必须马上知道……"

打定了主意的方志敏,第二天一早便让看守找来了钱景民,对他微微一笑说:"我要见顾祝同,请你把他请来!"

钱景民吃惊地望着方志敏,问道:"你要见顾主任?难道是改变主意了?"

方志敏笑着反驳道:"你说错了,我要见他不是改变了主意,而是打定了主意!"

钱景民哪儿肯放过这个机会,马上答应着回到办公室,要通了顾祝同的电话。

顾祝同听到方志敏主动提出要见他的时候,愣了好半天才反应过来,他高兴地对钱景民说道:"好吧,我这就到你那儿去。"

29

看守所里,顾祝同在钱景民等人的陪同下,在凌风梧的办公室里见到了方志敏。

一见面,顾祝同带着掩饰不住的喜悦望着方志敏说道:"你主动要求见

我,这很好!不知道我有什么能帮上忙的?"

方志敏笑了笑回答说:"我想请你放我出去。"

顾祝同以为方志敏真的屈服了,心里高兴地想:"正所谓'有福不用忙,无福跑断肠',方志敏最终还是选择了向我投降,这份功劳肯定能让委座欣喜若狂的……"他心里虽然这样想,但表面上却故意摆起了臭架子。

顾祝同望着方志敏笑着反问道:"如果你真的能离开此地,新生后又想要干些什么事情呢?"顾祝同很清楚,一个人的意志一旦崩溃,你让他干什么他也会心甘情愿的。因此,他想趁这个机会继续扩大自己的战果,好在向蒋介石报功时好好地炫耀一番。

方志敏气定神闲地看着顾祝同,微笑着答道:"那还用问?自然是回到红军那里继续革命,推翻你们的反动统治了!"

这句话把顾祝同惊得脸上一下子变了颜色,他强忍着恼羞成怒后的表情阴恻恻地望着方志敏问道:"你是不是被关出了毛病?难道今天叫我来就是为了说这些?"

方志敏摇着头严肃地看着顾祝同回答说:"那倒不是!我一个堂堂的共产党员,岂是你们的监狱能关出毛病的?"

顾祝同听方志敏这么一说真的糊涂了,瞪大了眼睛像不认识似的望着方志敏喃喃地说道:"那你到底想要说什么?"

方志敏哈哈一笑,一本正经地对顾祝同说道:"我只是想问问,我的死刑命令已经批下来了,为什么不执行?要是你们心里有鬼不敢执行的话,就干脆把我放出去干革命,省得待在这里了。"

顾祝同被方志敏的话给气乐了,他望着方志敏,笑着威胁道:"方志敏,你口口声声说要出去干革命,我能知道是什么驱使你以革命为借口对抗政府的吗?"

方志敏平静地望着顾祝同回答说:"可以,我们共产党的道理很简单,就是被你们的苛捐杂税逼得活不下去了,所以要平债、要分田、要革命!"

顾祝同听了摇头叹息道:"唉,你可真是块不可造就的朽木,白费了蒋委员长对你的一番苦心……"

方志敏听了,鼻子里"哼"了一声,说:"蒋介石是什么东西!我们干革命就是为了彻底地打倒他!"

顾祝同到了这会儿已经知道方志敏不仅没有一丝一毫想投降的意思,而且故意在激怒自己以求速死,因此反倒平静下来。他淡淡地一笑说:"别说打倒委员长了，你们连我手下的几支队伍都打不过，还打倒哪个？"

方志敏不屑地把嘴一撇没有回答，顾祝同自以为找到了方志敏的软肋，更加得意："我说的没错吧？难道你们不是失败了吗？"

方志敏坚定地说："不！我们只是在军事上暂时失败了，政治上并没有失败。我可以告诉你们，我们永远都不会失败！"他顿了顿又继续说道："最终失败的只能是你们！"

顾祝同打定了主意不让方志敏激怒自己，他笑了笑，抬头迎着方志敏的眼睛望去："你凭什么认定最终我们会失败？"

方志敏语重心长地对顾祝同说道："没想到你居然会问这样浅显的问题，你难道不知道流传了几千年的那两句话么？"

顾祝同轻蔑地对方志敏问道："是哪两句？"

方志敏回答道："一句是'得道多助失道寡助'，很显然你们已经失去了广大民众的信任，成了可悲的孤家寡人！另一句是'正义终将战胜邪恶'，这是千古不变的真理，也是历史必然的发展规律！"

顾祝同终于有些忍不住了，兀自强压了半天窜上来的火气，换做了规劝的口气对方志敏说："咱们退一步，假设你们的主义真是正义的，通过眼下的形势来看，最终也无疑是不能成功的。就是要成功，恐怕也还得等三五百年，顶快顶快也得要一二百年，你又何必去为几百年后的事情拼命呢？"

方志敏抗声答道："我比你乐观得多……"

顾祝同挥手打断了方志敏的话说："你刚才引用了古话，我现在也奉送你一句。咱们中国不是有句古话叫'识时务者为俊杰'吗？随风转舵是作事之人必要的本领，变通变通，你怎么就不能顺应时事呢？"

方志敏听了鄙夷地看着他回答道："见风使舵？我看那应该叫朝三暮四！背弃信仰、苟且偷生的人，我方志敏是不能做的！"

顾祝同终于恼怒了，他猛地一拍桌子大声吼道："方志敏，不要再顽固了！枪一响，人就完了，什么也没有了。这就是你的结局。"

方志敏"哼"了一声丝毫也不为所动，冷冷地看着顾祝同轻蔑地摇了摇头。顾祝同继续吼叫着说道："我警告你，这可不是好玩的！你能存活在这个世界上的机会，稍纵即逝，悔之晚矣！"

方志敏淡淡地一笑答道："我完全知道这个危险，处在这事无两全的时候，我只会走死的一条路！我早就想清楚了，你们还犹犹豫豫的干什么？我刚才说了，要是不敢下手就赶紧放我出去干革命！"

顾祝同气得脸都白了，他指着方志敏恶狠狠地说道："方志敏你有种，我这回保证成全了你。明天你就等着挨枪子吧！"

方志敏听完这句话竟然带着由衷的笑容朝顾祝同微微地欠了欠身，说道："作为你的敌人，我真的感谢你。"

方志敏为了彻底激怒这位行营主任，也不等顾祝同开口就趟着脚镣转身往门口走去。钱景民见了赶紧追过去喝道："方志敏！你要去哪里？"

方志敏带着心满意足的表情回答说："你没听见顾主任说的话？我这是回去等着挨枪子的！"说着话又趟着脚镣便走，等钱景民反应过来，"稀里哗啦"的脚镣声已经去远了。

顾祝同听了这话也不禁愣了一下。钱景民气急败坏地对门口警卫的宪兵骂道："混账，为什么不拦住他？"正在这时，屋里传出了顾祝同灰心丧气的声音："算了，我跟他也没什么好说的了。"

乘兴而来败兴而归的顾祝同十分恼怒，一回到行营自己的办公室，便立即打电话给蒋介石汇报了今天的情况。经过好几轮较量，蒋介石也不敢对方志敏再抱有幻想了。他正要下令，突然想起了戴笠汇报的事情，赶忙对顾祝同说道："雨农不是要利用方志敏做些文章，诱歼共军的游击武装吗？这件事怎么样了？"

早就对戴笠越过他直接去南京面见蒋介石心怀不满的顾祝同终于有了机会，他赶紧乘机说道："雨农的工作热情很好，对党国也是十分忠诚，但我却认为他在方志敏这个问题上是捕风捉影、浪费时间。再说江西的情况已经成了定局，我已经在各处通往南昌的要道列阵以待，共产党不来则已，只要一来就会立即落入彀中。"

蒋介石一听大致明白了江西目前的情况，心里反而对顾祝同以德报怨的做法很是欣赏。其实，顾祝同这样做绝不是以德报怨，而是想不显山不露水地把戴笠这个野心勃勃的家伙赶走了事，省得他总有一种被人在暗中窥视的感觉。

蒋介石沉默了一阵，显然是在思考着什么。顾祝同屏住呼吸耐心地等了一支烟的工夫之后，蒋介石终于开口说道："把方志敏枪决了算了，既然他执意不肯悔改，留着他还有什么用处？不过对他的死刑要秘密执行，省得引来各界的非议！"

顾祝同不知道中共中央已经秘密地派人找到了孙中山的夫人宋庆龄，请她出面营救方志敏，正因为如此才让蒋介石打消了公开处死方志敏的打算。

就在顾祝同小心地揣摩着蒋介石的意图时，紧接着他又听到了眼下最想听到的话。蒋介石告诉他说："你通知雨农尽快返回南京。我准备让他担任军事调查统计局担任副局长的职务，他的任务还很重呢！江西那边有你在，我还有什么不放心的？"

顾祝同听了这个消息后不由得精神大振，赶紧用谄媚的语调称颂道："有委座的运筹帷幄，我一定不会让您感到失望的！"

得到了蒋介石的首肯，顾祝同一刻也不想再等了。他马上把副官叫到了面前得意洋洋地吩咐道："记录，经委座批准，我决定明天一早处决方志敏，由军法处处长钱景民到场监督，行营宪兵团执法队执行！此次执行死刑为秘密行动，一定要注意封锁消息！"

看着副官做完了记录，顾祝同当即便伸手要过了文件夹，在上边飞快地签上了自己的名字，对副官说："马上派人把这个命令送到看守所去，交给军法处的处长钱景民，让他遵照办理吧。"顾祝同看着副官转身要走，又把他叫住说："让特务处的戴处长来一下……"

戴笠并没有因为即将离开行营去南京赴任而兴高采烈，他把向影心约到了湖边，在一家临水的酒肆里要了一个向水的雅间，随意点了几个小菜。

看着向影心笑着给自己倒上了酒，戴笠默默地端起了酒杯望着向影心叹了口气说道："难怪别人总是说儿女情长就会英雄气短，咱们的露水姻缘眼看就要到头了……"

向影心忽闪着她那双大眼睛，用一种勾魂摄魄的目光望着戴笠问道："怎么？是顾祝同不要你了，还是另有高就？"

戴笠仰脖喝下了手里的那杯酒，慢慢地站起身来走到了临水的窗边，用手扶着窗台，望着波光粼粼的湖面撇嘴一笑说："我戴笠是何等人？生死沉浮岂是顾墨三能左右得了的？"表达完对顾祝同的些许不屑之后，戴笠又望着湖面出神地说道："是委员长调我到南京出任新的职务，去帮他主宰他人的沉浮和生死……"

向影心走过来把她那水葱般的胳膊搭在戴笠的肩头，幽怨地问道："你几时走？"

戴笠轻轻地回答道："等明天吃过了顾长官赏赐的送行酒，下午就走……"说到这里，他用胳膊肘支着窗台，回过身来抓住了向影心的胳膊，

依恋地望着她说:"干脆甩了胡逸民那个老家伙跟我一起去南京吧……"

向影心顺势靠在了戴笠的怀里,妩媚地笑着反问道:"你新官上任就拐了别人的老婆,不怕有人参你一本么?"

戴笠的脸上浮现出阴冷自负的神情,冷笑着回答:"今后恐怕只有别人防着我参他的本了,再说你已经是我手下的谍报人员了,有我在,谁敢动你?"

向影心咯咯地娇笑了两声,忽然间心有余悸地问道:"你走后那些共产党要是来找我的麻烦怎么办?他们可是不怕你在蒋委员长那里奏本的啊!"

戴笠摇了摇头,指着窗外的天空对向影心高深莫测地说道:"放心吧,明天天亮之后,共产党很长时间之内将不会再在南昌这样的地方拿刀动枪了。"

向影心听了感到莫名其妙,赶紧追问道:"这又是为什么?"

戴笠笑了笑回答道:"委员长已经下了命令,方志敏是看不见明天的太阳了。他死了共产党没了念想,自然也就不会深入到南昌来做乱了。"说这句话时,戴笠心里想着的却是另外一件事,他幸灾乐祸地想:"看着吧!只要方志敏一死,那些来营救他的共产党很快就要重新回到山林里,哪个还往你的伏击圈里去,看你顾祝同到时怎么向委座解释?"

向影心落实了戴笠即将离开南昌的消息,心里也安生了许多,再也不怕自己帮助过共产党的事情被追查出来了。戴笠搂着她的肩膀柔声问道:"你会很快就去南京找我吗?"

向影心抛了个媚眼儿回答道:"放心吧,我这样的女人你想甩也甩不掉……"

向影心回到牢房里,马上把方志敏明天凌晨将会被枪决的消息告诉了胡逸民。一看自己的姨太太竟然能探听到这么机密的事情,胡逸民狐疑地望着向影心问道:"这消息可靠吗?"

向影心把嘴一撇不高兴地回答说:"这是我跟行营一个处长的太太吃饭时无意中听来的,应该没问题吧。"

胡逸民想了想喃喃地说道:"这种事无风不起浪,应该没错。"

胡逸民说完这句话之后马上站起身来,抬腿就往外走。向影心急忙拉住他问道:"你要去干什么?"

胡逸民叹了口气跺着脚低声说道:"方志敏的最后时刻到了,我要亲自把这个消息告诉他。他这样的人不能这么不明不白地去死!"说着话,胡逸民轻轻地推开了向影心的手,推开牢门走了出去。

在牢房里,方志敏听了胡逸民的话之后,平静地回答道:"不瞒永一先生,我听到了自己的死讯后心里竟然十分高兴……"

胡逸民眼睛里充满了眼泪,强忍着悲痛望着方志敏劝道:"方先生有什么后事就尽管交代吧,要是心里难受就说出来。上至帝王将相,下到挑夫走卒,哪个不知道千古艰难唯一死的道理,你就别强撑着了……"

方志敏笑着对胡逸民说:"永一先生放心吧,我刚才那样说不是在硬充面子,心里真的是感到由衷高兴……"说到这儿,方志敏望着胡逸民深深地叹了口气说:"这些年我们有很多优秀的同志倒在了革命的道路上,我也该去看看他们了。一想到能和他们再次相见,一起在共产主义的天堂里俯瞰着中国革命最终取得胜利,我现在甚至都有些期待了……"

说着话,方志敏拉着胡逸民坐到了床边,进行最后的长谈。当胡逸民再次问起方志敏还有什么未了的心愿时,方志敏忽然望着胡逸民开口说道:"我还真有件事,要请你帮我最后一个忙……"

胡逸民很想找个机会再为方志敏做些什么,一听这话马上把胸脯一挺,嗔怪地说道:"志敏老弟,我也别再叫你什么方先生了!你有什么话就尽管说出来,我就是毁家纾难也要替你完成!"

方志敏深深地望着胡逸民,机警地四下里看了看,低声说道:"我是想请你夫人再帮我传递一个情报。"

胡逸民大惑不解地望着方志敏问道:"什么情报?这时候还有意义吗?"

方志敏点头答道:"当然有,因为这个情报将拯救很多人的生命!你就让你太太赶紧去告诉徐凤姑,让她三天后再派个人来见我。她是个急性子,我怕她今晚会组织行动。"

胡逸民吃惊地看着方志敏,忍不住失声问道:"三天以后?那时候你已经……"说到这里,胡逸民哽咽着说不出话来了。

方志敏赶忙接过他的话茬急切地说道:"这次他们为了救我来了很多的人,我怕他们一旦知道了风吹草动会提前冒死来救我,那样的话一定会牺牲很多人的。等三天之后他们知道我已经死了,就会撤回去了……"

胡逸民被方志敏的话惊呆了,他没想到世界上真有这样奉献自己的人。沉吟良久,他终于含泪答应了方志敏这个最后的请求。

方志敏回去后,胡逸民怅然若失地望着方志敏那间牢房的方向,默默

地流着眼泪对向影心说:"去吧,赶紧去找那个女共党吧,把方先生的话告诉她……"

向影心一听又让她去跟共产党会面,老大不乐意地嘟囔道:"又不急在这一时,吃了饭再说吧?"

不料胡逸民听了她的话勃然大怒,厉声说道:"快去,一刻也别耽误!方先生明天会在天堂里看着咱们呢!"

向影心听了不敢再言语,赶紧转身去找徐凤姑了。

第二天早上四点多钟的时候,钱景民领着行营的执法队来到了优待牢房的甬道前,轻声地下达了执行方志敏死刑的命令。行刑队那些穷凶极恶的宪兵马上答应着闯进了方志敏所在的牢房。他们看见的是,整理好了服装、洗过了脸的方志敏已经在神态安详地等着他们了。

为首的宪兵队长迟疑地停住了脚步,望着方志敏说道:"方先生您该上路了……"

方志敏点了点头正要站起来,却听见一个人喊道:"等一等!"

原来是凌风梧带着手里端着一个托盘的老古走了进来。宪兵队长不解地望着凌风梧问道:"所长您这是?"

凌风梧板着脸对他说:"从三皇五帝设置刑法的时候就规定,犯人临死都有一顿断头饭,怎么你不知道吗?"

宪兵队长正要回答,钱景民已经悄悄地走过来,扯了扯他的衣襟说:"按凌所长说的,让方志敏再吃顿饭吧。"

老古把饭端到了方志敏的面前,把一碗米饭和一碟炒青菜放在了桌子上,颤声对方志敏说道:"方先生请用吧……"

钱景民在一旁阴阳怪气地插嘴说道:"我知道你这会儿肯定是心神不宁,就勉强吃两口吧……"

方志敏笑着抬起头看了看钱景民,抄起筷子对他说:"钱处长你猜错了,能离开蒋介石的监狱去见马克思,对我来说是件天大的好事,有什么心神不宁的?"说完这句话之后,方志敏端起碗狼吞虎咽地享用起最后的早餐,就好像一会儿真的是要去走长路、出远门一般。

钱景民看着方志敏,心里忽然感到一阵莫名的心悸,他强撑着看着方志敏吃完饭,赶紧对身边站着的宪兵队长吩咐道:"时候不早了,请方先生上车吧……"

方志敏趟着脚镣"稀里哗啦"地走出了长长的甬道,并没有立即走向看守所的大门,而是径自走进了关押着红军的普通监室前。钱景民正要上去阻拦,凌风梧伸手拦住了他冷冷地说道:"人都快死了,你就积点德吧!"

方志敏的脚镣声惊动了附近几间牢房里关押的红军,大家明白要发生什么了,全都流着泪涌到了牢门前。方志敏微笑着开口说道:"我要上刑场了,你们好好保重吧。"说完这句话,方志敏最后看了一下牢房里的战士们,挨个和铁栅栏里伸出手的难友们握手告别。他望着大家流泪的眼睛深情地说道:"不要哭,会让敌人笑话的!"

看着大家擦干了眼泪,眼里重新恢复了坚毅的神情,方志敏微笑着向他们招着手说:"同志们,永别了,早日出去干革命!"

在看守所门前被押上汽车的时候,天上突然下起了雨。方志敏仰望着漫天飘落的雨丝,笑着对钱景民说道:"天下起了雨,天也有情啊!"

在黑沉沉的天色里,方志敏望着不远处静静流淌的赣江向钱景民问道:"这里就是你们给我选定的刑场?"

钱景民不知道方志敏为什么会这样问,愣了一下神儿,回答说:"方先生难道有什么不满意的?"

方志敏用手指着江边的沙地说:"我要到江边去,你们就在那儿动手吧。"说完这句话,方志敏也不管钱景民是否答应,便带着从容的神情,迈步向江边走去。他趟着沉重的脚镣来到了江边,深深地吸了一口充满了自由的空气,带着无比的热望长久地凝视着即将破晓前的黑漆漆的天空。

方志敏的目光已经穿越了天边的乌云,看到了云层后即将主宰世界的灿烂阳光。他深情地想:"一会儿太阳出来后,可爱的中国将会更加可爱,漫天招展的红旗也会在不久的将来飘扬在这里,我为之奋斗并献身的信仰也会在国际歌'英特那雄耐尔'的旋律下变成现实……"

钱景民因为这次行动为秘密处决,他生怕天亮起来走漏了风声,看见方志敏站在江边一动不动地望着天空出神,忍不住开口催促道:"方先生你准备好了吗?"

方志敏头也不回地沉声说道:"来吧,我早就在等着了!"

钱景民听了不再迟疑,把手一举,行刑队的卡车前立即跑过了一个班的士兵,在方志敏身后排成了一队,齐刷刷地举起了子弹已经被送入了枪膛的步枪。那个宪兵队长拿着处决死刑犯前用来蒙上眼睛的黑布,正要喝令方志敏转过身来蒙上眼睛,钱景民却伸手拦住了他轻声说道:"就这样执

行吧,他这样的人肯定用不着这个!"

看着宪兵们已经瞄准好了,钱景民把举起的手猛地一挥,下达了射击的命令。此时的方志敏正面带着微笑,像一个痴情的人凝望着自己的恋人般,对即将到来的死亡浑然未觉,他在微笑中迎来了敌人的子弹。在子弹射入身体的那一瞬间,方志敏看到的是国人那一张张洋溢着幸福的笑脸,看到的是漫山遍野竞相开放的自由之花,和鲜花背后终于摆脱了贫穷、落后,已经巨人般屹立在世界之林的中国,一个公平、自由充满着欢歌笑语的可爱的中国……

接到了向影心送出的消息后,徐凤姑果然长出了一口气,她抓紧把蓝火东叫来,两个人商量着,重新完善营救计划中的一些不足之处。

第二天的傍晚时分,黄道匆匆地赶来了,他一进门就焦急地对徐凤姑说道:"弋阳的黄志忠从监狱里出来了,他从张潇然那里听到了顾祝同的计划,老邵他们从萍乡方向突袭南昌的计划怕是行不通了。"

徐凤姑听了勃然变色,跺着脚失声叫道:"那怎么办?方主席两天后还等着我们派人去见他呢。"

黄道叹了口气,望着徐凤姑说道:"急有什么用?还是赶紧调整一下部署吧……"

就在这时,佛堂的门突然被推开了,泪流满面的蓝火东走了进来,把一个小纸条递给了黄道,然后痛苦地抱着头蹲在地上失声痛哭起来。黄道拿过纸条一看,脸上也变了颜色,流着泪慢慢地垂下了拿着小纸条的手。

徐凤姑被眼前发生的一幕惊呆了,她急忙冲上去晃着黄道的肩膀急不可耐地问道:"到底出了什么事儿?你倒是快说啊!"

黄道哽咽着说道:"地下党从看守所内部得到了消息,老方他今天凌晨已经……已经被……敌人杀害了……"

徐凤姑听了简直不敢相信自己的耳朵,她猛地抢过那张小纸条,徒然地看了几遍,带着最后一丝希望望着黄道,用恳求的语气说道:"你再念念,你是不是看错了?昨天向太太还说方主席让我们三天后派人去见他呢。"

黄道伸手推开了徐凤姑递到面前的小纸条,流着泪说:"你别责怪人家,这肯定是老方为了我们,故意这样做的。老方知道在当前敌强我弱的情况下,我们每一次的营救行动肯定会带来很大的牺牲,这才故意隐瞒了自己要牺牲的消息……"

悲痛欲绝的徐凤姑抱住了一根柱子失声痛哭起来。

营救方志敏的行动就此画上了句号，参加营救的各路游击队全都陆续回到了自己的驻地，使顾祝同全歼共产党游击队的计划彻底地落空了。

方志敏的死不但没有使游击队受到打击，反而更加激发了他们的斗志，让他们继续在崇山峻岭中和国民党反动派展开殊死的斗争。

中国革命史上，在这段白色恐怖肆意蔓延、革命处于低潮的年代里，闽浙赣苏区的游击队始终坚持着斗争，直到新的革命形势到来。

张潇然在弋阳得知了方志敏的死讯后，感到万分的悲痛。他为多灾多难的民族失去了一个栋梁、更为弋阳的山山水水永远地告别了他们最优秀的儿子而伤心不已。

经过这段时间的接触，张潇然在心里已经充满了对方志敏的崇敬之情。正是这个人让他明白了什么是信仰，看到了一个真正可以为了信仰舍弃一切的人。

时至今日，张潇然心里一直萦绕着的一个问题也获得了答案，他终于明白了为什么会有那么多人会舍生忘死地追随方志敏。想着方志敏生前的音容笑貌，张潇然感到这个人的出现使整个弋阳都蒙上了一层异样的光彩。

张潇然仰望着苍天默默地许下了心愿，一旦时机成熟，一定要替方志敏造一座衣冠冢，让弋阳的父老、让后世子孙永远地记住这个人。

张潇然就这么静静地等待着，终于在国共合作开始后有了偿还夙愿的机会，他筹款为方志敏修建了一座衣冠冢，并举行了一场隆重的公祭仪式。

在举行公祭的那天，天一大早就阴沉了起来，天空中飘落着如泣如诉的细雨，天边一阵阵隐隐的雷声战鼓般的在天际隆隆作响。

张潇然在霏霏的细雨中望了一眼漫山遍野前来参加公祭的弋阳父老，声情并茂地宣读起了由他亲自撰写的祭文：《祭方君志敏文》。

民国年二十七年，东瀛岛夷入寇，生灵涂炭，国土沦丧。为振我华夏之威，国府联合共党奋起御侮，誓逐倭寇于东海，张我民族之光。值此戮力同心之际，忆及将军昔日未捷罹难，弋阳县县长张潇然特率合县民众祭奠桑梓英魂：

方君志敏，告慰英灵，岛夷必摧，正义必张。

君生弋阳，桑梓之光。平生清贫，人格高尚。

威武不屈，人伦典范。富贵不淫，丈夫榜样。
为全信仰，干坠阿鼻。斧钺加身，不曾涕号。
抛弃妻子，只为主张。洒尽碧血，侠骨留香。
虽死犹生，化作光芒。天雷地火，为国雁伤。
君之主义，深感人怀。君之理想，民族之光。
呜呼哀哉，伏惟尚飨！

后　记

　　方志敏在生命最后的日子里，留下了长达13万字左右的文稿，包括《清贫》、《可爱的中国》等著名篇章。

　　胡逸民和段存仁冒着巨大的风险，把这些文稿从南昌的第一军人看守所传送到上海。文稿历尽波折，后来辗转落到了进步人士谢澹如的手里。他受地下党负责人冯雪峰的托付精心保管，直到解放后，才终于把它们完好无缺地交还给了党。

　　值得庆幸的是，这些人有幸在多年后见证了方志敏的预言变成了现实。在无数甘愿抛头颅洒热血的共产党人不懈的努力下，方志敏的战友们终于成功地赶走了日本强盗、推翻了蒋介石的独裁统治，赢得了自由和解放。

　　随着1949年10月1日天安门前礼炮的轰鸣声，一个强大的人民共和国成立了，中国共产党人终于取得了全面的胜利。正如方志敏在他那篇《可爱的中国》中所描述的一样："欢歌将代替了悲叹，笑脸将代替了哭脸，富裕将代替了贫穷，康健将代替了疾苦，智慧将代替了愚昧，友爱将代替了仇杀，生之快乐将代替了死之悲哀，明媚的花园将代替了凄凉的荒地。"

　　毛泽东在一次登莫干山时，在山顶眺望着赣东北的方向，深情地对身边的汪东兴说道："从那里再过去一点就是你和方志敏的家乡啊！方志敏同志是有勇气、有志气而且是很有才华的共产党员，他死得伟大，我很怀念他。"毛泽东生前向其子女以及身边的人提到次数最多的一位烈士的名字就是方志敏。

建国后，党中央作出寻找方志敏遗骨的决定。然而，直到20年后，被秘密杀害的方志敏烈士的遗骨还是不知所踪。

1955年，在刘少奇同志的直接指示下，江西省成立了以方志敏的堂弟——省委、省政府领导人之一的方志纯等领导组成的方志敏遗骨调查小组，积极地寻找方志敏的遗骨。但许多年过去了，事情仍是没有结果，寻找方志敏遗骨的工作陷入了僵局。

1957年的春天，江西化纤厂在南昌下沙窝即将上马，开始破土动工了。负责基建的工人在挖地基时突然发现一堆白骨，白骨上还套有一副锈迹斑斑的脚镣！

调查小组得到报告后，马上赶赴现场进行了实地勘察，并以江西省政府的名义发出了加急电报，把当年的看守所长凌凤梧从任教的浙江东阳北麓中学请到了南昌。

凌凤梧来到现场之后，用双手托起那副仍在两根胫骨上套着的铁镣。他掂了掂脚镣的份量，又用手指细心地擦去了斑驳的锈迹，仔细地辨认着。良久，凌凤梧终于失声叫道："就是这副脚镣！"

凌凤梧的话当然是最具权威性的，他当年就曾因为擅自给方志敏更换了这副较轻的脚镣而被扣上通共的罪名，从而被开除了军籍。但也正是因为这副脚镣和方志敏的劝告，凌凤梧才最终脱离了反动军队，回到家乡，当上了一名教书先生。

1965年，方志敏烈士墓建设工程完成，可在这之后，十年文革又使安葬工作停顿了下来。方志敏的遗骨被一名忠诚的卫士秘密地守护着。1977年8月6日，在方志敏逝世42年后，人们终于可以为方志敏举行一个迟到而又隆重的葬礼，可以为方志敏竖起一座彪炳史册的丰碑了。

墓前，方志敏的铜像依旧穿着他就义时那身红军样式的棉袄。他身上披着的大衣在风中微微飘动，眼睛坚毅地望着远方，巡视着他深爱的这片土地。

人们在铜像前走过，传颂着方志敏的故事。作为一个信仰的捍卫者，一个一生为了别人的幸福而奋斗的共产党人，一个威武不能屈、富贵不能淫的大丈夫，他那不屈的风骨仍在焕发力量、感染世人。

正是由于对信仰如此执着，千千万万的百姓相信光明的未来一定会实现，让他们有勇气走出黑暗。

"啊！我虽然不能实际地为中国奋斗，为中国民族奋斗，但我的心总是

日夜祷祝着中国民族在帝国主义羁绊之下解放出来之早日成功！假如我还能生存，那我生存一天就要为中国呼喊一天；假如我不能生存——死了，我流血的地方，或者我瘗骨的地方，或许会长出一朵可爱的花来，这朵花你们就看作是我的精诚的寄托吧！在微风的吹拂中，如果那朵花是上下点头，那就可视为我对于为中国民族解放奋斗的爱国志士们在致以热诚的敬礼；如果那朵花是左右摇摆，那就可视为我在提劲儿唱着革命之歌，鼓励战士们前进啦！"

——节选自《可爱的中国》